DU MÊME AUTEUR

Aux Éditions Gallimard

DANUBE

LE MYTHE ET L'EMPIRE dans la littérature autrichienne moderne

UNE AUTRE MER

MICROCOSMES

UTOPIE ET DÉSENCHANTEMENT

L'EXPOSITION

Chez d'autres éditeurs

ENQUÊTE SUR UN SABRE, *Éditions Desjonquères*

TRIESTE, une identité de frontière (en collaboration avec Angelo Ara), *Le Seuil*

STADELMANN, *Scandéditions-Temps actuels*

LES VOIX, *Descartes & Cie*

VOYAGER AVEC CLAUDIO MAGRIS, déplacements, *La Quinzaine littéraire*

L'ANNEAU DE CLARISSE, grand style et nihilisme dans la littérature moderne, *L'Esprit des péninsules*

TROIS ORIENTS, *Éditions Rivages*

L'Arpenteur

Collection dirigée
par Gérard Bourgadier

Claudio Magris

À L'AVEUGLE

roman

TRADUIT DE L'ITALIEN PAR
JEAN ET MARIE-NOËLLE PASTUREAU

GALLIMARD | L'ARPENTEUR

Domaine italien dirigé
par Jean-Baptiste Para

Titre original :

ALLA CIECA

À J.

1

Mon cher *Cogoi*, à vrai dire je ne suis pas certain, même si c'est moi qui l'ai écrit, que personne ne puisse raconter la vie d'un homme mieux que lui-même. Certes, cette phrase se termine par un point d'interrogation ; et même, si je me souviens bien — tant d'années ont passé, un siècle, le monde autour de nous était jeune, une aube humide et verte, mais c'était déjà une prison —, j'ai commencé, justement, par ce point d'interrogation, qui traîne tout le reste derrière lui. Quand le docteur Ross m'a incité à rédiger ces pages pour le bulletin, j'aurais aimé — et c'eût été honnête — lui envoyer un tas de feuilles avec un beau point d'interrogation et rien d'autre, mais je ne voulais pas me montrer désagréable envers lui, qui est si bienveillant et si gentil, à la différence des autres, et puis il vaut mieux ne pas énerver quelqu'un qui peut t'extraire d'une bonne niche, comme la rédaction de l'almanach de la colonie pénitentiaire, et t'expédier dans l'enfer de Port Arthur, où le chat à neuf queues te tombera sur le dos si, ne serait-ce qu'un instant, épuisé par ces cailloux et par l'eau glacée, tu t'assois par terre.

Donc j'ai mis devant ce point d'interrogation seulement la première phrase, plutôt que toute ma vie, la mienne, la vôtre, celle qui sait de qui. La vie — disait Pistorius, notre maître de grammaire, en accompagnant de gestes ronds et paisibles les citations latines dans cette salle tapissée d'un rouge qui le soir s'assombrissait et s'éteignait, braise de l'enfance qui brûlait dans l'obscurité — n'est pas une proposition ni une assertion, mais une interjection, une ponctuation, une conjonction, tout au plus un adverbe. Jamais en tout cas l'une des parties dites principales du discours — « Il a vraiment dit ça comme ça ? » — Ah... oui, docteur, vous avez peut-être raison, ce n'était peut-être pas lui qui utilisait cette expression-là, ce devait être la maîtresse d'école, Madame Perich, devenue ensuite Perini, à Fiume, mais plus tard, beaucoup plus tard.

Cette question initiale, du reste, ne peut pas être prise au sérieux, parce qu'elle contient déjà en elle-même la réponse connue d'avance, comme les questions que l'on pose aux fidèles dans un sermon, en parlant d'une voix plus forte. « Qui peut raconter la vie d'un homme mieux que lui-même ? » Personne, évidemment — on croit entendre le murmure de l'assistance qui répond au prédicateur. S'il y a une chose à laquelle je me suis habitué, c'est bien la question rhétorique, depuis l'époque où, dans les prisons de Newgate, j'écrivais les sermons du révérend Blunt, qui me les payait un demi-shilling chacun, et pendant ce temps-là jouait aux tarots avec les gardiens, en attendant que je vienne jouer moi aussi, comme ça il me reprenait souvent ce demi-shilling — pas étonnant, j'étais là-dedans entre autres parce que j'avais tout perdu au jeu.

Mais là au moins, dans cette cellule, pendant que je les écrivais devant ces murs crasseux, c'était moi qui les formulais, ces fausses questions, même si c'était ensuite le révérend qui les braillait du haut de la chaire, tandis qu'ailleurs, partout, avant et après, pendant des années et des années et in saecula saeculorum on me les a criées dans les oreilles, « Donc, cette pagaille monstre en Islande, c'est toi tout seul qui l'as fomentée, comme ça, par amour pour ces pauvres gens rachitiques et teigneux, personne ne t'a donné un coup de main pour mettre sens dessus dessous l'ordre des mers de Sa Majesté, c'est bien ce que tu nous as dit, alors tu as craché sans penser que tu étais là en rang avec les autres à écouter le discours du nouveau commandant du pénitencier », et vlan le chat à neuf queues, « alors comme ça tu ne la reconnais pas cette tête de communiste, tu ne l'as jamais vue, et ces tracts c'est par miracle qu'ils sont arrivés dans ta poche », et vlan des coups de pied et de bâton, « donc, tu n'es pas un espion, un traître venu pour saboter, en faisant semblant d'être un camarade, la libre Yougoslavie socialiste des travailleurs, si ça se trouve tu es un salaud de fasciste italien qui veut reprendre Fiume et l'Istrie », et vlan la tête dans le trou du cabinet ou à courir le plus vite que tu peux entre les files de forçats qui pendant que tu passes doivent te tabasser le plus fort qu'ils peuvent et hurler « Tito Partija, Tito Partija ! » — mais d'où viennent ces hurlements, quel boucan, je n'entends plus, à qui donc appartient cette oreille assourdie étourdie hors d'usage, il doit y avoir eu des coups de bâton et si quelqu'un les a donnés il y a sûrement quelqu'un qui les a reçus, moi ou un autre.

Voilà, c'est passé, le vacarme s'atténue. Ça aussi, c'était une question rhétorique ; elle est à moi, cette oreille, vu que vous, docteur Ulcigrai, vous vous penchez vers l'autre, celle de gauche, quand vous me demandez « Donc, ton vrai prénom, ce serait Jorgen, et ça, c'est toi qui l'aurais écrit », en me montrant le vieux fascicule que j'ai trouvé dans cette librairie de Salamanca Place. Vous au moins vous ne levez pas la main, vous êtes gentil, vous ne vous fâchez pas même quand je vous appelle Cogoi, vous n'insistez même pas pour que je vous réponde. Si je ne dis rien, vous laissez tomber, mais en attendant vous m'avez posé la question et ça ne sert à rien, parce que vous connaissez déjà la vérité, ou vous croyez la connaître, ce qui revient au même, et en tout cas vous connaissez déjà ma réponse, quand je vous réponds — autrement vous me la suggérez, vous me la mettez dans la bouche.

Une réponse ferme et sûre, pour ce qui est de l'essentiel ; parfois, je l'admets, un peu confuse dans les détails. Mais comment faire avec tous ces allers-retours, toutes ces choses qui se chevauchent, années et pays et mers et prisons et visages et faits et pensées et encore prisons et ciels lacérés du soir d'où le sang coule à flots et blessures et fuites et chutes... Et la vie, toutes ces vies, on ne peut pas les tenir ensemble. Et si en plus on est soumis sans arrêt à des interrogatoires épuisants, c'est encore plus difficile de mettre les choses en ordre, bien souvent on ne reconnaît pas sa voix ni son cœur. Pourquoi de temps en temps, en débobinant et en rembobinant cette bande magnétique, vous me faites répéter vos questions ? Peut-être pour mieux me les imprimer, je comprends, c'est vrai que parfois je m'y perds, mais comme ça je m'y perds encore plus, quand je vous entends vous parler avec ma voix à moi. De toute façon, plus on est interrogé et moins on sait répondre — on tombe dans la contradiction, c'est ce qu'ils disent, et ils font encore plus pression sur toi, avec douceur ou violence, ça dépend de leur métier.

Contradiction, je ne sais pas trop ce que ça veut dire, mais qu'on tombe, ça c'est sûr. Et on disparaît, rognures entraînées par des tourbillons d'eau dans la bonde — ici, dans l'hémisphère Sud, l'eau de la baignoire tourne autour du trou dans le sens inverse des aiguilles d'une montre, chez nous, là-haut, c'est le contraire, elle tourne dans le sens des aiguilles. C'est une loi de la physique, je l'ai lu, on appelle ça les forces de Coriolis — admirables symétries de la Nature, quadrille dans lequel un couple s'avance tandis que l'autre recule, tous deux s'inclinent quand c'est leur tour et la danse ne perd jamais son rythme. L'un naît l'autre meurt, une ligne d'infanterie sur la colline est fauchée par la canonnade, d'autres uniformes et d'autres drapeaux peu après sont sur la crête de la colline, une décharge les fauche à leur tour. « Donc le compte est bon... » Oui, doit et avoir, victoire et défaite, le bagne de Goli Otok et puis les bains de mer sur ces mêmes plages merveilleuses de cette île de l'Adriatique, le communisme qui nous a libérés du Lager et mis dans un goulag où nous avons résisté au nom du camarade Staline qui pendant ce temps-là envoyait d'autres de nos camarades dans les goulags.

« Le compte est bon, et même si le sang tache le grand-livre, il n'efface ni les chiffres ni le zéro final, l'équivalence entre l'actif et le passif. » Si quelqu'un peut le dire, c'est bien moi, qui ai passé tant d'années en prison dans la ville même que j'avais fondée, avec ses maisons son église et aussi sa prison, bien des années plus tôt, quand dans l'estuaire du Derwent, tellement immense qu'on ne sait pas où s'arrête le fleuve et où commence la mer, dans ce grand vide où il n'y a rien jusqu'au néant de l'Antarctique et du pôle Sud, il n'y avait que des cygnes noirs et des baleines qui n'avaient jamais senti un harpon se planter dans leur dos et faire jaillir le sang aussi haut que l'eau soufflée par leurs évents. La première à qui c'est arrivé a été harponnée par moi, Jorgen Jorgensen, roi d'Islande et forçat, bâtisseur de villes et de prisons, de ma propre prison, Romulus qui finit esclave à Rome. Mais tous ces tourbillons de vent qui dispersent la poussière des morts et des vivants n'ont guère d'importance. Ce qui est décisif, c'est qu'à vos questions pléonastiques, docteur Ulcigrai, je puisse répondre nettement en ce qui concerne l'essentiel, parce que je sais qui je suis, qui j'étais, qui nous sommes.

Qu'est-ce que ça peut bien vouloir dire, ce « Je le sais mieux moi-même » — c'est-à-dire vous ? Oui, je comprends, vous en êtes convaincu. Toute la vérité sur ce bout de carton rangé dans le fichier — ça n'a pas été difficile de le sortir discrètement, et sous votre nez encore. Un jeu d'enfant pour quelqu'un qui a passé sa vie à être épié, suivi, fiché, enregistré à la police, au camp de concentration, à l'hôpital, l'Ovra, la Guardia Civil, la Gestapo, l'U.D.B.A., le pénitencier, le Centre de Santé mentale, et à chaque fois il faut faire disparaître les papiers. En les avalant au besoin, s'il n'y a pas d'autre solution. En tout cas les trafiquer avant qu'on te découvre. Maintenant la fiche est de nouveau là, prise et remise à sa place sans que personne s'en soit aperçu. De toute façon ces fiches, vous ne les regardez plus, depuis que vous vous êtes tellement modernisés qu'il vous suffit d'appuyer sur une touche pour tout savoir. Mais ça n'empêche pas la fiche d'être dans le fichier et dans ma tête, même si c'est elle qui prétend contenir et expliquer la tête. Centre de Santé mentale de Barcola, résumé du dossier médical de Cippico — ou Cipiko, ou encore Čipiko — Salvatore, entré le 27.03.1992, après une précédente hospitalisation d'urgence un mois plus tôt. Possible. Il y a si longtemps... Rapatrié d'Australie, précédemment domicilié à titre provisoire chez Antonio Miletti (ou Miletich) à Trieste, via Molino a Vapore, 2. Formidable, je vous ai eus. La première chose à faire, c'est de changer de nom et de donner une fausse adresse. Ils ont la manie de te mettre dans une case une fois pour toutes, de te fourrer dès maintenant dans une jolie petite niche, avec nom prénom et adresse gravés à jamais par les pompes funèbres et toi au contraire tu mélanges les noms, les dates, les chiffres — il y en a que tu laisses tels qu'ils sont en réalité, d'autres que tu brouilles un peu, comme ça ils n'y comprennent plus rien et ils ne savent pas où aller te chercher. Ça me va très bien qu'on me croie là-haut avec la tête en haut, à Barcola, en train de regarder de l'autre côté du golfe de Trieste l'Istrie, la cathédrale de Pirano et Punta Salvore, comme ça ici en bas, aux antipodes, il ne vient à personne l'idée de me chercher parmi ceux qui ont la tête en bas.

Né à Hobart, en Tasmanie, le 10.04.1910. Si vous le dites... Veuf — erreur monumentale. Marié. Le mariage est indissoluble, il s'en fout de la mort, de la vôtre et de la mienne. Profession habituelle, aucune — si, une, pour être exact, détenu. Et interrogé. Dans le passé a exercé divers métiers. En Australie il apparaît qu'il a travaillé comme tourneur, puis comme typographe à l'imprimerie du parti communiste à Annandale, Sydney, et comme journaliste au *Risveglio* et à *La Riscossa* dans la même ville. Inscrit à la Ligue antifasciste de Sydney à partir de 1928 et au Cercle Matteotti de Melbourne, activiste militant, impliqué dans les affrontements de Russell Street à Melbourne en 1929 et de Townsville en 1931. Expulsé d'Australie en 1932 et rentré en Italie, où, tout jeune, il avait déjà vécu avec son père, entre la fin de la Première Guerre mondiale et l'avènement du fascisme. De quel air satisfait vous lisez tout ça, docteur, comme si ça ne vous concernait pas, vous ne vous apercevez même pas que certaines choses ont été effacées ou modifiées.

Grâce à vous, plus qu'à moi ; je ne suis pas très à l'aise pour me servir de ce machin-là, avec toutes ces touches, et si on ne m'avait pas dit que ça s'appelle PC, comme l'autre, je n'aurais même pas essayé. Psychothérapie informatique, nouvelles cures technologiques pour les troubles psychiques. Comme ça, c'est bien plus facile de forcer un fichier. Il suffit d'appuyer sur quelques touches au lieu d'avoir à faire toutes ces simagrées pour distraire le dragon et voler le trésor, et c'est toi qui t'introduis dans cette fiche, dans ta vie, et qui la remanies et l'inventes à ton gré. — Oh, juste quelques petits changements de dates et de lieux et quelques noms camouflés, des retouches modestes, je ne voulais pas en faire trop, d'ailleurs je n'en aurais pas non plus été capable. En tout cas je n'ai pas grand-chose à objecter à cette fiche sur moi. Par conséquent...

A travaillé quelque temps comme employé aux chantiers de Monfalcone et à la compagnie maritime Sidarma. Licencié après son arrestation pour propagande et activités antifascistes. Militant du parti communiste clandestin. Plusieurs fois arrêté. Je confirme. A participé à la guerre d'Espagne. Militaire en Yougoslavie ; après le 8 septembre, partisan. Déporté à Dachau. En 1947, a émigré avec les deux mille de

Monfalcone en Yougoslavie pour construire le socialisme. A travaillé aux chantiers de Fiume.

Après la rupture entre Tito et Staline, arrêté par les Yougoslaves comme tenant du Kominform et déporté en 1949 au goulag de Goli Otok, l'île Nue, ou Chauve, dans le Kvarner. Soumis, comme les autres, à un travail abrutissant et exténuant, à des sévices et à des tortures. C'est probablement à cette époque que remontent ses troubles délirants et une manie de la persécution très prononcée. Je voudrais vous voir, vous, docteur Ulcigrai, après un traitement comme celui-là, Dachau et Goli Otok, thérapie intensive, double dose. Personne à prévenir : néant. Exact, néant. En plus ce serait dangereux que quelqu'un soit informé à mon sujet — tôt ou tard n'importe qui est prêt à moucharder, au besoin en étant convaincu de bien faire, parce qu'on lui a dit que tu es un ennemi du peuple, un traître.

A émigré en Australie en 1951. De constitution particulièrement robuste. Cicatrices d'une tuberculose osseuse contractée à Dachau. Autres cicatrices sur diverses parties du corps. Tendance mythomaniaque à exagérer les épreuves qu'il a traversées. Facile à dire, quand on n'a jamais été sous les verrous, même un seul jour. Idées paranoïdes — eh oui, après avoir séjourné dans tous les camps de concentration de la terre j'ai la manie de croire qu'on veut me persécuter. Obsédé par sa déportation à Goli Otok par les Yougoslaves en 1949. Vous vous demandez peut-être pourquoi cette obsession, encore une jolie question rhétorique...

De toute façon les questions rhétoriques — c'est le révérend Blunt qui a dû me dire qu'on les appelle comme ça —, ça me plaît bien, parce que ça fait comprendre qu'aucune question n'a jamais de réponse, à moins que quelqu'un l'ait déjà dans la tête et se la donne tout seul, comme vous le faites souvent vous-même en me la mettant dans la bouche, mais alors c'est inutile de rester là à poser des questions. Et pourtant peut-être que non, peut-être que ça fait du bien de s'entendre répondre ce qu'on sait déjà ; ce qu'on entend, ce n'est que sa propre voix comme quand là-haut dans le nid-de-pie on crie dans le vent. Le cri se perd dans la mer, ce que tu as crié il n'y a que toi qui l'as entendu, mais tu n'es pas bien sûr que ce soit ta voix, peut-être qu'une rafale t'a apporté celle d'un autre, qui a hurlé du haut d'un autre navire disparu derrière l'horizon, comme j'en ai vu disparaître tant au cours des années que j'ai passées sur les océans ; le bateau file, rapide, et laisse derrière lui les voix qui montent du pont et de la cale, oiseaux qui voltigent à la poupe puis restent en arrière, perdus. Un bref moment tu les distingues encore, ces voix, puis il n'y a plus qu'un bruit strident et indistinct, le vent te cingle le visage et les ailes des oiseaux claquent dans tes oreilles, des voix hurlent des mots, il y a dans ta tête toute une chiourme sauvage qu'on fouette.

Quel que soit celui à qui elle appartient, une voix, c'est quand même une consolation après des heures et des heures de solitude dans une cellule obscure et fétide ou là-haut dans le nid-de-pie, parmi les déferlantes qui s'élancent, coups de canon sourds et écumeux, contre les murailles de nuages. On a beau crier, seul ou avec beaucoup d'autres — non, on n'est jamais seul, j'ai toujours quelqu'un sur le dos —, il n'y a jamais personne qui te répond quand tu demandes quelque chose dont tu as besoin. Tous muets, comme sir George qui se tait quand il reçoit mes suppliques pour introduire à Londres ma demande de recours en grâce, après tant d'années de colonie pénitentiaire ici en bas.

Même Achille et Agamemnon — que, d'après ce que j'ai lu de ce mien écrit, je fais entrer dans la danse, en disant que seuls les rois et les héros comme eux ont besoin d'un Homère pour chanter leurs prouesses —, je les ai mis là pour impressionner le gouverneur et ceux de la Compagnie de la terre de Van Diemen. Ils doivent se loger dans la tête et bien se rappeler que je sais manier non seulement la hache pour réparer la pale d'une rame ou pour ouvrir un chemin dans la forêt — et bien mieux que beaucoup d'autres forçats — mais aussi la plume ; c'est vrai que je me suis embarqué à quatorze ans sur un *collier* anglais qui avait apporté du charbon de Newcastle à Copenhague et que je suis resté quatre ans à naviguer entre Londres et la Baltique, mais des livres, j'en ai lu ma part — j'en ai même écrit — et je connais mes classiques peut-être mieux que notre aumônier, Bobby Knopwood, ne connaît la Bible.

Mais avec ces gens-là, c'est peine perdue. Les seuls livres qu'ils savent lire, ce sont les livres de comptes de la Compagnie, avec les bénéfices coquets de son monopole, et les registres de l'Amirauté. Le camarade Blasich — le professeur Blasich, professeur de lycée — était une belle ordure et c'est exprès, je pense, qu'il m'a expédié dans cet enfer de Goli Otok, mais au moins, avec son grec et son latin, il savait apprécier la culture ; du reste le Parti a toujours admiré et enseigné qu'il fallait admirer les intellectuels, même quand il leur fermait la bouche, définitivement dans certains cas. — Mais qu'est-ce que ça a à voir avec maintenant, pourquoi est-ce que vous m'interrogez sur Blasich, c'est une autre histoire, qu'est-ce que j'ai à y voir, moi, laissez-moi respirer, ne m'embrouillez pas, je m'embrouille déjà assez tout seul, comme tout le monde, du reste...

Laissez-moi juste finir, j'étais en train de parler d'Achille et d'Agamemnon, qui pour le compte-rendu de leurs exploits ont eu un Homère sous la main, alors que moi je dois tout faire tout seul, vivre combattre perdre et écrire. C'est très bien qu'il en soit ainsi. Ça manquerait de tenue si entre les batailles, les apparitions de dieux et la ruine de familles et de villes entières, ils se mettaient en plus à faire eux-mêmes le résumé de la journée ; pourquoi ne pas exiger, pendant qu'on y est, qu'ils aillent eux-mêmes secourir les blessés et ensevelir les morts ? Pour cela ils ont les esclaves dévoués à Esculape et les croque-morts, comme ils ont quelqu'un pour découper la viande à table, et même l'aède qui chante à la fin du repas et met en ordre leur vie, tandis qu'ils l'écoutent, engourdis par la somnolence.

Voilà, c'est ça, la somnolence est une qualité royale. Les choses glissent et s'éloignent de toi, atténuées, comme derrière un édredon de neige ; tu fais ce qu'il y a à faire, même tuer ou mourir, mais avec détachement. Les riches, les puissants la possèdent, cette bienheureuse incurie, et nous, les damnés de la terre, nous sommes là pour la leur tailler en pièces, mais je la possède moi aussi, cette vertu souveraine, et c'est pour ça que je suis encore là, parmi tant de choses qui me tombent dessus, depuis toujours, depuis l'enfance, comme le plafond de la salle des Chevaliers, les murs et les lourds portraits enveloppés par les flammes dans l'incendie du palais royal de Christiansborg à Copenhague, et moi indifférent au bûcher et à la destruction, à la Tour Noire qui s'écroule avec fracas, aux tisons qui me pleuvent sur la tête ; enfant, mais déjà royalement léthargique dans le tintamarre de la catastrophe, moi qui ensuite ai régné sur l'Islande pendant trois semaines, indifférent aussi à la ridicule brièveté de mon règne, roi seulement à cause de cette somnolence, qui a protégé mon cœur de l'hostilité acérée des choses... Comment ? Non, docteur, n'allez pas croire ça, vos pastilles et vos sirops n'y sont pour rien, ce calme c'est à moi seul que je le dois — et pour le reste par contre, esclave obligé de ramer, simple matelot, forçat, condamné à manœuvrer les voiles, à abattre des arbres en forêt, à casser des cailloux, à ramasser du sable dans la mer glacée, à écrire et...

Et ces gens-là mettent en doute la sentence par laquelle commence mon autobiographie — que j'ai écrite uniquement pour eux, parce que le docteur Ross me l'a demandée pour l'Almanach de Hobart Town. Cet inconnu envahissant, qui s'amuse à me taquiner avec des messages qui me singent, quand vous nous emmenez dans la grande salle et que vous nous faites jouer devant ces écrans, ne répond jamais à mes questions, il ne fait que répéter ce que je dis. Il a même répété cette phrase et il a tout de suite trouvé à y redire. Bien sûr que ce n'est pas vrai, personne ne peut se raconter ni se connaître lui-même. Personne ne sait comment est sa propre voix ; ce sont les autres qui la reconnaissent et la distinguent. C'est vous qui savez quand c'est moi qui parle, comme moi je vous connais, vous, docteur, vous tous ici, eux, mais pas moi. Comment Achille pourrait-il raconter sa colère ? Ce délire furieux, pour lui, c'est quelque chose qui noue les tripes et fait trembler les lèvres livides, comme quand on vomit parce que le bateau est ballotté par les vagues ou parce qu'on a trop bu, comme faisait ma Norah, quand elle avait la permission de sortir de la colonie pénitentiaire, à la Waterloo Inn, et pas seulement là — et moi aussi, d'accord, mais c'était ma femme et le seul moyen que j'avais de montrer mon respect pour elle devant tous ceux qui ricanaient dans la taverne, parce que désormais ils savaient comment ça allait finir quand elle commençait à boire, c'était de me saouler avec elle. Unis pour le meilleur et pour le pire, jusqu'à ce que la mort vous sépare et tel était notre chemin, celui que nous faisions ensemble, un homme et une femme dans les chaînes. Mais je ne saurais pas dire si, quand je remettais à leur place ces canailles, j'étais un homme qui se bat pour son honneur, en tenant tête à l'innommable indécence de l'adversité, ou simplement un ivrogne qui n'arrive pas à finir ses phrases et s'efforce de répondre avec à-propos à ces crapules qui se moquent de lui et lui font des révérences en l'appelant roi d'Islande.

Bien sûr, docteur, nous parlerons de cette histoire islandaise, comme s'il était possible que je ne veuille pas en parler, la plus belle histoire de ma vie. J'ai vu qu'elle intéresse beaucoup, il y a beaucoup de gens, même sur votre vidéo, qui veulent l'entendre et peut-être la répéter à leur façon. C'est quand je l'ai lue que j'ai compris qui je suis — quand je l'ai relue, parce que je l'ai aussi écrite. Je sais, elle a également été écrite par Hooker, le grand savant qui faisait partie de l'expédition et m'a honoré de son amitié, même si, pour dire vraiment les choses comme elles sont, il a un peu brouillé les cartes à propos de mes vicissitudes et a falsifié l'histoire de cette grande révolution — on falsifie toujours la révolution, on éclabousse de fiel et de mensonge ceux qui ont tenté de libérer le monde. C'est pour ça que j'ai dû écrire moi-même l'histoire véridique de ces faits, mon histoire — mais chaque chose en son temps, même l'Islande, sans embrouiller les fils, ils sont déjà bien assez embrouillés comme ça. Je fais de mon mieux, mais c'est difficile d'aligner une multitude.

Même moi je ne comprends pas toujours ce qui m'arrive et ce qui me passe par la tête, même si je dois continuellement prendre la plume pour rectifier les inexactitudes et les mensonges que tout le monde écrit sur mon compte, depuis cet inconnu qui s'est permis de rééditer mon livre sur la religion chrétienne comme religion de la nature, en y ajoutant de sa main une biographie de moi calomnieuse, jusqu'à tous ces articles venimeux, faux, qui ont paru dans *Borba*, dans *La Voce del Popolo*, qui sait où encore. Oui, d'accord, après ils se sont repentis, tout le monde se repent quand ça ne sert plus à rien. Mais en attendant... Des mensonges sur moi, sur nous. Que nous étions des agents de Staline, ou des fascistes déguisés, et que ce n'était pas le Parti qui nous avait envoyés en Yougoslavie, dire et répéter que Tito était traître à la révolution, vendu à l'Occident. Et quand je suis revenu de Goli Otok, beaucoup de camarades ont fait comme si de rien n'était ; même ils ont intrigué pour que personne, au moins chez nous, ne me donne le moindre petit travail, et c'est comme ça que je suis allé là-bas, que je suis revenu ici en bas, de l'autre côté de la Terre, dans ma Tasmanie. Elle s'appelait aussi terre de Van Diemen, mais c'était avant, une autre fois.

Du moins je crois. Je n'en suis pas sûr, même si j'ai remis en ordre les événements et les chronologies, en somme si j'ai écrit et si maintenant je redis et je répète l'histoire véridique et fidèle de ma vie, au fur et à mesure que je l'écris ou que je la dicte à ce magnétophone, quand nous parlons ensemble. D'ailleurs vous vous chargez vous-mêmes ensuite de l'attraper dans votre toile et de la transcrire à votre fantaisie sur vos petits écrans et même je vous remercie pour ce site que vous avez bien voulu me consacrer. Je ne sais pas très bien ce que signifie ce sigle, mais ce mot, *site*, me plaît. « Trois matelots / qui s'en vont en Égypte / et qui bientôt / verront tous ces beaux sites... » Vous connaissez cette chanson ? On la chantait chez nous, autrefois. Si vous voulez, je vous la chante, comme ça vous l'enregistrez. De toute façon après vous écrivez ce qui vous convient, comme ça vous convient ; quand j'appuie sur les touches comme vous me l'avez appris et que je me relis ou que je me réécoute, je découvre toujours des choses nouvelles. Non, je ne m'inquiète pas pour ça, soyez tranquilles. Et même, pour moi...

Ça m'est égal si je n'arrive pas à la voir, ma vie, comme je n'arrive pas à me voir en train de boire et de haranguer dans l'auberge, à la Waterloo Inn. Quand j'écris, et même maintenant quand j'y repense, j'entends comme un brouhaha, des paroles confuses que je ne saisis qu'à moitié, des moucherons qui viennent tous vrombir autour de la lampe sur la table et que je dois sans cesse écarter de la main, pour ne pas perdre le fil.

Ce n'est pas une nouveauté, n'est-ce pas ? C'est même écrit sur ma fiche. Entend des voix qui lui répètent ce qu'il pense lui-même. C'est vrai, je les entends. Et vous non, docteur. Stéréotype : halluciné. Troubles délirants. Ça ne m'impressionne pas, je suis habitué aux insultes. Fait preuve — je fais preuve — d'une intelligence vive, mais avec une évidente dissociation idéo-affective qui trouble son orientation spatio-temporelle, des images mentales qu'il ne parvient pas à situer dans le cadre de son expérience existentielle, mais tend à élaborer en un roman délirant. Ne manifeste aucune réticence à le raconter, que ce soit de vive voix, au magnétophone ou par écrit ; parfois même à l'ordinateur, qu'il réussit plus ou moins à utiliser, en compagnie des autres et avec un peu d'aide, pendant les séances de psychothérapie informatique. Semble convaincu de se trouver toujours en Australie et surtout d'être le clone d'un certain Jorgen Jorgensen, un aventurier déporté et mort en Tasmanie au milieu du XIXe siècle, dont il dit tantôt avoir lu tantôt avoir écrit l'autobiographie — comme si on ne pouvait pas écrire et ensuite lire le même livre, quelle idée.

Et même si je l'avais lue avant de l'écrire, ça ne changerait rien. Il est très difficile d'établir ce qui vient avant et ce qui vient après, Goli Otok, Dachau ou Port Arthur ; la douleur est toujours présente, ici et maintenant. A — j'ai, j'aurais — la sensation qu'on ne lui a pas dit la vérité sur ses origines. Je voudrais vous voir, vous, docteur, si on vous disait quand et pourquoi vous avez commencé à être un traître, si on prétendait vous raconter ce que vous avez fait et ce que vous vouliez faire, vos crimes passés et futurs, comme ceux de l'U.D.B.A. prétendaient me l'expliquer à moi — et même vous, vous pensez savoir mieux que moi qui je suis et qui je ne suis pas. Votre, c'est à dire mon, Histoire Nosologique, N° de protocole 485, ça oui, c'est un beau roman...

Non que je n'aie moi-même mes propres difficultés. Lorsque, à Newgate, au milieu de cette lie de voleurs et d'assassins — mais attention, je me suis fait respecter dès le premier instant, ce n'est pas pour rien que j'avais vu et donné la mort sur le pont de l'*Admiral Juhl* ou du *Surprize*, sous pavillon danois et sous pavillon anglais —, lorsque dans la cellule de Newgate, où m'avaient injustement jeté les juges de

Sa Majesté George IV, j'écrivais sur la vérité de notre religion révélée dans les Écritures et dans la Nature, j'ai compris que les prophètes écoutent la parole de Dieu, qui arrive à eux, terrible, un coup de tonnerre à leurs oreilles, et, pour la dire aux autres, ils se tournent de l'autre côté, ils s'adressent à ceux qui sont restés au pied de la montagne, en regardant vers le bas comme le révérend Blunt quand il prêche du haut de la chaire dans l'église de la prison, et ils la répètent, mais en passant par leur bouche, elle arrive déjà atténuée, déformée, ce n'est plus la parole de Dieu, mais de quelqu'un d'autre. C'est ce qui m'arrive aussi quand se présentent à moi les mots avec lesquels j'essaie de raconter mes vicissitudes ; il me semble que je ne les reconnais plus, ni les mots ni les vicissitudes. Qui est-ce qui me lance dans la bouche ces paquets de boue, baie bojkot révolution, des mots, des tartes dans la figure, quel drôle de goût, je n'arrive pas à savoir ce que c'est, il vaut mieux avaler tout de suite, ça finira bien par descendre... Sir George, gouverneur éclairé de notre colonie australe, a dit une fois, sur un ton bienveillant, que mes aventures lui semblaient incroyables, et moi-même je commence à avoir des difficultés à y croire ; quand j'y pense elles remontent en moi comme des renvois, qui sait quelle tête je fais quand je les sens me peser sur l'estomac.

Depuis hier il pleut sans arrêt, une pluie qui frappe les feuilles des eucalyptus et les fougères, luisantes et lumineuses dans l'air assombri par l'humidité, une infranchissable muraille d'eau, et tout est de l'autre côté, les visages les voix les années... même l'Istrie, là-haut, est de l'autre côté, dans un autre monde, c'est bizarre que d'ici il me semble la voir si bien, toute proche, comme quand on la regarde de Barcola, au bord de la mer, mais qu'ensuite elle s'évanouit et disparaît... Il y avait une multitude de cygnes noirs, le jour où nous avons remonté avec le *Lady Nelson* l'estuaire du Derwent, il y a un siècle, peut-être deux, des nuées de cygnes noirs dans le ciel, et de temps en temps j'en abattais un. Leur chair avait un goût âcre, de sauvagine, j'en jetais quelques bouchées aux forçats enchaînés, que nous étions venus décharger et qui mâchaient leurs galettes. Les bancs de sable du Derwent étaient couverts de touffes d'herbe trempée et étincelante, des cascades et des cataractes d'eau blanche comme de la neige se précipitaient par bonds dans le fleuve en un poudroiement qui scintillait dans le soleil, des troncs pourris restaient pris dans le courant qui formait des anses d'eau brune, quelques kangourous disparaissaient dans les fourrés. Là où se trouve aujourd'hui Hobart, il y avait la forêt avec son désordre grouillant, la lumière se glissait et disparaissait comme les oiseaux dans l'enchevêtrement des branches, des champignons et des lichens poussaient sur de gigantesques arbres millénaires.

Et c'est là, dans cette baie, à Risdon Cove, que nous avons accosté, que nous avons débarqué les forçats ; et c'est ainsi qu'est née Hobart Town. Je me souviens parfaitement du jour, c'était le 9 septembre 1803. Je suis allé vérifier dans mon autobiographie et ça me fait plaisir que cette date soit rapportée avec exactitude, c'est la preuve que son auteur est scrupuleux et précis. Hobart Town, première colonie civile, militaire et pénitentiaire de la terre de Van Diemen. Surtout pénitentiaire. Une ville naît toujours du sang ; ce n'est pas pour rien que peu après a eu lieu le massacre de Risdon Creek, et peut-être bien que parmi ces indigènes massacrés il y avait certains de ceux qui en ce premier jour étaient montés à bord du *Lady Nel-*

son pour échanger avec nous leurs lances contre des cygnes rôtis.

Je dis ça comme ça, vu que par la suite personne n'a cherché à savoir comment s'étaient vraiment passées les choses ; même notre révérend, Knopwood, a fermé un œil. Sur ces choses-là, je veux dire les massacres, tout le monde ferme toujours un œil. Nelson aussi a fermé un œil, quand il a continué à bombarder pendant des heures et des heures ma chère Copenhague, alors que la flotte danoise, bloquée dans le détroit, avait déjà été coulée ; la ville ravagée et en flammes avait hissé le drapeau blanc et l'amiral Parker lui-même, le commandant anglais, avait lancé le signal de cesser le feu. Mais Nelson place sa longue-vue devant son œil bandé, regarde le massacre avec son mauvais œil, celui qui est fermé, il ne voit que du noir, aucun drapeau blanc, I'm damned if I see it, les boulets continuent à pleuvoir sur des gens qui ne se défendent plus, ensuite seulement viendront toutes les cérémonies de la reddition, amiraux et dignitaires en grand uniforme, épées rendues et magnanimement restituées, le bandeau, c'est commode, ça aide à fermer un œil sur la boucherie.

Abattoirs ici en bas et là-haut, l'aurore, qu'elle soit boréale ou australe, annonce le même soleil de sang et tous de magnifier le jour qui se lève, tant pis pour ceux pour qui il ne se lèvera plus. Le soleil de l'avenir... L'Histoire, enseignait le Parti, ou plutôt la préhistoire sanguinaire dans laquelle nous vivons et nous vivrons jusqu'à ce que le monde soit sauvé par la révolution finale, se trouve dans la tragique nécessité de combattre la barbarie avec des moyens barbares. De sorte qu'on ne comprend plus qui est le barbare, Tito ou Staline, eux ou nous, Nelson ou Bonaparte. Celui-là, il a fini à Sainte-Hélène — j'y ai fait escale plus d'une fois —, et moi, roi d'Islande, j'ai fini ici, je ne sais pas trop où. « Pas d'inquiétude, il suffit que quelqu'un le sache, peu importe qui, quelqu'un qui ait entendu parler du voyage et du désastreux retour. »

Qui aurait pu penser à cette époque, quand nous débarquions les forçats ici, que bien des années plus tard j'arriverais ici à mon tour, enchaîné comme eux — façon de parler car à moi, des chaînes, on ne m'en a jamais mis, même pas sur le navire qui transportait tous ces désespérés de Londres jusqu'ici en bas, moi sur le *Woodman* j'étais prisonnier mais je faisais fonction de chirurgien et je mangeais avec les officiers. Mais je n'aurais jamais cru qu'un jour je reviendrais à Hobart Town de cette façon-là, en tant que forçat, lorsque dans la baie j'ai harponné la première baleine qui ait jamais été chassée et tuée dans ces parages depuis la création. La baie était un lieu de prédilection des baleines ; elles venaient s'y ébattre et lancer leur jet de vapeur en croyant que c'était encore l'aurore du monde, le temps heureux des origines où il n'y avait aucun harpon à craindre, alors qu'en réalité depuis des temps immémoriaux les harpons transpercent, déchirent et font jaillir le sang. Le monde est vieux, tout est vieux ; même ces aborigènes de moins en moins nombreux sont décrépits, une race qui aurait dû disparaître au temps du déluge. La nature a été distraite, mais nous sommes venus corriger sa distraction.

J'ai continué à harponner des baleines aussi sur l'*Alexander*, qui rentrait de Hobart Town à Londres — il nous a fallu presque vingt mois, parce que au cap Horn nous avons rencontré un vent terrible qui nous a déviés de notre route, nous obligeant à faire trois mille milles de plus que prévu et à passer par Otahiti, Sainte-Hélène et au large des côtes du Brésil, sur un océan qui n'en finissait jamais. Maintenant la pluie cache tout, des lances d'eau serrées font une palissade, et les longues feuilles pendantes des eucalyptus masquent la trouée par laquelle on verrait la mer, mais la mer est là-derrière, illimitée, un immense soir qui descend sur les choses — tandis que lorsque, enfant, à Copenhague, j'allais voir les bateaux à Nyhavn, le vent qui en soufflant dans les haubans faisait claquer les drapeaux, l'odeur de saumure et ce bleu lumineux semblaient un matin frais et léger, qui invitait au départ.

Je sais, docteur, je sais ce qu'a dit le jeune Hooker, qui essaie pathétiquement de suivre son illustre père sur les sentiers de la science, en particulier de la botanique. Que je parle à tort et à travers et que j'en rajoute beaucoup, trop de kangourous et trop de baleines, et aussi le cap Horn doublé trop de fois, et du plagiat. Mais qui aurais-je plagié ? Le livre de son père sur l'Islande ? Mis à part le fait que c'est peut-être plutôt lui qui s'est servi de mon journal inédit et opportunément disparu, personne mieux que moi, qui ai eu injustement à en souffrir, ne sait combien est vaine l'accusation de plagiat. Existe-t-il, d'ailleurs, quelque chose qui ne soit pas plagiat ? En tout cas, si cette fois-là je me suis décidé à écrire mon histoire, c'est parce qu'il ne me semblait pas juste, comme j'en préviens dès le début en m'en remettant humblement à la miséricorde de Dieu et à la bienveillance des lecteurs, que... voilà, j'y suis, « mes tristes mais instructives vicissitudes s'enfoncent sans qu'on pleure sur elles dans les ténèbres d'une longue nuit silencieuse... ».

2

Donc vous voulez savoir si je m'appelle Tore. Je vois que vous êtes nombreux à me le demander. Si je sais ce que veut dire *on line* ? — Aye, aye, Sir. L'anglais reste la langue de toutes les mers et *Argos*, comme vous avez voulu appeler ce machin-là pour faire de l'esprit, ça rappelle aussi le nom d'un navire. *Du* navire. Navigare necesse est, était-il écrit aussi sur l'opuscule qui nous donnait les instructions pour devenir cybernautes. Même si pour ma part je préfère la bande magnétique, comme vous pouvez le constater ; oui, j'aime la voix, en particulier quand je veux envoyer quelqu'un se faire foutre. Comme vous autres en ce moment, toujours prêts à harceler un malheureux avec des questions indiscrètes, à l'espionner, à ne pas le perdre de vue. Bien sûr, Argos c'est le nom de ce dragon aux cent yeux... Mais je ne suis pas vraiment sûr que vous soyez si nombreux, finalement, peut-être même que toi, là, de l'autre côté, tu es seul et tu ne tiens pas à ce qu'on sache qui tu es réellement — « Stop, dans ce jeu il n'est pas admis de chercher la vérité. En tout cas tu aimes bien poser des questions, mais pour ce qui est de répondre... » — Bon, d'accord, je m'appelle aussi Tore (Salvatore)

Cippico-Čipiko (Cipico), et si ce n'est que ça j'ai eu aussi d'autres noms, c'était évident pendant ces années de lutte clandestine. C'était un peu autre chose que le *chat*. Le commandant Carlos aussi, Carlos Contreras, fondateur du glorieux Cinquième Régiment, noyau de l'Armée républicaine espagnole — No pasarán, on criait nous autres, et puis ils sont passés mais ça leur a coûté cher, mètre par mètre. Viva la muerte, ils hurlaient eux, et nous l'avons donnée à beaucoup d'entre eux, la muerte, et nous n'avons pas eu peur de la recevoir — Carlos aussi, qui avait vécu à l'ombre heureuse des épées, et qui était habitué à ne plus distinguer son propre sang, versé généreusement et sans peur, et celui des autres —, le commandant Carlos aussi avait des tas de noms, quand le Parti l'envoyait un peu partout dans le monde au nom de la révolution, et même plus tard il devait l'envoyer aussi ici en bas, pour organiser le mouvement communiste australien. Quand il essayait vainement d'organiser la mutinerie des marins à Split et à Pola contre Tito et que nous étions dans le goulag de Goli Otok soumis au kroz stroj, il ne s'appelait plus au contraire que de son vrai et pauvre nom, Vittorio Vidali.

Donc je m'appelle Salvatore — comme Jason, disait ironiquement le camarade Blasich, le guérisseur, celui qui sauve, le médecin qui connaît les drogues de vie et de mort. L'Histoire est une salle de réanimation et il est facile de se tromper de dose et d'envoyer dans l'autre monde les patients que l'on voulait sauver. Salvatore ; pour les amis, en dialecte, Tore. Salvatore Čipiko, puis Cippico, dans les années 20, après notre retour en Europe, alors que Trieste, Fiume, l'Istrie et les îles du Kvarner étaient devenues italiennes, que les Vattovaz étaient devenus Vattovani et les Ivančić Di Giovanni ou pour le moins Ivancich, bref que tous les noms slaves avaient été dûment rincés, l'Isonzo et la Jadransko More filtrés et épurés dans l'Arno.

J'ai eu aussi d'autres noms, c'était courant dans la lutte clandestine. — « Oui, Nevèra, Strijèla et... » — Bon, ça va. Vous savez tout de moi, tous, tant d'espions contre un seul homme... Ce PC contrôle le monde encore mieux que l'autre, ça se comprend, l'ancien P.C. a fait tilt qui sait depuis combien de temps. L'Histoire appuie sur une touche et le Parti disparaît ; moi, j'ai disparu avec lui et pourtant maintenant j'appuie sur une touche et je fais disparaître les inconnus trop curieux qui veulent connaître mes prénoms. Celui de Jorgen, ce n'est pas une cellule du Parti qui me l'a donné, c'est une cellule aussi, mais d'un autre genre — mais chaque chose en son temps. Port Arthur, il y a un siècle et demi, Dachau et Goli Otok, hier, maintenant. Attention avec ces touches ; sinon on finit par effacer un passage ici ou là et après on ne comprend plus rien, on ne sait pas qui parle, à qui appartient cette voix — quand elle change pour son propre compte, et qu'elle sort de toi différente, de ta gorge et de je ne sais où, tu ne la reconnais pas toi-même —

Enfin, ça, ce sont vos problèmes. Nous, en tout cas, nous parlons volontiers. L'envie de parler, nous l'avions déjà avant, seulement il n'y avait pas celle de nous écouter. Même vous, là-dessus, vous ne deviez savoir que peu de chose ou rien du tout, docteur Ulcigrai, si, comme je l'ai lu dans mon dossier, pour vous y retrouver vous avez dû vous faire prêter quelques études sur cette vieille histoire atroce bien oubliée. C'est cela, la véritable Histoire nosologique, pas la mienne — c'est l'Histoire qui est malade, qui est devenue folle, pas moi. Ou peut-être que je suis fou parce que je m'imaginais pouvoir la guérir, fou comme tous les guérisseurs, comme vous, comme Jason, qui pour la peau d'une brebis déchaîne la destruction et des crimes horribles et la folie...

Prenez note, docteur, complétez la fiche, expliquez à vos assistants le kroz stroj, cet atroce et ingénieux système qui met les détenus à la merci de leurs compagnons d'infortune et les pousse à s'entre-déchirer à qui mieux mieux pour se mettre dans les bonnes grâces des supérieurs... Faites au besoin un petit essai entre vous, comme ça vous comprendrez mieux. Écrivez, si vous voulez c'est moi qui vous dicte, mais écrivez. Ah, si vous l'aviez fait à l'époque, quand ils nous exterminaient et nous torturaient, et que tout le monde était sourd et muet ; les hurlements ne traversent pas le bras de mer, ils n'arrivent même pas jusqu'à Arbe, l'île la plus proche de Goli Otok, l'infernale île Nue. Ou Chauve, on l'appelle aussi comme ça. Mon Dieu, Arbe aussi avait eu son enfer, quand les Italiens l'avaient choisie pour massacrer les Slaves...

J'espère que vous l'avez bien comprise, cette histoire. Comment nous sommes venus en Yougoslavie, en 47, pour aider ce pays, qui s'était libéré des nazis, à construire le communisme, comment pour cela nous avions quitté nos maisons, à Monfalcone, et tout sacrifié, nous qui portions déjà dans notre chair les marques des argousins fascistes d'une moitié du monde, et comment peu après, quand Staline et Tito ont commencé à s'entr'égorger, les Yougoslaves nous ont accusés d'être des espions de Staline, des traîtres à la Yougoslavie, des ennemis du peuple et nous ont déportés, torturés, massacrés sur cette île, sans que personne n'en sache rien, ne veuille rien en savoir... Vous voyez, moi j'étais à Dachau, j'ai mis ma vie en jeu pour faire disparaître de la face du monde tous les Dachau. Dachau, c'est le sommet, l'apogée absolu du mal, mais au moins tout le monde a immédiatement su ce qu'était Dachau, qui étaient les assassins et qui les victimes, tandis qu'à Goli Otok, c'étaient des camarades qui nous massacraient et nous disaient que nous étions des traîtres, et c'étaient encore d'autres camarades qui ne voulaient rien en savoir, qui nous fermaient à nous la bouche et aux autres les oreilles. Et si personne n'écoute, se taire ou vider son sac c'est la même chose ; quant à parler tout seul à haute voix dans la rue en gesticulant et en faisant des grimaces, ça ne mène pas loin.

Il a fallu un autre chambardement pour que quelques-uns se souviennent de cette histoire et de ce désastre, un plus grand chambardement qui a fait voler en éclats le monde et le futur et qui m'a donné le coup de grâce en remisant au grenier nos drapeaux rouges et en balançant un grand seau d'eau sur notre sang, versé pour tous. On constate que quand les choses ont été foutues en l'air les langues se délient et les oreilles se débouchent. Parler, c'est quand même une consolation lorsque la révolution, pour laquelle tu as vécu depuis toujours et pendant les années de ta vie, n'est plus que la grimace d'un ballon rouge éclaté recroquevillé par terre, et que ces préservatifs fripés sont tout ce qui reste de ta vie. Maintenant je parle, ça vient à moi, chiffon utilisé depuis un temps immémorial pour frotter le fond de la cale et gratter le noir sous les ongles de l'Histoire. Le vieux chiffon, pendu à un hauban, s'agite et claque au vent ; s'il est trempé de sang il fait encore plus d'effet, c'est un drapeau rouge, plus beau que le drapeau bleu avec trois morues blanches que nous avions hissé à Reykjavik, Nous, Jorgen Jorgensen, Protecteur d'Islande, Commandant en chef sur terre et sur mer, Excellence pendant trois semaines, puis de nouveau aux fers, comme tant d'autres fois.

Ça fait du bien de parler. Vous le savez vous aussi, docteur Ulcigrai, vous qui me titillez avec vos questions — discrètement, sans appuyer, juste pour remuer les eaux. Les mots montent, restent bloqués, empâtés de salive, ils ont l'odeur de l'haleine. Parler, tousser, haleter — on avait vite fait de se ruiner les poumons à Port Arthur ou à Goli Otok, dans ces cellules glaciales et puantes et avec les tortures. Les mots débordent. L'eau pousse la plaque de l'égout et se répand, brunâtre, dans la rue, comme ce jour où à Trieste, remontant sous la pluie la via Madonnina, je me dirigeais vers le siège du Parti et le gouffre où allait sombrer ma vie.

Quand tu parles, et que tout remonte en toi, les souvenirs les horreurs la peur la puanteur de la prison les aigreurs d'estomac, tu as l'impression que ces mots sont quelque chose d'autre que les cicatrices que tu sens sur ton visage, que l'obscure pulsation d'un corps qui se consume et dont elles disent la consomption, que les catastrophes silencieuses qui se produisent dans les cellules et parmi les globules du sang, hécatombes quotidiennes de neurones, effroyables comme celles des Lager et des goulags dont parlent ceux qui ont survécu aux Léviathans qui les ont broyés, vaisseaux qui se rompent en petites taches bleuâtres sous la peau, bien plus petites et passagères que celles provoquées par les argousins dans les camps d'où nous sommes ou ne sommes pas revenus, prêts à nous sacrifier pour l'avenir, pour la vie qui n'est pas là, et à jeter dans la fournaise de tous les enfers notre présent, la seule vie que nous avions et que nous aurons eue pendant les milliards d'années qui séparent le Big Bang de la désintégration finale, non seulement de la révolution mais de tout.

Plongés dans les ténèbres qui commencent sous la peau et font du corps, de l'enveloppe qui reçoit un nom et un prénom, ou un numéro matricule au camp de concentration, une obscure cellule souterraine, semblable à celle dans laquelle ont fini tant d'entre nous, quand le monde est devenu la cellule d'isolement de la prison, le noir du trou du cabinet dans lequel l'argousin nous enfonçait la tête — dans ces ténèbres gluantes comme les murs de la prison, on a l'impression que les mots appartiennent à un autre monde, libres messagers qui énoncent sur le bourreau un jugement plus élevé que celui de son tribunal fantoche et qui peuvent traverser les murs de la prison comme des anges pour aller raconter la vérité de ce qui a été et annoncer la bonne nouvelle de ce qui va venir.

Peut-être que parfois le survivant heureux de parler se souvient du moment où, sous la torture, le nom qu'il voulait dire, le gémissement étouffé et le vomissement de sang qui lui coulait du menton étaient une seule et même chose, et il a peur que les mots aussi ne soient qu'un vomissement de la chair qui n'en peut plus, un râle, un renvoi et rien d'autre. Mais ensuite il se dit que ce vertige est une ruse, l'une des astuces du camp qui veut te plier, te faire sombrer en minant ce qui te soutient le plus, et donc qu'il faut résister comme il l'a fait alors, dire non et chanter *L'Internationale*, qui n'est pas un hurlement mais le chant d'un monde dans lequel on hurlera moins de douleur. Et il recommence à parler, à raconter — à tout venant, à vous, à ces maniaques aux aguets dans la Toile, à moi — parce que sans les mots et la foi dans les mots on ne peut pas vivre ; perdre cette foi, cela signifie céder, faiblir. Mais moi... — « Pourtant abdiquer, comme en Islande... » — Autre calomnie, autre histoire, chaque chose en son temps. C'est-à-dire jamais, ce n'est jamais le bon moment. En tout cas je n'ai jamais faibli et ça, je crois que je le dois, malgré tout, au Parti. Le Parti nous a essorés comme des chiffons, utilisés pour frotter les taches de sang coagulé, et à force de nettoyer les sols du monde entier notre sang s'est mélangé à celui que nous devions laver, mais ça nous a appris à être des seigneurs, ça oui, à nous comporter même avec les argousins comme un grand seigneur malmené par la canaille. Ceux qui se battent pour la révolution ne tombent jamais très bas, même si la révolution, à la fin, se révèle être une bulle de savon. Et même la prise de conscience que la banque a sauté fait partie de la capacité de prendre conscience de l'objectivité de l'Histoire, de ce que le Parti appelait la dialectique mais que depuis longtemps je préfère appeler la classe et qui ne vient peut-être que d'une longue familiarité avec le malheur.

Parler, même seulement entre nous, c'est peut-être la seule façon qu'il me reste d'être fidèle à la révolution. La réaction est moins loquace, elle abaisse impitoyablement mais fait semblant de rien ; elle se tait et fait en sorte qu'on ne parle pas de ce qui se passe. Ce n'est pas pour rien qu'on s'est tu pendant tant d'années aussi sur Goli Otok, sur ce déshonneur qui n'a épargné rien ni personne, ni le Parti ni les adversaires du Parti ni ceux qui de l'autre côté restaient bouche cousue et jubilaient de voir comment finissent les communistes. — « Mais maintenant on ne parle que de ça, c'est le coup de pied mais aussi le hi-han de l'âne au lion qui est en train de tirer sa révérence. » — Comme si je ne le voyais pas. Quand la révolution est finie, il reste un grand bavardage, parce qu'il ne reste rien d'autre : et bla bla bla et bla bla bla, comme des gens qui ont vu un terrible accident de la circulation et qui s'attardent sur le trottoir, au carrefour, à commenter l'événement.

3

Mon cher *Cogoi*, me suis-je dit ce matin-là à Trieste en sortant du siège du Parti, via Madonnina, on est *cagai* — on est dans la merde. À la différence de mon père, qui le disait aussi pour des inconvénients mineurs — une mauvaise carte dont tu écopes en jouant à la belote ou bien la clef de la maison qui reste introuvable, en pleine nuit, devant la porte fermée —, moi j'essaie de réserver pour les vrais coups du destin cette aimable expression de mon dialecte ou de ce que je peux presque considérer comme mon dialecte (et le vôtre, docteur Ulcigrai, même si je comprends qu'ici, aux antipodes, vous pouvez l'avoir oublié, tout en faisant semblant d'être encore là-haut, peut-être pour être sûr de ne pas avoir la tête en bas). En somme je la traite avec respect. Il me semble que c'est une façon aimable et digne de reconnaître les catastrophes, et aussi un signe de bonne éducation — de *Kinderstube*, comme disait mon père. Quand on rencontre quelqu'un qu'on connaît, même si c'est un raseur, il convient de le saluer et d'ôter son chapeau et si ce malotru se trouve être la mort ou un malheur, on essaiera évidemment d'éviter qu'il vous tienne la jambe en tournant au coin de la rue avant qu'il ait réussi à vous aborder, mais ce n'est pas pour autant qu'on doit oublier les bonnes manières, en descendant à son niveau.

Ce monsieur Cogoi doit être un compagnon idéal dans les situations catastrophiques ; il est doux, il ne s'énerve jamais, peut-être qu'il a déjà vu la main qui trace les lettres de feu sur le mur et qu'il a compris qu'il n'y a plus rien à faire, mais il ne s'agite pas, il ne parle même pas, il se contente d'écouter et d'approuver d'un signe de tête. Il ne serait pas ici, par hasard ? Vous ne l'avez pas vu ? Ah, si on pouvait avoir auprès de soi un type comme lui, dans le tumulte des choses, quelqu'un qui fait tout pour ne pas t'agiter. Je me rappelle très bien m'être adressé à lui de la façon habituelle en sortant du siège du Parti, ce jour-là, quand on m'avait dit que je devais y aller moi aussi, avec ceux de Monfalcone, deux mille à peu près, qui avaient décidé de tout abandonner, maison travail patrie, pour aller en Yougoslavie construire le socialisme.

C'était en fin de matinée, mais la pluie et l'air étaient sombres, couleur de fer. Des torrents d'eau sale dévalaient la via Madonnina, des traînées obscènes rayaient les murs fuligineux ; la pluie tombait, droite et drue, elle enfermait le monde derrière les barreaux d'une prison. Pendant que je marchais en essayant de m'abriter le long des maisons, je me suis retrouvé nez à nez avec une vieille femme ratatinée qui rasait les murs, vêtue de noir ; elle avait tiré sur sa tête une sorte de châle dont les franges, gorgées d'eau, s'entortillaient sur sa tête comme des serpents. À cet endroit la pluie avait fait sauter une plaque d'égout ; au milieu de la rue le liquide brunâtre, grossi par les ruisseaux qui s'y déversaient, s'étalait comme un fleuve. La vieille s'était accrochée à mon bras ; ses yeux noirs fouillaient mon visage, tout proche du sien et de sa bouche large, pendant qu'elle me demandait de l'aider à traverser la rue inondée, gênée qu'elle était dans ses mouvements par ce qu'elle portait sous le bras, un paquet contenant un tapis, une couverture ou quelque chose de ce genre. La pelure épaisse, mal enveloppée, était trempée et luisante de pluie ; les phares d'une voiture qui passait en nous éclaboussant tous les deux de boue l'a embrasée un instant d'une lueur dorée.

Elle se serrait contre moi, je la soutenais mais en reculant mon visage pour ne pas sentir, en dépit de l'eau et des rafales de vent, son odeur de vieille femme. Au milieu de la rue elle a trébuché, juste à l'endroit où le ruisseau fangeux était le plus profond ; je l'ai soulevée et j'ai sauté par-dessus cette espèce de gouffre mais j'ai glissé et en essayant de ne pas la faire tomber, j'ai forcé de tout mon poids sur ma cheville, que j'ai tordue violemment — un élancement, le pied se plie et sort de la chaussure, que le ruisseau entraîne vers une bouche d'égout un peu plus bas. Quand je me suis retrouvé sur le trottoir, de l'autre côté de la rue, mon pied me faisait mal et n'était plus couvert que d'une chaussette trempée. La vieille s'est dégagée agilement, a passé sa main sur mon visage et s'est éloignée rapidement en tournant dans la première rue adjacente. Avant de la prendre, elle s'est retournée. Ses yeux luisaient d'un feu noir, doux et vulgaire ; elle a murmuré une bénédiction et a disparu, de nouveau les phares d'une voiture ont fait briller comme de l'or, dans le noir de la rue et de l'air, la fourrure qu'elle tenait sous son bras dans le paquet à demi défait.

Le camarade Blasich, un peu plus tard, s'est moqué de moi en me voyant entrer avec une seule chaussure mais ensuite il s'est interrompu, il regardait mon pied et semblait mal à l'aise. Le siège du Parti était vaste et bizarrement réparti ; de petites pièces, des couloirs, des dégagements, une grande salle pour les conférences, un escalier intérieur qui montait, en tournant comme un toboggan, jusqu'aux locaux des étages supérieurs donnant sur la via della Cattedrale, perchés sur la colline de San Giusto. Maintenant il me semble que cet escalier était un raccourci entre deux univers, on entre là où se prépare la révolution et on ressort dans un autre monde ; la ville est à nos pieds, indifférente, de l'autre côté de la mer on voit des montagnes bleutées et pointues, un mur avec des brèches, les cimes sont des tessons de verre qui griffent le ciel. Révolution est un mot qui n'a pas de sens, comme ceux que les enfants inventent et répètent jusqu'à ce que les choses elles-mêmes tout autour n'aient plus de sens non plus, comme ces mots. Moi, par exemple, je disais rhodiacetaeversharp, je devais l'avoir lu dans une réclame. Je crois qu'il s'agissait de deux réclames différentes, mais ça n'a pas d'importance, eversharprhodiaceta, au bout d'un moment le monde entier n'était qu'un balbutiement sans signification, les choses flottaient, liquéfiées, chocolat épais et informe. Et maintenant révolutionrévolutionrévolution. — « C'est bien, mon ami, nous sommes sur la bonne voie. Révolutionrévolutioneversharprhodiaceta, quand on a compris ça la guérison est proche. Matrix revolutions, grand bouleversement qui ne se produit pour personne, ces esclaves enchaînés que tu t'es éreinté à libérer n'existent pas, avatars d'avatars de personne dans un jeu vidéo. Fini, les prolétaires, un clavier a remplacé la classe ouvrière, travailleurs de tous les pays, unissez-vous dans une puce et montrez-vous à la commande, seulement quand on appuie sur une touche. Apprends à te mettre au pas du jour. C'est facile, parce qu'il n'y a plus de pas du tout. Il suffit de ne pas s'entêter à vouloir contribuer à la marche du progrès. Schluss avec la folie des grandeurs, sauver le monde, faire la révolution, prendre une insolation sous le soleil de l'avenir. Pourquoi sortir et aller chercher des ennuis ? Ces pleurs et ces grincements de dents, là-dehors, ce n'est jamais qu'un programme comme un autre, ça ne vaut pas la peine de... »

Pourquoi me poser des questions, si c'est ensuite pour m'interrompre ? Donc Blasich était assis dans la salle du Secrétariat, dans son dos il y avait le portrait du Chef avec ses petits yeux cruels au-dessus de sa moustache débonnaire. « Aiétès au terrible regard, fils du soleil qui éclaire les mortels. » Oui, ces citations classiques, c'était une de ses manies, une coquetterie. Il regardait la vapeur qui montait de sa tasse de café et nettoyait le verre gauche de ses lunettes — rien que celui-là, comme toujours — avec son mouchoir. Sur son cou, ses cheveux roussâtres et délavés, presque ceux d'un albinos, étaient mouillés de sueur, les sourcils plus clairs vieillissaient son visage dont la peau était lisse comme celle d'un enfant. « Je pense que ta place est aux chantiers de Fiume », disait-il de sa voix calme et persuasive de professeur ; sur son bureau il y avait des cahiers, des devoirs faits en classe qu'il avait apportés du lycée pour les corriger, et *Les Argonautiques* d'Apollonios de Rhodes ouvertes, peut-être sur le passage qu'il avait donné à traduire. Il était connu pour sa sévérité et son exigence à l'égard des élèves : sans le grec, disait-il, on ne peut pas comprendre l'humanité que nous devons libérer et créer. « C'est là que vont les meilleurs, les plus qualifiés, qui sont aussi les mieux formés politiquement ; d'excellents camarades, ceux de Monfalcone, ils en ont vu de toutes les couleurs, beaucoup sont passés par les prisons fascistes et par les camps de concentration en Allemagne, comme toi du reste, sans faiblir... certains aussi ont fait la guerre d'Espagne, dans le Cinquième Régiment. Oui, je sais, comme toi là encore. Des gens tout d'une pièce, de vrais révolutionnaires... mais ce n'est pas un jeu d'enfants, ni non plus une noble compétition. Le Parti n'a que faire des têtes brûlées, pour les Oberdank chez nous il n'y a pas de place, et l'extrémisme infantile de certains révolutionnaires a fait plus de dégâts que toute la police des patrons... y compris en Espagne où, s'il n'y avait eu que les trotskistes et les anarchistes... » — Il regardait de temps en temps involontairement mon pied sans chaussure, sous le bureau.

« Mais il est inutile de répéter le b.a.-ba. Nous admirons tous ces gens, ces camarades de Monfalcone et les autres qui, avec eux, quittent tout pour aller construire le socialisme dans le pays le plus proche, c'est-à-dire celui de nos voisins.

« La Yougoslavie est détruite par la guerre ; il s'agit d'édifier un monde, un monde nouveau, et ceux de Monfalcone s'y emploieront à fond... bien sûr la situation est complexe, le parti yougoslave a ses problèmes, il y a de vieilles scories idéologiques, nationalistes... Du reste, ici à Trieste nous sommes bien placés pour le savoir. Et le camarade Tito, génial bien sûr, parfois même un peu trop... et ces camarades extraordinaires, prêts à tout sacrifier, enthousiastes, et l'enthousiasme est précieux, mais... la question nationale aussi est délicate là-bas, surtout depuis que la Yougoslavie a annexé l'Istrie. Bien sûr la question nationale pour nous n'existe pas, c'est un résidu bourgeois, mais en attendant, politiquement, tant qu'un peuple et sa classe dirigeante n'ont pas atteint une certaine maturité, nous devons tenir compte de ces positions, sans nous imaginer les avoir dépassées alors qu'elles sont encore devant nous, ce sont des murs encore solides... ce serait l'erreur extrémiste type, et ces camarades...

« En somme, ce serait bien que quelqu'un qui a la tête sur les épaules soit sur place pour voir, pour rendre compte, pour coopérer et aider, bien entendu, et aussi pour empêcher, s'il le faut et si c'est possible, en tout cas pour contrôler... et surtout pour nous renseigner, nous faire savoir, la structure interne, les groupes, les tendances... C'est une bonne chose que le Parti soit au courant de tout. Avec délicatesse, cela va de soi, d'abord pour ne pas faire offense à ces camarades extraordinaires... et aussi parce que, s'ils s'en apercevaient..., cela pourrait être désagréable », il m'avait regardé d'un air satisfait, content de lui, « du reste nous savons tous qu'une mission pour le Parti, ce n'est pas une promenade de santé...

« Et toi tu seras plus utile là-bas qu'ici. Peut-être que le Parti a pensé que pour être Secrétaire d'une fédération — importante, d'accord, autonome, mais qui reste quand même locale — il suffit d'un fonctionnaire comme moi, tandis que pour une tâche délicate, risquée... dans certaines limites, cela va de soi... Et de cette façon, pour parler franchement, comme on doit le faire entre camarades, se trouve clos ce petit malentendu entre nous deux à propos du Secrétariat — Oh, je sais bien que tu n'y aspirais pas, ce n'étaient que des rumeurs, mais les rumeurs aussi peuvent être dangereuses pour le Parti — je te connais, ce qui t'intéresse, ce sont d'autres choses, plus aventureuses — comme eux », il eut un sourire radieux, « dans le fond tu es déjà l'un d'entre eux, il est juste que tu ailles avec eux — Tandis que moi, assis dans un bureau à attendre les directives du Comité central et à corriger les versions grecques entre deux coups de téléphone — mais si le Parti le demande... Nous te ferons savoir comment nous communiquer les nouvelles, avec qui te mettre en contact », il s'était levé en me tendant la main. « Le camarade Tavani t'expliquera tous les détails. Adieu, camarade. »

Et c'est ainsi, mon cher Cogoi, que je suis parti. Cet adieu du camarade Blasich avait été solennel, presque noble soudain, affectueux, le salut à quelqu'un qui quitte la scène et à qui on peut donc sincèrement ouvrir les bras, en se montrant ému de son départ. Blasich n'aurait plus de crainte à avoir pour son poste de Secrétaire et ce qu'il pouvait procurer. J'ai descendu la via Madonnina, en même temps que les ruissellements d'eau boueuse, en tenant maladroitement en main cette édition des *Argonautiques* dont au dernier moment il m'avait fait cadeau, avec un élan inattendu. « Comme ça, en souvenir..., avait-il dit, je ne sais pas si tu auras le temps, mais — tu aimes les bonnes lectures, n'est-ce pas ? Et avec la traduction en regard... » Je me sentais disparaître dans ce gris, sous la pluie et parmi les gens ; un peu plus bas j'ai imaginé Blasich qui, de la fenêtre, me voyait rapetisser et disparaître — il me semble presque me voir, le dos trempé, les épaules un peu rentrées, l'allure rapide de quelqu'un qui disparaît à l'horizon.

4

Un peu d'ordre, d'accord, j'allais le dire, entre autres parce que sinon je m'y perds, moi le premier. Du reste ce n'est pas ma faute ; avec toutes ces questions qui se chevauchent, les réponses aussi s'entremêlent, parce qu'à chaque fois il faut que j'y pense et quand je réponds, une autre question est déjà arrivée et du coup on peut dire que je réponds à côté. Du reste c'est la technique de tous les interrogatoires.

Et ne me dites pas que vous ne me demandez rien, parce que je les entends quand même, vos questions ; je les lis sur vos lèvres fermées, sur la tête que vous faites, même quand vous n'êtes pas là, mais dans ces autres pièces, ou qui sait où, quand vous vous demandez toutes ces choses à mon sujet. Je les entends dans mes oreilles, criées, hurlées, répétées, des questions des questions des questions ; tout le monde veut tout savoir, faire sortir de la tête d'un pauvre diable tout ce qui est à lui, les pensées, les images, les souvenirs, les faits. Il y a des tas de choses dans la tête, des sourires, des mers, des villes, des ouragans qui sifflent ; le vent pénètre en hurlant entre les haubans, il entre dans les circonvolutions du cerveau et ne réussit pas à en sortir, il tourbillonne vertigineusement d'un hémisphère à l'autre, le droit et le gauche, ici et là, boréal et austral. J'ai vu cette photo de moi, docteur Ulcigrai, sur votre bureau, j'ai compris que c'était la mienne à cause du nom, même si ce nom peut prêter à discussion... mais je me serais reconnu de la même façon dans cette galaxie nocturne qui explose dans l'immensité, dans cette corolle grise et blanche qui s'effeuille dans l'obscurité, portrait-robot de la personne recherchée et du détenu Salvatore Cippico-Čipiko, photo d'identité du forçat Jorgen Jorgensen, portrait officiel de Sa Majesté le roi d'Islande, I.R.M. technique Brainvox, j'ai entendu ce que disait votre sous-fifre dans le jargon sibyllin coutumier aux inquisiteurs.

Oui, il y a des tas de choses dans la tête d'un homme. Enfin, il y avait, parce qu'ils te les enlèvent, ils te vident ; ces plaques noires, striées de filaments blancs comme des étoiles filantes dans le ciel nocturne, qui portent mon nom, c'est l'image de l'espace vide et sombre qu'il y a dans ta tête quand pendant toute ta vie ils t'ont tout enlevé. Cette obscurité laiteuse, ces grumeaux qui flottent dans l'infini, c'est moi — et si c'est ça le portrait d'un homme, est-ce qu'on peut raconter son histoire, elle a une histoire, une vie, cette bouillie ? Mais alors Maria, blanche marguerite dans la clairière obscure, ses yeux obliques, tendres, ironiques... ces étoiles obscures, qui luisent dans la nuit...

Avec ces portraits translucides de moi dans votre dossier, docteur Ulcigrai, j'ai quand même quelques difficultés. Je me retrouve mieux dans celui imprimé dans l'Almanach de Hobart Town en tête de mon esquisse autobiographique. Je doute que vos plaques durent aussi longtemps et je voudrais bien voir ce qu'elles seront devenues dans un siècle.

Il est simple, net. Vous le connaissez déjà, du reste, c'est sans doute vous qui l'avez glissé l'autre jour dans cette lanterne magique que vous avez, comme le faisait de temps en temps le soir mon oncle Bepi... Je vous fais un tour de magie, il disait. Comme vous voyez, je suis diligent et je tiens compte de vos exhortations à ne pas nous laisser aller, ici dedans, à cultiver, comme vous dites, nos intérêts, à participer à vos jeux — mon Dieu, si seulement... non non, rien, c'est très bien comme ça, je profite de la bibliothèque et j'ai même appris à me débrouiller un peu avec ces écrans, moi qui suis à la fleur de l'âge — d'ailleurs, si nous voulions aller voir de près ce que c'est, mon âge — l'enfance, peut-être ? J'ai entendu votre apprenti parler de ludothérapie ; donc cet endroit, avec toutes ces petites machines, c'est la salle de jeux de l'école maternelle — Quel âge donneriez-vous à ce portrait ? Un homme robuste, avec deux grands yeux clairs presque incolores, sans expression, qui regardent avec une tranquille innocence et passent à travers. Le monde se reflète dans cette eau, il suffit d'un battement de paupières et dans cette eau remuée il n'y a plus rien, tout glisse et disparaît. Des yeux clairs, insondables, un regard qui ne craint pas Dieu. Regarder les choses sans se demander ce qu'elles veulent dire ? Sinon on le paie cher, j'en sais quelque chose. Un front haut, des cheveux gris et ébouriffés, un grand nez et une bouche charnue, avide. Il porte un vieux frac tout reprisé, mais il a un *foulard* autour du cou...

Je n'ai pas trop changé, finalement, je me ressemble. Ça ne devrait pas vous étonner vous non plus, docteur Ulcigrai. Dolly aussi — une brebis, je l'ai vue en photo — ressemble à Dolly parce que c'est Dolly, et vous le savez mieux que moi, docteur, parce que vous l'avez appris, du moins je l'espère, d'une manière un peu plus approfondie qu'en le lisant simplement, comme moi, dans les journaux de votre centre ambulatoire. Du reste j'ai vu que cette histoire de la brebis, de la brebis et de moi, du clone, ça vous plaît, ça vous a convaincu. Tant mieux... j'avais un peu peur que vous autres, sceptiques comme vous êtes... eh oui, les scientifiques croient toujours que les autres disent des bêtises, mais ils prennent tout à la lettre. Moi j'essaie seulement d'expliquer qui je suis, qui nous sommes. Et alors, c'est comme quand on veut faire entrer quelque chose dans la tête des enfants, il faut être clair, simple, comme dans les fables. Qui, dans tous les cas, disent la vérité.

Mais ensuite l'Histoire, bien sûr, modifie une facette. Ainsi, si Dolly attrape la fièvre aphteuse, son museau pèle et se fripe, et elle ne ressemble plus à Dolly, sans vouloir offenser le noyau diploïde qu'on lui a mis à l'intérieur.

Moi-même il m'arrive de ne pas me ressembler. Regardez par exemple la photo où je suis avec Maria, mon visage face à son sourire, blond ressac qui se brise sur le rivage, puis regardez mon visage à mon retour de Goli Otok, avec ces yeux qui ne voudraient plus regarder nulle part, et dites-moi s'il n'y a pas plus de différence qu'entre la photo d'identité et ce vieux portrait. C'est peut-être bien Westall qui l'a fait, quand il est arrivé dans la terre de Van Diemen sur l'*Investigator* avec la mission de peindre, pour le compte de la Société royale des Sciences, le nouveau, tout nouveau monde — qui d'ailleurs était décrépit comme sa population qui part en brioche. Nous, quand nous sommes arrivés, nous leur avons porté le dernier coup ; nous avons débranché la machine qui maintenait en vie une race agonisante, une euthanasie coloniale et donc un peu violente — comme toutes les euthanasies, du reste.

S'ils avaient su travailler, nous les aurions fait trimer comme des bêtes, comme les forçats du bagne, mais vu que comme esclaves ils ne valaient rien et qu'ils ne savaient que souffrir et mourir, nous avons cultivé cette inclination, nous les avons fait disparaître complètement. C'est même écrit dans l'encyclopédie qu'il y a ici à la bibliothèque : « Tasmanie... Persécutés et massacrés par les premiers colons, puis décimés par les maladies apportées par les Européens, les Tasmaniens s'éteignirent complètement en 1876... » La dernière est morte en demandant seulement qu'on ne mette pas son squelette dans une vitrine au musée, et c'est pourtant ce qu'on a fait — dernier spécimen d'une race condamnée à s'éteindre et à subir encore des outrages au-delà de son extinction. Je suis bien placé pour le dire, c'est moi qui ai jeté la première ancre, annonciatrice de destruction, dans cet estuaire ; moi qui ai apporté la mort, les forces de Coriolis destinées à entraîner dans le trou immonde et tourbillonnant ces gens à demi nus et peints d'une malodorante graisse colorée.

Qui est là, maintenant, de qui vient ce message ? Ah, tu signes Jorundar, tu crois m'avoir, mais je te connais... — « Elle aussi, Mangawana, l'épouse d'une nuit dans la forêt, elle avait une odeur forte ce soir-là dans les feuillages, elle sentait la sauvagine. J'ai agrippé ses pieds qui envoyaient des coups, comme on attrape une bête, et j'ai étreint sa poitrine, mais ensuite je l'ai embrassée sur la bouche et sur la main, sur ses beaux doigts fuselés, comme on embrasse les femmes blanches. Ce n'est pas vrai que je n'aimais pas les femmes, si je n'en parlais pas, c'était seulement par timidité, mais ce soir-là, dans la forêt... » —

D'où tu sors, qu'est-ce que tu crois ? Tu ne m'impressionnes pas, ce n'est pas la peine de chercher à m'embrouiller avec ces artifices. Je suis un navigateur, non ? Sur toutes les mers, du Nord du Sud et de votre fameuse Toile. Et puis tu t'es grossièrement trahi, cher Cyberidiot, tu crois faire de l'ironie en utilisant ce surnom, et au lieu de ça — on voit tout de suite que tu as mal compris ce qu'on te soufflait. Jorundar n'existait pas encore, cette nuit-là ; il vient plus tard, c'est seulement quand je suis arrivé en Islande qu'on m'a appelé comme ça. Mon prénom, cette nuit-là, c'était Jorgen — ta nuit, Mangawana, mon épouse, mon ancêtre, Mena coyeten nena, je t'aime, Ève couleur de terre entre mes bras...

« Comme plus tard, qui sait, peut-être une petite-fille ou une arrière-petite-fille de la fille de cette nuit-là entre les bras de mon père ; le compte s'embrouille, il n'est pas facile de trouver le certificat de naissance de quelqu'un qui est venu au monde dans le bush, pondu debout les jambes écartées. Jan Jansen. » — Encore tout faux ; je ne sais pas combien vous êtes, à vous connecter, mais vous en savez moins les uns que les autres. Jan Jansen, c'était le nom que je portais quand j'étais à bord du *Surprize*. En tout cas, je n'en ai rien su ; peu de temps après cette nuit, je suis reparti de Hobart Town avec l'*Alexander*, vingt mois de voyage avec les tempêtes qui nous repoussaient en arrière. Quoi qu'il en soit, celui qui naissait d'une Ève noire dans la forêt naissait mort, sans droit à l'existence, fruit inexistant d'une race éteinte, qui a disparu et ne peut plus procréer. Il ne naît plus personne : s'il se passe quelque chose dans la jungle et qu'on trouve sous un buisson une bouillie de sang coagulé, c'est une histoire de bêtes.

Mais le sang s'écoule, filet caché et presque à sec

dans le désert, et pourtant il va se jeter loin, il afflue à un visage quand le cœur tremble... Quand mon père a pris dans ses bras Mangawana, peu lui importait de qui était petite-fille ou arrière-petite-fille cette fille brune qui venait de Tasmanie — et pourquoi aurait-il dû s'en soucier ? Il l'appelait ainsi, par jeu, dans les moments de tendresse ; il aimait ces vieux noms indigènes disparus. Et moi aussi, cette fille à la peau sombre qui travaillait avec nous à Sydney, à la rédaction du *Risveglio*, je l'ai appelée ainsi, quand — Non, ce n'est pas un roman délirant, docteur, comme vous l'insinuez sur vos feuilles de papier et vos bandes magnétiques. Bien sûr que je les ai écoutées, et après je les ai remises à leur place. Vous avez vite fait, vous, de dire des énormités. « Fabulations œdipiennes perverses, dissociation de la personnalité. Confond ses expériences sexuelles et sentimentales en Australie avec une femme aborigène ou métisse avec les divagations érotiques de son prétendu sosie, dont il se considère comme le clone, et projette ces délires sur ses parents, fabulations incestueuses à caractère sublimant. » Un joli tas de saletés ! « Affirme naturellement ne pas s'étonner de ce diagnostic, avoir l'habitude de s'entendre jeter à la figure toutes les accusations possibles. Adopte le système de défense habituel et archiconnu, la typique dénégation. » Eh oui. L'accusé nie, évidemment ! Circonstance aggravante, devant tous les tribunaux. Vous savez ce que vous faites, quand vous me mettez dans la bouche ces choses-là et que vous me les faites répéter, sous prétexte de vérifier si j'ai compris la question, et ensuite vous enregistrez ce que vous m'avez dicté. Mais il n'est pas encore dit que...

Mon père a épousé ma mère en 1906. Il venait juste d'arriver de Trieste — à une époque où les émigrés, surtout ceux qui venaient du côté de chez nous, étaient peu nombreux et où il était difficile d'arriver ici en bas, l'*Immigration Restriction Act* du gouvernement australien décourageait ceux qui n'étaient pas anglo-saxons. Même après 1945, quand il est arrivé tellement de gens ici en bas — en particulier venant du côté de chez nous, de Trieste, d'Istrie, de Fiume, de Dalmatie, peu de temps après je suis revenu moi aussi —, même alors ce n'était pas facile, avec ce tampon de displaced persons qu'ils apposaient sur nous, mais cinquante ans avant c'était encore pire, et pourtant mon père s'en est tiré. Il a commencé en coupant des cannes à sucre dans le Queensland, mais il est parti presque tout de suite en Tasmanie et son magasin d'articles de pêche, à Hobart, marchait mieux que bien.

Il avait accroché au mur, derrière le comptoir, un beau tableau de Vincenzo Brun, Almeo de son nom d'artiste, qui représentait des barques de pêche sur l'Adriatique. Ça oui, c'est une mer, disait-il d'un ton sentencieux, je voudrais vous voir dans le Kvarner, dans le canal de la Morlacca, quand il y a de la bora, ou, encore pire, à San Pietro in Nembi — d'accord, en croate Ilovik, ce n'est pas la peine de me le rappeler — quand la mer est mauvaise et que la bora et la tramontane soufflent en même temps. Et il montrait et expliquait ces *bragozzi* et ces *passere* que les Australiens aussi auraient bien fait de construire, disait-il, des coques et des quilles idéales pour traverser le détroit de Bass.

Naturellement il savait lui aussi que le *neverin* et la *nevera* font peur, d'accord, mais que les typhons, c'est quand même autre chose, de même que cet océan furieux au sud de Port Jackson. Je l'ai sillonné alors que le docteur Bass venait juste de baptiser le détroit qui porte son nom et de réaliser avec le capitaine Flinders la circumnavigation de la terre de Van Diemen, en découvrant qu'il s'agissait d'une île. Je l'ai traversé sur le *Harbinger*, le détroit de Bass ; on ne voulait pas me prendre à bord à cause de ma nationalité danoise et parce que j'avais débarqué illégalement, que ce soit du *Surprize* ou du *Fanny*, mais ensuite Michael Hogan, qui faisait de l'argent avec tout ce qui se présentait, avec les baleines le trafic d'esclaves le transport des forçats, m'a trouvé une place de second, avec une paie presque inexistante. Ce que n'ont pas manqué de souligner aussi, avec une ironie déplacée, mes deux sentencieux biographes, Clune et Stephenson, dans leur livre que j'ai trouvé dans cette librairie de Salamanca Place, non loin de l'endroit où se trouvait le magasin de mon père, un jeudi après-midi. Tout un rayon rien que pour moi, soit dit sans me vanter. Avec même une étiquette écrite à la main en caractères d'imprimerie, Jorgen JORGENSEN. Je ne sais pas si ces volumes sont plus ou moins dignes de foi que vos fiches et vos rapports, docteur Ulcigrai, mais en tout cas je les ai lus avec plaisir, et j'ai même pris pas mal de notes, comme vous voyez. Et, ainsi que vous me l'avez suggéré, de temps en temps j'en recopie un paragraphe, à l'occasion aussi à l'ordinateur, même si...

J'ai traversé ces flots et ces écumes noires sur le *Harbinger*, qui devait suivre le *Lady Nelson*, en profitant de sa route, dans le détroit de Bass, avec une cargaison de rhum destinée à être vendue à l'arrivée à Port Jackson. C'est ainsi que nous avons sillonné ces vagues énormes, lames blanchâtres d'une écume qui semble noire. Le grand Sud est noir, même la mer y est noire. Nous avons du reste découvert une île dont Bass et Flinders n'avaient pas perçu la présence, et nous l'avons baptisée King Island — en l'honneur du gouverneur de la Nouvelle-Galles du Sud, précisent mes biographes. C'est sûrement vrai, je ne m'en souviens pas, mais je dois l'avoir écrit quelque part, sinon comment ils feraient, eux, pour le savoir.

Par contre il me semble que je me souviens bien de la plage, remplie de phoques et d'éléphants de mer, masses spongieuses qui se frottent se chevauchent, vagues limoneuses qui roulent dans le ressac, souffles rauques de l'accouplement, aboiements d'une lutte, il est parfois difficile de distinguer entre les deux... — En tout cas ce sont les premiers qui font le plus peur, si tu perds tu n'en es pas quitte pour quelques morsures, car ce que tu perds c'est toi, c'est tout, c'est je ne sais trop quoi au juste —

Il vaut mieux rester au large des îles, dans ce détroit. Les déferlantes courent et roulent, énormes et noires, vers l'horizon noir, c'est autre chose que l'Adriatique, le Kvarner et la Morlacca. Mais quand même ces eaux de chez nous aussi doivent être une bonne école, et mon père n'avait pas entièrement tort quand il haranguait dans son magasin devant ce tableau de Brun — Vous voulez en savoir un peu plus, sur ce Brun ? Attendez... il faut croire que vous avez la nostalgie de nos terres lointaines, puisque dans la bibliothèque de cet hôpital ici en bas on trouve même des livres sur la peinture triestine. Donc, nous y voici... « Né à Trieste, atelier à Melbourne dans Flinders Street, expositions à la Victorian Artists Society et même en Nouvelle-Zélande, après 1905 on perd sa trace. » Eh oui, le Pacifique est un immense soir dans lequel on peut disparaître — mon père n'avait pas entièrement tort, disais-je, puisque Gino Knesić, qui avait appris à conduire une barque à Lussino, avant de venir lui aussi ici en bas comme émigrant, quand

Lussino en 45 est devenue yougoslave, a gagné la régate Sydney-Hobart, plus ou moins ma route.

Mon père, donc, s'est marié en 1906. À Sydney. Il a même fait faire une photo chez Degotardi, dans le fameux studio photolithographique fondé par Giovanni Degotardi, né à Ljubljana, et il semblerait qu'à son mariage soit venu jouer Alberto Vittorio Zelman, un Triestin lui aussi, violoniste remarquable et qui en Australie a été directeur de la Société philharmonique de Melbourne, concertiste, professeur au Conservatoire, etc. etc., digne fils de l'auteur de l'opéra mémorable et oublié *Il Lazzarone* — mémorable et oublié comme tout effort humain noble et généreux.

Sur la photo, faite par Degotardi Jr Jr, on peut remarquer la peau un peu brune de ma mère, ces pommettes si particulières, saillantes, asiatiques, australasiatiques en l'occurrence — des pommettes pannoniennes, disait mon père, qui les aimait beaucoup, parce qu'elles lui rappelaient celles de certaines femmes de Fiume d'origine hongroise. En effet Maria... Je veux dire, ma mère, qui était de Launceston, avait sûrement du sang tasmanien — sang éteint, d'une race éliminée de la face de la terre, officiellement disparue et qui donc, si elle avait survécu dans quelque recoin ignoré de la forêt, n'avait pu le faire qu'illégalement. Je voudrais bien que dans mes veines aussi coule ce sang clandestin, sucé dans le sein où, envahisseur étranger abusif, elle m'avait quand même accueilli avec amour et fait sien. Le mien, de sang, je l'ai versé aussi en Espagne, en Allemagne et en Yougoslavie en croyant le verser pour que personne ne puisse plus exterminer aucune race...

C'est pour ma mère que mon père, qui l'avait connue dans le Queensland quand il travaillait encore dans les plantations de canne à sucre, puis épousée à

Sydney, est allé en Tasmanie, où elle était née et avait grandi, et où je suis né moi-même — en 1910, docteur, croyez-moi, n'insistez pas. C'est là que, des années plus tard, j'ai eu la chance de retrouver et de lire l'autobiographie que j'avais écrite à l'époque pour l'Almanach de la Compagnie de la terre de Van Diemen à Hobart Town. Une autobiographie un peu succincte et lacunaire, mais l'espace qu'on m'avait attribué était ce qu'il était. Du reste, si je devais faire concurrence à mes biographes et raconter tout ce qui m'est arrivé, je serais le premier à perdre la tête ; ce serait comme allumer une bougie dans la soute aux poudres, une grande explosion et le bateau saute en l'air...

5

Ah, l'enfance. Vous voulez l'enfance, l'adolescence, oui, bien sûr, c'est évident, docteur, vous voulez comprendre, remonter en arrière, à l'origine et à la cause de tout. Eh bien, vous n'avez pas à vous plaindre ; plus en arrière que ça, il me semble que ce serait difficile. Nous n'arrêtons pas de remonter, et de plus en plus loin en arrière, jusqu'au zygote, au diploïde originel heureusement transplanté — non, malheureusement, mais ceci est un autre problème, et je sais qu'il ne vous intéresse pas, le bonheur n'intéresse personne. Quoi qu'il en soit, transplanté pour vivre et survivre, en dépit de tous les camps de concentration de la terre. Je sais déjà ce que vous voulez me dire, je le lis sur votre visage, pourtant si indécis — après tout on ne peut pas clouer le bec à un patient, c'est l'une des premières règles de la thérapie. Ces choses-là on les a découvertes plus tard ; à l'époque où je suis né, il ne pouvait naître aucune Dolly, c'est une pure invention de ma part. Exactement, une invention scientifique. Vous êtes tous les mêmes, vous, les scientifiques. Envieux, avides d'être les premiers à découvrir la vérité ; avant il n'y a rien, seulement des croyances primitives grossières, damnatio memoriae pour qui est venu avant. Et au contraire ce génial inconnu — qui avait émigré en Australie, displaced person lui aussi — avait dès ce moment tout découvert, il savait dès ce moment comment nous rendre tous immortels, brebis hommes et diploïdes ; dès ce moment en effet il m'a condamné à la peine éternelle de vivre. Mes parents, je crois, ne pouvaient pas avoir d'enfant et lui, croyant bien faire...

Ô mort, où est ton aiguillon ? La croix à double hélice l'a émoussé ; il est juste que ce soit une croix, peu importe laquelle, qui soit victorieuse de la mort — et victorieuse aussi de nous, les morts rappelés à la vie, marins qui avaient fini par s'endormir dans une taverne et que soudain la brigade d'enrôlement forcé, faisant irruption dans le caboulot à la recherche de bras pour la chiourme de Sa Majesté, secoue, réveille sans ménagement et oblige, à coups de trique s'il le faut, à se lever et à se traîner jusqu'au bateau — comme ça m'est arrivé cette fois-là à Southampton — et à grimper de nouveau dans les haubans, briquer le pont, manœuvrer, se trouver de nouveau parmi les tempêtes et les canonnades. Pourquoi réveiller celui qui dort ? Je serais si heureux, s'ils m'avaient laissé reposer en paix ; c'est horrible cette idée de se réveiller tous ensemble, au dernier jour, un heureux dernier jour qui devient au contraire un désastreux premier jour, le début de l'éternité, du camp de concentration qui ne finira jamais...

6

Bon, alors, l'enfance, les enfances, j'y arrive, tout est écrit ici, il suffit de lire. Cette aile du palais royal de Danemark, à Christiansborg, est vide et silencieuse, à part le tic-tac des pendules dans l'atelier de mon père, à côté, et la voix moelleuse du magister Pistorius quand il nous fait une leçon, à mon frère et à moi. Les jours où siège la Cour suprême, les juges traversent les longs corridors avec leurs toges rouges, précédés par les gardes. Les corridors sont obscurs, quelques rayons de lumière filtrent des rares fenêtres fermées et les hallebardes, en passant devant ces interstices, brillent un instant comme des éclairs dans la nuit, vacillent et s'éteignent dans les ténèbres. Un peu comme ces fenêtres que j'ouvre et referme instantanément, quand je les suis avec la flèche sur l'écran, pour entrer dans ce palais d'enfance... — La porte de l'antichambre, derrière laquelle se trouve la salle de la Cour, se referme derrière le cortège silencieux. Le commandant du camp de concentration lui aussi passe avec ses aides au milieu de nous, alignés en files silencieuses, hauts murs qui nous séparent du monde — nous sommes nous-mêmes les pierres mortes de ce mur. À Dachau et à Goli Otok, dehors sous le ciel, il faisait plus sombre que dans les corridors du palais royal. Djilas et Kardelij aussi, quand ils sont venus visiter le goulag, sont passés entre nos files, nos murs de ténèbres, comme ces juges en toge rouge. Tous les tribunaux ont la couleur du sang — mais celui-là c'était après, très longtemps après la fin de l'enfance.

Le rouge, ça se paie. L'oncle Albestee, président de la Cour suprême, qui avait la toge la plus rouge et la plus belle, est mort parce que, étant à table avec le roi, il n'avait pas jugé convenable de se lever pour aller uriner. Il s'était contorsionné le plus dignement possible, en proie à des élancements de plus en plus insupportables, jusqu'à ce que sa vessie éclate et qu'il tombe en souillant de vomi sa toge purpurine. Notre drapeau rouge aussi, que nous avions tenu haut, même taché de notre sang et de celui des autres, est tombé dans une flaque de vomi vineux.

L'enfance. L'obscurité, le silence, la voix de Pistorius qui nous enseigne la rhétorique en nous faisant faire des exercices, décrire l'étonnement du paysan qui voit le premier navire, l'impie *Argo* plus perfide que le perfide élément qu'il est le premier à défier, et qui se demande ce que ça peut bien être, un monstre craché par les abysses qui se débat dans la fureur d'une blessure et agite l'eau sombre comme des flots de sang, énorme oiseau happé par quelque immense poisson, qui secoue ses grandes ailes blanches et s'enfuit sans parvenir à se dégager de la prise féroce et à s'envoler, nuage harcelé et battu par le vent, crête écumeuse d'une vague démesurée, colère du dieu...

C'est si bon d'écouter Pistorius, qui apprend à décrire des navires et des naufrages, dans cette salle où règne la pénombre et que le soleil n'éclaire que le soir du feu de son couchant. Sur les murs, il y a des portraits d'hommes vêtus de noir avec de hautes collerettes, leur tête inclinée pesant sur leur poitrine comme si elle était seulement posée sur leur cou ; des têtes décapitées remises en place pour ne pas attirer l'attention, les collerettes servent aussi à cacher le sang et la trace du couperet, comme ça personne ne s'aperçoit de rien. À Dachau, la commission de la Croix-Rouge a trouvé que tout était normal ou presque. Et même celle du parti socialiste français, venue à l'invitation du Comité central du parti communiste yougoslave visiter Goli Otok — seize personnalités de premier plan, dont quatorze parlementaires —, n'a rien vu elle non plus ; rien que des baraquements et des locaux nettoyés pour l'occasion, des prisonniers triés sur le volet, tout était normal, rien à signaler. Le kroz stroj et le bojkot, prêts à recommencer quelques heures plus tard, étaient là, à quelques mètres, mais invisibles, inexistants ; les camarades français sont rentrés chez eux édifiés et satisfaits.

L'odeur du sang est forte, mais les déodorants sont encore plus forts et on ne la sent pas même quand il coule à flots et bouillonne. Même Ranković, « Marko », le ministre de l'Intérieur venu en inspection sur l'île, ne l'a pas vraiment vu et pourtant il s'y connaissait, lui, en matière de sang. Oui, putain de sort, il a dit, qu'est-ce que nous avons fait de ces camarades... Ça l'avait ému, touché, même lui, de voir dans cet état-là des gens qui avaient été avec lui dans le maquis, contre les Allemands, mais lui non plus n'a pas vu grand-chose, rien que quelques gouttes de l'hémorragie. Il s'est fait promettre que les choses allaient s'arranger et il est parti en les laissant telles qu'elles étaient. Peut-être que, quand on s'est habitué à le verser et à le voir verser, on s'habitue au sang et on ne le voit plus, comme on ne voit pas l'air qu'on respire.

Qui sait, peut-être qu'ici aussi... Il y avait un boucher, à Orlec, dont on disait que quand il rentrait chez lui, tout souillé, il faisait l'amour avec sa femme sans même se laver les mains ; il ôtait son tablier non parce qu'il était sale mais uniquement parce que dans ces circonstances on ne peut pas moins faire que de quitter ses vêtements, qu'ils soient sales ou propres.

L'enfance. Oui, en ce temps-là le rouge était uniquement celui des toges des juges, trop peu pour colorer le monde. C'était si bon d'écouter Pistorius avec son ample casaque sombre et son collet souple sous sa barbe inculte, déclamer et commenter les descriptions de naufrages dans de beaux vers sonores. C'était encore meilleur d'écouter, pas très loin du palais, les récits des marins dans le port de Nyhavn. Là les bateaux ne coulent pas, ils se balancent légèrement et font du bruit, à cause du vent qui là-haut souffle dans leurs voiles ; c'est tout juste si parfois on entend parler d'un bateau qui n'est pas rentré. Courir sur le quai, sauter sur les ponts, grimper au mât jusqu'à ce que quelqu'un me chasse. Là-haut dans les haubans on se sent petit, dans le soleil et dans le vent ; un petit poisson qui pourrait finir dans le bec d'une mouette, mais qui n'a pas peur.

Ce bercement sous les pieds donne un sentiment de sécurité, tout est fluide, provisoire, on a l'impression qu'il serait plus facile de fuir. Si on t'attrape, tu es mort. Et même mort, tu dois te cacher, t'évader, parce qu'ils viendront te chercher même là, si tu as autant de malchance que moi. Le froid subantarctique m'a bien conservé, trop bien même, quand je suis mort ici en bas. — « Un cadavre dans le permafrost, dont les cellules staminales sont encore vivantes... » — et la Gestapo de service, peu importe sous quel autre faux nom, les a prélevées et m'a obligé à tout recommencer depuis le début. Les bourreaux n'en ont jamais assez ; je n'avais pas assez souffert, assez trimé, alors ils ont annulé mon *ticket of leave*, ce permis de s'en aller que le gouverneur accorde aux forçats repentis, et ils m'ont fait reprendre du service, service obligatoire, travaux forcés à vie et au-delà de la vie.

À Nyhavn, en ce temps-là, je pensais à partir, pas à fuir. Le monde était là, devant moi, libre et ouvert comme la mer, avec ses goélettes, ses bricks et ses schooners portant des noms et des drapeaux de tous les continents. Odeur des eaux saumâtres mêlée à celle des grands entrepôts sur les quais, sucre et rhum des Indes occidentales, thé de Chine, tabac et coton américains, laine anglaise, olives des pays méditerranéens — en Istrie aussi il y a beaucoup d'oliviers —, huile de baleine, cris des marchands ambulants qui proposent du miel et de la bière. Le monde est là, à portée de main ; beaucoup de terres sont lointaines, mais ces voiliers les rejoignent d'un bond, ils ouvrent leurs voiles comme les ailes d'un albatros et traversent océans et tempêtes, la colombe revient vers l'arche non seulement avec un rameau d'olivier dans le bec, mais avec toutes sortes de bonnes choses. À Hobart aussi, quand mon père et ma mère m'emmènent sur la plage, devant moi il y a l'immense liberté de la mer, une promesse qui s'élargit jusqu'à comprendre et embrasser toute la vie, comme le sourire de Maria, horizon qui s'ouvre — comment aurais-je pu imaginer, alors, qu'au contraire...

Même plus tard, lorsque après la mort de ma mère nous étions revenus en Europe, plus précisément en Italie, dans ce paradis maritime de ses frontières orientales qui devait par la suite devenir mon enfer, le monde était devant moi. Nous prenions la barque à Cherso, nous partions d'Ossero ou de Miholašćica dans la grande lumière de juillet — pierres blanches du môle et filets étendus à sécher, ondulés comme l'ourlet de la mer sur la plage, ciel de cuivre et stridulation des cigales, la lumière glisse dorée comme de la résine le long d'un tronc, des barques s'en vont et se perdent dans la réverbération, le regard et la pensée aussi s'enfuient au-delà de l'horizon, en avant.

Des années plus tard, quand j'imprimais un journal clandestin qui s'appelait comme ça, je croyais que cette vie devant moi — devant nous tous, car c'est seulement ce qu'on fait pour tous qui est digne d'être fait et vécu —, ce golfe, cette mer étaient le libre avenir. Mais déjà pendant ces après-midi parfaits de félicité marine j'étais berné, piégé dans ce destin inéluctable parce que construit volontairement de mes propres mains, avec ma liberté que j'étais prêt à sacrifier en même temps que ma vie, même si je ne savais pas bien pour qui, pour le monde, pour ce ballon vide mais lourd, en fer, que j'ai cru tirer dans la bonne direction, en faisant aussi des têtes, comme à l'époque où j'étais arrière dans l'équipe de l'école, et qui m'a fracassé tête et jambes quand on me l'a tiré dessus. Déjà lorsque nous sortions le long des côtes, en partant de la baie de Lopar, à Arbe, la proue était dirigée vers Sveti Grgur et Goli Otok — voisines et très lointaines, un étroit bras de mer et un océan d'événements et de dévastations à traverser.

Le monde est bon. Peut-être aussi que non. L'atelier d'horlogerie de mon père à Christiansborg, par exemple, est très beau. Le temps s'écoule en multiples filets. Ils se croisent, s'emmêlent ; mon cœur bat calmement, régulièrement — « Le mien aussi, tu l'entends, non ? » —, mais quand ils battent ensemble ils se heurtent, s'agitent. Une fibrillation, une palpitation haletante, mon cœur s'affole, regardez ce tracé, ça ne ressemble plus à rien, quel gribouillis, dites à votre sous-fifre de faire un peu plus attention, avec les taches obscènes de cette machine qui a la prétention de photographier le cœur. On peut y lire n'importe quoi, n'importe quelle cochonnerie, comme dans les dessins que votre autre apprenti à la manque s'amuse de temps en temps à me montrer, en me demandant ce que j'y vois ; on ne plaisante pas comme ça avec le cœur d'un homme.

J'aimais me glisser dans l'atelier de mon père, parmi ces globes de verre, pour certains de bonne dimension, dans lesquels ma tête et toute ma personne, quand je passais devant, s'écrasaient ou se dilataient, se distordaient en silhouettes difformes, enflures pléthoriques qui l'instant d'après s'amincissaient en images filiformes et grêles, vacillements fugaces sur la face lisse et courbe de la pendule, visage stupide du temps qui passe.

Parfois ces cristaux, ces pendules, ces sphères et ces cadrans colorés semblent être des créatures du fond de la mer, poissons ronds aux écailles diaprées, à la peau diaphane et irisée, volutes lentes, immobilité subaquatique. Dans les saphirs aussi, ceux que travaille mon frère Urban, qui aide notre père en préparant la précieuse poudre pour les mécanismes des pendules, il y a le fond de la mer. Urban meule, facette, perce les gemmes, les dispose dans le mortier, les triture, les filtre jusqu'à ce qu'il ne reste plus qu'une poudre très fine et scintillante, écume de rien du tout. Lorsqu'il me fait regarder à la loupe dans un saphir, je descends dans des profondeurs sous-marines, obscurités bleues, blancheurs d'aube et de neige, la mer d'Otahiti où j'ai dit — vous le savez, mes papiers sont entre vos mains, comme tout du reste, vous m'avez enlevé jusqu'à la ceinture de mon pantalon —, où j'ai dit que j'avais été heureux, mais ce n'est pas vrai. Ce paradis d'Otahiti est un abîme infernal, peuplé de requins et de pieuvres prêts à vous mettre en pièces dans les eaux azurées. C'est là, dans les profondeurs et dans les transparences de ces pierres, que la loupe mettait en mouvement et illuminait de lueurs, que j'ai été heureux, une fois et plus jamais. Non, je l'ai été encore une autre fois, sur la plage de Miholašćica, mais cela a duré si peu, alors que ces heures ou ces minutes passées à regarder dans le saphir, à descendre lentement dans ces eaux bleues, étaient longues, un temps dilaté, une fixité d'aquarium. Le bonheur est immobile.

Ce n'est pas la peine de faire ce petit sourire, docteur. Oui, je sais, cette histoire de ma mère — vous revenez tout le temps là-dessus —, qu'elle ne regardait que mon frère, qu'elle n'avait d'yeux que pour lui, ce sourire qu'elle avait quand il lui montrait ses pierres pourpres et turquoise, et pour moi au contraire la bouche serrée, dure, fermée... Ce n'est pas vrai — je l'ai dit ou écrit moi-même, et après ? je ne m'en souviens pas, pourquoi prendre subitement pour argent comptant tout ce que je dis, vous qui d'habitude ne me croyez jamais — C'est encore un complot pour me discréditer, pour m'ôter toute dignité — le nourrisson, à vous en croire, vous et vos pareils, dès les premières semaines de sa vie, ne se contente pas de regarder sa mère, il veut captiver son regard, être regardé, c'est ainsi qu'il devient un être humain, j'ai lu ça dans un article à la bibliothèque. Mais si la mère est une garce et ne le regarde pas, si elle ne le reconnaît pas et l'abandonne au coin d'une rue ? Tant pis pour lui, il reste une bête, exclu de l'humanité, comme les damnés de la terre, comme moi — ne me mettez pas en colère comme hier soir, ou avant-hier, je crois bien que j'ai cassé une vitre, peut-être même deux, et puis ce n'est pas la peine de forcer sur le Fargan, le Valium, le Lexotan, le Sérénase, le Lithium, le Risperdal, le Carbolithium, le Risperidon, avant de démolir la pharmacie j'ai bien enregistré les noms, il faut connaître ce qu'on décide de détruire.

Qu'est-ce que c'est que cette histoire de mère qui ne m'aimait pas, qui est-ce, ce sphinx pétochard qui en se cachant derrière l'écran insinue de telles énormités ? Ah, tu as disparu, tu t'es effacé, tu as eu peur... Ce sourire clair dans ce visage chaud et brun, sa bouche près de ma joue, devant le Derwent qui s'ouvrait sur la mer, son italien étrange, très doux, un peu guttural — mon père se moquait gentiment d'elle à cause de ces voyelles ouvertes, il disait que personne n'aurait cru qu'une Tasmanienne pouvait prononcer l'italien aussi mal que les Triestins...

C'est tout ce que j'ai eu, ce sourire. Oui, à Christiansborg elle était sévère avec moi ; elle ne me prenait presque jamais dans ses bras, comme elle le faisait souvent avec Urban. Mais c'était pour m'éduquer, pour m'endurcir et me rendre capable d'affronter la dureté du monde. Urban est toujours resté à la maison ; il n'avait pas besoin d'une peau aussi coriace, capable de supporter le gel de l'Arctique et le soleil de l'Équateur, les tempêtes, les coups de canon et de fouet. Moi, par contre, dès quatorze ans, quand j'ai embarqué comme mousse sur le *Jane*, un charbonnier anglais, qu'est-ce que j'aurais pris si j'avais été le petit chéri à sa maman. C'est bien que je sois parti sans un baiser.

Comme vous voyez, on se souvient de beaucoup de choses. De temps en temps je m'aide en lisant mes papiers de jadis, comme le font beaucoup d'autres, surtout s'ils sont vieux et oublient ce qu'ils ont vécu. Un journal que l'on a tenu, une lettre que l'on a reçue autrefois aident à ressortir les années du puits obstrué. Donc je me souviens et vous pouvez en profiter. C'est une découverte dont vous pourrez vous vanter, et je vous cède volontiers le droit, vu que je ne suis pas rancunier, d'en tirer une communication scientifique fort intéressante, révolutionnaire, et de vous en approprier le mérite. Ce qui m'intéresse, moi, c'est qu'on fasse des révolutions, peu m'importe qui les fait.

Donc il n'est pas vrai, contrairement à ce que disait ce professeur dans cette revue qui se trouvait dans la salle où nous attendions qu'on nous fasse l'I.R.M. —, donc il n'est pas vrai que — attendez, je l'ai recopié intégralement, voilà ce qu'il a dit, quand il y a eu tous ces débats à propos de Dolly, la brebis : dans la mémoire de l'A.D.N., a-t-il dit, il ne reste aucune trace de l'acquis et donc un cloné, un clone, un ressuscité, ou plutôt un réveillé ne peut se souvenir de rien de ce qui lui est arrivé. C'est peut-être vrai pour Dolly, de quoi pourrait se souvenir une stupide brebis, mais pas pour moi, qui me souviens de tout. À l'évidence la glace de l'Antarctique a bien conservé mes cellules, qui continuent à tenir tête à l'horreur et au tumulte des événements.

Donc je me souviens, et comment ! Cette barque qui rentre à Miholašćica pleine de crabes, de dentis et de rascasses, mon père heureux qui regarde vers Unie et me parle de ma mère à Hobart, qui me portait dans ses bras dans l'eau — elle est froide, mais pas pour moi et donc pas pour lui non plus, disait-elle en riant à mon père, et son sourire avait la même blancheur que l'écume des vagues. À Miholašćica aussi l'eau est plus froide que sur le reste de l'île, ajoutait mon père, sauf dans la Plava Grota en dessous de Lubenice ; c'est sans doute à cause des courants d'eau douce qui filtrent sous la roche depuis le lac de Vrana, qui sait combien elle l'aurait aimée, cette mer. Mais toutes ces choses sont si vagues, si fluctuantes...

L'enfance à Christiansborg, en revanche, est bien documentée, notamment par des écrits. Ces murs du corridor tapissés de rouge, deux fois par semaine les serviteurs les recouvrent de tentures noires. Dans la salle, au fond, on voit entrer le prince héréditaire Frederick, son beau-père Carl von Hessen et le ministre Bernstorff — c'est mon frère qui me chuchote leurs noms pendant qu'ils passent devant la porte entrouverte de l'atelier. Quand ils entrent dans la salle, on entrevoit pendant un instant d'étranges objets sur une table, des chandeliers, un portrait. Il y a aussi deux hommes, dont l'un de haute taille, vêtu de noir, qui s'affaire avec des croix et des voiles noirs. On entend parler à voix basse, siffler, psalmodier, frapper. Là-dedans, il se passe quelque chose. L'homme de haute taille parle à quelqu'un, qui n'est pas entré avec les autres.

Qui veulent-ils évoquer, rappeler d'outre-tombe dans ce palais ? Ce doit être Struensee, le grand ministre, comme on le murmure au palais. On dit que son visage est couvert de sang mais qu'il est encore reconnaissable. C'est étrange, vingt ans après son exécution, mais c'est bien lui, torve et pourtant suppliant. Quel visage, quel âge ont les morts ? Là-dedans les autres le voient. Personne ne voit jamais ces choses soi-même ; il n'y a que les autres qui les voient. Lorsqu'un soir la porte s'ouvre un instant et que, tapi dans l'ombre, je peux jeter un coup d'œil dans la salle, je ne vois rien, presque rien ; des mains qui gesticulent, un portrait et un poudroiement qui flotte dans l'air, une poignée de poussière qui brille à la lueur d'une torche, ondule, dessine une forme, la dissout, poussière qui s'élève au-dessus des vieux meubles, un visage, non, seulement quelque chose qui est en train de se dissiper, un nuage, les nuages ont une forme, non, ils n'en ont pas.

Pourquoi déranger quelqu'un qui est mort depuis vingt ans ? Ils essaient de l'évoquer pour le faire voir au roi. Sa Majesté Christian VII ne sort presque jamais de ses appartements, dans l'aile opposée du palais ; il reste pendant des heures et des heures à fixer le tableau de Hogarth, *Madness, thou chaos of the brain*, la lèvre inférieure pendante sous la bouche entrouverte et les bras ballants le long du corps. Le docteur Osiander a dit qu'une grande frayeur — comme de voir réapparaître d'outre-tombe le tout-puissant ministre qui a souillé sa couche et qu'il ne s'est que difficilement, malgré cela, laissé convaincre de livrer à la justice — pourrait le guérir de son hébétude. Je voudrais voir Struensee, fût-il couvert de sang ; il n'y a pas à avoir peur des morts, seuls les vivants peuvent faire du mal, et ils en font en effet le plus qu'ils peuvent. De l'autre côté de la porte on entend des coups, puis la voix de l'homme de haute taille qui dit à Struensee d'aller, de nuit, chez le roi George d'Angleterre, et qu'ainsi peut-être la folie de Christian VII passera en lui. En même temps que les coups et la voix, on entend aussi un juron du comte Bernstorff, il a dû se faire mal à la jambe en se cognant à la table.

Des bruits, des voix, une rumeur, quelque chose,

rien. Qui parle là- dedans ? Et maintenant aussi, docteur, qui est-ce qui de temps en temps parle dans ce magnétophone, quand vous m'interrompez et que vous appuyez sur une touche ? Là, dans le corridor du palais royal, c'est moi, d'accord ; je suis sorti de l'atelier et je me suis caché derrière une colonne près de la porte de la salle, j'écoute mais je ne sais pas qui, cette voix qui monte de l'intérieur — de l'intérieur de moi, de l'intérieur de la salle, personne ne sait jamais d'où vient une voix. Je parle, je parle, mais toute ma vie, et maintenant encore, je n'ai jamais fait rien d'autre qu'écouter et répéter ce qu'on me disait. Pistorius nous avait lu ces vers dans lesquels Ulysse invoque les ombres de l'Hadès. Pour écouter les morts, pour les faire parler et répéter ce qu'ils disent, il faut du sang — celui de Struensee a été versé il y a vingt ans, il coule encore, le sang coule toujours.

Voilà, l'ombre réapparaît, appelée par ce sang, elle frappe sur la table, elle murmure à l'oreille de l'homme de haute taille vêtu de noir qui répète ses paroles ; je les répète moi aussi, blotti derrière la porte, l'œil collé au trou de la serrure. Le corridor obscur se dilate, un grand vide d'ombre, un murmure de plus en plus fort, je répète ces mots avant qu'ils s'évanouissent. L'ombre se déchire comme un lourd rideau de velours lacéré par un sabre, et la lumière jaillit. Struensee, ce doit être lui, grand et aveuglé dans cette lumière, comme dans ce bal où tout a soudainement pris fin, les lumières brillaient, d'innombrables torches et flambeaux brûlaient — « Silence ! » criait-il, mais qu'est-ce que vous pouvez comprendre, vous autres, de ce soir-là, dans la salle les globes de cristal allumés tremblaient oscillaient et tournaient, Caroline Matilda, la reine, était le feu des yeux derrière un masque, perles de feu noir flamboyant comme les torches, le vin dans les coupes avait des lueurs d'incendie — moi je serrais les mains, je les abandonnais, j'en prenais d'autres, tout le monde voulait me serrer la main, laissez-moi tranquille, docteur —, le lustre au-dessus de moi était un globe, le monde que je faisais tourner entre mes mains, moi, le tout-puissant ministre, seigneur et maître du roi, de son État et de son lit... Les yeux de Caroline Matilda brillaient fulguraient et fuyaient, étoiles filantes, son regard m'enveloppait, je ne me suis presque aperçu de rien quand les gardes se sont emparés de moi et m'ont emmené, je croyais que c'étaient des gentilshommes déguisés comme les autres, je criais : « Comment osez-vous, vous le paierez de votre tête ! Vous êtes fous, je vous remettrai aux fers, je vous passerai la camisole de force », mais je ne faisais pas attention à ce que je criais, je croyais être encore en train de danser alors que je me démenais entre les bras de ces canailles, un tourbillon m'aspirait, des rafales de vent emportaient de tous côtés Caroline Matilda, loin de moi, loin pour toujours, ai-je pensé, transpercé par ce mot comme par la lumière aveuglante d'un cristal qui pénétrait dans ma tête, je la sentais en moi, un élancement aigu, je tendais les mains vers elle, les cercles de lumière étaient l'ourlet de sa robe, je n'avais plus de retenue, j'allais lui arracher cette robe, la baiser sur la bouche et la renverser sur le sol devant toute la cour, comme je l'avais fait tant de fois dans cette salle silencieuse sous la tour, tant de soirs, un long soir unique — je ne me souviens pas comment j'ai fini sur l'échafaud, en vingt ans on oublie tant de choses...

Un tourbillon de paroles, en moi et hors de moi, d'autres qui s'éteignent, un filament de brume se dissipe, le ciel est vide. Dans la pièce quelqu'un se mouche, triviale trompette du jugement, on entend une chaise tomber ; quand ils sortent — moi, heureusement, je m'étais déjà sauvé dans l'atelier d'horlogerie —, le comte von Hessen a le visage rubicond, comme celui de ses gardes quand ils se saoulent, le comte Bernstorff un air ennuyé, ensommeillé, et en même temps qu'eux arrive dans le corridor une odeur de moisi, de renfermé. Caroline Matilda était morte elle aussi depuis bien des années, exilée dans le Hanovre. Mais elle, à ce qu'on disait, ne se laissait pas évoquer, ou peut-être qu'ils n'essayaient même pas, une femme adultère, une fois devenue vieille, n'intéresse plus personne.

Ah, la fin. Vous voulez aussi la fin, c'est ce qui, en toutes choses, intéresse le plus les médecins, savoir la fin. Celle de l'enfance aussi, de l'adolescence, en somme de ce temps après lequel commence la mort. Un épilogue calme, contenu, une peine irrémédiable mais silencieuse, ce jour où je suis rentré à la maison — à côté il y avait le magasin de mon père et en face ce qui était peut-être encore le grand fleuve ou déjà la grande mer, on ne savait pas bien — et où je n'ai plus trouvé ma mère. On ne m'a rien dit, si, ces choses vagues et lénifiantes qu'on dit aux enfants, mais j'ai compris que cette disparition, ce visage qui soudain n'est plus là, c'est toute la réalité, il n'y a plus rien d'autre que ce rien. Mais je suis de nouveau en train de m'égarer, je parle de choses qui sont arrivées plus tard, je dois être fatigué, peut-être un peu agité aussi, donnez-moi quelque chose, Sérénase Lithium Belivon Risperdal, comme ça je me calme et je recommence à raconter dans l'ordre.

La fin. Glorieuse : le bûcher, comme un roi barbare. Christiansborg brûle pendant trois jours et trois nuits, on dit que le feu a pris dans le grand dépôt de bois sous le toit, qui est devenu aussitôt une chape embrasée. Les flammes fendent l'air comme des flèches, transpercent l'ivoire sans éclat et légèrement bleuté du jour et l'ébène de la nuit comme des torches incendiaires lancées contre les glacis, ouvrent des brèches par lesquelles le rouge jaillit et se répand, un fleuve de lave déborde des créneaux, recouvre et colore tout. Le jour la nuit le ciel ont la couleur du feu, une unique tache rouge sous les paupières ; même l'air ardent qui fait perdre le souffle et coupe la figure comme une faux est rouge. Des fleurs de flamme s'ouvrent, énormes, dans les eaux sombres des douves.

La grande tour est toujours là, géant noir au milieu du feu, puis elle s'écroule avec trois grondements terribles en entraînant dans sa chute tous les étages de l'édifice, qui se désagrège en un poudroiement sanguinolent ; dans la fumée des salles tremblent des langues de feu éperdues, les lustres brillent comme lors des grandes fêtes, globes de lumière écarlate et renversée, des soleils s'embrasent avant de tomber et d'exploser. L'atelier d'horlogerie aussi est en flammes, des sphères de cristal éclatent avec des détonations sèches, des poids incandescents gisent à terre parmi des débris, le temps est réduit en cendres. Des ombres apparaissent un instant et se diluent, quelqu'un se roule sur le sol en hurlant, enveloppé dans une tenture en flammes qui lui est tombée dessus.

Ce rouge ne se hâte pas, sûr qu'il est de sa victoire finale. Je me souviens combien j'étais fasciné par cette tranquillité, cette lenteur royale. — « L'immense bûcher emplit mon jeune cœur d'une émotion et d'un plaisir très vifs. Je n'ai jamais vu une telle mer de flammes, un spectacle aussi terrible et aussi splendide. Jamais je n'ai contemplé avec autant d'intensité une destruction aussi superbe des choses et de la possession. » — Merci, je ne sais pas qui tu es, toi, de l'autre côté de l'écran, tu aimes signer Apollonios, mais — De toute façon ce n'était pas la peine, je me souviens parfaitement de ce que j'ai écrit dans mon autobiographie. Une grosse table en acajou résiste opiniâtrement ; les flammes la lèchent timidement, puis l'investissent et l'enveloppent avec fureur, mais le bois est fort, la couche extérieure, carbonisée, barre le passage aux langues ardentes qui se retirent, zigzagantes et plus effilées, étouffées par leur fumée, puis une tapisserie incendiée qui se détache des murs tombe d'en haut sur le bois et l'enserre dans un manteau de feu, dans la tunique de Nessus Hercule lui-même à la fin ne peut pas survivre. Pistorius a été efficace dans son récit de cette histoire ancienne.

Parfois la destruction est en difficulté, elle recule ; alors je ramasse un grand tison et je l'approche du montant d'une porte robuste d'où les flammes se sont retirées. Le tison leur redonne souffle, les rappelle ; elles reviennent, elles se jettent sur ce bouclier qui protège une petite salle, elles ne le lâchent plus. Vases, tableaux, frises ornementales s'écroulent et brûlent. Les Hollandais qui résident depuis des générations dans la petite colonie d'Amagen accourent, vêtus des antiques casaques de laine qu'ils continuent à porter depuis le temps de leurs ancêtres, silhouettes noires et écarlates semblables à ces ombres que, pour se divertir, on projette sur les murs pendant une fête, et versent des seaux d'eau. Le roi Christian VII est incrédule, il crie que le palais est sûr et ne peut pas être détruit, il faut le traîner dehors de force. Magnificence de la destruction, majesté qui resplendit dans la consomption de toutes choses.

Le plafond de la salle des Chevaliers part en morceaux, les langues de feu enveloppent les portraits des souverains danois et des gentilshommes, des serpents de flamme s'entortillent autour des cuirasses et des manteaux d'hermine, les arrachent du mur, les visages anciens se tordent dans les flammes, les yeux brasillent et s'évanouissent comme des étincelles, les figures s'amincissent et se racornissent, fœtus qui retournent au néant. La grande pendule est une tache blanche parmi les bouffées d'air ardent. Quand, peu après, je me suis embarqué comme mousse sur le charbonnier anglais *Jane* — j'avais quatorze ans —, je me souviens combien j'étais content de ne rien laisser derrière moi, qu'il n'y ait aucun lieu de mon enfance où je pourrais revenir.

7

Boîte de réception. Collaborer, insister, l'ouvrir. Il y a un message. — « Non, mon sort n'est pas si amer, J'ai trouvé d'autres bains de mer. » — Devinette, qui a dit ça ? Personne ne répond ? Bon, eh bien ces vers de mirliton sont de Cesare Colussi ; il est arrivé ici en bas, aux antipodes, sur le *San Giorgio*, en 1952, un an après moi, je veux dire cent quarante-neuf ans. Oui, d'accord, ce n'est pas de la grande poésie, vous ne m'apprenez rien, car là-dessus, soit dit en toute modestie, je m'y connais un peu. Ce n'est pas pour rien que j'ai écrit deux romans, une tragédie et une comédie, sans parler de divers essais que seule l'envie de la coterie littéraire londonienne m'a empêché de publier. Comme mon voyage en Islande, qui du reste aurait été une bombe. Malgré tout Colussi m'est sympathique, avec sa passion pour les bains de mer, tout heureux d'avoir trouvé une plage bien à l'abri près de Melbourne, où il pouvait longer la côte avec sa petite barque, comme ça il avait un peu moins la nostalgie de la Lanterna de Trieste, du *bagno* du Pedocin, comme on appelait ce vieil établissement balnéaire où enfant j'allais moi aussi, célèbre parce que hommes et femmes y sont rigoureusement séparés — encore aujourd'hui, je l'ai lu dans le *Piccolo*, que vous me donnez à lire pour me faire croire que je suis là-haut. Juste, très juste, les hommes d'un côté et les femmes de l'autre, comme ça on évite toutes sortes de complications douloureuses, de gâchis, d'embêtements, de drames.

Mais séparer les hommes et les femmes, ça ne suffit pas. Les hommes aussi, il faut les séparer, chacun de son côté. Non, ça ne suffit toujours pas, rester avec soi-même c'est déjà trop, on prend goût à se faire du mal, c'est une espèce de bojkot. Si j'étais seul, sans cet écran, sans cette bande magnétique, sans moi, quel soulagement. Incognito, en privé. Un peu comme à la Lanterna, sans ces jambes de femme trop près. Colussi, il y est allé jusqu'à la fin, à la Lanterna. Moi non, et pour cause, moi aussi je fréquentais un *bagno*, mais c'était un autre, c'était le bagne de Goli Otok — « Magnifiques bains de mer pour les touristes, réservations d'hôtels auprès de... » — Si vous croyez que c'est spirituel de me montrer ce *dépliant* illustré, distribué le mois dernier par l'agence de Séjour et de Tourisme de Croatie...

Colussi est venu ici en bas parce que, à force de ne pas trouver de travail, il flottait de plus en plus dans son pantalon, alors il a émigré, comme tant d'autres. Moi je ne sais pas pourquoi je suis venu ici en bas. Là-bas en bas dans la Baie, comme on disait à l'époque du roi George pour désigner le pénitencier austral. Mais qu'est-ce que j'aurais pu faire quand la bête qui m'avait pris dans sa gueule et déjà bien mastiqué m'a relâché ? Pour moi, encore, ça ne s'est pas trop mal passé, moins d'un an ; il y en a d'autres, par exemple Adriano Dal Pont, qui sont restés jusqu'en 1956, ils ont dû attendre que le camarade Longo vienne convaincre Tito de fermer définitivement cet abattoir et de donner à ses chiens de la viande en boîte plutôt que de la chair fraîche. Et quand j'ai quitté l'île des Morts, comment est-ce que j'aurais pu rester sur place, à Trieste ? Rencontrer dans la rue le camarade Blasich, le professeur, comme si de rien n'était, ou aller à la Lanterna et regarder la mer où tout disparaît, où avait disparu ma vie ? J'en avais assez, du *bagno* sous toutes ses formes.

Comment est-ce qu'on arrive là-bas en bas dans la Baie ? Cet Apollonios devrait le savoir, lui qui a la prétention de raconter l'histoire, d'être Orphée parmi les Argonautes. Le *Woodman* est parti de Sheerness, à l'embouchure de la Medway, le *Nelly* de Bremerhaven et le train pour Bremerhaven, où on nous a embarqués sur le *Nelly*, est parti de Rome, et, avant encore, de Trieste. Et le wagon plombé pour Dachau — non, de ça on ne peut même pas parler.

Les bateaux, les trains, les convois, les avions partent de toutes sortes d'endroits, mais leur destination est la même, et on arrive de nuit. L'ancre descend jusqu'au fond ; de l'autre côté des fenêtres, des hublots, il fait noir ; peut-être que de l'autre côté de la terre c'est le jour, le long jour perpétuel de l'été nordique, et ici où nous sommes c'est la nuit polaire, six longs mois qui semblent ne jamais devoir finir. À Port Arthur, la punition la plus dure était la réclusion pendant des semaines dans une cellule complètement obscure. J'ai dit des semaines, mais je ne sais pas s'il s'agit de mois, de jours, d'années, parce que là-dedans, dans ce noir, tu ne sais pas quand le temps passe, si tu es là depuis une heure ou depuis toujours, peut-être que le temps ne passe pas. Du moins c'est ce qu'on m'a dit, parce que moi, dans ces cellules-là, je n'y ai jamais été. Dans d'autres, si, plus tard.

Ici il fait sombre, docteur, ce doit être le fond où

l'ancre s'est fixée. Dans le dortoir du camp de réfugiés aussi il fait sombre, les niveaux inférieurs sont plongés dans l'obscurité ; entrer au Silos, le vieil entrepôt à grains de Trieste construit au temps de l'empire austro-hongrois, où l'on nous avait installés avec tous les autres émigrants avant notre départ pour l'Australie, c'était entrer dans un purgatoire nocturne et enfumé — c'était Maria qui disait ça, des années plus tard, quand elle a transité elle aussi par ce purgatoire pour expier mes péchés. Sa voix, au seuil de l'ombre, éclaire chaque recoin de ces méandres. Le grenier sombre s'ouvre comme une corolle ; il n'y a plus qu'un grand ciel, bleu et venté.

Maria avait ouvert la cage, mais l'oiseau dont les pattes étaient attachées n'a pas pris son envol, et du coup elle aussi elle s'est perdue pour rien... Je ne me souviens même plus très bien comment j'ai fini ici chez vous, docteur, par quel bateau je suis arrivé, ou plutôt revenu ici en bas.

Quel drôle de mot, revenir... Revenir avec la Toison d'or, peu importe après quelles circumnavigations. Peut-être le tour du monde, comme cette fois-là avec l'*Alexander* de Hobart Town à Londres, cinq cent quatre-vingt-sept jours, en tentant plusieurs fois sans succès de doubler le cap Horn et ballotté de-ci de-là par les tempêtes, d'Otahiti à Sainte-Hélène, où venait juste de parvenir la nouvelle de la bataille d'Austerlitz — encore un exemple de ces admirables symétries, apprendre l'apogée de la gloire de l'Empereur là où peu de temps après il finira prisonnier et en exil.

Cinq cent quatre-vingt-sept jours, ça fait beaucoup, mais ça vaudrait la peine si c'était pour rentrer chez soi. Tu reviendras content de ta mission, tu verras, Tore, me disait le camarade Blasich, nous t'envoyons parmi les barbares slaves de Colchide, aux confins du monde, mais tu reviendras en ayant accompli ta mission, paix entre les peuples et entre les camarades, le drapeau rouge éclairé par le soleil qui se couche sur la mer resplendit comme une toison d'or.

Tout compte fait, je n'allais qu'à Fiume, à soixante-dix kilomètres de Trieste. Pourquoi le voyage de retour a-t-il été si long ? Le camarade Blasich, le professeur, dirait que les Argonautes doivent toujours faire une longue route, au dire de certains ils remontent même le Danube, ou peut-être le Don, traversent la Sarmatie et la mer de Cronie, en redescendant l'océan pour rentrer par les colonnes d'Hercule — mare tenebrarum, grandes eaux d'Occident, couchant doré comme la Toison — une pièce de monnaie antique retrouvée à Ribadeo, en Galicie, porte l'effigie d'un bélier à la toison dorée. Jason, lui, revient avec la Toison, mais moi, si je fouille mes poches, je ne trouve rien, tout au plus votre comprimé jaune, docteur, une monnaie d'or qui se dissout dans la bouche et endort ; le dragon s'assoupit, comme quand il boit les mixtures magiques de Médée, et quand il se réveille le trésor n'est plus là. Où est le drapeau rouge, qui l'a volé ?

Aucun voyage n'est trop long ni trop périlleux, s'il ramène à la maison. Mais est-ce qu'il existe encore des maisons où revenir, est-ce que ça a jamais existé ? Je croyais qu'il y en avait une via Madonnina, mais après Goli Otok elle est devenue la porte des ténèbres. Et le camarade Blasich, le professeur — le dirigeant de cette compagnie dont Charon pilotait les ferries surchargés —, s'il est toujours vivant, c'est parce qu'il est descendu à temps de la barque et si ça se trouve il est encore en train de relire et de commenter ses chères *Argonautiques*. Il en possédait sûrement un autre exemplaire, en plus de celui qu'il m'a offert. Mais il ricanait, quand je lui parlais de mes lectures — lui qui avait étudié la philologie classique à l'École normale de Pise. Communiste pur jus, intellectuel bourgeois du mouvement ouvrier. Pourtant moi aussi j'avais fait quelques lectures, au lycée, et déjà avant grâce à la bibliothèque de mon père, dans l'arrière-boutique de son magasin, et à son ami Valdieri, lui aussi entraîné dans cette bonde d'écoulement du monde par les forces de Coriolis, qui avait fait des études à l'Université, et qui ensuite avait eu des ennuis avec la police, à Naples, parce qu'il était militant anarchiste. Et je l'écoutais, quand il disait à mon père, le soir à table, que les Grecs avaient été l'enfance et la jeunesse impérissables de l'humanité, une époque jamais dépassée, et que seule la révolution pouvait ramener l'humanité libérée à cette grandeur.

La révolution, me disais-je, était donc un retour à la maison. Par contre les Grecs avaient dit et compris une autre chose, terrible, la tragédie et le non-sens du monde. La puanteur de Philoctète, Jason qui apporte la lumière de la civilisation dans la barbare Colchide et qui apporte en même temps une nouvelle barbarie. Gloire et infamie du progrès, la bourgeoisie qui détruit les sirènes avec une police d'assurances pour le bateau d'Ulysse ; pour les marins, oreilles bouchées, et pour les maîtres oreilles ouvertes à ce chant inouï, mais bras et jambes dûment liés, de sorte que ce chant qui bouleverse le monde devient inoffensif.

Il devait anéantir toute puissance, ce chant ; mais en fait ce qui meurt et s'évanouit dans le néant, c'est la voix qui l'entonne, la sirène de la révolution. Finie déjà alors, dès le commencement, une découverte qui bouleverse l'esprit et le corps, Ajax furieux se ruant sur le gros et le petit bétail. Un éblouissement provoqué par les dieux pour aveugler les hommes et les rendre coupables... — Oui, bien sûr, moi aussi je suis coupable, du sang versé de ma main et de celui versé de mes veines, de la mort donnée et reçue, de tout ; même d'exister, même de perdre. Particulièrement de perdre ; c'est une faute grave, quand on se bat pour la révolution. Notre repli — « Reculer, avancer... l'Histoire n'est pas linéaire, ami, elle va en zigzag, du moins depuis pas mal de temps ; elle s'agite mais reste immobile, une foule qui se presse se démène se palpe dans un concert de rock en plein air, pas de Longue Marche car nous sommes déjà arrivés, depuis toujours, et le monde n'est pas infini, seule est infinie la Toile, la réalité qui n'existe pas. Gagner, perdre, c'est pareil ; un jeu. La faute, c'est de ne pas l'avoir compris à temps — ne parlons pas de faute, d'ailleurs, si vous le voulez bien, il y a des limites même pour la mode rétro, il y a bien longtemps que la faute n'existe plus. » — Et au contraire elle se répand, même si tu fais semblant de rien comme tout le monde, il me semble voir ton petit sourire... Elle est partout, notre faute d'avoir perdu la bataille de Gog et Magog, de ne pas savoir donner plus de sens à l'histoire de l'homme... La seule consolation, c'est que nous, au moins, nous le savons, tandis qu'eux ils croient avoir gagné ; ils s'avancent triomphalement sur le podium parmi les applaudissements et ne se sont pas aperçus qu'au-dessous il n'y a pas de filet et que de là on tombe tout droit dans le cloaque bouillant.

Non, mon sort n'est pas si amer, j'ai trouvé d'autres bains de mer. Bains, bagne... Goli Otok, bagne pour rafraîchir la mémoire de ceux de Port Arthur et de Dachau. Comment continuait-il, ce *dépliant* que quelqu'un, en veine de plaisanteries de mauvais goût, a sorti ? « Mer extraordinairement propre, milieu immaculé, plongé dans le silence » — grand silence du monde sur la douleur et sur l'infamie — « Goli Otok, île de la paix, île de la liberté absolue » — l'agence touristique parle comme le Comité central et la photo, avec ces eaux bleues et ces rochers blancs, est tout aussi convaincante. Nous les pijeskari, les pelleteurs de sable, nous devions rester dans cette mer enfoncés jusqu'à la poitrine, même l'hiver, à racler le fond avec la pelle pour ramasser le sable et charger les civières, à enfoncer et à soulever la pelle dans l'eau glacée. Au bout d'un moment tu ne sens même plus le froid, la pelle va et vient, si tu ne la remontes pas assez vite pleine de sable tu reçois des coups de bâton, il y en a un à qui ça a cassé le nez et il a continué à rester là, trempé jusqu'à la poitrine, le visage couvert d'une marmelade de sang et de mucus glacés. La pelle s'élève, s'abaisse, tu ne sens plus tes mains. Le sel les entame plus que le vent, ça n'a rien d'étonnant. La mer n'a pas de pitié, pourquoi d'ailleurs devrait-elle être la seule à en avoir ?

En tout cas, toujours la mer. La mer, c'est comme le Parti — ce sont d'autres qui savent où il faut aller ; le courant et les marées, ce n'est pas toi qui en décides, tu les suis. « Captain Kidd, c'est ainsi qu'on m'appelait, quand je naviguais, les lois de Dieu je les ai oubliées, quand je naviguais. » La voix des chanteurs de rue essayait de couvrir les cris des marchands d'oranges et des ivrognes de St. Giles's, quand le *Jane* faisait escale quelques jours à Londres, durant ces quatre premières années en mer. Moi aussi, les lois de Dieu, je les ai oubliées, quand je naviguais — je tâchais, ce jour-là à Nyhavn, de feindre l'émotion au moment du départ, pour répondre à la tristesse contenue de mon père, aux larmes de ma mère, aux embrassades de mes frères et sœurs.

Peut-être que je pleurais pour de bon, j'avais quatorze ans. Ah, les cheveux de ma sœur Trine, tombant sur ses épaules, qui m'enveloppent comme une vague tandis qu'elle me jette les bras autour du cou. Une page émouvante, allez la lire dans l'autobiographie si vous voulez. J'étais sincèrement ému moi aussi en l'écrivant, et je le suis encore quand je la relis, mais au moment même, je le sais, ma seule émotion c'était le soulagement du départ, le navire qui prend le large vers les horizons noirs agités par les vents, le sillage qui se referme derrière lui. Le sceptre d'Islande aussi, plus tard, je l'ai laissé tomber comme on largue les amarres, et ça a été pareil avec mon père, avec ma mère, avec tout. Ensuite, au contraire, plus tard encore, je me suis retrouvé à traîner toujours tout derrière moi, mon cœur, celui des autres, les drapeaux... un grand poids, qui écrase. Le dos cassé. Mais droit. Tu parles d'une satisfaction.

C'est la mer qui m'a amené à Goli Otok, bien avant que ne m'y ramène le *Punat*, cette tartane de Charon, quand l'U.D.B.A., la police politique de Tito, m'a arrêté en pleine nuit et balancé dans sa cale, sur un tas d'autres camarades enchaînés. Beaucoup d'entre eux ne connaissaient même pas l'existence de Goli Otok, avant d'être jetés sur ce morceau de lune aride et brûlant où ils allaient sombrer dans la folie, mourir et peut-être pour certains devenir des argousins pires que les argousins — ça arrive parfois, je l'ai vu aussi à Port Arthur, le compagnon de cellule qui te tourmente pour être agréable au gardien et recevoir en récompense une heure de repos ou une gorgée de rhum.

Mais c'est arrivé à peu d'entre nous. Nous sommes

presque tous restés plus durs que les cailloux que nous devions casser au marteau et porter toute la journée en haut, en bas — De temps en temps ils donnaient l'un ou l'autre d'entre nous en pâture à ces oustachis qui avaient été bouclés là-dedans à la fin de la guerre, et qui se faisaient un plaisir de tourmenter, encore une fois, des communistes qu'ils haïssaient, cette fois sur ordre d'autres communistes, et il y en avait qui ne le supportaient pas. Antonio De Pol, par exemple, avait été capitaine dans le Cinquième Régiment en Espagne et il y avait laissé un bras sans faiblir, mais lorsque à Goli Otok deux oustachis lui ont cassé l'autre et pissé dans la bouche, il ne l'a pas supporté, il est monté sur un rocher, s'est jeté dans le vide et s'est écrasé sur les écueils.

Comme je l'ai dit, je connaissais déjà auparavant Goli Otok et Sveti Grgur, les deux îles de la mort. J'étais quelquefois passé dans leurs parages, tout jeune encore, après notre retour en Italie, avec la *passera* de mon père, qui ne se lassait jamais de revoir ces lieux de son enfance, ces mers qu'il avait arborées dans son magasin de Hobart en y accrochant le tableau de Brun. Nous rentrions avec la barque pleine de dentis, de rascasses et de daurades, qui sont les plus rusées jusqu'à la saison des amours, alors là elles mordent au premier hameçon qui se présente, comme si elles n'avaient plus envie que de s'embrocher et d'en finir. Je commençais à voir les deux îles, d'abord Sveti Grgur et ensuite Goli Otok, quand nous sortions de la baie de Lopar, à Arbe, avec le mistral. Je regardais Arbe s'éloigner — je ne savais pas, je ne pouvais pas savoir alors qu'en s'éloignant dans l'air azuré elle s'enfonçait dans le futur, un futur horrible dans lequel elle allait devenir elle aussi un enfer comme les deux autres îles, le camp de concentration où les Italiens allaient massacrer des Slovènes, des Croates, des Juifs, des antifascistes, des partisans, et même des enfants — À Hobart l'oncle Jure, qui avait émigré un peu avant mon père, me faisait jouer à ange-démon, une feuille de papier avec un ciel bleu sur une face et un enfer rouge et noir sur l'autre, tu crois avoir en main ce bel azur et tu te retrouves soudain au contraire avec des flammes sombres... Mais quand nous partions de Lopar, je ne pensais pas que la feuille pouvait se retourner. La voile blanche se gonflait dans le vent qui me passait sur le visage, je regardais le sillage à la poupe, dans le bleu sans fin, et je m'endormais.

Ça ne m'a pas beaucoup servi de naviguer près du vent. J'aurais mieux fait d'apprendre à m'apercevoir du mauvais temps avant qu'il soit trop tard pour amarrer ma barque, comme ça je n'aurais pas fini entre les mains d'Ante Rastegorac, qui avec son œil unique voyait tout de suite où le coup ferait le plus mal. Il vaut mieux vivre pour la mer que pour le Parti. C'est qu'ils se ressemblent — quelque chose de grand, à l'intérieur de quoi tout se tient et qui sait toujours ce qu'il faut faire, même quand tu tombes à l'eau en hiver et que la bora t'aveugle et te suffoque avec la *fumarea.* Le Parti lui aussi m'apparaissait comme l'une de ces bourrasques qui amènent le beau temps pour le lendemain, et alors si quelqu'un tombe ou est jeté à l'eau, patience. Mais un jour le Parti a disparu, soudain, comme si tout à coup une éponge avait asséché toute la mer, Adriatique et Australe, en laissant des saletés et de la boue grumeleuse et toutes les barques échouées sur le fond.

Comment on fait pour revenir chez soi, si la mer a été aspirée par la grande bonde qui s'est ouverte sous elle et la déverse qui sait où, dans le vide ? La terre est sèche et morte, mais il n'y en aura pas une nouvelle, ni un nouveau ciel. Où, comment revenir ? *Argo*, fuyant la Colchide avec la Toison volée, finit dans la Syrte, d'où l'on ne revient pas. Là, tout est marécage, vase et algues sur lesquelles se déverse l'écume de la mer. *Argo* est échouée, la toison pend, fripée ; les héros sur le pont, eux aussi plus ou moins démolis, comme le vieux navire. Jason se tait, comme toujours, il ne peut même plus fixer son regard égaré sur la mer, parce qu'il n'y a plus de mer.

« La douleur les prit au spectacle du ciel et du dos de cette terre immense, semblable au ciel, qui s'étendait à perte de vue. » Vous entendez, comme c'est bien traduit ? Oui, j'ai toujours aimé lire à haute voix, déjà au lycée, quand je me préparais pour les interrogations. Tout le monde m'a toujours interrogé. « Sur toutes choses régnait une paix silencieuse », le vent mollissait et dans le cœur des Argonautes mollissait peut-être aussi le désir du retour. Comment, où revenir de Goli Otok ? « Il eût mieux valu — dit Jason ensablé — périr en méditant un grand exploit. » Oui, mourir à Guadalajara, à Dachau, en Colchide en combattant contre les guerriers nés des dents du dragon, pas à Goli Otok, étranglés par le foulard rouge que nous nous étions mis autour du cou. Bien que je regarde la mer de tous côtés, moi aussi je ne vois que de la boue.

Oui, soulevons-le avec une ténacité indomptable, le navire, après l'avoir chargé sur le dos, même s'il a été décharné jusqu'à l'os par les coups de fouet des bourreaux jamais fatigués — « J'ai entendu les Muses me révéler sans mentir que vous, ô les plus braves d'entre les fils des rois, avec votre force, avec votre vaillance, vous avez chargé et porté en l'air sur vos épaules, à travers les dunes du désert de Libye, votre navire et tout ce que contenait votre navire. » L'*Argo*, porté à dos d'homme, traverse le désert et finit par rejoindre la mer, par retrouver le chemin du retour. Nous, au contraire, c'est notre navire qui s'est brisé sur nous, nous sommes restés écrasés sous sa quille. « Mais qui pourrait dire les peines ou les souffrances dont ces héros eurent leur pleine mesure dans cette épreuve ? — se demandera-t-on plus tard. Il fallait vraiment qu'ils fussent du sang des immortels, si prodigieux est l'exploit qu'ils entreprirent sous la contrainte et la nécessité... » Ah, vous aussi vous connaissez et vous aimez ce passage... Oui, qui pourra jamais le dire ? Sûrement pas un mythomane halluciné avec tendance à exagérer les épreuves qu'il a traversées, comme vous dites vous autres, ici il s'agit de bien autre chose que d'une Histoire nosologique...

8

J'ai aimé la mer plus que la femme, avant de comprendre que la femme et la mer, c'est la même chose. Mais ça, je l'ai compris tard, beaucoup plus tard que ce soir où, à Londres, fuyant cette fille, je me suis retrouvé nez à nez avec la brigade d'enrôlement forcé, qui m'a traîné jusqu'à un ponton sur la Tamise, et de là à bord du *Surprize*, un beau vaisseau de guerre. Oui, je me suis enfui. Ça arrive. Vous n'avez jamais eu peur, vous ? Ce corps qui n'est plus le tien, même son odeur tu ne la reconnais pas, une sueur aigre — tu ne te commandes plus, tu ne peux pas te donner l'ordre de ne pas transpirer, de ne pas avoir cette odeur-là.

Moi j'aime commander — et aussi obéir, c'est pareil, c'est moi qui décide, y compris de me soumettre au Parti, par exemple. On sait ce qu'il faut faire, et de qui c'est le tour. Mais ce soir-là à Londres, où je venais de débarquer du *Jane*, dans cette auberge, avec cette fille, je ne savais pas qui commandait et qui obéissait. Mon corps était là, lointain, en sueur, glacé ; je sentais que dans l'amour, même dans celui qui dure cinq minutes, on ne commande pas, on ne décide pas. Comment est-ce qu'on s'y prend, avec une fille comme ça, qu'est-ce qu'on lui dit, qui est-ce qui commence, qu'est-ce qui arrivera ?...

Alors, partir, couper la corde, au besoin brutalement si elle insiste, pas plus tôt passé le coin de la rue, je ne sentirai plus cette peur, cette honte. Je pourrai entrer quelque part boire une chope de bière fraîche, alors que là elle ne veut pas descendre, ah, la bière, fraîche, mousseuse, tu sens de nouveau tes bras, tes jambes ; même la sueur est différente, c'est une bonne sueur. C'est un délice, quand la bière te descend dans la gorge et le ventre et quand, peu après, tu vas la pisser, même l'oiseau est à nouveau alerte et désinvolte, de temps en temps il te gonfle qui sait pourquoi le pantalon mais c'est son affaire et tu n'y prêtes pas attention, comme quand il te vient un rot, de toute façon après un petit moment il se tient tranquille.

D'accord, cette fois-là, je n'en ai pas bu, de bière, la brigade d'enrôlement forcé m'a cueilli presque tout de suite, dans la ruelle, avant que j'aie pu me glisser dans une autre taverne. Mais ce n'est pas ça qui compte. Ce qui me déplaît bien davantage, ce sont les perfidies insinuées par mes biographes, tous, plus ou moins — Clune, Stephenson, Davies, et maintenant aussi ce Dan Sprod, qui en sait si long. Oui, c'est vrai, j'ai écrit que j'avais été le seul, parmi mes frères et sœurs, à ne pas avoir été allaité par ma mère, je suis allé vérifier, et alors ils se sont excités sur le manque du sein, c'est unc de leurs marottes, ce n'est pas à vous que je vais expliquer ces théories bizarres, ici dedans aussi on en entend pas mal... À ceci près que ce n'est pas moi qui parle ainsi, c'est Thomas, dans *Les aventures de Thomas Walter* — je l'ai écrit en prison, à Newgate, ce roman, comme ne manque pas d'ailleurs de le signaler mon minutieux biographe, et j'ai tout inventé — enfin, tout, on n'invente jamais rien, si on veut aller par là, et quand on écrit « je »... et comment pourrait-on dire au contraire « lui », qui est un mensonge encore plus gros que « je » ? Vous n'allez quand même pas me dire que c'est avec lui que vous êtes en train de parler...

Bon, d'accord, cette fois-là je n'ai pas fait l'amour, qu'ils l'écrivent s'ils veulent. Ça me plaît, une biographie qui raconterait tout ce que quelqu'un ne fait pas — mais il aurait fallu y être, pour comprendre — cette confusion, ce soir-là, dans la taverne et dehors, les rues pleines de monde, les cris, les bagarres, quelqu'un par terre à moitié estourbi, les marchands ambulants qui passent à côté de lui en proposant à tue-tête du pain d'épices, les gens qui se précipitent vers les bancs de maman Proctor afin d'avoir les meilleures places pour assister aux pendaisons à Tyburn, les coqs qui se massacrent dans les combats au Cockpit, l'ours enchaîné qui dépèce les chiens au Bear Garden et ces baraques avec leurs monstres, ces brutes hébétées...

Et dans tout ce tohu-bohu, deux créatures seules et perdues, moi et toi, fille dont je ne sais même pas le prénom, qu'est-ce que nous aurions dû faire sinon fuir, sans dire ne serait-ce que cinq minutes de fausses paroles d'amour ni simuler des gestes d'amour ? Ce soir-là je me suis sauvé, déserteur du champ de bataille de l'amour, féroce comme tous les champs de bataille. Si je m'étais toujours sauvé comme ça, plus tard aussi, peut-être qu'aujourd'hui — mais après je n'ai plus été capable de prendre la fuite ni de baisser le drapeau —, des drapeaux, il faudrait en avoir toujours trois ou quatre, si tu remets celui qu'il faut à qui de droit, en disant que tu l'as arraché à l'ennemi dans la poussière de la bataille, tu gagnes même une récompense, et tu peux te payer à boire à l'auberge... par contre regarde où a fini par m'amener le drapeau rouge, que j'ai toujours tenu fermement en main, pas question de couper la corde —

9

Ouais, mais même en fuyant, parfois on se fait avoir. Si je n'avais pas voulu échapper à cette fille, je ne serais pas tombé sur la brigade d'enrôlement forcé et je n'aurais pas fini dans la Royal Navy. Là, celui qui commande c'est le chat à neuf queues, ça peut aller jusqu'à quatre douzaines de coups pour un petit manquement, et avec toute la solennité requise. Le commandant ordonne à son second de réunir l'équipage sur le pont, afin qu'il assiste à la punition, celui-ci transmet l'ordre au maître d'armes, qui appelle les marins. Les officiers sont en grand uniforme. Le coupable, nu jusqu'à la ceinture, est attaché à une grille de fer. Le manche du chat à neuf queues est recouvert de tissu rouge ; les lanières, épaisses d'un pouce, sont tressées.

Sous les coups la chair se contracte, tressaute, grésille, crépite ; le sang coule, noir. Toute chair est née pour souffrir, pour finir sous les dents de quelqu'un. Il est juste qu'à cette affliction soient rendus tous les honneurs, parce qu'elle est la vérité de la vie, la majesté de sa loi. Fouetter, ça fatigue, après deux douzaines le marin n'en peut plus et il passe le chat à neuf queues à un autre. Le coupable puni hurle, mais ne proteste pas. Lorsque, quelques semaines plus tard, on croise deux frégates françaises, ces marins alignés sur le pont et leur camarade fouetté combattent d'un même élan, ils s'emploient à fond.

Les règlements de l'Amirauté, y compris les punitions avec le chat à neuf queues, ne se discutent pas, comme on ne discute pas les lois des vents et des pluies. Ni celles des hôpitaux. Je comprends, le principe de réalité. Il suffit de raisonner avec calme et on se trouve bien... En effet. On ne tâte même pas du chat à neuf queues sur le dos — Oui, une fois ça m'est arrivé à moi aussi, mais une seule, qu'est-ce que tu veux que ce soit. Faire ce qu'on te dit, peu importe qu'il s'agisse de tirer de l'*Admiral Juhl* sur les Anglais ou du *Surprize* sur les Français. Sur le pont il reste des flaques de sang, mais avec quelques seaux d'eau et un bon coup de chiffon on a vite fait de les nettoyer. En mer on oublie vite.

Et par contre, plus tard, cette manie de tout discuter... C'est peut-être la faute de mon père. Tore, disait-il avec orgueil, même quand les fascistes me tapaient dessus, les choses injustes on ne les avale pas. Je me souviens du moment où j'ai lu l'*Immigration Restriction Act* — je venais juste d'apprendre à lire, je comprenais peu mais suffisamment pour devenir un contradicteur systématique. White Australia Policy, Australie blanche anglo-saxonne anglophone, dehors les Noirs de toutes les couleurs. J'ai tout de suite compris que moi aussi j'étais et je resterais noir toujours et partout, non pas à cause du sang ancien de ma mère, mais parce que, partout où il y a des proscrits, tôt ou tard tu es proscrit toi aussi.

Quand là-bas en bas, c'est-à-dire ici, ils voulaient foutre dehors un malheureux qui ne leur revenait pas, la loi prévoyait qu'on lui fasse faire une dictée en anglais, dans une langue qui n'était pas la sienne. Il suffisait de quelques fautes d'orthographe pour faire d'un homme un réprouvé. Depuis lors, chaque fois qu'on m'a soumis à un interrogatoire, j'ai eu l'impression que je faisais cette dictée et que les hommes étaient des écoliers tarabustés par des maîtres sadiques. Vous-mêmes, ici, vous ne faites que me dicter et m'obliger à répéter ce que vous avez envie d'entendre... au besoin vous me poussez exprès à faire des erreurs. Déjà quand j'allais à l'école à Fiume, la maîtresse, Madame Perich, plus tard Perini, me mettait de mauvaises notes en dictée parce que, tout juste arrivé d'Australie, je faisais des fautes. Plus tard aussi, bien souvent je ne connaissais pas la langue dans laquelle me parlaient mes geôliers ; mes réponses étaient souvent erronées. Vraiment erronées, voilà le drame, comme quand, à Fiume, je disais que la résolution du Kominform contre Tito était juste.

Bref, je voulais changer la loi, la langue, la grammaire des geôliers. La révolution, ça commence dans la tête, dans l'ordre autrement dit dans le désordre de tes pensées, qui mettent tout sens dessus dessous et toi avec, cette vilaine langue fausse des bourreaux n'est plus la tienne — « Avec le risque, si tu n'en apprends pas une autre en vitesse, de finir par bafouiller et faire des fautes à la dictée. D'ailleurs il faut se mettre à la page, il n'y a plus de fautes d'orthographe, de grammaire ou de syntaxe. Il est ridicule de croire encore à des règles ; les tables de la loi ont été brisées, non par la colère de Moïse, mais comme ça, histoire de faire quelque chose. Le monde, là-dehors — non, excusez-moi, ici dedans, il n'y a plus de dehors, plus d'autre côté —, a changé. On ne recale plus personne. Il n'y a plus de lois, seulement des interprétations selon les goûts, les envies, les caprices... c'est ça ou le contraire de ça, comme tu voudras, de toute façon les deux ne sont pas incompatibles » — Alors qu'en fait ce sont justement ces nouvelles règles qui éliminent les plus faibles. Les démolir, les renverser — la révolution est nécessaire, parce que dans ta tête elle met le monde à l'envers, ce monde faux elle le met la tête en bas, et ce n'est que justice, comme ça ses habits retombent autour de lui et on voit ses parties honteuses — « Mais au bout d'un moment, si tu ne te tiens pas bien debout, le sang te monte à la tête à toi aussi, tu es pris de vertiges, et tu te retrouves toi aussi les jambes en l'air comme les sauvages aux antipodes... » Terra Australis incognita, comme toute la terre. Mais il faut apprendre à se relever chaque fois comme si de rien n'était, une petite pirouette et le culbuto redresse la tête.

Obéir, se soumettre, apprendre à esquiver les coups. Je n'ai presque jamais tâté du fouet, juste une fois. Même sur le *Woodman*, qui nous emmenait vers l'enfer de Port Arthur — pour mon dernier et définitif voyage de l'Angleterre à la terre de Van Diemen, condamné aux travaux forcés à vie, même dans cette barque de Charon où nous étions tous enchaînés, des jours et des jours dans ses propres immondices sans pouvoir se verser un seau d'eau dessus, parce qu'il suffisait à peine pour boire, moi, un forçat comme eux, je mangeais avec les officiers. Oui, parce que le chirurgien, Rodmell, m'avait tout de suite remarqué et nommé aide-chirurgien, aussi je m'empiffrais tant que je voulais, y compris de rhum, et je l'aidais même à couper une jambe quand c'était nécessaire. Lorsqu'il est mort d'une fièvre tropicale, j'ai pris sa place et j'ai amené la chiourme en bon état jusqu'à Hobart Town — ça me faisait quand même une drôle d'impression, c'est sûr, d'y remettre les pieds vingt-trois ans après, et cette fois en tant que forçat, même si, à la différence des autres, j'avais les pieds libres de tout fer.

Là-bas en bas non plus — c'est-à-dire ici, même si vous voulez me faire croire que ce que je vois là au fond c'est la Lanterna du vieux Pedocin — je n'ai pas passé un seul jour en cellule à Port Arthur. On m'a tout de suite placé comme employé comptable au Bureau des impôts et de la douane, à six pence par jour avec logement dans le Bureau de la marine, et la permission de me déplacer comme je voulais à l'intérieur de la ville. Lorsque ensuite, grâce au docteur Ross, on m'a fait entrer à la rédaction des journaux de la colonie pénitentiaire, j'ai même eu des collaborateurs ; le seul ennui, c'était qu'on voulait m'obliger à prier quatre fois par jour.

Pourquoi est-ce que plus tard les choses sont devenues si différentes ? Peut-être parce que j'ai voulu réformer le monde au lieu de me chercher un abri, et ça, le monde ne le pardonne pas. Même vous, docteur, vous considérez ça comme une lubie, un truc de fou. Le fou, j'ai commencé à le faire lorsque nous avons quitté l'Italie et que nous sommes retournés en Australie en 1928, parce que mon père ne pouvait pas vivre dans un pays fasciste, mais mon destin était déjà scellé avant, peut-être depuis que j'avais été mis au courant de cette histoire de la dictée ; en tout cas depuis que, pendant la période passée en Italie, j'avais fait la connaissance d'Ivo. Il était inscrit au Parti depuis 22 et en 24 les *squadristi* l'avaient roué de coups et à moitié massacré, mais il n'en parlait pas, parce que la consigne du Parti, c'était de parler des rares raclées qu'on donnait et pas des nombreuses qu'on recevait, afin de ne pas démoraliser les camarades. Il venait de temps en temps en barque avec mon père et moi, en particulier quand nous partions d'Ossero, où il était né.

Il y avait comme une alliance, mais aussi une lutte entre le Parti et la mer. La mer était là, bleu indigo par temps de mistral et verdâtre avec le sirocco, noire avec le neverin qui descendait tout à coup du Velebit ; elle était là, c'est tout. La seule chose à faire, c'était de l'écouter, de lui dire oui et de continuer comme toujours, sans prétendre qu'elle cesse de déchaîner de temps en temps un pandémonium sur le canal de la Morlacca ou d'amener des requins jusque dans le Kvarner. Ivo disait, lui, que les choses telles qu'elles étaient n'allaient pas et qu'il fallait les changer, que si quelqu'un se trouvait pisser contre le vent ce n'était pas toujours à lui de devoir changer de place ou se tourner dans l'autre sens, mais qu'il pouvait prendre le vent au collet et le faire changer de direction ou au moins construire un beau mur pour qu'il s'y casse le nez et comprenne que même avec de pauvres diables on ne se permet pas ce genre de plaisanterie.

Mais Ivo m'expliquait aussi comment, quand on pêche trop de poisson, on n'en trouve plus à la poissonnerie, parce que les grossistes le jettent pour ne pas faire baisser les prix, et du coup les gens, pour avoir pêché trop de loups, n'ont même pas de sardines à se mettre sous la dent ; il disait que ça, par exemple, c'était quelque chose qu'il fallait changer, et qu'il ne suffisait pas de laisser faire la mer, avec ses années riches ou pauvres en poissons.

On comprenait, en écoutant Ivo, que c'était le Parti qui lui avait appris à regarder le monde sans se perdre dans la confusion des choses, à comprendre qu'il n'existe pas seulement des daurades, des dentis, des merlans, des moules et des crabes, mais des poissons, des mollusques et des crustacés. Il est mort à Dachau ; il a au moins eu la chance d'être torturé et massacré par les S.S., pas par des camarades. Il savait que, quand on navigue, on peut faire naufrage, mais le Parti lui a appris à reprendre chaque fois la mer et à ne pas avoir peur. Moi, grâce au Parti, j'en ai eu plus que ma part, de mer, toutes ces heures et ces jours et ces mois avec les autres pijeskari dans la baie de Goli Otok, à ramasser du sable à la pelle, avec la bora qui glaçait sur ton corps chaque vague. Au cap Horn, au contraire, bien des années plus tôt...

10

Cinq cent quatre-vingt sept jours de Hobart Town à Londres, le retour de Jason. J'ai été un dieu en ramenant l'*Alexander* à Londres, après avoir fondé Hobart Town. La première fois le cap Horn nous a repoussés, mais la seconde je suis passé à travers, comme la corne d'un narval perce les vagues — les lames s'écroulent, énormes, le ciel tremble et s'effondre comme le plafond de la salle des Chevaliers à Christiansborg, mais l'*Alexander* est de l'autre côté. Il aurait peut-être mieux valu que le cap Horn me repousse une deuxième fois et que je reste en mer. En mer il y a beaucoup de choses, bien plus qu'à terre.

Les baleines, par exemple. Avec le *Fanny* nous en avons pris beaucoup à l'aller, en descendant vers Le Cap — où je me suis échappé, comme je l'avais fait auparavant avec le *Surprize* —, et nous en avons pris encore plus par la suite à Hobart Town, quand ce n'était pas encore Hobart Town. Le sang dont Hobart Town devait être aspergée pour son baptême, c'est en mer que nous l'avons fait jaillir, de toute façon les forçats n'ont guère tardé à arroser la terre du leur. Moi non. Moi, j'ai versé celui des baleines. La première baleine harponnée dans ces eaux, sacrifiée par Jorgen Jorgensen au dieu de la cité infernale.

La chasse à la baleine est un beau tableau mouvementé, une lutte entre les couleurs. La baleine émerge de la mer, dos bleu-noir ventre blanc bleuté, le jet s'élance blanc et azuré vers le ciel et se brise en crêtes d'écume, la grosse croupe replonge mais le harpon l'atteint, des fleurs écarlates s'ouvrent dans la mer, l'eau bouillonne en un remous pourpre, le barbouilleur de l'univers rince son pinceau ensanglanté dans la mer et tout redevient calme et bleu, le baleinier rentre au port avec la bête accrochée à son flanc.

Mais le sang, on s'en lasse, parfois je n'en peux plus. Celui du Français qui m'a giclé dessus, sur le pont de la *Preneuse*, était si abondant que j'ai cru qu'il s'agissait du mien. La *Preneuse*, nous l'avons abordée dans la baie d'Algoa, pendant notre voyage vers le Grand Sud ; j'étais sur le *Surprize*, inscrit sous le nom de Jan Jansen, trente-quatre ans, en réalité j'en avais dix-neuf. Ce Français, je l'ai trouvé tout à coup en face de moi, sur le pont, comme une baleine qui émerge subitement de l'eau. Deux yeux sombres dilatés, le bras qui se tend et la main qui pointe vers mon visage un pistolet, un troisième œil rivé sur moi — tout est très lent, le roulis du bateau, la fumée qui stagne dans l'air, des visages, des grimaces. Ma main plante le sabre, le harpon transperce la baleine. Le Français regarde avec stupeur son pistolet qui tombe sur le pont, roule derrière lui comme un tronc d'arbre et finit contre le bastingage. J'ai tout juste le temps de sauter en arrière sur le *Surprize* car le capitaine Lhermite, qui connaît son affaire et ne perd pas la tête, bien que beaucoup de ses hommes tombent autour de lui, détache soudain la *Preneuse* de notre flanc et s'éloigne en captant le vent, après nous avoir empêchés de le poursuivre, en coupant notre mât de misaine. Plus tard, sur notre vaisseau, parmi les hurrahs des marins qui célèbrent la victoire de Sa Majesté, je regarde dans l'œil noir du pistolet du Français, que j'ai ramassé, je scrute ce noir. Parfois avec tous ces harpons et ces foënes plantés dans le dos, on n'arrive plus à replonger.

J'ai vite lâché le *Surprize*, comme je l'ai fait peu après avec le *Fanny*. Quelque chose me poussait là-bas en bas dans la Baie, dans la Terra Australis incognita. C'est le *Lady Nelson* — soixante tonneaux, six canons, quinze hommes et une nouveauté de l'art nautique, les trois barques à fond plat dont les quilles glissent en eaux basses avec seulement quatre pieds de tirant d'eau, construites spécialement pour les barrières de corail et les mers dont les hauts-fonds ne sont pas encore signalés —, qui m'a débarqué à l'embouchure du Derwent, devant cette énorme bouche de l'Achéron.

Mais avant il y a eu le *Harbinger*. Michael Hogan, marchand de bateaux, de baleines et d'hommes, m'a engagé comme second sans paie, en m'inscrivant sous le nom de John Johnson. Le Cap-Port Jackson, sans passer au sud de la terre de Van Diemen, mais en suivant la route de Bass et Flinders, qui ont découvert qu'on n'avait pas affaire à une presqu'île mais à une île, et qu'on gagnait cinq cents milles si on arrivait dans la Nouvelle-Galles du Sud en traversant le détroit auquel le docteur Bass, qui aime les voiles plus que ses instruments chirurgicaux, a donné son nom. Je l'ai vu, plus tard, débarquer rayonnant de joie à Port Jackson, avec la carte de son détroit imprimée à Londres par Arrowsmith ; il la tenait en main, au risque de la chiffonner, tout heureux de palper le monde qu'il avait tiré des ténèbres.

Nous sommes passés nous aussi par ce détroit. Quelqu'un, à ce que je vois, l'a même rapporté sur ce beau site qu'on a créé à mon nom — « Les lames roulent, immenses et noires, vers l'horizon, même l'écume semble noire. Une lourde cavalerie à l'assaut, de gigantesques gonfalons de nuages se déchirent sur les têtes des cavaliers, les vagues ennemies se referment autour de leur proie, mais le *Harbinger* se glisse entre une crête et l'autre, oiseau blanc dans les mailles d'un filet sombre, il suffirait d'un rien, la vague gifle la voile et le pétrel transpercé s'abat dans l'abîme mais moi je relâche et je borde ce qu'il faut » —, c'est autre chose que de surfer au hasard comme vous faites, vous, confortablement assis — je voudrais vous y voir, au milieu de ces vagues, chers surfeurs en fauteuil qui ne bougez que les doigts, moi je ne peux pas me permettre une seule fausse manœuvre, et je n'en fais pas — « Je relâche et je borde ce qu'il faut, et le pétrel enfonce la muraille d'eau qui s'écroule avec fracas, il prend son vol parmi les vagues en esquivant le squale géant dont la bouche noire déjà grande ouverte est prête à le happer. » — Le navire est au sommet des vagues, en équilibre sur les crêtes tranchantes, incliné et rasant l'eau comme une aile, parfois les rochers acérés sont tout proches et effleurent la coque pour la déchiqueter. Comment *Argo* revient-il des eaux de la mort, à travers les écueils fatals ? « Il n'existe nul moyen d'échapper à leur œuvre de malheur : entraînées par les rapides rafales de vent, les Symplégades se heurtent en se précipitant à la rencontre l'une de l'autre ; leur fracas emplit l'immensité du large et du ciel... L'oiseau vole angoissé ; les roches, s'ébranlant soudain de part et d'autre, s'entrechoquent mais elles ne coupent que la queue de l'oiseau... » Le Léviathan pourrait engloutir le monde, mais la vague reflue de sa gueule béante et le bateau glisse entre les fanons sans dommages, échappe en virant au reflux des eaux qui se précipitent à nouveau dans la gorge hérissée et noire.

Le capitaine Black est tellement admiratif qu'il me laisse gouverner le bateau comme si c'était moi le commandant. C'est quelqu'un qui s'y connaît. Trois ans plus tôt, quand les mutinés du *Lady Shore*, qui se rendait lui aussi en Nouvelle-Galles du Sud, l'ont mis à la mer avec les marins qui lui étaient restés fidèles, il a mené la chaloupe jusqu'aux Indes occidentales. Ou peut-être est-ce au major Semple que c'est arrivé. Se mutiner, en mer, semble aussi inévitable que naviguer. — « Et toi, vieux, ça t'est arrivé de te mutiner ? » — Je pourrais fort bien ne pas répondre, comme on fait avec les lettres anonymes et avec ceux qui, d'une façon ou d'une autre, se cachent, comme ce grillon parlant qui s'amuse à mettre un masque qui m'appartient et à prétendre qu'il est John Johnson. Disons que j'ai compris... eh bien que quand on se rebelle on est toujours perdant, et en plus ça entraîne des désastres pour tout le monde. Comme ces mutinés que nous avons vus pendus au bout des vergues sur l'*Anne*, quand nous sommes entrés avec le *Harbinger* à Sydney. Non, je ne me suis pas laissé monter la tête par les prêtres comme ces forçats irlandais à Castle Hill, dans la terre de Van Diemen, qui ont fini par servir de gibier aux cinquante fusiliers envoyés pour les chasser.

Ici dedans c'est pareil, j'ai appris à ne pas faire le mariolle, et au bout d'un moment les infirmiers eux aussi ont abandonné avec moi, alors que ce n'est pas le cas pour les autres, les mauvaises manières. Même l'électrochoc, je n'ai fait qu'en entendre parler. Peut-être que c'est passé de mode, ça arrive même pour les tortures. Qu'est-ce que ça vient faire, cette musique, maintenant, qui est-ce qui a mis cette cassette ?... Mais il suffit de tourner un bouton, et *L'Internationale* je ne l'entends plus.

C'est trop difficile d'être des rebelles. Chacun fait à sa tête, C'est Tito qui a raison, Non, c'est Staline ; et nous voilà partis pour nous entre-déchirer, pendant que les autres, tous unis et bien disciplinés, sont toujours prêts à nous tomber dessus. Le mouvement ouvrier est en pleine débandade, comme un troupeau désorienté, les taureaux ne chargent pas les matadors mais s'encornent entre eux. Les rebelles irlandais, devant les fusiliers, sont indécis, certains avancent et attaquent d'autres reculent ; les soldats, eux, avancent en bon ordre et tirent posément, et quelques instants plus tard tout devient fuite et chasse à l'homme, les soldats rompent les rangs et se lancent à la poursuite des fugitifs, encouragés par leurs officiers. C'est une juste récompense pour la façon dont ils se sont comportés, après la discipline il faut lâcher un peu le frein et accorder quelques satisfactions ; ils trouvent plus divertissant de tirer pour la tuer sur une bête encerclée et blessée que de se saouler à la taverne et de laisser traîner leurs mains sur les filles qui servent de la bière.

Tuer les évadés, les kangourous, les baleines — toutes les baleines, tel est le souhait du gouverneur Collins, parce qu'elles gênent les travaux à l'embouchure du Derwent — et les phoques. Dans la grande baie de North Cape, des centaines de carcasses de phoques écorchés gisent sur la plage ; les barques chargées de leurs peaux sont en train de s'éloigner de la rive en direction du bateau, des oiseaux sont déjà en train de décharner les bêtes massacrées à coups de bâton, même les petits, boules d'ouate blanche salie de sang. La longue vague s'approche avec une respiration profonde, les baleines arrivent pleines à l'embouchure du Derwent, elles ont parcouru des milliers de kilomètres pour venir mettre bas ici, comme depuis des millénaires ; les baleineaux sortent du ventre des mères harponnées, sang visqueux de l'accouchement et sang limpide de la mort. J'en ai harponné moi aussi, j'étais Chief Officer du baleinier *Alexander* sous le nom de capitaine Johnson ; on a quand même besoin d'huile, n'est-ce pas, le gouverneur Collins a même écrit dans son rapport semestriel à Londres que sur ces mers c'est moi qui ai fondé l'industrie baleinière.

Le Léviathan tient la création entre ses dents comme un morceau de viande, et si nous nous faisons tous agneaux nous serons dévorés par les loups. Pourtant, quand ce n'était pas nécessaire et que personne ne faisait attention à moi, je lançais le harpon de manière à ce qu'il finisse dans la mer et je laissais filer de temps en temps une baleine ; j'aimais voir la grosse bête disparaître au loin, l'imaginer libre et heureuse sur des océans que ne sillonne aucun navire. Et surtout j'aimais laisser s'échapper les phoques, quand je pouvais — nous passions devant leurs troupes qui se prélassaient et se roulaient sur les plages, gigantesque vague qui ondoie et se confond avec la lame qui se brise et se retire.

Un phoque, parfois, regarde avec mélancolie ; tout le monde connaît l'histoire du marin qui surprend une femelle phoque la nuit où on les dépouille de leur peau, une femme de la mer toute nue et très belle qu'il emmène chez lui et qu'il épouse à l'église, et elle qui au lieu de regarder le prêtre et la croix se tourne continuellement vers la mer dont on perçoit la rumeur. C'est une de ces histoires qu'on raconte dans tous les ports ; y compris en Dalmatie, entre l'Isola Lunga et les Incoronate, où nous descendions parfois avec la barque de mon père en partant de Lussino et de San Pietro in Nembi. Une histoire triste, dont la fin est nostalgique ; la femme, qui des années plus tard retrouve son ancienne peau, la réendosse et disparaît dans la mer. Ses deux jeunes enfants restent seuls, mais quand ils vont jouer sur la plage une femelle phoque leur apporte de splendides coquillages.

Belle histoire pleine de mélancolie ; la vérité, pourtant, c'est que les hommes, avec les phoques, s'abandonnent à des actes bestiaux, et ensuite s'attaquent férocement aux petits sous prétexte de s'emparer de leurs peaux, mais en fait par lubricité, chair et sang vont souvent ensemble. À Port King nous avons offert quelques chemises à ces Noirs sortis de la brousse et les marins ont pris deux femmes et ils n'en finissaient plus, mais les Noirs restaient là à regarder comme si cela ne leur faisait rien. Puis, je ne sais pas comment c'est arrivé, quelqu'un a lancé un javelot quelqu'un a tiré un coup de feu, pour rien, comme toujours, mais on ne peut pas l'éviter, nous nous sommes éloignés avec la barque et les Noirs se sont retirés dans la brousse. Sur le rivage est restée une chemise blanche ensanglantée, la trace de notre passage et de notre voyage d'exploration, qui a confirmé la découverte du docteur Bass et fourni un grand nombre de données à la connaissance et à la cartographie du détroit qui porte son nom.

Quand nous sommes entrés avec le *Harbinger* à Sydney, les mutinés pendus au mât de l'*Anne* qui se balançait sur les vagues nous ont salués comme un grand pavois hissé en notre honneur. À Sydney il y a des tas de choses, de la viande de porc salée, du rhum et de grandes nouvelles. L'année précédente, la flotte anglaise, commandée par l'amiral Parker, avec pour vice-amiral Nelson, a bombardé Copenhague, pour obliger le Danemark à se retirer de la ligue des pays neutres, manœuvrée par Napoléon. Mille deux cents canons anglais contre six cent vingt canons danois. Les Danois, à bout de forces, demandent à se rendre, mais Nelson place sa longue-vue devant son œil bandé, I'm damned if I see it, il ne voit aucun drapeau blanc. Le massacre continue jusqu'à deux heures de l'après-midi et ensuite on conclut solennellement et heureusement la paix. L'Angleterre et le Danemark sont des nations sœurs ; ce n'est pas pour rien que moi, Jorgen Jorgensen, qui ai grandi dans le palais royal de Copenhague, je navigue, après avoir débarqué du *Harbinger* à Sydney en tant que John Johnson, non, Jan Jansen, sur un navire de Sa Majesté britannique qui porte le nom de *Lady Nelson* et transporte du blé en remontant la Hawkesbay River entre rochers, eucalyptus et mangrove, pour la prospérité de la Nouvelle-Galles du Sud et pour l'expansion de la puissance anglaise jusqu'aux coins les plus reculés de la terre.

L'Histoire est une longue-vue placée devant un œil bandé. De temps en temps, comme après le combat avec la *Preneuse*, je regarde dans le canon du pistolet. Peut-être que là-bas au fond il y a quelque chose, la bande qui à Oriule, devant San Pietro in Nembi, sépare la mer verte de celle qui est bleue, seuil subtil de la vraie vie, mais I'm damned if I see it, dans ce noir il n'y a rien ni d'un côté ni de l'autre, je pourrais même appuyer sur la détente, à l'aveugle, de toute façon il n'y a personne.

La nouvelle arrive aussi qu'à Amiens la paix a été signée, mais ici on continue à mourir. Quarante-sept forçats meurent, minés par la fièvre, sur le *Royal Admiral*, quatorze sont pendus sur l'*Hercules*, mais il en arrive toujours d'autres, Charon apporte des boulettes de viande à Cerbère. L'eau efface les noms, comme celui du bateau naufragé que nous avons trouvé à King Island ; les écueils avaient enfoncé son flanc, juste à l'endroit où était écrit son nom, et les fragments de bois portant les lettres avaient depuis longtemps été émiettés par les vagues. Le bateau est presque coupé en deux, couché sur le côté ; au gré des marées l'eau entre et sort par l'écoutille ; une hache roule, elle va et vient en heurtant une table renversée.

À bord, il n'y a qu'un chat ; il se nourrit peut-être d'oiseaux et d'œufs, et la nuit il retourne dormir sur le bateau. Quand nous nous sommes approchés, il a disparu dans l'obscurité de la cale, ses deux yeux sont restés visibles encore un moment, deux feux dans l'ombre, puis les charbons ardents se sont éteints. Je regarde dans la nuit comme dans le canon d'un énorme pistolet. Sombre comme ces radios sur votre bureau, docteur, au-dessous desquelles vous avez écrit mon nom, pas le bon mais ce n'est pas grave, ce vide noir c'est moi, un ciel noir sans rien — dans les yeux de ce chat, par contre... — Quand nous sommes partis, comme la marée commençait à entrer dans l'écoutille, nous l'avons vu sortir d'un bond, grimper sur un mât incliné et se jucher sur un nid-de-pie.

Avant d'arriver à Hobart Town, avec le *Lady Nelson*, nous sommes allés ici et là, en revenant chaque fois à Sydney. Quand nous avons jeté l'ancre à l'embouchure de la Fitzroy River, à la limite méridionale de la Grande Barrière de corail le long du tropique du Capricorne, Westall, le peintre, a peint les coraux. À cet endroit ils sont noirs, dans des eaux incroyablement bleues. Je suis descendu sous l'eau, parmi ces ténébreuses fleurs de pierre qui éclosent quand il n'y a plus de vie. Le corail est un squelette. Je nageais parmi ces spirales stratifiées, circonvolutions d'un gigantesque cerveau d'une autre espèce.

La peu banale suggestion que je fais au gouverneur King, c'est de devancer les desseins des Français, lesquels revendiquent des droits sur l'estuaire du Derwent, dans la terre de Van Diemen, au prétexte qu'il a été découvert par d'Entrecasteaux en 1792. Le *Géographe* et le *Naturaliste*, sous les ordres du commandant Baudin, sillonnent ces mers avec l'excuse d'explorations scientifiques, mais en réalité pour préparer une implantation militaire. J'ai suggéré au gouverneur d'écrire, certes, à Lord Hobart, secrétaire d'État aux Colonies, mais ensuite, sans attendre pendant des mois sa réponse, d'annoncer officiellement que le projet d'établir une colonie — entre autres pénitentiaire — près de l'embouchure du Derwent avait déjà été approuvé, et d'y envoyer des soldats et des forçats. C'est ainsi que nous sommes partis — que je suis parti pour aller fonder la ville de ma ruine, comme plus tard j'ai construit le monde qui s'est écroulé sur moi. Océan Pacifique ou mer Adriatique, la mer dans tous les cas, grand suaire que j'ai tiré jusque sur ma tête.

La première fois le *Lady Nelson* a été obligé par de violentes tempêtes à rebrousser chemin, mais la seconde fois je dis au capitaine ce qu'il doit faire pour vaincre les tempêtes — j'ai été un grand marin, je l'affirme sans fausse modestie, et j'ai souvent su vaincre la fureur de la mer. C'est ainsi que j'ai fait plier ces vagues et ces vents miséricordieux qui voulaient me repousser et que je suis arrivé là où je n'aurais jamais dû arriver. Le 6 septembre 1803, je le lis dans mes notes, confirmées par les documents de l'Amirauté rapportés dans mes biographies, le *Lady Nelson*, avec sa cargaison de forçats, jette l'ancre à Ralph's Bay et le 9, finalement, à Risdon Cove, la future Hobart Town.

11

Le message est revenu, même si je ne me souviens pas de l'avoir envoyé et je ne sais pas s'il s'agit d'une question ou d'une réponse. Que murmurait à Jason la figure de proue, quand il était à l'avant ? Inerte, le visage empreint de tristesse, il n'osait pas, ne voulait pas savoir ce qu'elle voyait de son regard stupéfait et dilaté. C'est pour regarder que la figure de proue est placée là où elle est, pour scruter quelque chose qu'il est interdit aux marins de savoir et dont la connaissance leur serait fatale.

Pendant que ses compagnons étaient courbés sur les rames, lui, incertain comme toujours, regardait la figure de proue, tendait l'oreille au bruissement de sa chevelure de chêne qui se perdait dans la rumeur de la mer. En ce midi immobile et aveuglant, la voix lointaine disait de se laisser aller, de s'envelopper dans la toison comme dans une couverture et de se mettre à dormir. Aidez-moi à dormir, docteur ; le sommeil est une entreprise héroïque, la victoire sur les angoisses et les hantises, sur le projet et sur l'appréhension du lendemain qui ronge le cœur. Ne restez pas là immobile et muet avec ce visage de bois, je sais bien que les oracles ne parlent pas, ni hier ni aujourd'hui, celui qui sait se tait et vous, les disciples d'Esculape, vous êtes experts en savoir et en silence, mais au moins une de ces monnaies d'or qui fondent dans la bouche, vous pourriez me la donner.

J'ai passé tant de nuits sans sommeil, à Goli Otok. À la proue d'*Argo*, en revanche, c'était si facile de s'endormir, d'abolir les choses. Même la lune était de trop, et je la voyais avec soulagement se coucher et disparaître au fond de l'eau comme un poisson. Quand nous débarquerons, à Corinthe, je tirerai à sec le navire et je m'étendrai à son ombre pour dormir à l'abri de la proue et de sa figure qui, au-dessus de moi, change de visage pour prendre celui, effronté et vénérable, grands yeux regardant dans le vide et bouche boudeuse, d'une femme qui sourit d'un plaisir arrogant et invite à dormir à ses pieds. Moi...

12

En 1928, de retour ici en bas, avant de nous établir à Sydney, nous sommes allés passer quelques mois à Hobart, parce que c'était là que mon père aurait préféré s'installer de nouveau. Comme ça, Tore, me disait-il, tu verras cette plage où tu es entré pour la première fois dans la mer, dans les bras de ta mère. L'estuaire est immense, c'est un fleuve qui est déjà mer avant de se jeter et de se perdre dans l'océan, c'est la frontière du néant.

Flinders et Bass le disent eux aussi, dans les descriptions de leur voyage. Moi, sur les rives de ce néant, je construis le monde. Pendant trois semaines les forçats, que nous avons conduits dans cette terra incognita, abattent des arbres, construisent des cabanes. Les arbres sont gigantesques, avec des branches enchevêtrées qui laissent à peine filtrer la lumière et d'énormes feuilles suintantes d'humidité ; la pluie ne tombe pas du ciel, c'est le ciel lui-même, morne, infini. Les pins de Huon sont âgés de milliers d'années ; sous les pandanus, parmi les troncs pourris tombés au sol, pousse une jungle de mousses, de champignons et de lichens. Des ruisselets d'eau fraîche courent dans le fleuve-mer, des ruisseaux tout blancs écumant de petites cascades forment de minuscules lacs ; parfois ils envahissent et trempent les sentiers que les forçats sont en train de creuser dans la terre, les rues de la ville où Clark, un agriculteur libre, construit le premier édifice en pierre. À Hunter Island, il y a déjà deux magasins du gouvernement. Dans la baie, des centaines de cygnes noirs ; quand un groupe d'entre eux passe devant la grande baraque que je suis en train de construire pour le futur Trésor public, je décide qu'ils sont douze, douze oiseaux auguraux pour la Cité que je suis en train de créer, rempart d'ordre et de civilisation au bord du Néant. L'estuaire, dans le soir, est une écume vermeille ; le soleil s'enfonce dans des eaux de sang comme une baleine harponnée.

Les forçats abattent des troncs, taillent des pierres et construisent de petites digues et des ponts sur les ruisseaux qui embourbent les venelles. Oui, je sais, des années plus tard je suis devenu moi aussi l'un d'entre eux, mais — Le soir, on mange du poisson, de la viande de kangourou et de wallaby, sauvage et douceâtre. Quelques aborigènes apparaissent comme des ombres, la peau enduite de graisse animale et d'ocre, le visage peint avec du charbon et de la salive. Ils offrent un perroquet, reçoivent un foulard bariolé, disparaissent dans l'ombre subaquatique de la forêt. Quand le perroquet becque Barrett, un forçat, celui-ci le jette contre un arbre et donne un coup de poing à l'indigène, qui porte sa main à son nez, observe avec stupeur le sang sur ses doigts noirs et s'éloigne, à reculons, dans la forêt.

Le révérend Knopwood invente un blason avec un kangourou, un émeu, une cuirasse, un voilier, une étoile de mer et la devise *Sic fortis Hobartia crevit.* Arbeit macht frei, Utilité sociale du travail, Lasciate ogni speranza, voi ch'entrate ; tous les enfers ont une enseigne au-dessus de leurs portes. La Cité est ordre, plus fort que le désordre de la nature. L'homme, est-il écrit, sera le maître de la terre ; il semble faible, mais ses mains déracinent des arbres énormes, détournent des fleuves, arrachent des terres à la mer.

Une mer plus mer que les autres, parce qu'elle est sans mémoire. D'autres gardent des traces de la grandeur et de la misère de l'homme, gloire de souverains hardiesse de marchands peines de naufragés, noms d'amiraux et d'aventuriers écrits sur le miroir abrasif de l'eau. Ici au contraire il n'y a rien, aucun événement, aucun nom ; pendant des siècles les indigènes, quand ils sortaient de la brousse et se retrouvaient sur le rivage, s'en sont retirés à la vue de leur propre visage noir tremblant parmi les vagues. Ils n'ont jamais pris la mer, le détroit de Bass est pour eux la fin du monde. Ces lieux, pour la plupart, n'ont pas encore de nom, l'Histoire est une pierre qui tombe dans l'eau et disparaît sans laisser de trace, un javelot qui siffle dans la forêt. Une mouette fond, rapide comme une flèche, saisit un poisson et s'élève de nouveau dans les airs, la mer lisse aussitôt la légère ride.

La hache abat des eucalyptus et des pandanus, pour la première fois ce n'est pas la foudre qui fend le bois noueux, mais une lame de fer. Les branches brisées se mélangent aux fougères et aux lichens, elles deviendront vite moisissure, elles s'émiettent dans le sous-bois pluvial, la patte du chat-tigre laisse une empreinte que l'humidité découpe puis dissout. Des alignements de cabanes surgissent, des troncs deviennent des planches équarries et régulières ; dans la forêt s'ouvrent des clairières, vite refermées par un enchevêtrement inextricable, mais la hache ouvre d'autres passages, d'autres vides. Le savant dessin de troncs de branches et de feuilles, l'ordre qui de l'écorce monte jusqu'à la nervure des feuilles, se mue en un chaos de broussailles et de détritus.

Où est l'ordre, me demandais-je en commandant les opérations de déboisement nécessaires pour se procurer le matériau pour les cabanes, où est le désordre ? Ces cabanes alignées, ces venelles boueuses asséchées et élargies qui deviennent peu à peu des rues, apportent-elles l'ordre ou le chaos ? À Dachau aussi les baraquements étaient bien alignés, chacun avec son numéro. Le registre des morts aussi est toujours bien tenu. Une chouette masquée fond sur un bandicoot, le bruit d'une hache qui s'abat sur un tronc les fait taire et disparaître soudain dans la forêt. Les astres se lèvent et se couchent dans les espaces, la terre tourne autour du soleil, les vaisseaux de Sa Majesté sillonnent les mers, les cognées se lèvent et s'abaissent sur des fûts décrépits. Les aiguilles des pendules, dans l'atelier de mon père et de mon frère, tournent. Jours nuits et années vont et viennent comme les figures qui sortent et tournent en rond sur les tours des hôtels de ville ; comme les détenus qui se lèvent, se mettent en rang, cassent des cailloux, se remettent en rang et rentrent dans leurs cellules, quand ils ne finissent pas pendus au gibet, comme à Sydney, à Parramatta, à Castle Hill, partout. Le monde est une forêt de pendus.

Hommes, phoques, baleines, kangourous, indigènes, à qui le tour ? Parfois, dans ces forêts inextricables, il est difficile de distinguer les deux derniers, ils ont la même couleur noirâtre et tous deux font des bonds fulgurants et légers dans les taillis. Ces cinquante Noirs tués non loin de Hobart Town étaient arrivés en poussant devant eux, à grands cris, un gros troupeau de kangourous. Certains soldats ont pensé que c'étaient des cris de guerre et ont craint une attaque, d'autres ont entendu le gémissement rauque des bêtes, ont pris peur et ont tiré dans le tas, sur les hommes et les animaux ; les Noirs survivants ont continué quelques instants à poursuivre les bêtes, automatiquement, dans l'élan de la chasse, sans comprendre tout de suite pourquoi tant d'entre eux tombaient à terre, puis ils ont tourné le dos et se sont sauvés, terrorisés. Les kangourous, se voyant soudain face aux soldats, se sont dispersés ; certains ont fait demi-tour et se sont enfuis dans la direction d'où ils étaient venus, d'autres se sont jetés contre les soldats, qui ont continué à tirer comme des fous, sur les Noirs et sur les kangourous.

Cinquante Noirs et beaucoup de kangourous restent sur le terrain ; ce n'est, dit le révérend Knopwood, la faute de personne, ce sont des choses qui malheureusement arrivent quand on ne se connaît pas encore bien et qu'on ne se comprend pas, honnêtement n'importe qui aurait pris peur en entendant ces hommes noirs, nus et enduits de graisse hurler comme des forcenés ; il est humain de penser au pire et de songer à se défendre.

Même le révérend fait le coup de feu. Sur les cygnes noirs, car il est gourmand de leur chair et s'en gave chaque fois qu'il le peut, bien qu'il se plaigne qu'ils ont un goût de poisson et qu'il ait demandé au docteur Brown si, en tant qu'homme de science, il peut trouver un moyen de remédier à cet inconvénient. Les cygnes, atteints dans l'eau, s'inclinent comme un vaisseau sous la canonnade, se ploient lentement, battent des ailes puis se renversent sur le côté. Le long cou se déroule comme un serpent, l'œil vitreux est bloqué pour toujours dans une méchanceté stupide et atterrée ; si l'un d'eux est happé et entraîné sous l'eau par un poisson plus rapide que la barque, le révérend, rouge et affamé, se met en rage.

Cygnes noirs, kangourous de tous les pays, unissez-vous. La Ligue antifasciste, que Frank Carmagnola avait fondée à Sydney en 1926, comptait, en ville, environ trois cents membres ; deux ans après, dans l'imprimerie du parti communiste, je m'employais à fond moi aussi, à peine revenu d'Italie, pour imprimer *Il Risveglio*. Le Parti m'envoyait ici et là, dans la moitié de l'Australie. À Melbourne aussi, donner un coup de main pour fonder le Cercle Matteotti, qui réunissait tous les antifascistes. On a même donné une bonne raclée à Battistessa et aux autres *squadristi* qui étaient venus pour le saccager. Et dans Russell Street, au Temperance Hall, deux ans après, on a remis ça avec toutes ces crapules en chemise noire qui célébraient l'anniversaire de la marche sur Rome. C'est une des rares fois parce que le reste du temps, les dérouillées, c'est presque toujours moi qui les ai prises.

Merci, docteur, un peu d'eau, j'en avais besoin. Vous aussi, vous avez soif, je vois. Mais enfin tant que ce sont les autres, les ennemis, les fripouilles, c'est quelque chose que tu peux supporter, si tu as de l'estomac. Le pire, c'est quand ceux qui te jettent dans la fosse aux serpents, ce sont les tiens, et qu'au bout de quelque temps tu ne sais plus si ces gens-là sont les tiens ou si ce sont les salauds qu'avec les tiens tu as toujours essayé de faire dégager. Et un peu plus tard encore tu ne sais même plus si toi-même tu es des nôtres ou si tu es devenu l'un des leurs. Voilà pourquoi après Goli Otok on ne sait plus très bien lesquels sont les nôtres... Et moi ? Est-ce que je suis celui qui a débarqué à Hobart Town les forçats enchaînés, avec le *Lady Nelson*, ou celui qui est arrivé avec le *Woodman* dans le même port avec les chaînes aux pieds ? — D'accord, c'est vrai, j'avais trouvé l'astuce pour me les faire enlever, je l'ai déjà raconté. Mais même avec les chevilles moins meurtries, j'étais encore quelqu'un qui avait la corde au cou ; parfois je ne me souvenais plus que je l'avais, je l'aurais presque prise pour un foulard, mais, si ça leur sautait au cerveau, ils pouvaient à tout moment tirer dessus et c'était fini, je n'étais quand même jamais qu'un condamné à mort admis par bienveillance aux travaux forcés à vie, autrement dit un mort contraint à rester sur terre, refusé par la barque de Charon. Et moi qui m'étais demandé, lorsque bien des années auparavant, avec l'*Alexander*, j'étais parti pour Londres de Hobart Town, si je la reverrais un jour...

13

« Cher Jorgen, l'une de mes précédentes lettres est restée sans réponse, et une autre m'est revenue, mais j'espère que celle-ci vous parviendra. Un secrétaire de Monsieur Jermyn a eu l'amabilité de se charger de vous la remettre, si dans l'intervalle vous aviez de nouveau changé d'adresse. Mais pourquoi... » — D'où elle sort, cette lettre, c'est vous autres qui lui avez donné mon adresse ? Mais comment vous permettez-vous, qu'est-ce que vous voulez faire, un psychodrame ? Sauf que je ne crois pas qu'elle soit de la main de Marie, ce n'est pas dans sa façon de faire — Il doit s'agir d'un faux, fabriqué par un de mes biographes, qui voulait à toute force mettre là-dedans un peu de sirop sentimental. J'avais décidé de ne pas dire un mot de cette histoire, je m'étonne même de la voir rappelée dans mon autobiographie. Et puis pourquoi faudrait-il qu'il y ait une raison, si quelqu'un n'arrive pas à vivre à deux, à dormir et à se réveiller ensemble, à avoir le soir et le matin en commun ? Allez-y, brodez, ricanez, vous ne pouvez pas comprendre, vous êtes un homme de terre, vous. Sur les bateaux, sans femmes et sans amour, on oublie le bonheur, l'impossibilité d'être heureux, la honte de ne pas l'être. Jason, sur l'*Argo*, n'a que ses compagnons, il n'y a pas de femme. Si, Atalante, mais celle-là, elle a fait entente avec Méléagre, pour lui elle n'existe pas, ni lui pour elle, aucun problème. Lui, les femmes, il les laisse tout de suite en plan — Hypsipyle reste à Lemnos, enceinte de surcroît, et lui il file, et c'est presque toujours comme ça. Ce n'est pas un hasard si la seule fois qu'il en emmène une avec lui, Médée, il y a des ennuis à n'en plus finir, surtout pour elle. Moi, je ne veux causer la ruine d'aucune femme, c'est pour ça que je me suis enfui, avant même de commencer vraiment. Si on commence, tout est déjà foutu.

J'aimais lui écrire, c'est vrai, et aussi recevoir des lettres d'elle, celle-ci je l'ai retrouvée dans la poche d'une vieille veste râpée — celle de mon uniforme de Protecteur d'Islande, je la portais non pas pour me donner des airs, mais parce que je n'en avais pas d'autre, lorsque après mon retour forcé de Reykjavik à Londres j'avais été obligé de mettre en gage jusqu'à mes vêtements chez un usurier de Stepney pour payer cette chambre, ou plutôt ce trou à la Spread Eagle Inn, mais cet uniforme, je ne m'en suis jamais défait. Parce que, parce que... Les choses arrivent et c'est tout. Ou bien elles n'arrivent pas.

Marie Philippina Frazer, dix-huit ans. Je l'ai connue à Londres, par l'intermédiaire de sir Joseph Banks. Oui, je l'ai demandée en mariage. Naturellement, je m'attendais à un refus de la part de cet ange de pureté et de piété, beaucoup plus jeune que moi, et surtout je m'attendais à ce qu'un gentilhomme et un savant comme son père, célèbre inventeur d'instruments mathématiques, me fasse payer cette impudence. Comment est-ce qu'on peut confier une enfant, une chaste vierge, à un marin habitué à toutes les turpitudes de la cale et des bas-fonds — c'est un viol, une infamie, des parents ignobles qui se débarrassent de leur fille, après l'avoir gardée enfermée à la maison, pure et intacte comme une fleur, juste pour que n'importe quel cochon puisse la déflorer avec le consentement du roi et de Dieu ; des parents, des ruffians plutôt, plus abjects que ceux qui tiennent à jour la liste des putains de Covent Garden, car eux, ils se complaisent à violer et à salir ce qui est immaculé.

Ah, la malpropreté de la vie, cette puanteur des aisselles et du cœur — c'est la peur qui sécrète cette mauvaise sueur, cette haleine aigre dans la bouche, quelle honte le baiser du matin après une nuit d'éloignement. Je sais bien que Maria, je veux dire Marie, ne connaissait ni peur ni dégoût, elle n'avait pas peur du prix à payer à l'angoisse et à la saleté — pour elle aimer c'était tout, désirer, vieillir et décliner ensemble, et aussi se retourner dans le lit sans pouvoir dormir, après trop de nuits sans baisers — et pourtant une seule chair, glorieuse même si elle est flétrie, consumée ensemble —

Certes, si à l'époque — maintenant je ne... mais comment choisir entre l'amour et l'anxiété, vice solitaire du marin sans femme, le vice secret connu de tous — La saleté que l'on porte seul est plus facile, c'est moins risqué que de vivre et d'être heureux à deux. Marie est derrière la porte, mais je n'ouvre pas, je recule sans faire de bruit. Que personne n'entende ces pas, cette fuite ignominieuse devant la seule véritable aventure. Fuir, déserter.

Je suis parti le lendemain matin — comment aurais-je pu rencontrer son regard, après avoir retiré ma main de la poignée de cette porte ? Je lui ai laissé une lettre. Je l'imagine l'ouvrant, la lisant — les yeux écarquillés, figure de proue qui découvre l'inéluctable catastrophe, Eurydice qui voit Orphée se tourner et l'abandonner pour toujours au néant... très belle, cette reproduction de la figure de proue de l'*Eurydice* avec ces yeux levés dans lesquels on lit le naufrage... Elle se trouve au musée naval de Portsmouth, c'est écrit. Savoir qui me l'a envoyée ici, et pourquoi, quelqu'un de mal intentionné qui veut me faire me souvenir, me faire souffrir...

14

« Étranger, pourquoi rester si longtemps à languir hors des murs ? » — C'était facile, pour le camarade Blasich, le professeur, de se moquer de moi, avant de m'envoyer mourir ou pire, quand je lui ai parlé de Maria, de cette rencontre, là-bas à Fiume, pendant ce jour d'été. Un été bitumineux, la chaleur coulait du ciel voilé qui se ramollissait comme l'asphalte dans les rues. Je débarquais tout juste d'Australie, je regardais autour de moi sous le soleil opaque, œil torve d'un ciel borgne ; je voyais les bateaux immobiles devant les lourds édifices de tous styles des quais, immeubles enduits de boue pannonienne face à cette mer d'huile qui s'étendait jusqu'aux confins du monde. Je ne savais pas de quel côté aller et comme Maria descendait la rue, c'est elle qui m'a demandé, en me voyant si indécis, où je voulais aller et qui m'a indiqué la direction de la rue Angheben.

Elle m'a souri, un sourire plus fort que le destin. J'étais arrivé. Ce sourire dissipait comme un souffle de vent l'air écailleux, une blanche marguerite s'ouvrait dans le pré encore décoloré. « Étranger, pourquoi rester si longtemps à languir hors des murs ? » — Il se payait ma tête, Blasich, en déclamant ses chères *Argonautiques.* Dans les poèmes, Tore, me disait-il, l'étranger a toujours de la chance ; quand la mer le jette sur un rivage inconnu et hostile, il y a toujours une Nausicaa ou une Hypsipyle ou une Médée pour l'Ulysse ou le Jason de service. À Lemnos, Jason, comme toujours, ne sait pas que faire, il est là, irrésolu, au seuil de la ville et c'est Hypsipyle qui, en rougissant, l'apostrophe et le conduit au palais, comme Maria a fait avec toi dans la rue, comment elle s'appelait, déjà, cette rue, ah oui, Anghében, qui sait comment elle s'appelle aujourd'hui. Peut-être qu'en retournant à Fiume tu vas la retrouver, ta Maria, que cette fois-là tu avais laissée tomber, je parie, ça arrive. Elle a dû devenir une bonne mère de famille, et une bonne mère de famille, souviens-toi de ce que disait Lénine, vaut un commissaire du peuple. Qui sait quels sourires elle te fera, ta Maria, quel accueil. « Ainsi donc, demeurez, fixez-vous parmi nous. Pour toi, si tu acceptes et s'il te plaît d'habiter ici, tu recevras alors la dignité de mon père Thoas. Tu n'auras pas, je pense, à te plaindre de notre terre car elle a de plus hautes moissons que toutes les autres îles qui peuplent la mer Égée. »

Non, je ne l'ai pas laissée tomber, je ne me suis pas enfui. Je ne sais pas qui, à l'intérieur de moi, insinue cette histoire ignoble de lâchage — cette voix odieuse qui me singe, comme si elle sortait de ma bouche, mais uniquement pour falsifier ma vie. Si je pouvais la faire taire — Ce n'est quand même pas vous, docteur ? Peut-être que vous êtes ventriloque, et que toute cette histoire qui m'attire dans son tourbillon vient de vous, c'est vous qui la racontez, en tout cas vous devez savoir vous y prendre pour faire dire aux autres ce que vous voulez, sans même qu'ils s'en aperçoivent. C'est un vieux truc des policiers : ils parlent, ils te font répéter et ils transcrivent, après, toi, tu signes et leurs paroles tu les retrouves sorties de ta bouche à toi...

Je ne me suis pas enfui. Comment une chose pareille aurait-elle pu me venir en tête, après qu'avec Maria nous étions allés nous baigner dans ces baies, à Ičići à Ika à Laurana ou sur les îles du Kvarner, Cherso, Canidole, la Levrera, San Pietro in Nembi avec sa mer agitée tant vantée par mon père, la plage de Mirolašćica — odeur de sauge, de myrte et de pin, feu des lauriers roses, stridulation incessante des cigales, heures lentes comme des marées, buisson ardent de l'été et de l'amour. À Oriule, de grosses araignées brunes et dorées tissent d'énormes toiles, frêles et immortelles. Maria sort de l'eau une fois, d'innombrables fois ; son pied s'imprime dans le sable et le ressac en efface la trace.

J'étais revenu depuis peu en Europe, expulsé d'Australie — oui, c'est ça, en 1932, pour avoir participé, avec Frank Carmagnola et Tom Saviane, à la manifestation contre le consul d'Italie à Townsville, Mario Melano, un fasciste à qui, comme à ses acolytes, nous en avions fait voir. Et alors le gouvernement australien a fait fermer nos deux journaux, *La Riscossa* et *L'Avanguardia Libertaria*, et il a expulsé quelques-uns d'entre nous, dont moi. C'est comme ça que je suis revenu. J'ai débarqué à Fiume, où une cousine de mon père m'avait offert l'hospitalité chez elle, via Angheben — en 47, lorsque je suis revenu avec ceux de Monfalcone, la rue s'appelait Zagrebačka Ulica et quant à cette cousine éloignée, on lui avait tout enlevé et on l'avait jetée hors de sa maison ; c'est ainsi qu'elle était partie elle aussi à Trieste, comme des milliers d'Italiens d'Istrie et de Dalmatie, et elle était dans le camp de réfugiés au Silos où

— mais qui aurait pu l'imaginer à ce moment-là ? — je devais plus tard échouer moi aussi, après maint naufrage et mainte déroute.

Pendant quelque temps, avec Maria, j'ai cru être arrivé à la maison. Mais quand le Parti m'a demandé d'aller à Turin pour réorganiser une cellule qui s'occupait des réseaux de contact dans les écoles et qui avait été presque totalement démantelée par une série d'arrestations, il ne m'est même pas venu à l'esprit de dire non, et d'ailleurs je n'aurais pas voulu, parce que je n'aurais pas pu aimer Maria avec la honte et la lâcheté dans le cœur. J'aurais préféré opérer sur place, pour défendre les Slaves de ma région, ces Slovènes et ces Croates que je voyais si indignement piétinés par les fascistes, et regardés de travers aussi par beaucoup d'Italiens, antifascistes au besoin mais pleins de préjugés, seulement le Parti pensait que j'étais trop connu dans le secteur.

Mon emploi à la Sidarma, je l'avais déjà perdu après ma première arrestation, pourtant brève, pour activité antifasciste. Et c'est comme ça que je suis allé à Turin. L'amour ne peut pas vivre en esclavage, qu'il s'agisse du sien ou de celui des autres. Et Maria pensait et sentait comme moi : c'est même elle qui m'a fait comprendre ces choses-là, c'est entre ses bras que je suis devenu un homme. Comment aurais-je pu embrasser ce sourire et courber l'échine ? Je suis parti le cœur gros mais non avili. Je savais que nous ne ferions pas l'amour pendant qui sait combien de temps, peut-être plus jamais, mais quand on l'a fait tant de fois avec plénitude et abandon, qu'on s'appartient l'un à l'autre, qu'on est une seule chair, on ne craint plus rien pour son corps ni pour celui de l'être aimé, et c'est justement parce qu'on a tellement envie de faire l'amour qu'on peut y renoncer si c'est nécessaire pour mener le bon combat.

C'était du père Callaghan, à Hobart, que j'avais appris ces expressions-là, une seule chair ou encore le bon combat. En bon catholique irlandais, il était toujours du côté des opprimés, comme ces prêtres qui avaient intrépidement et vainement organisé la révolte des forçats en Nouvelle-Galles du Sud, ce *Rising of the People* qui devait éclater au mot d'ordre « Saint Pierre » et qui conduisit les rebelles au gibet. Oui, docteur, je sais, cent-vingt-neuf ans avant, mais qu'est-ce que ça fait ? Avant ou après c'est la même chose, quand quelqu'un se retrouve la corde au cou. Rien de nouveau sous le soleil. Non, tonnait au contraire le père Callaghan, tout est nouveau et arrive pour la première fois ; chaque péché reste éternel devant Dieu et le prince de ce monde, ton bourreau, est déjà jugé. Il enseignait, comme il se doit, le catéchisme et à servir la messe, mais aussi à lutter pour la liberté et la dignité — un chrétien est un homme libre parmi les libres, disait-il, qui ne peut pas se sentir en paix tant qu'un de ses frères dans le Christ est injustement enchaîné et l'amour développe les muscles capables de briser ces chaînes.

Non, je n'ai pas abandonné Maria, docteur, camarade Blasich, et vous tous. À Turin j'habitais via Ormea, sous le nom de Flavio Tiboldi, avec tous mes faux papiers en règle ; le Parti était bien organisé, aussi j'ai été averti à temps que la police était sur mes traces et j'ai déguerpi avant qu'ils me mettent la main dessus. Claudio Vincenzi par contre, qui opérait avec moi, ils l'ont harponné et salement arrangé et même sa famille a été inquiétée. Et alors je n'ai pas eu le courage d'entraîner Maria qui sait dans quelles traverses, dans quels malheurs — Je ne lui ai pas écrit, je ne lui ai rien fait savoir, j'ai disparu, mais c'était pour la protéger, la préserver —

Peut-être avais-je trop appris l'arbitraire du Parti, qui décide pour le bien des autres, même quand il les envoie mourir. Comment ai-je fait pour ne pas comprendre que l'amour, c'est monter sur la barque de l'autre et le faire monter sur la sienne, prendre le large même si la mer est en furie sous la bora qui descend sur le Kvarner, et que le laisser à terre est une lâcheté plus abjecte que de le laisser partir seul ?

Je l'ai laissée à terre, j'ai perdu son visage. Il disparaît dans la mer des années et des événements et en même temps que ce visage englouti dans les flots je m'enfonce et me perds moi aussi ; je ne suis plus personne, mais cela ne m'aide pas à échapper au cyclope, l'œil noir aveuglé est braqué sur moi.

Je ne vois rien, Maria disparaît et le monde est obscur. Après le naufrage la mer rejette la figure de proue corrodée et rongée par l'eau, les traits effacés recommencent à n'être plus que du bois, les plis de la robe des sillons d'un tronc, la bouche le nez les yeux des fissures ou des nœuds d'un arbre. Aidez-moi à la retrouver, docteur ! Vous savez où elle est, sinon comment auriez-vous fait pour avoir ces photos d'elle — Oui, c'est elle, regardez le calendrier, tournez les feuilles, les mois. Quoi ? D'accord, ce n'est pas un calendrier ; je disais ça parce que avec toutes ces femmes à moitié nues ça me rappelait les calendriers des barbiers d'autrefois. Enfin ce catalogue, ce livre, peu importe. Ce qui compte, c'est qu'à l'intérieur elle y soit, elle, son image. Tournez les pages — la voilà, qui sait comment elle a pu finir dans ce musée de Ringkøbing au Danemark... Regardez cette tête, quelle beauté, oui, les rides sur le visage, des fendillements du bois, la peau qui se dessèche et se fripe, bien sûr, les années passent pour tout le monde, mais on voit tout de suite que c'est elle, sous les écorchures du temps. Faites circuler ce calendrier, comme ça, discrètement, sans dire qu'il s'agit d'une photo d'identité, peut-être que quelqu'un l'a vue et pourra me mettre sur ses traces.

15

Certains taudis ne sont pas très différents de la cale et le lit n'y est pas meilleur que la couchette sur laquelle la nuit s'étend le marin. Ni que le grabat de la prison, même si celui de Carey Street où, à mon retour d'Islande, j'avais fini pour dettes, était vraiment dur. Sorti de là, je me suis dit que Marie ne réussirait jamais à me retrouver quand, ayant perdu de nouveau — en jouant dans un café proche de Covent Garden — tout l'argent que j'avais retiré de la vente de mes vêtements, je me suis installé à St. Giles's dans un sous-sol que je partageais avec un grand échalas aux cheveux roux et au visage défiguré par un eczéma. Le sol était en terre battue, une chaise nous servait à entreposer nos vêtements et une cuvette d'eau, mais la pièce est devenue plus commode, lorsque, mon compagnon de grabat n'étant plus revenu, même pas pour prendre son baluchon sur la chaise, j'ai pu poser le soir une bougie allumée sur cette chaise et lire le Livre des Hymnes.

Dans cette cave arrivaient les bruits de la nuit, les courants d'air faisaient trembler la flamme, des ombres ténébreuses glissaient sur les murs, langues noires et obscènes de chiens infernaux, mais l'âme qui met sa confiance en Dieu reste solide comme un roc et moi, sur ma paillasse, je lisais au lit, serein et oisif comme un prince. Seul surtout, et c'est ce qui compte. Un cœur, c'est trop étroit pour qu'on puisse y tenir à deux. Et de fait, quand quelqu'un d'autre y entre, c'est la confusion, on se sent serré, on se tourne d'un côté et de l'autre.

Et dans cette paix, dans cette solitude, j'ai remis de l'ordre dans ce que j'avais jeté sur le papier à propos de mon aventure islandaise, j'ai réorganisé le récit de cette entreprise, achevée depuis peu — non sans gloire, en dépit des apparences. C'était beaucoup plus facile que de répondre aux lettres de Marie. J'écrivais fébrilement, parce que je savais que Hooker et Mackenzie, cet autre scribouillard malveillant, avaient l'intention de faire publier leur version des faits — altérée par méchanceté du côté de Mackenzie et par naïveté du côté de Hooker. Je relisais quelques phrases à haute voix et j'étais content, je respirais. Et quand est arrivée — je ne sais comment, c'est peut-être vous, docteur, qui me l'avez refilée — une lettre de Marie, j'ai senti non plus le vide autour de moi, protecteur et rassurant, mais une angoisse qui se dilatait dans mon âme.

Fuir — d'un trou à l'autre, Cripplegate, Whitechapel, Southwark, Smithfield, St. Giles's. Descente inexorable comme celle d'une goutte d'humidité qui glisse le long du mur, chaque déménagement plus léger et chaque taudis plus sordide. Je sortais, mais rarement, le matin. Le gin à jeun serre l'estomac, on a jusque dans la bouche une brûlure acide, mais le feu qui monte au visage fait du bien dans cet air humide et fétide. Au début c'est désagréable de se sentir sale, mais peu à peu on s'habitue. La barbe longue, la sueur qui sèche sur la peau, la chemise qui colle deviennent aussi familières que son propre corps, dont l'odeur ne met jamais mal à l'aise ; c'est une couche supplémentaire d'épiderme qui protège contre le monde extérieur. Je comprends pourquoi les Yoras, dans le continent austral, vont dans la vie enduits de graisse de poisson rance, qu'ils n'enlèvent jamais.

J'enjambe des immondices, je me dirige par des ruelles étroites vers la Tamise. Le fleuve est verdâtre et noir, sur ses flots frisotte une écume sale ; certaines fois mes pas me conduisent près de la fosse des fous, les gens descendent des seaux par les fenêtres et puisent cette eau brune. Du fleuve monte une rumeur, qui parfois augmente et devient un sombre grondement ; des voix se croisent et se perdent, des corneilles et des mouettes criaillent, dans le soleil pâle un caillot de brouillard luit comme une aube.

Je déchire la lettre de Marie. Une mouette se précipite sur l'un des bouts de papier qui descendent en voltigeant, dans sa hâte rageuse et affamée elle l'avale ; j'essaie d'imaginer lesquels de ces mots sans appel, que j'ai lus peu avant, ont fini dans ce bec rapace. Ce soir-là, j'ai quitté aussi mon dessous d'escalier à Smithfield ; mes derniers sous, je les ai dépensés pour expédier le manuscrit islandais à l'éditeur Murray, qui ensuite — c'est du moins ce qu'il a dit — l'a fourré qui sait où et ne l'a plus retrouvé.

16

Quand j'ai rencontré Maria, sous ce ciel de Fiume qui se décomposait dans la chaleur suffocante, je venais de débarquer de l'*Ausonia*, qui m'avait ramené en Italie, expulsé d'Australie pour les faits survenus à Townsville et pour activité communiste illégale, mais je n'avais pas du tout l'impression d'être un exilé, un étranger, et pas seulement parce que je revenais dans des lieux où j'étais chez moi. Mais parce que je pensais que dans le monde entier j'étais chez moi, que des frères et des bourreaux on peut en trouver partout et surtout qu'être foutu dehors — ou dedans — pour avoir défendu la liberté, c'était un titre de gloire. La première nuit au violon, la première cuite, le premier baiser. Les exilés ont quelque chose de royal, et un vrai roi ne reste pas toujours assis sur son trône comme sur la cuvette des cabinets, mais met en jeu son règne pour rendre plus libre et plus grand son royaume, et choisit l'exil plutôt que l'esclavage du complice. Et si les rois confondent leur trône avec la chaise percée, d'où ils ne se lèvent jamais et dans le vase de laquelle ils continuent à chier pendant que les courtisans leur font la révérence, comme certains rois de France, eh bien on leur coupe la tête, justement, c'est déjà arrivé.

Les coups que j'avais pris en prison à Townsville ne me pesaient pas sur le dos. Certes, quand je les recevais, ça me faisait mal, et il m'est même arrivé de crier, sans en avoir honte, car un homme n'a pas à avoir honte de sa faiblesse, ni à jouer les héros. Mais après quelques mois, une fois les os rajustés, je n'y avais plus pensé. Ces gardiens de prison, comme tous les sbires, étaient de pauvres diables, comme nous et plus que nous ; ils ne savaient pas ce qu'ils faisaient et ils me faisaient même de la peine, même si je leur aurais volontiers cassé la gueule, parce qu'ils ne comprenaient pas qu'en portant la main sur nous ils forgeaient leurs propres chaînes. J'étais certain que si nous avions eu le temps de leur expliquer les choses, ils seraient devenus pour nous des amis, des camarades. Tout homme, c'est ce que je croyais alors, est un camarade en puissance, même s'il l'ignore, et il est destiné tôt ou tard à le devenir. Plus tard, par contre...

Enfin bref. Ce qui me chagrinait davantage, c'étaient les dissensions qui déchiraient notre mouvement et rendaient la vie si difficile à notre Concentration antifasciste de l'Australasie, les polémiques entre *La Riscossa* et *L'Avanguardia Libertaria*, l'exclusion de Bertazzon, en tant qu'anarchiste, du Cercle Matteotti de Melbourne — expulsé lui aussi, mais par nous, c'est-à-dire par lui-même, et non par la police, comme moi. C'est tout de suite après que j'ai compris que notre vocation c'était de nous entre-déchirer, que notre destin c'était d'être des perdants, qui perdent parce qu'ils s'entre-détruisent alors que les autres, bien unis au contraire, nous tapent dessus.

La révolution elle aussi a ses poulets avec la tête en

bas, qui se becquent férocement comme les chapons que Renzo tient par les pattes, je n'ai pas eu besoin d'aller en taule pour lire les *Promessi sposi* ou d'autres grands livres, comme certains camarades qui les ont découverts dans les écoles clandestines organisées par le Parti dans les prisons fascistes. Des études, en dépit de ma vie désordonnée, j'en ai fait, et dans les règles, tout à fait normalement. Pas seulement avec ce que j'entendais le soir à la maison de la bouche de Valdieri, ce professeur ami de mon père, mais aussi au lycée, eh oui. Un lycée tout ce qu'il y a de plus officiel, le lycée Dante à Trieste, avec des professeurs qui connaissaient le grec ancien aussi bien que l'italien. Fascistes, aussi, pour certains d'entre eux, comme Masi ; je suis allé le siffler, au meeting de 1925, quand Fachinetti, le candidat républicain, qui portait un bandeau sur l'œil qu'il avait perdu pendant la Grande Guerre, l'a remis à sa place. Un œil bandé, lui aussi, mais de la bonne façon, pour ne pas voir sa propre peur et continuer à avancer. Le lycée, je ne l'ai pas terminé parce que nous sommes retournés en Australie. Blasich était en terminale quand je suis entré en classe de troisième, et après il est allé à l'École normale, à Pise. Je ne sais pas si à l'époque il était déjà communiste, en tout cas il ne se comportait pas comme s'il l'était. Se conformant peut-être d'ailleurs ainsi aux ordres du Parti.

Mais pourquoi tant de kroz stroj, tant de poulets la tête en bas qui se lacèrent à coups de bec dans les rangs de la révolution ? Les poulets sont stupides, ils n'arrivent même pas à comprendre qui est en train de leur faire leur fête, ils ne savent plus en qui ni en quoi ils peuvent croire...

Vivre, c'est croire ; c'est la foi qui fait la vie, vous, vous ne pouvez pas vous en rendre compte ; vous avez vécu ici dedans, dans le néant, et vous ne pouvez pas savoir que la foi déplace les montagnes. Pardi, qu'elle les déplace. Si tu ne crois pas à l'amour, tu n'es même plus capable de le faire. Je suis bien placé pour le savoir. Ça fait longtemps que je ne le fais plus et je n'ai plus envie de le faire, je ne crois pas que ce soit à cause des années — combien, d'ailleurs ? — ni à cause des pilules que vous me donnez ; si quelqu'un aime, rien ne l'arrête, et s'il n'aime pas, rien ne le réveille. C'est ça ma faute, ma trahison. Celui qui ne fait pas l'amour et qui a perdu la nostalgie de le faire est un renégat. Il est juste de le garder enfermé ici dedans. Même si on le laissait libre il ne saurait pas qu'en faire, du monde de la vie des couleurs de la lumière du soir ; un eunuque dans un harem ne sait pas par où commencer. La révolution non plus n'existe plus, n'a jamais existé, depuis que nous n'y croyons plus.

Le visage de Maria, ce jour-là, disait toute sa foi, toutes les choses grandes et belles et élevées dans lesquelles elle croyait et qui avaient sculpté son visage, intrépide et un peu farouche. Aurait-elle pu m'aimer, si elle m'avait rencontré, la première fois, quand un chiffon avait déjà effacé sur mon visage toutes les choses dans lesquelles je croyais, c'est-à-dire moi-même ? Nausicaa voit la cicatrice d'Ulysse, nu sur le rivage, mais celle que je porte moi n'est pas la cicatrice d'Ulysse, c'est la plaie purulente et fétide de Philoctète, le coup de faucille de Cronos qui émascule tout ciel à jamais — alors il faut cacher cette mutilation immonde, impossible de se déshabiller pour faire l'amour.

Et pourtant tout avait si bien commencé, même là-bas en bas. Lorsque, pendant les grèves de 1934, notre consul à Melbourne poussait les chômeurs italiens à se faire embaucher pour remplacer les ouvriers australiens en grève et que nous allions en tournée, tous ensemble et unis — il y avait aussi avec nous des camarades istriens croates —, en chemise rouge, pour boycotter ce comportement et faire comprendre aux briseurs de grève qu'ils étaient eux aussi nos camarades et que — comment aurais-je pu penser que, des années après, certains d'entre nous se retrouveraient à Goli Otok, toujours ensemble, mais le cas échéant l'un soumis au bojkot et l'autre le lui faisant subir ?

Vous dites, ce que l'amour vient faire là-dedans ? Si vous ne le comprenez pas tout seul, ce n'est pas la peine que je vous l'explique. Moi-même je ne le comprends pas vraiment. Écouter ces choses, les entendre résonner à l'intérieur de moi, ça m'embrouille, ça m'étourdit — par où est-ce qu'on m'a introduit dans le corps cette disquette qui parle à tort et à travers avec ma voix ? Ou peut-être avec la vôtre, qui imite si bien la mienne ? C'est facile, ces disques sont tellement minces, il suffit d'une fente pour les introduire, et moi je suis plein de fentes, de coupures, de blessures ouvertes ; ce n'est pas compliqué de glisser en moi un de ces trucs lisses. À Dachau ils mettaient du sel et des substances acides sous la peau, mais ces mots aussi brûlent. Vous devez m'avoir fourré à l'intérieur un de ces disques, comme le soir quand vous nous faites écouter un peu de musique parce qu'il paraît que ça a un effet relaxant. Et du coup moi j'entends toutes ces choses que dit cette voix qui contrefait la mienne. Très bien, je dois l'avouer, on dirait vraiment ma voix, mais c'est un trucage, une de ces preuves fausses et convaincantes que toutes les polices du monde savent si bien fabriquer.

En effet elle raconte des bobards. Cette Maria... Je

ferais mieux de ne pas y penser, de me distraire en regardant la télévision. Et voilà, j'y suis, justement, devant la télé que le soir vous nous autorisez et même pour ainsi dire vous nous obligez à regarder. L'antenne ne marche pas, ce visage se désagrège, ce n'est plus qu'un poudroiement, un peu de grésil, plus rien ; le disque est rayé, l'aiguille crie et racle toujours le même mot, la même syllabe, ce n'est plus une histoire, pas la mienne en tout cas, ça ne fait que gratter siffler sauter...

17

Excusez-moi, docteur Ulcigrai, cette fois c'est ma faute, je me suis laissé prendre par les souvenirs les plus passionnés, et j'ai fait une confusion. Cette histoire avec Marie, ça vient après, comme vous l'aurez peut-être déjà compris. Vous serez indulgent, je l'espère, si je me suis laissé submerger par mes souvenirs d'amour et si j'en ai parlé avant que ce soit le moment, le cœur, ça ne se commande pas. Donc — reprenons le fil — le 14 novembre 1804 l'*Alexander* a quitté Hobart Town. À Sydney nous avons trouvé les dernières nouvelles en provenance d'Europe. Napoléon s'est proclamé empereur et a fait fusiller le duc d'Enghien. L'indignation m'a fait oublier le massacre des Noirs à Hobart Town. Cette infamie est restée tellement gravée en moi que des années après, dans la cale du *Bahama*, le bateau-prison sur la Tamise où on m'avait fourré pour quelques semaines après l'affaire islandaise, j'ai écrit une belle tragédie, *Enghien et Adélaïde*, mentionnée par plusieurs de mes biographes. Lisez un peu ceci — écoutez ce beau dénouement. La très pure Adélaïde, exhalant son dernier soupir, dit seulement : « Puis-je ? » On comprend que non, que personne ne peut rien. — « Enfin, nous commençons à raisonner. J'aime cette haine envers l'usurpateur corse, envers celui qui croit pouvoir refaire la réalité et l'Histoire à sa guise, changer les hommes. On croit pouvoir redresser les pattes des chiens, et on finit par couper des têtes... » — Peut-être aussi la mienne, peut-être que c'est pour ça que je bafouille et que je divague — on dit que les têtes guillotinées balbutient encore quelques instants, ah, cet instant dilaté, quelqu'un au cinéma a arrêté le projecteur et on ne voit plus que la bouche ouverte, sang salive souffle court paroles, lave solidifiée... Ça y est, il s'est remis en marche. Drôle de plaisanterie, tout de même...

En Nouvelle-Zélande, dans l'île du Nord où nous avons fait escale avec l'*Alexander*, quelques Maoris montent à bord, ils ondulent comme s'ils avaient le mal de mer, c'est peut-être leur façon de faire des révérences. Deux d'entre eux, Marquis et Teinah, veulent aller en Angleterre, et je suis tout de suite d'accord ; j'avais en tête un projet d'expansion commerciale dans les mers du Sud et je pensais que ces deux-là pourraient être très utiles. J'ai décidé de rentrer en Angleterre en pointant directement sur le cap Horn, afin d'éviter les Espagnols, et de remonter ensuite vers Rio de Janeiro. Nous avons navigué avec les quarantièmes rugissants, puis les cinquantièmes, puis quatre jours de vents sauvages et de tempêtes nous ont fait dévier de mille milles de notre route. Mille, j'ai bien dit, inutile de faire cette tête. Pourquoi cette conjuration de ne jamais vouloir me croire, de me traiter de menteur, de déviationniste, de traître ? Je sais qu'il m'est arrivé trop de choses pour que ça paraisse vrai, mais ce n'est pas ma faute, j'aurais été le premier à préférer que le fardeau soit plus léger. Avec ces mille milles en plus, les provisions n'étaient plus suffisantes pour le voyage prévu, et j'ai décidé de faire escale à Otahiti, pour réparer le bateau et m'approvisionner en vivres et en eau. Quand nous sommes arrivés à Matavai Bay, la première chose que j'ai vue, c'est la carcasse du *Harbinger* échouée sur la plage. Sur le flanc incliné et tourné vers le haut on pouvait encore lire, au-dessous du nouveau nom sous lequel il avait entrepris ce dernier voyage, *Norfolk*, celui qu'il portait à l'origine. Changer le nom d'un bateau, disent les marins, ça porte malheur.

18

Excusez-moi de nouveau, docteur, j'ai eu un petit vertige, pendant un moment je n'ai plus rien vu, juste un poudroiement éblouissant qui me faisait mal aux yeux. Ça arrive. Maintenant c'est passé et tout est clair, comme le visage de Maria. C'est la faute de cette porte à tambour vitrée du café Lloyd, à Fiume, où nous allions quelquefois le soir. Une fois je l'ai vue arriver ; j'étais déjà à l'intérieur en train de l'attendre, elle a traversé la rue, m'a souri à travers la porte transparente, et est entrée en faisant tourner le tambour ; pendant qu'elle se trouvait à l'intérieur son visage et toute sa personne se sont reflétés dans ces cristaux qui tournaient et se sont brisés en reflets changeants, en une poignée d'éclats lumineux aussitôt dissipés. Et ainsi entre deux portes du tambour elle a disparu.

Je dois être resté très longtemps à regarder le miroitement de ces battants ; des années assis là-dedans, tandis que le tambour tourne de plus en plus lentement et qu'il n'entre plus personne. On peut comprendre que quelqu'un ait aussi la tête qui tourne et qu'il ne se souvienne même plus très bien qui a disparu entre une vitre et l'autre, à qui appartenait ce sourire. Un instant, par exemple, j'ai cru, en l'entrevoyant dans la rue, que c'était Mangawana ; qu'elle aussi elle avait traversé la grande mer. C'était moi qui l'appelais ainsi, sous les grands eucalyptus qui étendaient leurs branches au-dessus des eaux du Derwent, de ce vieux nom aborigène, pour la plaisanter sur sa peau, brune comme celle de ma mère. C'était au contraire Maria — oui, c'était aussi Mangawana, parce que Maria était la mer où se jettent tous les fleuves. Aimer une femme ne signifie pas oublier toutes les autres, mais les aimer et les désirer et les avoir toutes en elle. Quand nous faisions l'amour sur la plage solitaire de la Levrera ou dans cette chambre à Miholašćica, il y avait aussi la forêt australe au bord de l'océan, Terra Australis incognita.

Par contre à Fiume, ce jour-là... Quand Maria, me voyant incapable de partir, a pris ma main, l'a passée sur sa poitrine et m'a guidé vers la porte, dans l'odeur de l'aube, en m'aidant à m'en aller — le voyage, c'est le début du retour, m'a-t-elle dit en souriant, mais moi je savais, du moins je crois, qu'il n'y aurait pas de retour, par un décret de ces dieux que, par un libre choix fourvoyé de mon cœur, j'avais placés plus haut que mon cœur et que ce sourire.

Peut-être que je ne l'ai jamais aimée comme à ce moment-là, quand je mentais sur le retour et que je m'embarquais à la recherche de la Toison ; pendant qu'elle me tenait encore un instant les mains et qu'en même temps elle m'aidait, douce et indomptable, à détacher les miennes, Hypsipyle saluant Jason : « Va, et que les dieux te ramènent, avec tes compagnons sains et saufs, apportant au roi la Toison d'or, selon tes vœux et ton désir. Mais cette île et le sceptre de mon père seront à ta disposition si jamais, après ton retour, tu veux revenir ici plus tard. Souviens-toi du moins, pendant ton voyage comme après ton retour, d'Hypsipyle... » — « Et après ? Tu ne sais plus ? C'est comme à l'école, alors. Bon, répète après moi : "Et laisse-nous des instructions que je suivrai de tout mon cœur, si par chance les dieux me donnent d'être mère." » — Ça suffit, on n'est pas à l'école, en train de souffler pendant les interrogations... Et puis, on ne va quand même pas réciter tout le livre, maintenant, non ? Et ne me demandez pas, je vous en prie, si les dieux... qu'est-ce que j'en sais, qu'est-ce que je peux en savoir... Jason non plus ne la regarde pas dans les yeux quand il répond, solennel : « Hypsipyle, puissent tes vœux se réaliser en tout, grâce aux dieux. » Quand je les ai levés, moi, les yeux, elle n'était plus là, elle avait disparu — non, elle était là, comme toujours, mais je ne savais pas qui elle était, splendide figure de proue sans nom arrachée par la furie de la tempête au vaisseau naufragé et qui erre en flottant sur les vagues, ses grands yeux tournés vers le haut, vers un vide plus grand que celui de la mer.

19

Dans la nouvelle Cythère, j'ai pris du bon temps moi aussi. Du moins il me semble. J'oublie vite les choses. Ces nuits sur le rivage, le bruit du ressac, les cheveux des femmes, l'odeur douce et sauvage de leur peau, les colliers de fleurs blanches — je les avais oubliés, en fait, mais quand j'ai lu le journal de Bougainville et celui de Cook dans la bibliothèque de sir Joseph Banks — bien sûr que je les ai lus, mes biographes eux-mêmes le signalent —, j'ai tout de suite reconnu ces arbres, ces voix, ces couleurs exactement comme dans mon propre journal écrit peu après, pour fixer ces souvenirs. Et cette peau un peu plus blanche de la plante des pieds, les pieds nus des femmes...

À Otahiti, j'ai laissé Peggy. Je parlais avec elle comme un père avec sa fille, mais ce n'est pas ma fille ; du moins, je ne crois pas, même si dans ce genre de choses on ne peut jamais savoir. Peggy Stewart, quatorze ans, est la fille de John, l'un des mutinés du *Bounty*, emmené enchaîné sur le *Pandora* venu reprendre les rebelles, et qui s'est noyé quand le *Pandora* a fait naufrage sur la barrière de corail, tandis que sa mère est morte de mélancolie. Peggy est la seule indigène convertie ; comme trente ans plus tôt les deux missionnaires espagnols, maintenant aussi les trente missionnaires anglais — dissenters et méthodistes — guidés par le révérend Jefferson ont fait fiasco. Le gigantesque roi Pomaré qui s'empiffre de taro, de poisson frais, de coco et de viande de canard, dit que Master Christ est very good, quand il commande un brandy, mais si on ne le lui donne pas il couvre Jésus de blasphèmes et chante la louange des dieux d'Otahiti.

Le révérend Jefferson rôde, la face jaunâtre et le regard morne, entre les cases ; il écarte avec agacement les touffes d'hibiscus, se promène sur le rivage sans même regarder le ressac bleu nuit qui se brise et se dissout en neige éblouissante. Sur cette île où les corps s'épanouissent en une splendeur qui semble incorruptible, le révérend se ratatine comme un fruit sec. Ce paradis est mortel pour qui est habitué depuis trop longtemps à ne plus vivre dans l'éden et s'est accoutumé aux miasmes du monde déchu. À Londres, dans les rues brumeuses et malodorantes, le visage du révérend Jefferson était assurément moins jaune : il évoluait dans ce flot boueux avec une aisance apprise au cours des siècles par son espèce, prospérant dans cette impureté comme un poisson d'étang dans la vase.

Les fleurs d'écume dans le ressac, le bleu indigo de la mer au loin, la gloire de l'hibiscus et le souffle des alizés sont dangereux pour les poumons habitués à un air vicié. Trop de lumière et trop de soleil pour des plantes étiolées, qui s'en trouvent brûlées et dépérissent. Le soleil de l'avenir aussi, que nous avons longuement fixé, nous a aveuglés et brûlés.

Mais nous avons encore suffisamment de force pour attrister mortellement ce paradis qui fait naître en nous de la tristesse. Peggy Stewart ne joue pas avec les autres ; empruntée, elle reste sous un palmier, elle chante les psaumes avec les pasteurs, tous ces pasteurs pour un seul petit agneau. Où est le signe du salut, pourquoi ce front obscurci plutôt qu'éclairé par la promesse du Royaume ?

Jack — un Tahitien très éveillé qui, en compagnie d'un autre, Dick, a décidé de se rendre en Europe avec l'*Alexander* — n'arrête pas de critiquer la religion et les abus de pouvoir des Blancs. En écoutant Jack, il m'est venu une idée ambitieuse : écrire un livre sur le christianisme vu par les yeux d'un Polynésien païen. C'est comme le voir pour la première fois. Qu'est-ce que la croix, sinon deux bouts de bois mis l'un en travers de l'autre, pour un indigène qui plonge parmi les pieuvres et les requins ?

Mais je ne voulais certes pas écrire un livre contre notre vraie foi, inspiré par la malignité et l'erreur. Je n'ai jamais été un négateur, un déviationniste, contrairement à ce qu'on a si souvent dit de moi. L'idée de mon livre était tout autre. Peu à peu, en passant à travers toutes les méchancetés ou du moins les maladresses des missionnaires, on devait arriver au déploiement pur et glorieux de la vérité chrétienne qui émerge de l'erreur, étoile qui surgit, resplendissante, du noir de la nuit. La révolution aussi est vraie, en dépit de ses missionnaires. Ceci mis à part, c'est également une bonne technique pour dire d'une chose tout le mal et tout le bien que l'on veut. J'ai commencé à jeter cela sur le papier, juste quelques pages, deux mois après, en juillet 1805, quand l'*Alexander* a pris la mer avec une cargaison d'eau, de fruits, de noix de coco, de taros, de viande de porc salé, en emmenant aussi Jack et Dick.

20

L'*Alexander* double le cap Horn en octobre. Horizon tout proche, de plus en plus proche. Une muraille d'eau avance et s'incurve au-dessus de nos têtes, une vague unique, gigantesque, s'arque comme une voûte et se referme derrière le bateau ; de bruyantes détonations déchirent cet horizon et des colonnes d'écume s'élèvent, elles défoncent le ciel et retombent en ouvrant dans l'eau des cratères noirs et bouillonnants. Le serpent de mer étreint le bateau, mais nous manœuvrons avec la voile de trinquet dans les virements vent devant, le vent prend de plein fouet notre proue près de l'île du Diable, nous sommes prêts à embraquer l'écoute pour échapper à ses spires. Les courants qui arrivent de la mer se croisent, des rafales de vent couvrent l'eau sombre d'énormes fleurs blanches et les coupent d'un seul coup, hurlements dans la nuit, comme sous ces coups des geôliers qui me fracassaient les os, à chaque vague c'est encore un coup, encore du sel sur la blessure. Si je n'ai pas cédé, ça n'a pas été par courage, mais parce que je ne comprenais plus rien, même pas ce qu'ils me demandaient ni ce que j'aurais dû répondre pour les faire cesser.

Mon bateau a doublé le cap Horn. Moi non, moi je suis resté de ce côté-ci, en deçà de ce mur qui n'est jamais tombé, muraille d'eau s'élevant jusqu'au ciel, hérissée de crêtes blanches, énormes tessons de verre ; mes mains sont en sang, elles s'ouvrent et je retombe en arrière, au pied du mur. Les eaux et les vents se déchaînent, ils s'affrontent, s'assaillent, s'engloutissent ; ils m'entraînent dans le gouffre, forces de Coriolis en folie qui tourbillonnent dans le sens des aiguilles d'une montre et dans le sens contraire, et moi je suis au milieu, dans le trou noir qui m'aspire, vertigineux et immobile. L'ouragan fait rage mais dans le trou noir le temps est bloqué, énormes lames furibondes congelées. Dans le camp de concentration le sang bat avec une lenteur séculaire, une blessure met des milliers d'années à cicatriser et moi je suis là, en train de m'enfoncer très lentement, presque immobile, immobile, toujours plus bas. Je glisse le long des immenses murailles d'eau ; le ciel est un hublot de plus en plus petit, de plus en plus sombre, je ne réussis à voir ni en avant ni en arrière, dans le maelström écumant. Ce tambour vitré du café Lloyd, à Fiume, où Maria a disparu, tournait-il dans le sens des aiguilles d'une montre ou dans le sens contraire, en avant ou en arrière ? Voilà, il se remet à tourner, il lance à toute volée, dans le café où je suis assis, des poignées de verre brisé.

Les miroirs opaques de la porte ne reflètent aucune image ; si j'approche mon visage de la vitre je ne vois rien, juste qu'il fait un sale temps. Je suis resté là-dedans, assis — Jason reste à Corinthe, assis dans son palais, c'est Médée qui s'en va.

La vie est là, de l'autre côté de cette muraille d'eau, mais comment la traverser ? Je m'accroche à la figure de proue qui flotte parmi les lames, j'étreins ses seins rongés par l'eau. Dans la furie de la mer agitée, les gifles des vagues arrivent de tous les côtés. Cette fois-là à Turin —, non, à Milan, je crois — la première fois que j'ai pris une claque du Parti, parce qu'il me semblait juste, quand nous nous démenions pour le journal que nous avions créé, *Rivoluzione Antifascista*, que les socialistes aussi puissent s'exprimer, je savais que le Parti avait les idées plus claires que tout le monde, mais vu la situation il me semblait que c'était une bonne chose de nous donner tous la main contre les fascistes qui nous prenaient l'un après l'autre. L'important, c'était que tous les poissons se mettent ensemble à déchirer les mailles du filet et à libérer la mer de tous les filets. Quand le Bureau politique m'a accusé de permettre la pénétration d'idéologies adverses dans le mouvement ouvrier, ça ne m'a pas semblé juste, mais j'ai accepté et obéi pour ne pas augmenter la zizanie entre les poissons, qui ne sert que les pêcheurs et leurs filets. — « Tout ça, ça date de Mathusalem, mon ami, un petit lifting s'impose pour ces rides du cerveau ! Arrêtons avec ces scrupules, ces nostalgies de vieux gâteux, ces accès de mégalomanie ! Il y a seulement des règles du jeu, qu'est-ce qu'on en a à faire du juste ou de l'injuste — l'aut aut, c'est terminé, on est passé au vel vel, tu me comprends, si tu te souviens encore de ton latin. » — Vieux truc, mon cher, la police qui te flatte et te fait un clin d'œil, avec moi ça ne prend pas...

Giuseppe Boretti, dans notre journal, avait lui aussi critiqué ma position, mais c'était un camarade de premier ordre. Je l'ai vu mourir en Espagne sur les collines, de l'autre côté de l'Èbre, heureux est-il d'être mort pour la liberté, tandis que moi —

Moi quoi, docteur ? Vous devez le savoir, c'est à vous de faire les analyses, le diagnostic et l'anamnèse et ensuite de me l'expliquer. Non, c'est à l'île d'Elbe que j'ai connu Boretti ; c'est lui qui me parlait des désaccords avec les socialistes, en me faisant des reproches quand je lui disais que c'était lui qui se trompait et aussi le Parti quand il avait dit que la social-démocratie c'était le social-fascisme, et que c'était une bonne chose que le nazisme l'ait éliminée parce que comme ça nous autres, une fois le fascisme et le nazisme abattus, nous construirions directement le communisme. Je trouvais que c'était un crime de nous entre-déchirer comme des poulets, mais pour ne pas contribuer pour le peu qui dépendait de moi à nous entre-déchirer encore davantage, il me semblait juste d'obéir malgré tout au Parti et de lui donner raison même s'il avait tort.

Si je me sentais humilié à cause de ça ? On voit bien qu'ici vous ne savez pas ce que c'est que l'esclavage, la liberté, la lutte, ce que ça signifie, se battre pour la dignité de tous, même de ceux que tu ne connais pas, même de tes ennemis qui — tu le sais, tu en es sûr au plus profond de ton cœur, même quand ils te font boire de l'huile de ricin — deviendront un jour tes frères — peu importe de savoir si tu le verras, ce jour, ou si tu seras mort avant dans leurs prisons. Nous avons même adressé cet appel à nos frères en chemise noire ; ils pouvaient eux aussi devenir des hommes libres, capables de mourir avec nous pour la liberté. Pietro Iaccha lui aussi avait été un fasciste de la première heure et ensuite il est mort aux portes de Majadahonda, dans les rangs de la brigade Garibaldi.

Sa mort, la nôtre, pour faire taire ceux qui criaient Viva la muerte. La Résistance a toujours raison des empires. En Espagne même Napoléon et son maréchal Marmont ont échoué. Où vas-tu, Marmont ? chantions-nous naguère. No pasarán. Les corps des camarades sont une muraille, le roc contre lequel se brise la furie de la mer. Mais alors pourquoi, déjà en Espagne, fallait-il nous entre-déchirer et aider ainsi la mort à passer ?

L'air est obscur, la mer monte, à travers les hublots battus par les vagues on ne voit rien ; je nage, je nage, mais au bout d'un moment elle n'arrive plus à se maintenir à flot, elle s'enfonce, dans l'eau et dans le noir. Et pourtant, pourtant — la lumière de ces jours traqués talonnés et déchirés, cet automne à Turin, où j'étais allé... Oui, ça y est, je me souviens, où j'étais allé pour entretenir le contact entre le Parti et ce qui restait du groupe Justice et Liberté après les arrestations de mai 1935.

Cet automne dans les rues de Turin, à diffuser des écrits clandestins, apporter des lettres, organiser des réunions, renouer les contacts dans les usines et dans les écoles, prêts à serrer les rangs et à continuer quand un camarade s'était fait pincer et à ne pas perdre la boussole quand c'était toi qui étais pris à l'hameçon. Non, les coups que j'ai reçus quand on m'a surpris avec des tracts et expédié à Fossano n'ont pas fait pâlir le rouge de cet automne sur la colline, que je voyais en marchant dans les rues de Turin, ces grandes rues rectilignes et bordées d'arbres qui découpaient la ville et allaient loin, jusqu'en dehors, bonne géométrie bien carrée, grise comme tout travail, marche ordonnée vers le futur.

À Guadalajara aussi, plus tard, le bataillon est allé en rangs serrés affronter le rouge qui incendiait le monde, en lui opposant un autre rouge — celui du drapeau, des feuilles, du feu, du raisin vendangé sans peur. Oui, nous étions des seigneurs, cet automne-là à Turin — filés traqués emprisonnés mais libres, exempts de cette peur qui te rend esclave de toi-même, de ton moi tyrannique et tremblant comme tous les maîtres. Là, sur ces avenues, avec mes faux papiers en poche, je respirais à fond ; le vent qui me passait sur le visage venait des montagnes, d'un monde pur et fort comme celui que nous étions en train de créer, et les taches rouges sur la colline étaient des verres de vin nouveau sur la table d'une auberge où nous ferions la fête, le soleil de l'avenir éblouissait nos yeux et se levait sur le monde immense et terrible qui allait devenir bon.

Oui, tôt ou tard il y aurait la guerre, nous savions qu'elle viendrait mais nous savions aussi qu'une fois que nous aurions créé le monde nouveau qui réémergerait du déluge, il n'y aurait plus de guerres... Quelle confusion, avec ces temps et ces modes verbaux qui ne fonctionnent plus, ces conditionnels n'ont pas une vraie valeur de futur dans le passé puisque ce futur a avorté, ils n'ont pas non plus une valeur de potentiels mais ne sont plus désormais que banalement irréels. L'eau monte, des vagues la font entrer dans ma bouche et dans ma gorge, le souffle me manque, aidez-moi, ramenez-moi au rivage, faites-moi la respiration artificielle, des mots mal digérés me reviennent, révolutionréactionsocialfascisme, quelle nausée ce catarrhe et ce sel, la terre tourne la mer s'agite le soleil les étoiles et l'Histoire aussi tournent et les hommes vomissent, quel soulagement, voilà, c'est passé, c'est en train de passer, excusez-moi.

Autrefois, quand ces frissons me prenaient, je m'enveloppais dans la toison que nous avions conquise et cette laine rouge-brun me tenait chaud. Mais à présent le drap est complètement usé ; regardez tous ces trous, ça doit être les mites ou alors c'est le tissu trop vieux qui perd ses poils rougeâtres et se défait, le vent traverse la couverture de toutes parts, on ne peut pas naviguer avec une voile trouée, j'aurais voulu voir si au cap Horn la voile s'était déchirée et que les rafales étaient passées à travers comme des coups de feu à travers une chemise.

21

Toison, couverture, drapeau, ce n'était pas grand-chose tout ça, en réalité seule Maria savait apaiser ma peur, dans ses bras j'étais à l'abri de la furie de la mer. Dans ses yeux je voyais mon visage, maintenant les miroirs sont vides. Est-ce que vous sauriez, par hasard, où a fini le camarade Cippico — Čipiko (ou aussi Cipico) — consentant à la décision du Parti qui lui intimait de laisser Maria de l'autre côté de cette frontière, de l'abandonner à la vengeance des bourreaux de Goli Otok, après qu'elle, pour moi, avait tout joué et tout perdu ? Oui, je sais, ça c'est arrivé après, longtemps après Milan et Turin et Fossano et Guadalajara et tous les endroits où ils nous ont catapultés — dans un après absolu, après ma vie, parce que, quand je me suis tu devant cette décision du Parti, j'ai disparu. Introuvable. Displaced person. Ce certificat de displaced person aussi est venu plus tard, encore plus tard, mais pour vous, pas pour moi. Pour les morts il n'y a ni avant ni après ; dans l'Hadès toutes les ombres sont ensemble et ne sont pas, *Argo* et *Punat* et *Woodman* et *Nelly* se balancent sur la même mer de ténèbres sans aller ni en avant ni en arrière.

Mon bateau fendait les flots droit devant quand

Maria était à la proue. Quand ils m'ont dit de jeter à la mer la figure de proue, j'ai obéi. Je l'ai détachée d'un coup de hache et je l'ai laissée tomber à l'eau, pour faire avancer plus vite le bateau ainsi délesté. Les vagues l'ont emportée. Mais le bateau, elle partie, s'est soudain alourdi. Un calme plat mortel l'enfermait dans ces eaux et nous de nous démener, galériens aux fers, pour plonger les rames dans les eaux poisseuses. De temps en temps je te cherchais, je descendais dans les fonds obscurs où je t'avais laissée tomber, des algues limoneuses s'accrochaient à mes bras, à mes cheveux, et me couvraient les yeux, seuls des morceaux d'épaves arrivaient entre mes mains, un Orphée sale émergeait, oublieux d'Eurydice, il se remettait, obéissant, à ramer et, quand on le lui ordonnait du pont de commandement, il se mettait, toujours obéissant, à chanter, pour l'édification de la chiourme, la gloire de l'entreprise.

Quel droit ai-je donc de me plaindre d'avoir fini dans les eaux de Goli Otok à extraire du sable et des cailloux ? Notre *Argo* se dirigeait vers l'île des Morts et moi j'ai prêté ma force pour tenir la barre. Goli Otok, île de nos morts-vivants. Lorsque au contraire, en des temps plus anciens, je partais en barque de Port Arthur, là-bas en bas dans la Baie, pour aller ensevelir l'un ou l'autre de mes compagnons de bagne sur l'île des Morts — elle s'appelait vraiment ainsi —, j'étais à la poupe, tranquille et bien vivant ; je n'y allais pas pour mourir, comme plus tard, mais pour m'occuper des inscriptions et rédiger des épitaphes pour ces morts, scribe et non passager de Charon. Jack Mulligan, il a vécu dans les ténèbres sur la terre, et mort il entrera dans la gloire des cieux. Timothy Bones, j'ai péché beaucoup plus que ne le sait même le juge de Sa Majesté qui m'a envoyé ici dans la baie, mais dans ma vie tout n'a pas été bas, je sais qu'un autre juge le verra. Sarah Eliza Smith...

C'est une belle chose, de composer des inscriptions funéraires. Et ce n'est pas difficile ; les thèmes sont à portée de main, il suffit de les mettre ensemble. La mer, le péché, le repentir, la miséricorde divine. Ensuite il faut cibler, en une ligne ou au maximum deux, quelque chose qui n'appartient qu'à ce mort, la carte qu'il a eue en main. Pour Tim Bowley, par exemple, la pierre qu'il a lancée à la tête du roi, pour un autre, peut-être, un gueuleton à tout casser. Mary, est-ce vraiment à moi qu'il fallait que tu fasses ça ? Ça sonne bien. J'aimais aussi m'occuper de choisir les caractères, dire au graveur comment répartir la phrase sur plusieurs lignes ; ensuite je faisais paraître chaque texte dans le journal, dans une rubrique pour laquelle on me donnait encore deux shillings. Comme Robertus Montanus, dans cette comédie que j'avais écrite dans ma jeunesse et dont, honnêtement, je ne me souvenais plus alors que mes biographes, en particulier Stephenson et Clune, en parlent avec respect. Lui aussi, après avoir tellement étudié à Oxford, gagne son pain en écrivant des épitaphes pour ses concitoyens.

C'étaient de belles journées, quand nous allions à l'île des Morts. Les eaux dans cette baie sont calmes, à peine ridées ; je respirais à fond l'air frais et j'avais l'impression que j'honorais les défunts plus que ne le faisait le révérend Knopwood, lequel marmonnait hâtivement toujours la même prière alors que moi je m'efforçais de trouver chaque fois des paroles nouvelles. Enfin, c'était plus ou moins les mêmes, mais assemblées un peu différemment, du reste pour de telles canailles c'était encore trop. Quand nous passions sous le Puer Point, d'où se jetaient dans la mer tous ces enfants forçats quand ils n'en pouvaient plus — et très vite, dans cette horreur, ils n'en pouvaient plus —, je n'avais plus envie, il me semblait que je n'en pouvais plus moi non plus et je m'attendais à ce que soudain un énorme volcan sorte des eaux et fasse tout sauter dans une mer de feu, toute rouge.

Les feuilles aussi sur la colline turinoise, durant ces jours, étaient rouges. J'étais encore vivant, en ce temps-là. Dans la gueule du dragon, mais le dragon, c'était certain, allait succomber sous notre épée, et je retournerais chez Maria avec la Toison d'or sur laquelle nous dormirions ensemble. À Santo Stefano aussi, près de Fossano, j'étais vivant, en prison mais libre, bon sang, un seigneur — parmi ces camarades j'étais chez moi, je touchais du doigt ce que peut et doit être la vie quand on est ensemble et que ce qui compte ce ne sont pas tes petits problèmes à toi mais la vie, qui n'est à toi que si elle est à tous, et que tu es prêt à la jouer et à la perdre —, je me souvenais du père Callaghan, qui au catéchisme nous disait que celui qui veut sauver sa vie la perdra et que celui qui est prêt à la perdre la sauvera. C'est ainsi que tu la vis à fond même si ce qui t'échoit c'est le deux de pique, parce que la chance tourne, que la bouteille fait de même et qu'autour de la table les amis sont une fameuse équipe. Enfin, en prison nous n'avions ni cartes ni vin, on nous confisquait même les colis que nous recevions de nos familles — qu'ils recevaient, plutôt, parce que moi je n'avais personne, mais tout le monde partageait tout. Le Parti a même dû recommander de ne pas exagérer avec l'égalité et de rappeler au collectif de notre prison qu'il pouvait y avoir des exigences différentes et que ce n'est pas un crime de fumer seul une cigarette même si quelqu'un d'autre n'en a pas.

Quelle liberté, docteur, c'était autre chose qu'ici dedans ! Oui, parce que nous, nous ne pensions pas à la nôtre, à la liberté de sortir de la prison et d'aller nous promener, mais à celle de tous, la liberté aussi n'est à toi que si elle est à tous. Mégalomanie, tout ça, dites-vous, grandiloquence digne du cinéma national-populaire de grand-papa ? Oui, quand on en parle maintenant, comme je suis en train de le faire avec vous autres, parce que ça me chagrine que vous ne sachiez rien, que vous ne vous souveniez plus de rien. Mais quand on le faisait et qu'on le vivait, comme nous autrefois...

Les amertumes et les difficultés personnelles, nous n'en parlions jamais, et moins encore dans les lettres que nous envoyions chez nous, pour ne pas donner au censeur qui les lirait la satisfaction de jubiler de ces faiblesses. Mais surtout pour ne pas nous décharger de ces tristesses sur les autres, pour ne pas faire peser notre destin sur une mère, une femme ou des enfants, qui devaient vivre leur vie et non celle que nous vivions dans les fers. Moi, je n'avais personne mais je ne m'en apercevais pas, parce que je m'étais habitué moi aussi à taire la tristesse, et à force de la taire je l'oubliais.

Être transféré aussi, c'était une tristesse, un adieu aux camarades. Ponza, Ventotene, Fossano, Procida, Civitavecchia, Pianosa, Volterra, Piacenza — une marche après l'autre, on monte, ces prisons sont les stations du progrès, on monte la tête haute, c'est notre chemin commun, la voie lactée de notre pérégrination vers le salut. On s'arrête dans une hôtellerie, et si on ne parvient pas à reprendre la route, on passe son bissac à un autre.

22

Oui, docteur, j'ai aussi menti. Enfin, menti — mon biographe a un peu enjolivé les choses, comme il arrive presque toujours quand on écrit. J'ai vu mon autobiographie dans l'arrière-boutique de ce marchand de livres anciens de Salamanca Place — et je l'ai tout de suite lue avec passion, ça se comprend. Bien sûr je ne m'attendais pas à une banale copie de la réalité. Sinon pourquoi l'aurais-je lue, juste pour y trouver des choses que je connaissais déjà ? C'était le reste qui m'intéressait.

Il est exact que, durant le voyage de retour avec l'*Alexander* de Hobart Town à Londres, je me suis dirigé tout droit vers Rio de Janeiro, malgré le peu d'eau et de vivres qu'il y avait à bord, mais ce n'est pas moi qui l'ai décidé, ce sont les vents qui m'ont précipité sur cette route. Nous longeons le Párama ; broussaille et lichens parmi la bourbe saumâtre, terreuse, dit le journal de bord. Croiser un vaisseau de la flotte franco-espagnole et le capturer coûtent peu d'efforts ; par une manœuvre fulgurante qui exploite le seul petit souffle de vent, nous accostons soudain en sautant par-dessus la muraille à l'abordage avant que les Espagnols aient pu tirer un seul coup de canon, les marins et les soldats étant surpris à leurs postes de manœuvre, non encore rassemblés pour le combat à l'arme blanche. Les sabres s'élèvent et s'abaissent, dardent comme les rayons de soleil qui dansent sur l'eau et portent de terribles fendants sur les flancs des vaisseaux. Devant moi, un officier espagnol, transpercé par une pique, tombe lentement à terre, en ouvrant la bouche et en avalant avidement de l'air.

Le vaisseau est vendu à Santa Catarina. Exact, je confirme. Le port fourmille d'esclaves, dos luisants et résineux, blanc des yeux éclatant parmi le rouge des foulards et des morceaux d'étoffe sale. Le châle rouge, fleur qui s'ouvre dans le soir, une bouche charnue qui rit. Maintenant il me semble me souvenir — du reste, pourquoi écrirait-on sinon parce qu'on oublie, donc pour retrouver les choses oubliées ? Et même si je ne me souviens pas de l'avoir écrite moi-même, cette page que quelqu'un à présent me met sous le nez, si colorée et luxuriante... j'aimerais voir les choses de cette façon, mais — mais si, finalement, ça devait être exactement comme ça, le chèvrefeuille s'enroulait autour des grilles fermées et des colonnes blanches d'un patio. Le soir était grand, dans ce jardin, dans les ténèbres vertes qui l'envahissaient alors que dans les rues il ne faisait pas encore nuit, des oiseaux volaient, rapides et rasants comme des flèches, les étoiles s'ouvraient soudain entre les branches et tombaient, énormes fleurs blanches coupées. Au-delà des grilles et sur les façades des immeubles la lumière du jour mourant, des lampes à huile et des bougies résistait à l'avancée des ténèbres, ouvrait des percées, des trouées lumineuses dans leur muraille écrasante, meurtrières de clarté. Dans le jardin au contraire l'obscurité engloutissait tout ; une fleur gigantesque s'ouvrait, corolle noire dans laquelle tout se précipitait.

Et cette femme qui se cachait derrière les fleurs jaunes de l'ipé, en soustrayant son visage et ses grands yeux obliques à la lumière de la lune et des fenêtres de l'immeuble d'en face qui la suivaient, comme un harpon suit un poisson pour l'arracher aux eaux sombres... Pourquoi n'y a-t-il plus rien d'écrit, comment est-ce que je fais, maintenant, ce pied rosé frétille comme un poisson, disparaît dans le fond, et elle aussi elle glisse dans un coin d'ombre, une rosée noire se dépose sur ces feuilles et sur ces fleurs — hibiscus, quaresmeiras blancs, lilas et rosés, sans couleur dans la nuit —, une noix de coco s'ouvre, ma tête, à l'intérieur il n'y a que du noir, qui se répand en engloutissant les choses...

Qu'est-ce qui s'est vraiment passé cette nuit-là, dans cette obscurité ? Rien ? C'est toujours trop, ce qui arrive à un homme, la cale regorgeant de marchandises coule et là au fond personne ne fait l'inventaire. Les registres de l'Amirauté, en tout cas, on peut s'y fier. Donc, après avoir fait escale à Sainte-Hélène, où vient juste de parvenir la nouvelle d'Austerlitz, le 26 juin 1806, l'*Alexander* accoste à Gravesend, sur la Tamise.

23

Je crois que c'est sir Joseph Banks, l'illustre savant et explorateur, président de la Royal Society, qui m'a envoyé — peu après notre arrivée à Londres — à Copenhague, pour cette mission d'où sont nées ensuite toutes ces accusations de trahison qui se sont abattues sur moi, espion anglais pour les Danois, déserteur passé à l'ennemi pour les Anglais. Ce sont des choses qui arrivent, quand on est envoyé en mission ; peut-être même que c'est vrai, quoique — Qui est là, maintenant ? — « Même ceux que le Parti envoyait en Russie, par exemple, devenaient facilement déviationnistes, ou même espions fascistes, comme Gianni Vatta, Vattovaz, qui était chargé des contacts avec le parti yougoslave et qui s'était donné tant de mal pour mettre d'accord les camarades serbes avec les camarades croates et ensuite, quand il est allé à Moscou faire son rapport et qu'il insistait pour qu'on ne sous-évalue pas le problème national de certains partis frères, on a découvert qu'il jouait double jeu et il a disparu pour toujours en Sibérie. » — Pourtant il peut arriver qu'on se trompe, comme lorsque sur le Jarama nous avons tiré sur un groupe des nôtres, parce que nous ne savions pas qu'ils avaient déjà occupé cette colline, nous pensions qu'elle était toujours tenue par les franquistes. Même le Parti, quelquefois —

À Copenhague, en tout cas, je n'ai trahi personne. Oui, je me suis fait recevoir par le Premier ministre, le comte Schimmelmann, j'ai présenté un grandiose projet commercial danois dans les mers du Sud et j'ai demandé qu'on me confie une flotte pour aller à Otahiti. Mais je pensais à un Danemark allié avec l'Angleterre pour leur bien à tous deux et donc sans manquer à sir Joseph ni à la mission qu'il m'avait confiée, et c'est si vrai que, comme il ressort d'au moins deux de mes biographies — Messieurs de la Cour, je vous les communique comme pièces à décharge — je lui ai envoyé, par l'intermédiaire du capitaine Durban qui partait pour Londres avec l'*Atrea*, un mémoire confidentiel. J'ai même défendu ouvertement, en discutant avec Harbo, le chambellan, la nécessité, à ce moment-là, du blocus naval anglais contre le Danemark. — « Eh, il est parfois nécessaire de défendre des nécessités désagréables, comme nous avons dû le faire avec le pacte Molotov-Ribbentrop, par exemple, non ? Triste, répugnant même, mais inévitable. » — Ensuite tout, cher ami, est inévitable. Même le duel avec le chambellan Harbo, quand il a dit que j'étais un traître. Au pistolet, à dix pas. Je suis dans un curieux état d'euphorie, je me sens léger, comme quand on a bu un peu trop mais pas vraiment trop ; la mort et sa possibilité flottent dans l'air, mais comme un léger bruissement. Je me laisse aller aux choses, qui savent comment elles doivent aller, et au corps, qui sait ce qu'il doit faire. Je vois le gros visage enflammé du chambellan, la bouche tendue comme un groin, le regard aux aguets. Et la mienne, de bouche, qui sait comment elle est, me dis-je pendant que je prends ma mire ; j'essaie de le comprendre en remuant les lèvres et en les faisant passer l'une sur l'autre deux ou trois fois, et je tire. Le chambellan, touché au bras, laisse tomber son pistolet ; quelques instants après tout est fini, ce qui me secoue beaucoup plus c'est d'apprendre que le capitaine Durban, au lieu d'aller à Londres, s'est enfui à Göteborg avec mon manuscrit confidentiel. Dites-moi en quoi j'ai trahi.

Pourquoi ai-je dû continuellement me défendre contre l'accusation de trahison ? Pourquoi cette réputation, qui me colle à la peau, de traître, ennemi du peuple, espion danois, anglais, du Kominform, de l'Occident... Lorsque, peu de temps après — le Danemark, allié de Napoléon, avait déclaré la guerre à l'Angleterre —, j'ai accepté de commander l'*Admiral Juhl*, un brigantin de 170 tonneaux, 28 canons, pour mener des actions destinées à gêner la flotte anglaise, je l'ai fait, ainsi que je l'ai déclaré à Londres après avoir été fait prisonnier, avec l'intention d'aller livrer le vaisseau à la marine de Sa Majesté.

Vous dites ? Bien sûr que nous avons capturé sur le Kattegat des vaisseaux anglais et que nous nous sommes défendus, quand le *Sappho* nous a mis en difficulté, mais il fallait que je le fasse, pour mes marins et aussi pour ma famille, pour qu'elle n'ait pas d'ennuis à Copenhague. C'est pour cette raison que, pendant mon interrogatoire à Londres, après avoir été fait prisonnier, j'ai prié d'envoyer à Copenhague la *London Gazette* — du 5 mars 1808, exact — dans laquelle on rapportait la nouvelle du combat, notre résistance acharnée, et on décrivait la fierté avec laquelle, sur le pont du *Sappho*, j'avais détaché mon sabre de la ceinture de mon bel uniforme bleu pour le remettre au capitaine George Langford.

Une belle cérémonie, en tout cas. Quand je repense à toutes ces choses, en les relisant, même les plus terribles deviennent légères comme des bulles de savon, plus tard par contre il a dû se passer quelque chose, l'Histoire m'a entaillé avec son couteau et je me retrouve couvert de cicatrices qui brûlent. Je suis le pastis fait ensuite, le dinosaure contrefait, la cartouche de mémoire réinsérée mais endommagée — ça se comprend, nous en sommes encore à une phase artisanale imparfaite, un précurseur pressé conçoit trop tôt quelqu'un qui est né trop tard.

24

Non, je ne me rappelle pas qu'il se soit passé rien d'important à Barcelone, a dit cette fois-là le camarade Luttmann, en se promenant avec nous à Battery Point et en s'efforçant de regarder pensivement la mer, là où il y avait jadis le vieux canon placé sur le promontoire pour garder la ville, un autre œil noir et aveugle braqué sur l'immensité du monde. Il était venu rendre visite aux organisations du Parti parmi les émigrants en Australie, particulièrement ceux de Vénétie Julienne, arrivés comme moi après la Seconde Guerre mondiale, et il n'était pas question de les démoraliser — de nous démoraliser ; j'y étais allé moi aussi, à cette réunion, du moins il me semble, même si je n'étais plus inscrit, mais comment dire ?... Rien d'important pour qui ? Dans une exécution capitale, à qui arrive-t-il vraiment quelque chose, au condamné ou au bourreau qui, quand il a ouvert la trappe pressé le bouton ou actionné le levier, rentre chez lui et aide son fils à faire ses devoirs sans le regarder tout de suite en face ? Peut-être que cette fois-là en Espagne le camarade Luttmann s'était trompé d'œil en mettant son bandeau et que c'est à cause de ça qu'il avait fait mitrailler aussi les camarades anarchistes. No pasarán, criaient-ils eux aussi avec nous, mais ils sont passés et nous, nous leur avons ouvert la route, peloton de borgnes avec l'œil sain bandé qui tiraient dans le tas, sans s'apercevoir qu'ils se tiraient dessus. Nous avons fauché nos troupes, communistes contre anarchistes, socialistes contre communistes, et ouvert des brèches à la mort. Les fascistes aiment la mort, Viva la muerte, la mort aime le vide à travers lequel elle peut entrer. La révolution est une tortue de boucliers, mais si l'un de ces boucliers glisse et qu'un autre se brise, la tortue craque et s'écroule en ensevelissant ceux qui sont dessous ; l'ennemi escalade les murs et te tombe dessus, là-dessous tu ne sais plus qui est l'ami et qui l'ennemi et tu frappes au hasard de toutes tes forces, dans cette poussière et dans ces ténèbres il n'y a pas besoin de bandeau pour être aveuglé. À ce moment-là déjà j'aurais dû comprendre que l'entreprise dès le début n'était pas agréable aux dieux et que nous rentrerions sans Toison d'or, rien qu'avec des loques tachées de sang fraternel versé par une main fratricide, autrement dit suicidaire. Dès le début la Toison est souillée de sang sacré ; celui de Phryxus, l'hôte, tué par Aiétès.

Mais sur ce drapeau du P.C.I. que le 18 septembre 1936, à Madrid, le camarade Gallo a remis au Cinquième Régiment, il y a aussi le nôtre, de sang, il y a honneur et honte pour tous, dans ce drapeau. — « Mais comment reconnaître ses frères, se reconnaître soi-même, dans la nuit ? » — Ah, c'est encore toi, toujours prêt à jouer avec ces nouveaux machins pour ressortir ces vieilles histoires. Que d'ailleurs, si le véritable Apollonios... « Nous étions repartis avec Argo de l'île de l'Ours, après l'hospitalité fraternelle reçue des Dolions et de leur roi Kyzicos qui régnait sur cette terre, et après avoir échangé des présents et des gages de paix. » Oui, mais — « Mais, à la tombée de la nuit, le vent ne se maintint pas : des bourrasques contraires saisirent le navire et le ramenèrent en arrière au point qu'ils arrivèrent de nouveau chez les Dolions hospitaliers. Ils débarquèrent en pleine nuit. Aucun d'eux ne songea à s'aviser qu'ils se trouvaient dans la même île et la nuit empêcha les Dolions de reconnaître qu'en réalité c'étaient les héros qui revenaient : sans doute crurent-ils que l'Arès Pélasge des Macriens avait abordé ; aussi, revêtus de leurs armes, engagèrent-ils le combat contre eux. Ils entrechoquèrent leurs lances et leurs boucliers, pareils à un rapide ouragan de flamme qui se déchaîne en fondant sur des buissons desséchés. » C'est vrai, et « Moi aussi, moi aussi le destin me prit dans ses rets, cette nuit-là, dans la bataille avec eux. » — Avec nous, car ils étaient des nôtres, quand nous les avons fauchés comme de l'herbe.

Comment voir dans le noir ? Les barricades brûlaient pendant ces nuits de mai, la police du gouvernement rouge de Catalogne tirait et les anarchistes de la F.A.I. tiraient, tous contre tous, contre les traîtres à la révolution libertaire et contre les traîtres à l'unité d'action. Le général Lister rétablit l'ordre en Aragon, l'ordre est mort. Viva la muerte, crient les franquistes qui avancent, pendant que nous nous entretuons, c'est peut-être vrai que l'Ovra et la Gestapo fomentaient la discorde, autrement comment aurions-nous pu perdre ainsi la raison ? Dans les ténèbres on ne voit rien et on frappe au hasard. Ensuite, avec un peu de lumière, on voit la vérité, qui n'est qu'un énorme tas de cadavres.

Oui, nous avons été dans les ténèbres. Pourtant, et cela on l'entendra crier fort dans la vallée de Josaphat, nous luttions contre l'obscurité, même si nous nous trompions parfois de cible, alors qu'eux, les chemises noires et les chemises brunes, ils créaient l'obscurité qui nous faisait perdre notre chemin.

« À l'aube, on reconnut des deux côtés l'erreur funeste et irréparable », mais nous, nous l'avons reconnue plus tard, après bien des aubes. Peut-être à peine ici en bas, à Battery Point, devant ces paroles, il ne s'est rien passé d'important. Il est toujours trop tard. « Trois jours entiers, ils gémirent et s'arrachèrent les cheveux, eux, et le peuple des Dolions. Puis, quand ils eurent, avec leurs armes de bronze, fait trois fois le tour du défunt, ils l'ensevelirent dans un tombeau et se mesurèrent dans des jeux, suivant le rite, dans la plaine de la Prairie où, maintenant encore, ce monument s'élève, toujours visible pour la postérité. » Le drapeau rouge défile sur les ramblas de Barcelone avant de quitter l'Espagne — 15 novembre 38, je m'en souviens bien, vos comprimés sont efficaces —, la gloire c'est la défaite, la sortie de scène.

Je sais, ensuite il s'est passé quelque chose. Ces noms effacés parce que c'étaient ceux de proscrits, d'espions, de traîtres, d'opportunistes, de déviationnistes sont de nouveau honorés sur des plaques de bronze et eux aussi, les frères que nous avons et qui nous ont fait tomber, nous serrent fraternellement la main, parce que longue et sombre était la nuit dans laquelle se tenait aux aguets le puissant ennemi et qu'ainsi il était facile, dans ce noir, de se frapper à l'aveugle. Maintenant tout est en ordre, tous ont été réhabilités — réhabilités de tous les pays, unissez-vous, non, dispersez-vous avant qu'il ne soit trop tard.

25

En haute mer, quand on rencontre le Hollandais Volant et qu'arrive l'inévitable naufrage, la tradition veut que le marin, pour se sauver, s'agrippe à la figure de proue. Eurydice ne se retourne pas, elle flotte sur les eaux tempétueuses en fixant, stupéfaite et moqueuse, le vide du ciel, de la mer, et non l'Orphée cramponné à ses jupes. Combien d'Eurydice, parmi les figures de proue. Leur poitrine affleure et disparaît dans le péplum et dans le noir ; le fond obscur des eaux les attend. Et moi, en l'étreignant, j'ai eu la vie sauve. J'aurais voulu la ramener chez moi, comme beaucoup de marins, peut-être la placer sur mon sépulcre, même si les curés grommellent et y font obstacle, parce qu'ils ne veulent pas de ces femmes à demi nues en terre consacrée. La mer a ramené sur le rivage beaucoup de figures de proue, mais pas Maria. Ou plutôt si, elle l'a ramenée elle aussi, mais après un très long voyage sur tous les océans, jusqu'à l'autre bout du monde, jusqu'à ici en bas, docteur, un voyage qui ronge et consume jour après jour, et quand on arrive on est détruit.

En Islande aussi pendant six mois de l'année il fait nuit, et la mer est sombre. Quand sir Joseph a recommencé à me parler de l'Islande — j'étais encore aux arrêts sur parole à la Spread Eagle Inn, après l'épisode de l'*Admiral Juhl* — j'ai montré que j'étais bien informé. Je suis danois, après tout, cette île que j'allais lui offrir était à nous. Peu après j'ai même écrit à son intention un rapport sur la façon dont on pourrait améliorer la condition des Islandais, en suggérant d'annexer l'Islande à l'Angleterre. Pour protéger les Islandais — qui, je l'affirme avec certitude, n'ont d'autre désir que de devenir des sujets de l'Angleterre, mais n'osent pas le manifester par crainte des Danois —, il sera opportun de faire semblant d'imposer l'annexion par la force. Mais il s'agira au contraire, en réalité, d'un choix libre et enthousiaste du peuple, comme pour la Tchécoslovaquie en 1948. Et l'Islande, en plus, sera une excellente base pour le trafic maritime, un précieux point d'appui contre le blocus de Napoléon.

Je m'associe immédiatement à Savignac et Phelps, deux marchands qui se joignent à l'expédition d'Islande en armant le *Clarence*, avec une cargaison assurée pour mille guinées et le projet de vendre de la nourriture aux Islandais affamés et d'acquérir à bas prix d'énormes quantités de suif, qu'ils revendraient avantageusement. Dans la bibliothèque de la Royal Society j'ai trouvé quelques petites choses sur les pays nordiques, juste de quoi me rafraîchir la mémoire ; même quand j'ai décrit à sir Joseph le palais de Christiansborg en flammes, j'ai récité les phrases écrites par un poète. C'est normal, je m'en souvenais mieux que de ce que j'avais vu, d'une part parce que je venais de les lire, d'autre part parce que en général je me souviens mieux des mots que des choses, ou pour mieux dire je ne me souviens que des mots, mais alors là très bien, même quand je ne me souviens plus de ce qu'ils veulent dire.

26

Cette histoire du roi d'Islande, de toute façon, c'est un bobard, tout juste bon pour les ivrognes qui à la Waterloo Inn s'amusaient à me faire la révérence en m'appelant comme ça. On l'a fait circuler pour me discréditer, pour me clouer — c'est si facile de clouer un homme, il suffit d'un petit mensonge initial ou même seulement d'une chose vraie, isolée du reste, un morceau de la vie d'un homme sans toute cette vie, et qui ainsi, tout seul, est plus faux qu'un mensonge, et ce malheureux est foutu.

Mais moi, je suis l'un des rares qu'ils n'ont pas réussi à coincer. Ils pensaient m'avoir mis à pourrir pour toujours à Port Arthur, par exemple, et au contraire me voici. Maintenant ce sont eux qui sont morts, eux qui étaient certains de m'avoir jeté dans cette fosse commune à Hobart Town, là où maintenant il y a ce parc non loin de la librairie où j'ai trouvé mon autobiographie. Les gens se promènent dans ce parc — j'y vais moi aussi, docteur, quand vous croyez que pendant les après-midi de permission je vais au contraire faire quelques pas ici à Barcola ou à Miramare. Enfin ici, façon de parler ; c'est vous qui le croyez et c'est tant mieux pour moi, libre oiseau des bois que tout le monde pense avoir pris au piège. C'est ce que croyait aussi le capitaine Jones, après les trois semaines de mon règne islandais, quand il me ramenait enchaîné sur l'*Orion* à Liverpool — de toute façon ils ont été obligés de me les enlever tout de suite, les chaînes, nous étions encore en vue du cap Reykjanes, parce que avec cette tempête soudaine, si on ne m'avait pas détaché et mis sur le pont pour diriger le vaisseau, nous nous serions tous fracassés sur les rochers de Fuglasker.

En tout cas, en Islande, il ne m'est jamais venu à l'esprit de me proclamer roi, le titre d'Excellence me suffisait. Nous, Jorgen Jorgensen, Protecteur d'Islande, Commandant en chef sur terre et sur mer, dit ma seconde proclamation, celle du 11 juillet. Oui, le 11 juillet 1809, ce n'est pas la peine que vous perdiez du temps à vérifier, personne ne peut le savoir mieux que moi. Je l'ai faite — et je m'en honore — pour ces pauvres Islandais. Ils mouraient de faim par poignées, ils disparaissaient dans le noir comme des flocons de neige, et avant de mourir ils se couvraient de pustules et perdaient des squames comme des poissons rejetés sur le rivage, leurs jambes étaient tout enflées. Sur l'île, en ces temps de guerre et de blocus maritime, aucune marchandise n'arrivait, et comme si tout cela n'avait pas suffi, le gouverneur danois, ce comte Trampe — qui était encore en train de ronfler et de roter quand je l'ai déposé et arrêté, en l'attrapant tel qu'il était par la peau du cou sur le divan où il somnolait à moitié ivre et en le jetant dans le premier débarras venu —, cette canaille de comte Trampe interdisait de vendre un peu de blé à la population affamée à moins de vingt-deux dollars le baril, de sorte que presque personne ne pouvait se permettre d'en acheter ne serait-ce qu'une poignée, et on continuait à crever. L'une des premières choses que dit ma proclamation, en effet, c'est que pour le blé le prix maximum autorisé est soumis à notre, c'est-à-dire à mon, jugement sans appel.

La vraie révolution libère le monde. C'est même comme ça qu'elle se fait avoir et qu'elle périclite, parce que nous, nous voulons libérer tout le monde, y compris les frères en chemise noire, tandis qu'eux, ils n'ont qu'une seule idée, nous foutre en taule. Pourtant nous aussi nous avons obligé trop de gens, des gens de notre bord, à voir le soleil de l'avenir avec des rayures...

Quand le *Clarence*, qui était parti de Londres le 29 décembre, approchait de l'Islande, on ne voyait aucun soleil, dans la nuit polaire, mais les aurores boréales striaient le ciel de lueurs iridescentes, des drapeaux écarlates s'effilochaient au vent d'espaces infinis, de verts printemps commençaient à éclore dans l'obscurité ; et moi je croyais au soleil qui devait se lever pour tous et que j'étais en train d'apporter à ces morts de faim rachitiques et grêlés par le feu Saint-Antoine. À Dachau non plus je ne voyais pas le soleil, ni avec ni sans rayures ; je ne voyais que le noir de la mort, mais je n'ai jamais douté, dans cette nuit arctique du monde, que le soleil reparaîtrait. Peut-être que je ne le verrai pas, me disais-je, pourtant je savais qu'il était seulement descendu au-dessous de l'horizon, comme ça arrive, mais pour reparaître, comme je l'avais vu ressurgir à l'orient après la mort de tant d'amis et de camarades. Maintenant je ne sais plus de quel côté regarder, où est l'est et où est l'ouest — c'est comme si avaient disparu non seulement le soleil mais aussi l'horizon.

Quand le *Clarence* ne réussissait pas à entrer dans la baie de Reykjavik, en revanche, bien sûr que je savais où était l'est et où était l'ouest, que je comprenais d'où viendrait le vent et que je voyais les hauts-fonds et les écueils à fleur d'eau. J'étais Jorgen Jorgensen, le meilleur marin de Sa Majesté, et je me suis retrouvé presque sans m'en apercevoir sur le pont de commandement, à côté du capitaine qui, gêné, regardait de l'autre côté. Je criais des ordres aux hommes que je n'arrivais même pas à voir, ensevelis qu'ils étaient sous les murailles des vagues qui s'écroulaient sur eux ; sans moi ils se seraient tous fracassés sur les Vestmannaeyjar, les premières îles de ces parages à avoir été arrosées de sang humain, dans la nuit des temps, quand Ingólfur Arnarson, le premier Viking, faisait route vers l'Islande.

Frêne de la race, dit le scalde, seigneur de la lance. Jorgen comme Ingólfur, l'homme venu apporter la vie dans l'île du feu et du gel, l'ours apporté par les glaces, dont parle la saga, le souverain venu de la mer. C'est ce que disait l'ode qu'a écrite pour moi le poète Magnus Finnusen, quand je suis revenu la seconde fois en Islande et que j'ai libéré le peuple islandais et ressuscité l'Althing, l'assemblée des libres Vikings qui dans les siècles lointains se réunissait une fois l'an, le jeudi de la dixième semaine de l'été, pour décider la loi et régler les conflits, pour établir combien celui qui tuait devait payer pour indemniser la famille de celui qui était tué.

Moi, j'ai eu le temps de la lire, cette ode, mais lui, il n'a pas eu le temps de la déclamer, parce que trois semaines après, le jour même où il était prévu de me rendre honneur, le capitaine Jones, arrivé de Londres sur l'*Orion*, m'avait mis aux fers et du coup Magnus Finnusen a changé ici et là sa composition et la lui a dédiée à lui, en me définissant dans son carme comme un tyran et un séditieux, Vidimus seditionis horribilem daemonem omnia abruere. Rien d'étonnant à cela, ce n'est pas la première fois qu'un héros du peuple devient un traître.

Finnusen avait fait traîner les choses en longueur, dans son ode ; c'était ainsi que procédaient jadis les scaldes, selon lui, ou les auteurs des sagas, je ne me souviens plus, de toute façon il suffit d'aller regarder dans mon autobiographie, où je rapporte le texte de cette ode, écrite pour moi et ensuite retouchée et adaptée au capitaine Jones, mon geôlier. Ce long exorde, en tout cas, allait bien pour tous les deux. Certes Magnus s'est étendu interminablement sur ces faits très anciens, mais il s'est bien gardé de mentionner les gens qui crevaient de faim, parce que quand on a abaissé mon drapeau, le drapeau bleu avec trois morues blanches que j'avais donné à ma libre Islande et qu'on a hissé à nouveau celui du Danemark, le prix du blé aussi est remonté, et les gens ont recommencé à crever.

J'ai quand même réussi à amener le bateau dans la baie, en évitant ces écueils à fleur d'eau que la brume avait effacés. Les nuages s'étaient déchirés par endroits, et par ces trouées pleuvait une lumière très pâle. Des oiseaux d'un blanc éclatant couvraient comme de la neige les rochers noirs et, effrayés par le bateau, s'envolaient, flocons tournoyant dans l'air, tandis que la terre redevenait noire.

La barque nous a accostés alors que nous nous trouvions au milieu de la baie, dans des eaux calmes — visages larges et creusés sous des bonnets de fourrure crasseux, yeux chassieux et barbes taillées au couteau, ils tendaient les mains et levaient vers le ciel leurs regards voilés de chiens. Je leur ai donné quelques galettes ; l'un d'entre eux m'a tendu la main, son gant ne couvrait que la paume et le dos, j'ai serré ces doigts sales.

Cette histoire-là aussi, ils me l'ont sucrée. À mon retour à Londres — mon second retour, quand tout était fini —, profitant du fait qu'ils m'avaient jeté dans la prison de Toothill Fields sous l'accusation d'avoir quitté l'Angleterre sans autorisation, manquant ainsi à ma parole, ils ont imprimé non pas mon livre, mais ceux de Hooker et de Mackenzie, qui racontent la révolution en Islande à leur façon. Ils avaient fait disparaître mon manuscrit, du coup j'ai dû le réécrire et dans l'intervalle les autres livres avaient déjà été publiés. Presque identiques au mien.

Magnus Finussen lui aussi, qui trois semaines plus tôt avait été mon barde, a adapté la fin de son ode, quand on m'a déposé et arrêté. Lisez, docteur, ce Dan Sprod n'a pas manqué de la rapporter dans son gros livre — Vidimus seditionis horribilem daemonem, ce serait supposé être moi, armis succintum omnia abruere, atrum vexillum erexit dicens se pacem et libertatem adferre. Qu'est-ce que vous en dites, de ce latin, camarade Blasich, de l'École normale de Pise et du siège de la via Madonnina, vous ne vous y attendiez pas, venant de là-bas, à ce latin, n'est-ce pas ? Et pourtant à l'école de Bessastadir on apprenait le latin, en plus du grec, de l'hébreu et de la théologie. J'ai tout de suite affecté mille dollars pour pourvoir aux nécessités de cette vieille et prestigieuse école, qui abrite ces vénérables volumes remplis d'histoires anciennes qui finissent mal, et la Bible islandaise — mille vrais dollars, pris aux fonctionnaires danois que j'avais révoqués et obligés à échanger cet argent contre mes billets de banque bleu pâle, fraîchement imprimés par mon gouvernement, en même temps que mes proclamations. J'étais moi-même directeur de cette école, conjointement avec l'évêque Videlinus et le prévôt Magnussen ; j'avais signé le décret de ma nomination, et je savais quelles étaient mes responsabilités.

Tous ces livres de la vénérable bibliothèque de Bessastadir racontent des histoires qui finissent mal, dragons qui gardent inutilement des trésors maudits et sont égorgés, mais l'or est fatal comme la Toison et au héros qui tue son gardien il arrive quelque chose de pire qu'à Jason ; il est pur et invincible, mais il tombera transpercé par traîtrise et son sang appellera le sang, comme la révolution — le vomissement de sang étouffe la race, le foulard rouge serre la gorge, des princesses sont piétinées par de blancs chevaux. Dans ces histoires de fer, le monde, les hommes et les dieux vont à la rencontre de la fin, du grand feu destructeur, alors comment pourrais-je avoir la prétention que mon histoire à moi, elle seule, finisse bien ? Toutes les histoires finissent sur le bûcher...

27

Qu'ils disent ce qu'ils veulent, de moi et de ma révolution. Le mensonge et le dénigrement sont le salaire du révolutionnaire. Mais qui est-ce qui ressort à présent, en se cachant derrière un pseudonyme, cette déposition du capitaine Liston, selon laquelle c'est lui qui a désarmé les gardes du gouverneur danois de Reykjavik, le comte Trampe ? Nous venions d'arriver de Londres pour la seconde fois, avec le *Margaret and Ann*. C'était un dimanche de juin, un soleil hâve et bas s'égouttait du ciel comme le sang de la peau d'une bête écorchée que l'on a pendue pour la faire sécher. Je voulais insister auprès du gouverneur pour qu'il proclame la liberté du commerce et permette ainsi de vendre à un prix raisonnable un peu de blé à la population islandaise à bout de forces.

La résidence du gouverneur était une maison blanche, un peu plus grande que celles, fort modestes, des alentours. Devant la porte un tas de glace était en train de fondre, dans l'air il y avait une odeur de poisson rance et d'huile de baleine. J'ai donné un coup de pied dans le tas de boue et je suis entré.

Trois soldats de la garde étaient affalés sur un banc ; à ma demande de parler avec le gouverneur, l'un d'eux m'a répondu de m'en aller, et, comme j'insistais, il s'est levé et a voulu me pousser dehors, mais presque avant qu'il ait levé la main, je l'avais déjà frappé, sans m'en rendre vraiment compte, une fois au cou et une autre à l'estomac, et il était déjà à terre. Voyant luire le couteau qu'un autre était en train de sortir, j'arrache son pistolet au soldat tombé et, le pointant en même temps qu'un sabre que j'avais décroché du mur, j'ordonne aux trois soldats et à deux autres qui étaient arrivés sur ces entrefaites d'entrer dans un cagibi dans lequel je les enferme en tirant le verrou.

Ce tumulte n'avait même pas réveillé complètement le comte Trampe, à moitié endormi sur un divan de son bureau. Il marmonnait et toussait et rotait sans comprendre ce qui se passait, quand je l'ai mis debout en le prenant par sa veste et en le secouant ; il me regardait avec des yeux vitreux pendant que je lui disais, en respirant son haleine et sa sueur, de se considérer comme prisonnier, et c'est seulement alors qu'est arrivé Liston, qui s'était attardé sur le vaisseau, juste à temps pour prendre au collet quelques autres soldats de la garde, qui revenaient de l'office religieux, les flanquer eux aussi dans le cagibi et emmener le gouverneur, parmi les applaudissements de la petite foule qui s'était rassemblée devant la maison, puis l'embarquer sur le *Margaret and Ann*, qui a tiré un coup de canon pendant que, de l'autre côté de la baie, le bateau danois, qui peu de temps auparavant était revenu de Copenhague avec le comte Trampe, hissait le drapeau blanc.

Ensuite Phelps, Liston et aussi Savignac — Hooker, plus tard, a déclaré que durant ces heures lui-même n'était pas à bord mais en train de cueillir des touffes de Trichostanum Canescens, cette herbe blanche comme neige — ont passé plusieurs heures en conciliabules et à la fin m'ont proposé de prendre temporairement le pouvoir, vu que j'étais danois et que par conséquent je ne compromettrais pas l'Angleterre. Ils sont descendus à terre pour me le dire — je ne les avais en effet pas suivis sur le bateau, étant resté à boire quelques verres de rhum avec mes compatriotes dans la taverne de Madame Malanquist, la seule de la ville — et le lendemain, le 26 juin, établi dans la résidence, j'ai rédigé la première proclamation, signée de mon nom et portant mon sceau. Nous, Jorgen Jorgensen, assumons le gouvernement des affaires publiques, avec les titres d'Excellence et de Protecteur d'Islande, aussi longtemps que ne sera pas formellement approuvée une constitution, avec les pleins pouvoirs de décider de la paix et de la guerre avec les puissances étrangères... Les forces armées nous ont conféré le titre de commandant des troupes sur terre et sur mer... En conséquence de quoi tous les documents publics seront signés de notre main et revêtus de notre sceau jusqu'à ce que les représentants élus par le peuple se réunissent en assemblée. Nous promettons, ce moment venu, de déposer toute notre autorité entre les mains du peuple et d'obéir à la constitution que ses représentants auront approuvée.

Je l'aurais fait, si on m'en avait donné le temps. Je sais que les révolutions ne le font presque jamais, mais c'est une erreur. Si on le comprend à temps, on évite beaucoup d'ennuis et beaucoup de vide dans le cœur. Riches et pauvres auront également part au gouvernement de l'État... La liberté du commerce est sacrée... le prix maximum du blé est fixé par notre jugement sans appel... les officiers et employés danois seront écartés des emplois publics, mais seront protégés par la loi du libre peuple d'Islande, et celui qui touchera un seul de leurs cheveux sera condamné à mort.

La révolution doit être magnanime ; sinon ce n'est plus la révolution. Si elle commence à punir les ennemis vaincus, et aussi les gredins, elle y prend goût et n'en finit plus de punir, de tuer, elle ne peut plus s'arrêter ; une fois exterminés les véritables ennemis, il faut éliminer ceux qui ne voulaient pas les exterminer, puis ceux qui ne voulaient pas les exterminer tout de suite, puis d'autres encore, tout le monde, elle doit se détruire elle-même et comme ça elle n'encombre plus. C'est arrivé bien des fois ; ses ennemis, les ennemis du peuple, n'ont pas besoin de faire quoi que ce soit, ils n'ont qu'à rester là à regarder et à attendre que le peuple se coupe la tête. Il ne faut pas laisser ce processus s'amorcer ; il faut l'enrayer tout de suite, avant qu'il prenne pied, qu'il commence. Pour cela il faut mettre à mort quiconque veut toucher à un seul cheveu de ces fonctionnaires parasites et exploiteurs, même s'ils le mériteraient — en tout cas, dit la proclamation, toute sentence devra être signée par nous avant d'être exécutée. C'est déjà une garantie ; de fait je n'ai jamais signé et personne n'a subi la peine capitale pendant ces trois semaines. J'ai même libéré après deux jours Einersen, ce fonctionnaire danois qui avait tenté une contre-révolution. Sur les collines de l'Èbre et à Barcelone, en revanche... Drapeau rouge, toison ensanglantée — Le drapeau islandais, que nous jurons d'honorer et de défendre au prix de notre vie et de notre sang, est bleu avec trois morues blanches.

J'ai ouvert les vieilles prisons, séquestré trente mousquets, organisé l'armée — cent cinquante volontaires se sont présentés, j'en ai choisi huit, c'était plus qu'il n'en fallait pour mes troupes. J'ai paraphé un traité de paix entre l'Islande et l'Angleterre ; si la réponse de Londres était arrivée à temps, reconnaissant par là même ma qualité de plénipotentiaire, ce capitaine Jones, trois semaines plus tard, aurait dû me présenter ses lettres de créance au lieu de m'arrêter. Mais le voyage, avec ces mers agitées, est long et les lettres arrivent toujours trop tard, quand elles sont inutiles. Une lettre arrive toujours à un mort. Celle de Marie aussi — Du reste je suis moi-même un mort, enseveli quelque part dans le parc de Hobart Town. Où exactement, je ne sais pas, je ne me rappelle pas si je l'ai indiqué dans mon autobiographie.

28

« C'est à vous de couper, s'il plaît à Votre Majesté. »

— Vous voulez faire le concours avec les poivrots de la Waterloo Inn ? Là-bas dedans, au moins, on entre et on sort comme on veut, foutu dehors à coups de pied au cul au besoin si on s'endort sous la table, mais sans avoir à demander toutes ces permissions comme ici dedans. Pourtant il faut reconnaître, docteur, que même votre permission, ou plutôt votre ordre de jouer — bon, d'accord, votre invitation, votre prescription, votre suggestion, appelez ça comme vous voudrez — est une belle chose, et le soir, quand aux fenêtres l'obscurité monte comme une marée, un paquet de cartes aussi, ça aide à... Déjà à la Spread Eagle Inn, où je logeais après mon retour d'Islande, je jouais volontiers. Cette auberge me plaisait entre autres à cause de l'enseigne au-dessus de la porte, un aigle déployant ses ailes au-dessus de ceux qui entrent et sortent. Elle me plaisait aussi parce que le patron m'avait raconté que cet aigle, bien des années auparavant, avait été une figure de proue et que le dernier capitaine du bateau, un certain Barrow, l'avait emportée quand le bâtiment avait été envoyé à la démolition, et en avait fait cadeau au propriétaire de l'auberge, laquelle à dater de ce jour avait changé de nom. J'aimais la regarder. Certes les vraies figures de proue sont des figures féminines qui referment d'une main, sur leur sein, leur robe qui retombe en ondulant et en se plissant comme une vague, et dont le regard stupéfait et dilaté fixe la mer et d'imminentes catastrophes. Les yeux de l'aigle, par contre, étaient ceux d'un oiseau empaillé, ronds et courroucés de se retrouver, tombés du ciel, parmi la volaille de basse-cour. La même chose arrive à ceux qui naviguent. Tant qu'on est en mer on est des rois, et quand on débarque on est de pauvres diables, qui se dandinent comme des ours dressés.

Protecteur d'Islande, si ça ne vous dérange pas, dis-je à chaque fois en distribuant les cartes, un homme du peuple qui protège le peuple de tous ceux qui veulent lui sucer le sang. Qui sait par contre lequel d'entre nous va avoir maintenant un beau roi.

Les voilà, treize pour chacun, et maintenant la dernière, le valet de pique. Donc la couleur, pour cette donne, c'est le pique. Le valet est vêtu d'une casaque à large parement de fourrure, et porte une sorte de hallebarde recourbée ; ça ferait bien pour un abordage, pour agripper un bastingage. Le fer fend l'air et accroche le flanc du vaisseau, d'un bond on est sur le pont, comme cette première fois dans la baie d'Algoa ; une odeur de poudre et de brûlé, le sabre se lève, brille un instant au soleil et s'abaisse avec violence, une grande rose rouge s'élargit sur la poitrine de l'officier français qui tombe et regarde vers le haut, la bouche ouverte et les yeux dilatés, mourir est la chose la plus naturelle du monde, mais c'est toujours une surprise.

Eh oui, docteur, c'est beau le jeu, et d'ailleurs vous le savez, ce n'est pas pour rien que le soir vous nous mettez en main de temps en temps ces cartes. Ça fait tellement plaisir de les battre rapidement ; tu ne penses plus à toutes ces tristesses, les nombres et les figures se mêlent en un kaléidoscope vertigineux — Oui, tout de suite, je donne, un instant, s'il vous plaît, laissez-moi respirer — Trop de cartes, trop d'images, trop de choses. Débarrasser, faire de l'air. C'est aussi pour ça que j'aime bien répondre à vos questions, il me semble qu'ainsi je fais sortir les choses de ma tête — mais après elles reviennent, elles s'entassent, il ne me reste plus même un petit coin pour moi. En Islande il y a tellement de vide, tellement de blanc ; on peut respirer à fond.

29

L'Islande, justement. Dès que j'ai eu expédié les questions les plus urgentes, j'ai décidé de visiter le pays, de le traverser jusqu'aux côtes du Nord, pour connaître mon peuple. Avant de partir j'ai, comme il se devait, rendu visite à Magnus Stephensen, ancien gouverneur et magistrat suprême, sur l'île de Videy. Le vieil homme est vêtu de la veste écarlate et du pantalon bleu, et porte l'épée à cabochons d'argent, il me salue en murmurant un vague souhait solennel pour ce voyage périlleux ou peut-être aussi en souhaitant dans son cœur que je meure dans un cratère — avec ces vieillards on ne sait jamais, une barbe et des cheveux blancs vénérables, c'est comme la perruque d'un juge ou d'un capitaine de marine, pour se les procurer il suffit de quelques sous et on a vite fait de les arracher et d'exposer au carcan l'obscène citrouille pelée — vices innommables, la chair nue est une honte, c'est un mystère qu'une femme ne soit pas dégoûtée par le membre en érection avec ce gland qui pointe, lisse et chauve.

Stephensen, raide et bombant le torse, m'a fait cadeau de deux boucles d'argent et d'une tabatière taillée dans une défense de morse, et moi, pour ne pas être en reste, je l'ai nommé gouverneur de l'île de Nyö, avec le bénéfice de toute la pêche sur ses côtes, en déclarant déchu le gouvernement danois. Peu m'importait que l'île, émergée en 1783 au cours des tremblements de terre et des éruptions volcaniques de cette année-là, se soit de nouveau enfoncée avant que la flotte danoise ait eu le temps de venir en prendre possession au nom du roi et n'ait trouvé à son arrivée que des eaux glaciales et couleur de plomb. J'ai quand même déclaré officiellement la déchéance de la domination danoise, même si à l'époque le capitaine Olafsen, originaire d'Aarhus, avait planté le drapeau seulement sur l'eau, car une proclamation, même si elle ne s'adresse qu'à des ondes désertes, est un acte officiel qui doit être révoqué dans les règles. De la même façon qu'il s'est enfoncé, l'îlot pourra émerger à nouveau, et dans ce cas Stephensen s'installera sur ces terres tout juste surgies de la mer et encore ruisselantes, poissons qui fuient avec les dernières eaux. Quand le vieillard me salue, avec mon sceau, que je lui ai mis dans la main, un merlu sur champ d'azur, je suis déjà loin.

30

Je suis parti avec six hommes, mais ça faisait trop, presque la totalité de l'armée, et dès Bessastadir, après avoir rendu hommage à cette vieille école et à l'évêque Videlinus, j'en ai réexpédié cinq à la maison. Un, c'est plus que suffisant. Et même je me passerais volontiers de lui, mais un chef a besoin d'un subalterne, au moins un. La révolution n'est pas encore entièrement réalisée et en attendant nous ne sommes pas tous égaux. Dans le Cinquième Régiment aussi, moi c'était moi et le commandant Carlos c'était le commandant Carlos.

Avant de m'enfoncer dans l'intérieur du pays, j'ai fait déplacer de Bessastadir six canons vieux de cent cinquante ans et je les ai installés au sommet d'une forteresse construite à la va-vite, Fort Phelps. Ces vieux canons regardent vers la mer déserte ; les vagues grondent et se brisent avec fracas sur les rochers noirs, les oiseaux s'envolent bruyamment, les embruns s'élèvent dans l'air comme la fumée d'un champ de bataille. Le flanc rocheux est plus solide que celui des vaisseaux de guerre ; les boulets de canon s'écraseraient en vain contre lui et même les bombes d'eau qui explosent retombent, inutiles et pulvérisées, mais la mer insiste, attaque, frappe, use et consume les roches qui lentement, très lentement, cèdent, se fissurent. Chaque vague qui retombe dans la mer emporte avec elle une once de pierre émiettée ; la bataille est longue mais perdue d'avance, tôt ou tard la terre sera engloutie et la mer sera seule maîtresse du monde, une immense étendue vide et unie, le triomphe du Déluge. Je me sentais joyeux ; j'aurais bien aimé faire donner les canons contre les grosses vagues, sombre et joyeux grondement de part et d'autre, mais si ces canons rouillés n'avaient pas pu tirer, ça aurait été un sale coup pour mon autorité.

31

Oui, autorité, cher ami. Rien que pendant trois semaines, mais ça suffit pour comprendre ce que veut dire, une fois dans la vie, commander. Même pas trois semaines, dix jours, pour être précis — je l'ai contrôlé, c'est exact —, les dix jours de mon voyage royal parmi déserts et volcans. Et même peut-être pas dix, mais trois, quand j'étais vraiment tout seul. Il n'y a que la solitude qui confère une autorité légitime. Les étendues glacées et moi. Tant qu'on est au milieu des autres, on est un pantin, et si l'on doit commander, c'est encore pire ; chaque ordre que l'on hurle est fondé sur des services rendus et des compromis tacites, même si on ne s'en rend pas compte.

Celui qui donne des ordres s'imagine commander. Comme les kapos à Dachau, qui croyaient échapper à la mort en donnant la mort et qui hurlaient et frappaient, en nous poussant à coups de bâton sur l'esplanade où avait lieu l'appel. Emil, le kapo du four crématoire, pensait que c'était un signe de grande autorité que de mettre personnellement le nœud coulant autour du cou du condamné qu'il pendait aux poutres et de le faire gigoter pendant une minute ; il en était fier et content. Ce n'est pas pour rien que Dachau est né en 1898 en tant qu'Institut pour débiles et malades mentaux, idiots et crétinoïdes, dit la plaque apposée par le prince Starhemberg pour célébrer le jubilé du règne de François-Joseph. Hitler l'a perfectionné en 1932, en le transformant en camp de concentration. Autre plaque, Dachau, École supérieure pour les S.S. Du pareil au même, idiots et crétinoïdes.

Même l'autorité de Dieu s'est fissurée lorsque, ayant renoncé aux espaces infinis, Il a dû commencer à délivrer des commandements et des interdictions, et a été obligé de punir ou de transiger quand on s'y soustrayait. Ordre à Brarnsen de chevaucher derrière moi, comme ça je ne le vois pas et je me sens davantage seul, davantage roi, sur mes terres désolées.

32

Skáholt, anciens autels parmi des sources sulfurées et des lichens verdâtres, boiseries moisies de la vieille église écroulée depuis quelques années, graffitis évoquant des catastrophes, des tremblements de terre et des éruptions. Un cratère béant, la terre est la bouche d'un squale ; la seule chose à faire, c'est de se faufiler entre une dent et l'autre, comme les héros de la légende qui finissent dans le ventre du grand poisson, mais vivants. C'est ici que fut justicié, en des temps anciens, le dernier évêque catholique d'Islande, Jon Arason, et avec lui ses deux fils, sur lesquels est retombé le double péché de fausse religion et de luxure. Si la truie a péché, dit-on, que les porcelets pleurent. Non, la révolution fait cesser les inutiles sacrifices à la malédiction de vivre, à cette bouche obscène et vorace qui ne mérite pas les larmes. Je monte au sommet du cratère, je me campe bien en face et je pisse dans ce fond obscur ; le jet descend jusqu'au centre de la terre, hommage doré à la vieille fabrique de vie et de mort. La Toison aussi, il vaudrait mieux la dorer d'urine que la rougir de sang.

Quand nous arrivons à Almanaggiá, après avoir

poussé jusqu'aux pentes de l'Hekla, c'est le soir, une pluie mêlée de grésil fouette nos visages et nos casaques. Cela fait des heures que je suis à cheval ; c'est comme être sur le nid-de-pie, quand le vent et l'eau te cinglent la face et que tu ne comprends pas comment tu fais pour ne pas tomber ; tes mains engourdies ne lâchent pas prise, peut-être qu'elles n'ont plus la force de s'ouvrir. Une fois, pendant la bataille, à côté du fût d'un canon il y avait un marin toujours immobile, avec une étoupille en main, appuyé au fût, et ce n'est que lorsque le feu a eu cessé que nous nous sommes aperçus qu'il était mort, et à ce moment-là seulement il a glissé à terre et nous l'avons jeté dans la mer.

Peut-être que nous sommes morts, et que cette chevauchée sous la neige fondue, dans la pâleur du soir, c'est l'éternité et sa peine. À Goli Otok le gel mord encore plus, y compris le cœur et l'esprit. Mais à Vorkouta, dans le goulag arctique, l'enfer est encore plus glacé — je l'ai appris par Julius, bien des années plus tard. Julius Sattler, le Parti l'avait envoyé en Union soviétique et il a fini dans ces brûlantes tenailles de glace — même lui il n'a jamais su pourquoi, quelle faute l'avait expédié là-bas, je l'ai rencontré bien longtemps après, c'était l'un des rares à en être revenu. Nous sommes devenus des experts du gel ; l'Histoire que nous avons vécue, c'est le zéro absolu, la mort de la matière. Même là-dedans, je veux dire dans ces écrans, il doit faire bigrement froid... Cybérie, Sibérie... À Dachau le docteur Rascher, S.S. Hauptsturmführer, immerge les prisonniers dans l'eau glacée, pour voir si ensuite, en frottant leurs corps inanimés contre les corps dénudés de certaines déportées, envoyées de Ravensbrück à cet effet, il parviendra à les ranimer. Le feu de Christiansborg...

Dans la vieille maison le pasteur, un albinos aux yeux enfoncés, nous a offert des truites et du lait.

« Oui, c'est mon cercueil », il indiquait la caisse dans un coin de l'église. « Il y a si peu de gens, quand ce sera le moment on ne peut pas exiger qu'ils pensent à tout, ce sera déjà beaucoup qu'ils le chargent sur leurs épaules et qu'ils le portent jusqu'au cimetière. Même, quand je comprendrai que ça va arriver, je m'allongerai là-dedans avec la Bible entre les mains, comme l'a fait Sera Asmundur Sveinsson, mon prédécesseur, qui maintenant repose sous un fleuve de lave. Pendant deux ans, monsieur, la cendre obscurcissait le ciel presque chaque jour ; ensuite des cataractes de lave, des fleuves ardents sont descendus de l'Hekla, le soleil était sombre comme du sang, ces oiseaux noirs qu'on ne trouve que sur l'Hekla tombaient raides morts dans l'air brûlant.

« À peine avions-nous enterré Sera Sveinsson que du volcan sont arrivées cette nuée et cette boue de feu, d'un vert vénéneux éclaboussé de sang. Ils m'ont fait pasteur aussitôt, tout jeune que j'étais et simple garçon vacher, parce que Sera Sveinsson m'avait appris à chanter les psaumes et que j'étais le seul à connaître quelques pages de la Bible. C'est ainsi que nous l'avons enseveli comme il convient à un chrétien et à un prêtre, sous la vengeance de Dieu qui tombait du ciel. Le Seigneur a déjà anéanti Sodome et Gomorrhe, ici il n'y avait pas beaucoup de péchés parce qu'il n'y avait pas beaucoup de gens ; pourtant Sera Sveinsson espérait que parmi toutes ces cendres et cette lave son péché avec le jeune Einar, qui en plus était sourd, resterait caché, mais rien ne reste caché, même pas sous ces fleuves de pierre et cette chape sombre. Si vous regardez bien vous pouvez voir tout ce qu'il y a dessous, lire comme dans un livre ouvert. Cette terre fendue est comme le cœur d'un homme quand il éclate — un caillot spongieux qui devient dur, une pierre, et qui porte gravées comme des runes toutes les histoires de ce cœur.

« Ne vous laissez pas tromper par cette pénombre ; tout est clair, même le soleil semble sombre comme du sang coagulé, quand l'Hekla émet toute cette cendre, mais si on sait regarder plus loin que cette atmosphère fuligineuse on le voit clair et resplendissant, comme au jour de la Création. Il n'y a pas de raison d'être si cruel. Sur les joues et le menton d'Einar ne poussait aucune barbe, et on l'appelait couille molle, les gens l'insultaient férocement quand il venait ramasser du lichen pour la paroisse, mais moi dans l'église je le plaçais à côté de moi. Il est inutile de nous entre-déchirer alors que nous sommes tous dans les griffes de la Bête, et lui il était gentil, à la belle saison quelquefois il apportait à l'église des géraniums sauvages et des gentianes des neiges qu'il cueillait sur les pentes de l'Hekla.

« Sourd et en plus attardé comme il l'était, il n'avait pas compris ce que voulait Sera Sveinsson, la première fois, et même après il n'avait pas eu le courage de lui dire non, parce qu'il avait peur de lui, qui l'avait même menacé de faire la même chose à sa sœur, un peu simple elle aussi, et ça, la colère de Dieu ne l'a sûrement pas oublié dans le compte de Sera Sveinsson, parce que c'est une vilenie d'intimider un homme comme une bête de boucherie, mais le pasteur l'a aussi aimé, il ne pouvait pas rester sans lui et parfois il le caressait aussi avec douceur, la caresse pure d'un frère. Ainsi sont les hommes, cruels et bons ; les bêtes ne pèchent pas, mais ne valent pas mieux. C'est Einar qui m'a fabriqué ce cercueil ; avec le bois il savait s'y prendre, mais c'est moi qui ai dû réciter pour lui le *Dies irae*. Sourd comme il était, il n'a pas entendu le grondement et ce morceau de montagne qui s'écroulait lui est tombé dessus.

« Ici, il se passe beaucoup de choses, vous savez. Tout n'est pas que vide et silence, comme on pourrait le croire, il y a une foule de faits, de peines, de passions et de péchés », il faisait de grands gestes, ses yeux brûlaient, leur bleu délavé s'assombrissait de flammes, ses mains griffaient l'air comme pour attraper des oiseaux, puis elles me saisissaient et me serraient le bras, « vivre entre cette église et deux ou trois maisons éparpillées dans la lande, c'est comme lire *Le Livre des Rois*, le fils qui se dresse contre son père, le frère qui fornique avec sa sœur, les femmes que l'on noie à cause de leurs péchés — quand le bourreau fouette le condamné, il récite le Notre-Père, quand il le décapite, par contre, il dit son Credo. Ici, monsieur, c'est le monde, avec ses tribulations, ses souillures et l'espérance que Dieu a quand même mise dans le cœur de l'homme, le vert de l'herbe que même l'Hekla avec son feu et sa cendre ne calcine pas pour toujours. Ne partez pas, me disait-il, restez ici, vous qui devez apprendre à tenir le sceptre que Dieu a mis dans votre main, ici vous pouvez tout voir, la solitude, la lâcheté, la ténacité, la faute et la loi, la rétorsion exercée par les choses qui ne laissent personne impuni — vous qui voulez gouverner, regardez ces volcans et la colère de Dieu et l'infinie pitié qui fleurit sur la colère, comme le lichen sur la lave... »

Vous aussi, docteur, qui prétendez gouverner, commander, diriger, nous tenir enfermés ici dedans ou nous dire quand nous pouvons aller nous promener pendant une heure, excusez-moi, docteur, si je vous ai pris ainsi par le bras, je n'avais nullement l'intention de me montrer familier, vous pensez bien, ce pasteur non plus, du reste, je regrette même de l'avoir repoussé, mais vous aussi, docteur, laissez-moi tranquille, et vous, camarade Blasich et vous, commandant Carlos, vous tous que les Furies contraignent à donner des ordres, regardez autour de vous, regardez le froid glacial et la désolation et la mort qui accompagnent la damnation de commander.

Je me suis finalement dégagé — pas de vous, docteur, je parle du pasteur, qui ne voulait pas me lâcher le bras, c'est désagréable... — puis je suis allé vers le fond de l'église, où avec des parois en bois avait été aménagé une sorte de langeldur, d'âtre, et je me suis étendu sur une fourrure que j'ai tirée jusque sur ma tête. Le vent cinglait l'église, dans les lueurs du feu les ombres s'allongeaient, noires, les grands oiseaux noirs de l'Hekla, ailes qui glissent dans l'obscurité, paupières qui battent de plus en plus lentement...

33

La nuit est blanche, claire ; il n'y a pas de nuit, rien qu'un jour perpétuel, dans lequel le soleil semble toujours être couché mais ne jamais disparaître. Snorri, le poète qui chantait les épées mais qui en avait peur, dit que, dans l'ordre des choses, l'homme vient aussitôt après l'été. J'ai feuilleté son vieux livre qui parle d'hommes, de dieux et de métaphores qui transforment sans cesse les hommes, les dieux et toutes les choses du monde en les faisant passer et se perdre les unes dans les autres. C'est le prévôt Magnussen qui me l'a montré, dans la bibliothèque de Bessastadir, en me traduisant ici et là quelques vers. Les scaldes, m'a-t-il expliqué, les anciens poètes d'Islande, chantaient le destin et la mort et appelaient chaque chose par le nom d'une autre. Peut-être était-ce aussi une façon d'échapper à la mort. Moi aussi je suis habitué à avoir beaucoup de noms — ils tombent l'un après l'autre, mais après chacun il y en a un autre ; si l'un est mort, l'autre est vivant et ainsi de suite, ça brouille les cartes pour toutes les polices du monde.

C'est pour ça qu'ils ne m'attraperont pas, du moins jusqu'à la fin, quand tombera la nuit arctique, cette obscurité où meurent les métaphores et donc moi avec, mais pour le moment c'est l'été, le long jour de l'été nordique, mon jour de roi. Avant l'homme, dit le livre du vieux Snorri, dans la hiérarchie des noms viennent les dieux, les déesses, la poésie, le ciel, la terre, la mer, le soleil, le vent, le feu, l'hiver et l'été. Moi, je viens tout de suite après l'été. Je me suis fait lire et relire plusieurs fois ces vers par le prévôt Magnussen, j'ai promis d'augmenter ultérieurement la dotation de l'école et le salaire des lecteurs.

Je m'enfonce dans cet été, dans la lumière de ce crépuscule qui se prolonge indéfiniment. Quand on nous transportait à Dachau, il faisait toujours nuit, dans le wagon plombé. Dans ce wagon j'étais dans la nuit arctique du monde, dans le noir le plus noir qui ait jamais existé. Je savais que, pour que la vie soit digne d'être vécue, nous devions gratter, essayer d'enlever ce noir de la face de la terre. Et, pardieu, nous y sommes arrivés et c'est ce qui compte. Oui, Jason est voleur et menteur et, après la victoire, il s'est conduit comme un cochon. Oui, moi aussi je suis un cochon. Mais j'ai tué le dragon, qui aurait broyé et dévoré le monde ; il se proclamait millénaire, ce règne du dragon, il promettait mille ans de Dachau, mais je l'ai détruit au bout de douze, je l'ai mis en morceaux comme un vase de nuit. J'ai transpercé le dragon et je mérite, nous méritons la Toison, camarades ; c'est vrai qu'ensuite nous l'avons salie, mais cette Toison rouge de notre sang et de celui du monstre, c'est le drapeau rouge de l'été. Le noir de ces wagons plombés semblait éternel et ineffaçable, mais à Stalingrad la neige l'a couvert de blanc et l'a lavé comme une saleté quelconque. J'aime le blanc, le blanc de la neige, de l'Islande.

Je chevauchais dans cette clarté opaque en écoutant Brarnsen. Il me racontait qu'une fois il était resté pendant trois jours sur un ballon captif — à Berlin, je crois, je ne me souviens pas bien — avec un gentilhomme anglais qui l'avait pris à son service quand il était arrivé en Islande avec l'expédition de sir Joseph Banks, bien des années plus tôt. Là-haut c'est très beau, dit-il, des nuages s'écroulent comme des murailles, grandes vagues noires du ciel dissoutes par un rayon de soleil, la terre fuit, sombre et rapide.

Je l'écoute distraitement, en regardant autour de moi. Fleuves de lave solidifiés, bulles qui prolifèrent dans ce désert de cendre et de lichens, excroissances malignes. Ces gaz méphitiques emprisonnés sont la flatulence de l'abîme, le rot de la fournaise où sont broyées la vie et la mort. La puanteur est le héraut de la mort. Rien qu'à sentir l'haleine et l'odeur du dragon, Jason recule, son bras portant l'épée dégainée retombe. Il est difficile de ne pas avoir peur quand tu sens cette odeur. Lorsque le vent se mettait soudain à souffler non pas vers les baraquements du camp, à Dachau, mais vers les casernes des S.S., apportant l'odeur infecte qui s'exhalait avec la fumée de la cheminée des fours crématoires, les canaris en cage s'arrêtaient de chanter et flanchaient. C'était pour ça qu'ils les gardaient, les geôliers, pour savoir quand éteindre les fours, avant que l'odeur n'arrive jusqu'à eux. Ce n'était pas seulement de la répulsion ; c'était aussi de la peur, je crois, une vraie trouille, comme du reste dans toute répulsion.

Même ces habitants de Munich — la fois où ils ont protesté contre le fait qu'on avait laissé à l'abandon un train chargé de cadavres de gens qui avaient été gazés dans le château de Hartheim, tout près de là — doivent avoir eu peur de ces morts et de leur odeur. Ils ont même haussé le ton contre les Leichenkommandos, les équipes des cadavres, qui ne faisaient pas bien leur travail.

Oui, l'odeur du dragon fait peur. Jason lui-même se serait enfui, sans Médée. Moi aussi, sans Maria, je me serais peut-être enfui et ça aurait peut-être mieux valu pour moi. À Dachau j'avais peur des tortures et de la mort, comme tout le monde, mais comme on a peur que la foudre tombe quand on est environné d'éclairs, ou du neverin quand on est en mer, pourtant j'étais un homme — épouvanté, terrorisé, mais un homme, tandis qu'eux, les bourreaux, n'étaient plus des hommes depuis des temps immémoriaux. Peut-être qu'ils n'ont jamais été des hommes, qu'ils sont nés cochons et que pour devenir des bêtes ils n'ont pas eu besoin de passer par la couche de Circé. Ils ne peuvent que faire pitié, même s'il est nécessaire de les saigner pour qu'ils ne fassent plus de mal.

Oui, à Dachau j'avais peur de mourir, et ça me déchirait le cœur de voir mourir tant d'amis et de camarades. Comment ne pas chier dans son froc quand ils prennent ton voisin et le mettent dans une chambre de décompression accélérée vertigineusement qui le fait éclater, dans le but d'obtenir des données utiles au développement de l'aéronautique ? Vous croyez que j'aurais pu ne pas avoir peur ? Seules la faim et la fatigue qui m'épuisaient l'étourdissaient un peu, cette peur. Mais quand je parvenais à penser, je savais au moins pour quoi et contre quoi, si j'avais pu, j'aurais voulu me battre. Quand les S.S. obligeaient certains prisonniers à accompagner un condamné à mort à son exécution en jouant du violon, ça me retournait l'estomac, mais j'étais fier aussi de cet homme qui, à l'insu de ses misérables argousins, partait vers la gloire, et de cette musique qui l'auréolait.

34

Vous vous mettez en quatre pour nous, ça il faut le dire. Maintenant, le samedi soir, on a même droit au jeu de hasard, pour se distraire. Peu importe que l'infirmière en chef nous donne des plaques gratuites, la fièvre est là quand même. La boule tourne sur la roulette, les jours et les semaines tournent et disparaissent, l'arrêt est bref et le numéro, chaque fois, n'est pas le bon... La boule court, un éclat luit, sourire de Maria — c'est peut-être un éclat de cette porte transparente et brisée du café Lloyd de Fiume, qui a rebondi sur ce tapis vert. Comme elle aimait les prés verts, Maria, et les clairières — je tends la main vers elle, mais elle s'est déjà enfuie, elle roule sur la surface incurvée, le long de la pente, et disparaît. Je mise tout, sur tous les numéros, même sur le zéro, pour être sûr, mais elle ne s'arrête pas, elle a disparu, elle a glissé dans le noir, dans la fumée de la salle qui stagne au-dessus de la table — elle a continué à tourner, à tourner, la petite boule véloce, je n'arrivais pas à la voir, jusqu'à ce qu'elle s'arrête sur ce numéro, le numéro de matricule du camp...

35

Chanter l'épée, manier l'épée. Magnus Finnusen, tandis que je chevauche à travers ce néant dénudé et ridé, est en train de composer, comme il me l'a promis à Bessastadir, son carme, le chant de Jorgen, Protecteur d'Islande, seigneur de la lance et frêne de la race, l'ours apporté par les glaces, le souverain arrivé de la mer avec le glaive et la balance. Je veux un carme digne de ce nom, et s'il le faut j'y mettrai moi-même la main, l'école du vieux Pistorius n'est pas indigne de celle de Bessastadir. Un beau poème sur ma vie entière — entière, et par conséquent incluant ma mort.

Écrire et mettre en scène sa propre mort, comme un acteur qui aurait appris son rôle. Et alors je saurai qui je suis, car c'est la mort, c'est le bûcher, c'est le tumulus qui racontent l'histoire d'un homme, y compris à lui-même, mieux que les biographies et autobiographies. À Reykjavik, je préparerai en tout cas ma bière funèbre, comme le veut le rite des obsèques solennelles. Les chevaux avancent, le futur est une toile peinte et la vie la déchire sans égards. Ma bière funèbre, il se pourrait bien que je la boive toute avant.

36

Dans une ferme, non loin des grottes de lave de Stefán Hellir, il y a un bâton d'infamie, un pieu avec une tête de cheval. Le paysan, un homme osseux et couvert de scrofules, ne se rappelle pas pour qui. Des infamies, il s'en commet beaucoup, et en mettant un bâton pour les désigner à l'opprobre on ne risque pas de se tromper. Dans le marais des filles noyées a été justiciée aussi sa propre fille, qui avait péché. Les jeunes filles hurlent quand on les plonge tête la première, une fois l'une d'elles a réussi à s'enfuir, en nageant jusqu'à l'autre rive. Je prendrai les bâtards sous ma protection, je ferai d'eux ma garde, comme le sultan avec les janissaires. Et les mères recevront un subside, pourvu qu'elles aillent se faire voir ailleurs.

37

Presque aux confins de mon royaume. Du monde ? À Myvátn, gel et boue en ébullition. Des jets de lave explosent et tombent dans l'eau glacée, des rochers se serrent l'un contre l'autre, étreinte interrompue. La tristesse couvre les choses, des veines bleutées strient le ciel gris, ouvrant un passage vers cette lumière bleue, vers le nord... La mer glaciale est en furie, crêtes blanches, un royaume de neige. Le Nord, c'est cette lumière oppressante, comme à Nyhavn. La mer... noire, blanche, sauvage. Le gris filtre du ciel, intolérable.

38

Avec Maria, à Lussino, nous prenions une barque, souvent dans la baie de Cigale, la plus belle de l'île, et nous allions au large. Je viens avec toi, je ne serais pas tranquille si je restais ici à t'attendre, qui sait si tu reviendras, disait-elle en riant, parce que dans cette baie — en croate elle s'appelle Cikat, cekati veut dire attendre — les femmes attendaient le retour de leurs hommes qui avaient pris la mer. Partir, rentrer, attendre le retour — Quand j'ai débarqué pour la première fois en Islande, c'était en janvier et il y avait, derrière une maison, une statue de neige, celle d'une femme dont le beau visage hardi était tourné vers le haut, figure de proue en glace, des enfants jouaient autour d'elle. Elle m'attendra, me suis-je dit en partant, elle attendra mon retour. Mais en juin, quand je suis revenu, elle n'était plus là, il n'y avait plus qu'une boue humide qui collait aux semelles.

39

Elle vous plaît ? Regardez ce visage — très beau et sans caractère spécifique, dit la légende, comme doit être la beauté, épurée de toute scorie accidentelle et particulière, de toute douloureuse expressivité individuelle. Ah, si je pouvais les effacer aussi de mon visage, comme je les rabote et les fais disparaître du visage de cette figure de proue, les rides creusées par mon cœur, ces maudites rides qui n'appartiennent qu'à moi. Bonne idée, ça, docteur, de nous faire travailler, de ne pas nous laisser nous enfoncer, en nous roulant les pouces, dans la mélancolie ; à chacun sa tâche, sa spécialité. Ergothérapie, Arbeit macht frei, je connais cette façon de soigner les gens. Je ne me plains pas, parce que ça m'amuse de tailler et de sculpter ces femmes en bois. Je n'aurais même pas besoin, à vrai dire, de ces beaux catalogues illustrés que vous me donnez pour que j'en copie les figures. Je ne suis pas un débutant, il m'est arrivé quelquefois de gagner quatre sous aussi en fabriquant ou en ajustant une figure de proue pour un bateau qui arrivait à Hobart Town avec l'avant et la figure de proue endommagés. C'est pour ça aussi que ça ne me déplaît pas d'avoir entre mes mains ces seins de bois, de les raboter jusqu'à ce qu'ils deviennent lisses, et c'est un plaisir de les caresser, oh je vous en prie, rien d'obscène là-dedans, c'est juste qu'ils me rappellent mes petits travaux d'alors, j'avais même essayé de rendre la moue de Norah, ses lèvres avides et impérieuses jusqu'à la fin, mais...

J'ai compris que le visage de ces femmes qui accompagnent les hommes en mer doit être lisse, serein, imperturbable ; gare s'il révélait une passion, une personnalité. D'ailleurs qui pourrait se hasarder à exhiber une personnalité ? Seulement un bouffon, fait de chair fausse et interchangeable plutôt que de bon bois qui ne trompe pas — si c'est du chêne c'est du chêne et si c'est du cembro c'est du cembro, il n'y a pas de trucage, tandis que la chair, en particulier la chair humaine, est toujours frelatée. En tout cas les hommes suspendus au-dessus des abîmes ont déjà trop de furie dans le cœur, ce qu'ils demandent c'est de la sérénité, autrement dit une impersonnalité incolore comme l'eau.

Très belle, cette illustration, une figure de proue blanche d'origine inconnue, conservée, c'est écrit en dessous, au Musée maritime d'Anvers. Si on la regarde de face, elle a une expression douloureuse, mais quand elle était à la proue, l'endroit pour lequel elle avait été faite, elle ne se présentait pas de face, mais de profil aux marins, et ce profil est impassible, impersonnel, clarté que ne vient obscurcir aucune angoisse. « Seules la noble simplicité et la sereine grandeur peuvent soutenir la vue de la gorgone, soutenir comme une cariatide l'intolérable poids du réel... » C'est bien dit, dans cet opuscule, mais le fait est que nous, au contraire, il nous tombe dessus, il nous écrase, il nous broie la tête. Regardez un peu sur les radios, dans votre tiroir, la bouillie que c'est, mon cerveau.

Vous n'allez pas me dire que le visage noble et inexpressif de cette figure de proue d'Anvers pourrait un jour être réduit à cet état, même Dachau ça ne lui ferait ni chaud ni froid. Forcément ; derrière et dedans il n'y a rien, et personne ne peut rien lui faire, à ce rien, aucun poing ne peut se refermer sur lui et le broyer, c'est pour ça qu'elles me plaisent tant, ces figures de proue. J'aime aussi les sculpter et les construire. Ah si je pouvais les copier toutes, les figures de ce catalogue, ignorantes de toute passion, toute douleur, toute identité, comme ça oui, ça vaudrait la peine d'être immortels... Ici il est écrit que Thorvaldsen, maître de la sculpture néoclassique, a fait son apprentissage dans l'atelier de son père, qui sculptait des figures de proue pour la flotte danoise, comme moi, créateur de ces figures que personne ne pourra envoyer aux travaux forcés.

Regardez comme elles sont réussies, leur torse naît d'un tourbillon de vent qui, à la base, semble rider les vagues et se prolonger dans la robe flottante, ligne ondulée qui se perdra dans l'informe, mais pour le moment... Et ces yeux grands ouverts sur le lointain, sur d'imminentes et inéluctables catastrophes. Les yeux de Maria... c'était autre chose que les miens, qui sont aveugles... voilà, les yeux, je les fais comme ça, en creusant le bois, en créant une cavité, seul le vide peut supporter la vue du vide ; regardez toute cette sciure par terre, ce sont les yeux de mes figures de proue triturés et réduits en poudre, comme faisait mon frère Urban avec les saphirs et les émeraudes, yeux bleus et verts, froids comme la mer d'Islande...

40

Durant le retour à Reykjavik, Brarnsen tombe dans une crevasse, il crie depuis ce fond obscur. Je descends, je glisse le long des parois gelées, me voici auprès de lui. Ça doit être la hanche, nous n'arriverons plus à bouger d'ici. Brarnsen regarde mon visage. Je ne dis rien, je continue à effleurer sa jambe, presque sans la toucher, pour ne pas lui faire mal. Il n'y a rien à faire, il est impossible de le remonter à la surface. D'ici une heure ou deux tu pourras te lever, lui dis-je, il faut seulement que tu restes immobile et le plus au chaud possible. Prends ça — j'ôte ma veste, je la fais passer sous sa tête, la veste me glisse des mains et recouvre son visage. Attends, je vais mieux t'installer, et je lui bouchonne encore un peu plus la fourrure sur la tête, comme par maladresse. En même temps je sors mon pistolet ; pendant que l'autre gesticule sans rien voir je le charge à toute vitesse, je l'approche de sa tempe sous la fourrure, le coup retentit dans la crevasse, mais lui il n'est déjà plus en mesure de l'entendre, le choc est violent en dépit de la fourrure, le sang m'éclabousse, je me nettoie avec mes mains mouillées puis je me les lave en les frottant sur la glace. Ne prenez pas cet air dégoûté, docteur, la pitié du médecin envenime la plaie du malade, les médecins sont gentils et s'ils t'envoient dans l'autre monde, c'est par bonté. L'Histoire est une table d'opération pour des chirurgiens dont la main ne tremble pas. Moi je n'ai été qu'aide-chirurgien, mais le métier, je l'ai appris.

41

En Islande, il n'y a pas d'arbres, ou presque pas. Mais la révolution a besoin d'arbres, de bois. Pour les abattre, bien entendu. La révolution avance, elle pénètre dans la grande taïga sibérienne ; l'homme nouveau progresse dans la forêt, la faucille et le marteau abattent la forêt sauvage de l'esclavage, chaque arbre centenaire qui tombe devient une multitude de feuilles de papier qui racontent cette avancée épique, les colonnes de chiffres des plans quinquennaux. Ces nombres, ces statistiques sont des poèmes, c'est la poésie de la révolution qui arrive comme un grand vent de la steppe — « Les poètes sont des menteurs, nous le savons depuis toujours... » — C'est encore toi, Apollonios ? Je sais, les statistiques donnent les chiffres, pour chaque arbre abattu mille, dix mille pages de mensonges. Mais les autres mentent encore plus, c'est logique. Celui qui veut maintenir les hommes en esclavage — comme les fascistes, les nazis, les capitalistes, les... — doit mentir, c'est son boulot de gardien de camp, de kapo de lui-même. Mais nous, nous n'aurions pas dû mentir, ni peut-être même abattre des arbres...

En Islande je n'en ai pas abattu un seul, j'avais

même déjà toute prête une loi qui interdisait d'y toucher, qu'il en existe encore ou pas, de toute façon les lois sont faites pour protéger les morts et les choses mortes. Et si on ne m'avait pas traîtreusement déposé au moment même où l'on allait chanter ma gloire —

42

Le carme de Magnus Finnusen, je l'ai lu dès mon retour à Reykjavik, mais quand, quelques jours plus tard, il l'a lu lui-même, à haute voix, dans la taverne de Madame Malanquist, il l'avait déjà retouché en l'adaptant à la célébration de la fin de ma révolution, en compagnie de ceux qui buvaient à ma chute. Et du coup, il saluait le moment où la Terreur baissait pavillon, la fin de la sédition, et moi je n'étais plus le bon ours venu de la mer, mais l'ours féroce emporté par la glace qui se détache de la terre et disparaît dans les brumes. Je n'ai pas fait d'histoires, quand j'ai vu hisser sur la hampe le drapeau danois ; j'ai seulement pensé que le blé aussi allait monter jusqu'aux étoiles, d'où je l'avais fait descendre. C'était le 22 août, mais tout était déjà fini — enfin, si l'on peut dire, parce que en réalité rien ne finit jamais, même pas avec la mort, la preuve c'est que je suis encore là — une semaine plus tôt, quand l'*Orion* était entré dans le port et que le capitaine Jones, qui avait déjà reçu des instructions précises et s'était mis d'accord avec le comte Trampe, m'avait accusé d'insubordination, d'acte de guerre arbitraire contre les Danois et en même temps d'accords secrets avec eux, attestés par mon uniforme. En effet j'étais monté à bord de son vaisseau vêtu de mon ancien uniforme de commandant de l'*Admiral Juhl.* Manteau bleu, boutons dorés, épaulettes, culotte arrivant aux genoux et tricorne qui ne voulait pas tenir sur ma tête.

Je n'ai rien dit, je me suis incliné et j'ai remis mon épée. J'ai seulement demandé — ou plutôt exigé, ordonné — que le peuple ne s'aperçoive pas de mon arrestation, et il a dû me donner satisfaction sur ce point, entre autres parce que dans le cas contraire la population se serait soulevée et ça aurait pu mal tourner pour lui. Mon peuple était prêt à faire un mauvais sort à quiconque aurait touché à son Jorundar — c'est comme ça qu'on m'appelle en Islande. Nous sommes donc descendus à terre. En chemin je me suis arrêté comme toujours pour parler avec les gens, en leur disant que j'allais à Londres soutenir leur cause auprès du Lord de l'Amirauté et de mon grand ami sir Joseph Banks, et en promettant de revenir bientôt. Puis nous sommes tous allés chez Madame Malanquist.

Quand nous sommes entrés, Finnusen était en train de déclamer son ode raccommodée et remise à neuf, Vidimus seditionis horribilem daemonem omnia abruere, braillait-il, et moi je riais avec les autres. Puis, s'enhardissant, il m'a demandé si je voulais ma bière funèbre, en plaçant devant moi un tonneau, alors je l'ai pris par la ceinture et je l'ai précipité dans le tonneau, puis je l'en ai retiré et je l'ai expédié au sol, j'ai ôté mon tricorne, je l'ai retourné et plongé dans la bière, comme une chope, et je me suis mis à boire à la régalade, en annonçant que le capitaine Jones offrait une tournée générale de rhum pour qu'on boive à la santé du roi d'Angleterre ou de Danemark, au choix, j'ai fait un tour de danse avec

Gudrun Johnsen, une qui par le passé m'avait tellement espionné, et j'ai même entonné le chant de Ragnar parmi les serpents, que le prévôt Magnussen m'avait appris à Bessastadir. « Les serpents me déchirent cruellement, la vipère fait son nid dans mon cœur... cinquante et une batailles, toutes livrées sous mon drapeau, en teignant de rouge les épées, je n'ai jamais trouvé de roi plus grand que moi. » Pas une seule, de bataille, grâce à Dieu. Avec ces misérables rachitiques sous-alimentés, il aurait été difficile de teindre de rouge les épées, rouillées depuis des siècles, pensais-je en regardant autour de moi dans la taverne tandis que je chantais et buvais ma bière funèbre, la bière que l'on boit quand on donne la sépulture à un chef — pourtant, mes batailles, c'est sûr que je pouvais en parler moi aussi. Algoa, le Kattegat, Guadalajara — « Depuis l'enfance j'ai appris à teindre de sang les épées, maintenant les dieux m'appellent, il ne faut pas pleurer la fin. » Pleurer, aucun danger, nous étions plutôt tentés de rire, tous les autres et moi avec, à cause de cette bière que je répandais en gesticulant. J'ai même buté contre le tonneau, oui, le chant était approprié, « Je m'en vais bientôt toucher au but » — et avec ça une de ces envies de pisser, c'est normal, à force de boire. « Je vais boire la bière avec les Ases dans le palais érigé par les dieux. Mon temps est révolu », ça on peut le dire, « Je m'en vais en riant... »

Jones, lui, par contre, est parti furieux, dans le vacarme général ; seul le vieux Magnus Stephensen, à qui il avait confié le pouvoir provisoire, restait digne et taciturne, et il a dit une phrase solennelle en latin sur l'inconstance du sort et la vanité de toute gloire terrestre. Son regard noir signifiait que c'était maintenant mon tour de régner sur Nyö, vu qu'on me mettait la tête sous l'eau, mais moi j'ai continué à boire et j'ai fait cadeau de mon tricorne à un enfant, en le lui enfonçant jusqu'au bas du visage. Garde-le-moi pour quand je reviendrai, je ne tarderai guère. Je me suis dirigé vers la plage, avec toute une cohorte de gens, je me suis étendu dans la barque et j'ai ordonné aux rameurs de rejoindre l'*Orion*, en disant que je ne voulais pas voyager sur le *Margaret and Ann* avec Trampe et d'autres individus toujours prêts à retourner leur veste, comme Phelps et Savignac, qui rentraient à Londres.

La barque filait et moi, étendu sur le fond, je continuais à boire. Je bois à mes funérailles ; dommage qu'on ne puisse pas être le mausolée de soi-même, boire ses propres cendres, comme la reine Artémise celles de son royal amant et puis les exhaler dans un rot. Je tends ma tête par-dessus bord, les vagues s'élèvent jusqu'à moi et au-dessus de moi, les crêtes glissent et fuient de part et d'autre de moi, entre une vague et la suivante je vois la côte, mon royaume qui s'éloigne — une grande vague bleue s'abaisse, c'est un drapeau qui flotte, mon drapeau bleu qui me recouvre, toujours plus sombre, toujours plus bleu.

43

On m'a réveillé entre le cap Reykjanes et les Fuglasker Rocks. Le vent souffle violemment. Gowen, le capitaine de l'*Orion* — Jones a pris le commandement du *Margaret and Ann* —, voudrait virer au large, mais il ne parvient pas à redresser le bateau. Je me retrouve sur le pont, sans que personne n'ait rien dit. Je donne l'ordre de passer entre le cap et les rochers. Mes commandements sont aussi rapides que le vent qui nous assaille ; ils se glissent entre deux rafales, c'est comme si je voyais chaque foc et chaque morceau de voile, je les tends et je les relâche juste ce qu'il faut pour nous faufiler entre les masses d'eau, je serais capable d'éviter même les boulets de canon. Tout à coup le *Margaret and Ann*, loin devant nous, est en flammes. L'*Orion* le suit comme un squale, l'autre bateau est le jouet du vent et des eaux, qui le giflent par endroits, les flammes s'intensifient. L'*Orion* avance entre les fendants des vagues, il l'accoste. Je saute sur le *Margaret and Ann* et j'ordonne de descendre les chaloupes, en moins d'une heure tout le monde est à bord de l'*Orion*. Je suis le dernier à quitter le bateau, geste de commandant avant de retourner aux fers.

L'huile et le suif de Phelps, dont le *Margaret and Ann* est rempli, nourrissent les flammes, qui se répandent partout. Le bois brûle, des morceaux de voiles et de cordages tombent et lèchent les mâts du bateau comme des langues de feu ; puis tout s'écroule en cataractes incandescentes, un morceau de vergue tombe droit, guerrier qui se tord dans la fournaise comme dans la salle des Chevaliers à Christiansborg. Le bateau éclate, le fond de cuivre se détache et flotte, chauffé au rouge, soleil tombé qui brûle la mer. Soudain une explosion énorme, la soute aux poudres saute et les canons eux-mêmes explosent, ils tirent des bordées contre le ciel et contre la nuit, si claire — salves de canon pour ma fin, la nuit est fleurie de ces tirs, une rose brune s'épanouit en pétales écarlates.

Quand l'*Orion* s'éloigne, un brasier rougeoie sur la mer, sang qui s'égoutte dans la coupe sombre. Le feu est dur à mourir, tout est dur à mourir, la vie se défend avec acharnement et c'est pour ça qu'elle fait mal, il vaudrait mieux en finir tout de suite. Maintenant la mer est calme, Gowen peut reprendre le commandement et rentrer avec l'*Orion* à Reykjavik, pour repartir le 1er septembre et arriver à Liverpool dix-huit jours plus tard.

C'est une vilenie de m'avoir, à Londres, enfermé dans la prison de Toothill Fields, sous l'accusation d'avoir quitté l'Angleterre sans autorisation, en reniant ma parole, et d'avoir comploté contre le gouvernement de Sa Majesté, sous prétexte d'aider ces morts de faim. « Donc tu l'aurais fait par amour pour ces pauvres gens rachitiques et teigneux, à qui tu veux faire avaler ça ? » — et comme ça pendant des heures, dans cette cellule fétide, avec des questions et des interrogatoires et... — Et dire que, à peine débarqué et jusqu'à la veille d'être jeté en taule, j'étais de nouveau à la Spread Eagle Inn, où j'avais pris pension, avec les assurances les plus encourageantes de la part de sir Joseph Banks...

44

Qu'est-ce que c'est que ce rouge, cet énorme mégot allumé dans la pièce déjà plongée dans la pénombre ? Ah oui, la vidéo interne, l'annonce de la séance collective, dans le grand salon-amphithéâtre au niveau – 1. Sous terre, en somme. Thérapie de groupe, présents et absents, voisins et lointains ; tu peux donner des coups de coude à celui qui est assis à côté de toi et bavarder, grâce à ces PC mis à notre disposition, avec qui tu veux, même avec quelqu'un qui se trouve aux antipodes, avec la tête en bas. Tous ensemble, foules, masses, à attendre que ça commence. La salle est pleine à craquer, elle ondule comme une mer. Où sont les inculpés, les détenus dans cette vallée du Jugement ? Je ne vois que des kapos, chiens de garde qui se poussent les uns les autres, en se mordant férocement, dans l'énorme abattoir ; des tonnes de viande de boucherie, de hachis, il paraît que c'est bon, la viande de chien, dommage qu'on n'en ait pas eu un peu au camp de concentration.

« Combien peut-il y en avoir, de damnés, de détenus, d'accusés, d'internés de force, de kapos ? » Beaucoup, une immense multitude. Vous devriez le savoir mieux que moi, avec tous ces registres et tous ces employés à votre service, mais je comprends qu'avec tous ces chiffres vos ordinateurs aient disjoncté. Un ordinateur, c'est un cerveau et les cerveaux disjonctent, c'est leur spécialité. Mais il ne faut pas faire les délicats avec les chiffres. Les chiffres sont vivants, tu peux les toucher, les palper. Chiffres sur les cartes à jouer, sur le matricule, sur les pièces de monnaie, sur les billets de banque, sur le bras, sur le tapis de la roulette, sur les cellules.

Même à la table de jeu — je suis bien placé pour le dire, vu que j'y ai laissé des plumes — tu les vois, lucides et fébriles, qui griffonnent des chiffres pour découvrir l'ordre caché dans le carrousel des probabilités, les lois mystérieuses qui régissent le chaos du jeu et du monde, qui font tourner la boule comme une planète dans les espaces mais aussi la retiennent, l'empêchent de quitter sa trajectoire et de se perdre dans le vide infini et la contraignent à s'arrêter sur le 5, sur le 12. Peut-être que nous découvrirons cet ordre, que nous accumulerons devant nous l'or du temps, poussière dorée qui file entre les doigts et reste sur le tapis vert, sur le grand pré pelé où s'entasse la foule de ceux qui ont voulu devenir semblables à Dieu.

Ils ont volé l'or, la Toison sacrée, et maintenant ils attendent le jugement du tribunal du peuple, tous entassés dans l'immense salle de jeux avec cette tapisserie rouge, les chandelles qui brûlent, des grappes de gens qui se pressent à droite et à gauche de la table verte, de l'autel du Seigneur. Des innocents, des coupables, des damnés en tout cas, pendus à cette table comme des bêtes à un croc, brûlés par le feu des candélabres qui jettent une lumière de sang sur les visages en sueur et sur les mains qui tirent à elles

les pièces de monnaie. Le rouge de la salle est un feu qui enveloppe toutes choses, autour de la table tous se tordent comme les chevaliers et les rois de Danemark dans le palais de Christiansborg en flammes.

D'accord, à ces tables j'ai presque toujours perdu, mais je me suis aussi amusé et puis ça ne me faisait pas grand-chose de perdre le peu que j'avais... Les biographes déplorent et moi, je joue mon rôle d'impénitent repenti. La seule chose qui compte, c'est de ressembler à son portrait, peu importe qui l'a fait. Ma vie, c'est celle que racontent les autres. Comment pourrais-je savoir, sinon, ce qui s'est passé juste après ma naissance, quand j'ai commencé à marcher, si je pleurais ou pas la nuit ? Tout ça, ce sont les autres qui me l'ont raconté, et moi je le répète, tel que je l'ai entendu. Comment ? Non, non, vous m'avez mal compris. Cela ne vaut pas seulement pour ma petite enfance, mais pour chaque instant de ma vie. Est-ce que je sais comment était mon visage hier, quand vous m'avez mis de nouveau près de cette machine, comment étaient mes yeux, mes mains, est-ce que je pourrais vous les décrire ? Bien sûr que non, je ne me suis pas vu, je ne me connais pas. Mais si vous, vous me le dites, je le sais et je peux le raconter.

À Toothill Fields je ne suis pas resté longtemps, mais dehors c'était encore pire. Cripplegate, Whitechapel, Southwark, Smithfield, St. Giles's — de plus en plus bas, dans des chambres de plus en plus sordides, avec des habits de plus en plus crasseux —, au moins j'ai joué, même si je perdais toujours. Par contre, après ces étés à Cherso — longs, très longs, je ne sais même plus combien, deux, peut-être un seul ou même pas un seul —, je n'ai jamais eu le temps ni l'occasion de jouer. Ni aux cartes ni à rien. Mon enfance, mon adolescence, ma jeunesse se sont terminées vite, d'un coup. Ponza, la Guadarrama, le Velebit, Dachau, Goli Otok et... et quoi, après Goli Otok ? Je ne m'en souviens plus, des années et des années enfermées dans un sac, lourdes comme du plomb. Le sac enveloppé dans la toile glisse à travers l'écoutille d'embarquement — « Et le corps sera jeté à la mer », dit l'office des morts sur le bateau. Il coule tout de suite. L'eau se referme avec un sanglot étouffé.

45

De toute cette histoire, m'ont dit Vidali et la camarade Bernetich à Trieste quand je suis revenu de Goli Otok, on ne devra savoir et on ne saura jamais rien. Et en effet je me suis tu, comme tout le monde. Même les archives de Fiume, avec toute notre histoire, ont été brûlées en 1955, par Marini, Banfi dans la lutte clandestine : cinq valises de papiers, il lui a fallu un jour entier pour les brûler. Il a eu beaucoup de mal, les pages se recroquevillaient et glissaient hors du tas en flammes, il fallait les ramener au centre à coups de pied et aussi en se brûlant les mains. Nos noms se dilataient avant de se transformer en cendres, ils crépitaient et volaient entre les souffles d'air créés par la chaleur. Quelques photos aussi. Le visage tremble, se tord, disparaît dans une fumée noire, une langue de flamme s'enroule autour du portrait d'un jeune homme au foulard rouge, le serpent l'aspire dans sa gorge brûlante, tous les argonautes disparaissent dans la gueule du dragon. Nous n'avons rien raconté, et maintenant nous ne savons plus ; les choses, il faut les raconter sans arrêt, sinon on les oublie. Le Parti nous a tous fait passer dans la Section Oubli.

Ah, si au contraire...

46

Au contraire, rien du tout, c'est ça ta vie, tu l'as vécue et tu y souscris de la première à la dernière ligne. Toi qui es un grand nombre, camarade, le tu potentiel de la grammaire que nous enseignait la maîtresse, Madame Perich-Perini, l'Internationale qui sera le genre humain, toi qui t'es toujours mis du mauvais côté au mauvais moment. Voilà, dans le tribunal construit avec les morceaux du mur de Berlin — il paraît qu'il est tombé, c'est ce que j'ai entendu dire, mais il n'a jamais existé, c'est moi qui vous le dis, ce n'était qu'un leurre, en argile, il suffisait d'un coup d'épaule pour qu'il s'écroule dès le premier jour, mais qui aurait pu le savoir ? —, le Parti est à la barre et toi, témoin à charge, un parmi tant d'autres, soldat inconnu de la révolution, tu te lèves, tu jures de dire la vérité, on te montre la photo avec ces moustaches débonnaires et les petits yeux d'éléphant mauvais et toi tu le reconnais, c'est lui, c'est le dragon qui a volé la Toison, qui a arrosé de fleuves de sang le pur infâme glorieux drapeau de l'avenir, soleil éteint dans le noir.

Tu te lèves, témoin à charge au nom de l'immense foule obscure qui se presse dans la vallée du dernier jour, tu prends ton dossier ; toutes ces pages, la liste des chefs d'accusation est énorme, il faudra des mois, des années pour la lire à la Cour. Tu te racles la gorge, tu prends ces feuilles, tu as du mal à les tenir toutes en main, puis tu lèves la tête et tu dis à voix haute : « Prolétaires de tous les pays, unissez-vous. »

Ainsi tous les chefs d'accusation tombent et il n'y a donc aucune personne incriminée ? Non, Monsieur le Président. Du Tribunal, de la République, de l'Hôpital, de je ne sais quoi. Il y a une personne incriminée, et je n'ai aucune difficulté à vous l'indiquer. Ce n'est pas la première fois, d'ailleurs, qu'un camarade accuse un camarade qui a commis une erreur. Je ne suis pas sûr de son nom, mais je sais qui c'est. C'est moi. Les papiers parlent clair et, on le voit, la liasse est épaisse. Prolétaires de tous les pays, unissez-vous, est-il écrit. Je me déclare coupable d'avoir délibérément contribué à saper cette union, à fomenter des divisions. De petites zizanies et des déchirures irrémédiables. Des péchés véniels, disait le père Callaghan, et des péchés mortels. Donc moi aussi, sans le savoir peut-être, Viva la muerte, ça tombe sur qui ça devait tomber.

47

Sur Mariza, par exemple, c'est tombé en plein pendant la fête de la Libération. Quelques jours à peine, dix-sept. Toutes les libérations sont de courte durée, des promenades d'une demi-heure dans la cour de la prison. — « Dix-sept jours, du 9 au 26 septembre 1943, parole de Nevèra. » — Merci, ce n'était pas la peine. Les chiffres, je m'en souviens bien, et puis Nevèra c'est moi, si vous permettez. Ce sont les visages, les regards, les voix qui s'estompent de plus en plus dans le brouillard. Les femmes, aussi. La vitre se couvre de buée et cache le sourire de Maria. Je m'efforce de la nettoyer, mais plus je frotte le verre, plus il devient opaque et si à la fin, à force de gratter, j'ouvre une trouée dans la saleté, de l'autre côté ce sourire, ce visage ne sont plus là. Elle est partie, peut-être parce qu'elle s'est lassée d'attendre. Peut-être que je me suis trompé et que je l'ai prise pour une autre. Avec cette suie que déposent les ans, on peut facilement se tromper.

La brève libération de Split et de Traù, quand, le lendemain du chambardement du 8 septembre, notre Division Bergame, qui occupait la zone — moi j'étais dans la quatrième compagnie, simple soldat, mais dans le Parti clandestin j'étais quelque chose de plus, même si je n'étais pas grand-chose —, s'est rendue aux partisans de Tito. Smrt fascismu, sloboda narodna. Et moi, agent de l'histoire universelle, en opération là-bas pour éliminer Mariza. Sans le savoir, naturellement, mais quand le Parti t'envoie quelque part tu ne connais jamais le véritable but de ta mission, tu ignores ce que tu vas mettre en branle. Dans la vie non plus, d'ailleurs, quand tu commences une chose tu ne sais pas ce qui arrivera. Le Parti est grand et insondable, comme la vie ; c'est-à-dire inconscient et ingénu comme vous l'êtes vous-même, il avance à tâtons, convaincu lui aussi d'avoir en lui-même sa justification. C'est pour ça qu'il est allé à sa ruine ; la vie ne peut pas durer, elle se corrompt, s'infecte, meurt. Nous sommes tous morts, docteur. Cet acharnement thérapeutique est inutile ; un Parti d'intubés en salle de réanimation et les appareils là, bien en vue, à la portée du premier joyeux drille qui veut débrancher le dispositif.

Oui, quand je suis arrivé à Traù — soldat du contingent sorti des prisons fascistes en Italie et expédié avec l'armée royale en Yougoslavie, mais toujours actif dans le Parti, avec lequel j'avais gardé des contacts même en prison —, j'ignorais qu'on m'avait envoyé là-bas pour la damnation de Mariza, c'est-à-dire aussi pour la mienne. Je savais seulement, en arrivant à Traù, que je devais travailler à l'organisation de groupes et de cellules du Parti parmi nos soldats, qui s'y trouvaient en situation très difficile dès avant le grand patatras du 25 juillet et du 8 septembre. Et en effet quelques semaines plus tard, quand les Allemands sont arrivés et ont réoccupé Split et Traù, le 26 septembre, dans cette débâcle générale de tous contre tous, nos brigades garibaldiennes de la Division Italia ont commencé à opérer et, dans l'attente d'un plus gros bonnet du Parti, je me suis retrouvé provisoirement vice-commissaire politique, sous le nom de Nevèra.

J'étais content d'être à Traù, même avant ces quelques jours de bonheur avec Mariza. Bien sûr que c'était ma petite amie, et tout a été de ma faute. Maurizio — ça aussi c'était un nom de guerre, bien entendu — en parlait comme si c'était au contraire de sa faute à lui, mais c'était juste pour faire croire que c'était lui son amoureux, il aimait bien faire son petit coq. Ça me fait plaisir pour lui, du coup il a été plus content, pendant ses derniers jours, avant de mourir à Split. Avec courage, je dois le dire, en vrai camarade.

Ce n'était pas la première fois que je me trouvais là, à Traù. Je m'étais caché dans la maison d'un certain Tihomir, qui avait connu mon père lorsque, des années auparavant, il naviguait sur un vaporetto qui faisait la ligne Split-Fiume, en s'arrêtant presque dans chaque port et aussi sur les îles. Nous l'avions pris quelquefois, ce vaporetto, à Cherso, pour aller à Fiume, ce qui nous épargnait le ferry depuis Porozine et ensuite l'autobus, et mon père avait fait amitié avec lui, qui était membre du parti communiste yougoslave mis hors la loi en 1921. Et c'est comme ça qu'une fois ou deux, toujours avec ce rafiot, nous étions allés avec lui jusqu'à Traù, où il avait aussi un petit bateau à fond plat, une *battana.* Traù me plaisait, entourée par la mer, belle et régulière avec son périmètre carré, comme la figure d'un livre de géométrie qui définit et limite les choses. Depuis longtemps je ne supporte pas ce qui est infini, une vraie allergie qui me brûle les yeux comme les oignons ; même le ciel, je préfère le regarder encadré par une fenêtre, avec des barreaux au besoin, comme ici dans votre grande salle la plus bruyante, docteur.

J'aimais regarder la mer, me perdre dans le léger tremblement de sa réverbération aveuglante. J'aimais aussi l'odeur de cette mer, mêlée à celle du goudron et du poisson grillé à l'ail, et j'aimais toucher l'aile et la crinière du lion de saint Marc, sentir la pierre forte et chaude sous le soleil. On est bien, appuyé à ce lion. Et de là on a aussi une belle vue sur le palais et la cathédrale Saint-Laurent, avec son portail orné de toutes les figures sculptées par le maître Radovan.

J'aimais aussi les Rois mages qui chevauchent au sommet — la montée est fatigante, mais ils regardent vers le haut et continuent, on comprend qu'ils ne peuvent pas se perdre et finir mal, ça fait des siècles qu'ils sont en marche et leur étoile rouge ne s'est jamais éteinte. La patte du lion avec ses griffes sur le livre, et aussi son mufle, insondable sous la crinière, je les ai retrouvés un peu amochés, quand je suis revenu, parce que quelque nationaliste slave exalté, durant cette fameuse nuit de décembre 1932, avait trouvé bon de les prendre à coups de marteau.

La révolution, au contraire — pensais-je —, après avoir triomphé et au besoin cassé quelques têtes, n'aurait pas détruit mais conservé tous les vestiges de l'histoire de l'homme, enfin finie, mais pas oubliée, avec ses peines ; les aigles romaines, les croix, les croissants, les lions de Venise, les étoiles de David, les pyramides égyptiennes et aztèques, réunies sous le drapeau rouge...

Vingt ans après, à vrai dire, dans le tohu-bohu tragique de ce mois d'août 43, le temps me manquait pour pleurer sur ce nez et ces griffes brisés, mais j'aurais voulu ôter les épines de ces pattes blessées. Peut-être aussi parce que, à la veille de ces journées de vendanges sanglantes, sur ce lion ce n'était pas tout seul que je m'étais appuyé, mais avec Mariza entre mes bras, même si le sang coulait déjà des cuves, fusillades dans les villages embuscades dans les forêts représailles déportations. C'était Noël, Noël 42. Hristos se rodi. Srećan Božić, a dit Mariza en me tendant les lèvres. Innocent baiser de Noël, comme c'est la coutume, qui devient un autre baiser — le temps se dilate, s'arrête, s'engloutit dans cette bouche. Là, sur cette pierre léonine, ma vie a été longue, tout le cours d'un fleuve avec ses méandres, ses cascades, les endroits où il s'élargit. Ce morceau de ma vie est plus grand que ma vie, une minute contient des heures et une heure contient des années, même si elle s'évanouit aussitôt.

48

Eh oui, elle s'évanouit. Si ce n'était que ça, patience. Un baiser, après tout, ce n'est qu'un baiser, un jeune soldat en quartier libre a quand même le droit de se distraire un peu. C'est comme Marie, quand elle s'est mise à faire trop d'histoires, ça m'a cassé les pieds, au point que je l'ai presque éliminée de mon autobiographie, comme du reste l'avaient plus ou moins fait mes précédents biographes. Comment fait-on pour supporter l'amour ? Je ne dis pas une femme. Une femme, passe encore. Même si quelqu'un va au bout du monde en traversant mille épreuves, jusqu'aux antipodes, une femme, il peut toujours l'emmener avec lui et aussi la respecter, avoir de l'affection pour elle et la défendre devant tout le monde, même si c'est un vrai caramentran ou pire, comme je l'ai fait avec ma Norah, y compris quand elle tombait ivre morte dans les rues de Hobart Town.

Une femme, d'accord, mais l'amour ? Ça te tombe dessus et ça te brise. C'est déjà assez dur de vivre, de survivre, d'éviter les coups qui arrivent de tous les côtés, de larguer ou de border la voile juste avant que la barque ne se fracasse ou ne se retourne ; de vieillir, de tomber malade, de voir mourir ses amis, de régler les comptes avec l'infamie, la honte et la trahison que tu as dans le cœur. Et comme si tout ça ne suffisait pas, l'amour par-dessus le marché ? C'est une guerre trop dure, on peut comprendre que parfois il ne reste qu'à déserter.

49

« Tout était prêt pour la désertion déjà avant, dès ce soir-là à Gravesend, non ? Aucune improvisation et pas beaucoup d'excuses... Ton John Johnson... » — Ah, c'est encore toi, cette fois sous mon faux nom, tant mieux, dans ce cas je n'y suis pour rien... Marie était revenue, non, c'est moi qui étais revenu, enfin peu importe, nous nous étions retrouvés et tout, bizarrement, semblait beau, facile. Rester ensemble, vivre ensemble, fuir... il me semblait que je n'avais plus peur, même si — Elle pouvait m'aider à quitter l'Angleterre. Mais ce n'est pas pour ça que — non, pas uniquement pour ça. Son frère était de ronde sur la Tamise avec ses patrouilles qui surveillaient les rares appontements d'où une barque pouvait quitter la rive. Marie était très liée avec Abs — son vrai prénom était Absalon ; ils avaient presque le même âge, et avaient été élevés ensemble. Il a été facile pour elle, quand je l'y ai incitée — comme c'est étrange, cette soudaine et fallacieuse emprise sur les femmes, encore inaccessibles l'instant d'avant et puis soudain prêtes à faire pour toi n'importe quoi —, de convaincre son frère d'inspecter le fleuve plus au nord, en lui disant qu'elle avait vu des gens qui cachaient des barques dans les roseaux. Ainsi, de la rive laissée sans surveillance, nous pourrions mettre à l'eau notre canot et rejoindre le bateau sur lequel le quartier-maître, qui avait déjà reçu en livres sterling la somme convenue, m'intégrerait, sous le nom de George Rivers, à la chiourme.

Oui, je sais, c'était idiot de dire à Marie qu'elle viendrait elle aussi avec moi, de profiter d'elle parce qu'elle prenait pour argent comptant tout ce que je lui disais — c'est l'amour, à ce qu'on dit, mais je ne sais pas si c'est vrai. Aimer signifie comprendre, donc se méfier, savoir que le mensonge est en embuscade, que vivre c'est mentir... Mais à ce moment elle et moi, eux, nous ne... De toute façon il fallait que je lui dise ça, sinon qui sait ce qu'elle aurait fait comme histoires. Au dernier moment — donc pour l'épargner un peu, pour la laisser respirer un peu plus longtemps — je lui aurais dit la vérité ; que c'était impossible, que dès que les choses se seraient un peu tassées, que je serais libre et en sécurité, je l'appellerais. Je jure que je l'aurais fait. Mais Went, cet espion, nous avait mouchardés à la police, et du coup ils m'ont pincé et flanqué à Newgate. Abs, le frère de Marie, ils l'ont tout de suite traîné en justice, pour complicité et expédié à Port Arthur. Je n'ai plus jamais rien su de lui ; même pas plus tard, quand ils m'ont envoyé là-bas moi aussi. On dit qu'il se serait jeté à l'eau du haut des rochers près de Puer Point, comme les enfants, et que les requins l'auraient mis en pièces, mais je n'y crois pas. De Marie non plus je n'ai plus rien su, pendant très longtemps. Comment ? Non, je n'ai jamais entendu parler d'aucun enfant, fichez-moi la paix, en quoi est-ce que ça me concerne, c'est absurde...

Si ça ce n'est pas s'évanouir, alors... Amour et mort.

Viva la muerte. Facile à dire, un peu moins quand on meurt ou quand on tue pour de bon. Vous faites bien de me tenir enfermé ici dedans. Pas à cause de ces histoires dont je ne me souviens plus même si celui-là me les met sous le nez ; mais moi je sais bien pourquoi... Tout avait si bien commencé, en ce Noël 42 et pendant les mois suivants ; même cette guerre toujours plus atroce et le travail politique toujours plus difficile — parmi mes compagnons d'armes, chasseurs encerclés par le gibier furibond, les partisans qui se jetaient sur nous comme des barracudas sur une baleine épuisée, et moi baleine s'apprêtant à devenir barracuda — me semblaient une aurore. Nous aimions aller dans la cour du palais Čipiko. C'est juste qu'on te l'ait enlevé, se moquait Mariza, ça t'apprendra à changer de nom et à passer à l'ennemi, du reste avec cet uniforme-là, ça te va bien un nom de traître et de renégat, et moi je lui répondais qu'elle, elle ressemblait à la Dame qu'on avait placée dans l'atrium de ce palais qui bizarrement portait mon nom ou presque, et qu'elle, elle était la figure de proue de mon bateau, comme cette Dame avait été celle de la galère d'Alvise ou Alvižo Čipiko — encore un qui avait été rincé dans l'Arno, comme moi — à Lépante, face à face avec la galère du terrible Ucciali, ce pêcheur calabrais devenu le roi corsaire d'Alger.

À vrai dire, la Dame ressemblait à tout sauf à une esclave docile, nue et âpre comme elle était, elle faisait partie de ces maigres sans poitrine qui au lit sont des louves affamées. Mariza aussi, belle et fière dans le vent comme un drapeau, était parfois un étendard de guerre et dans son amour sans pitié il y avait quelque chose qui faisait peur. Elle méprisait ces bâtards de la côte si prompts à changer de nom, ces

Dalmates croates aux noms soudain italiens ou ces Dalmates italiens aux noms slaves qui se renvoyaient de l'un à l'autre leur âme et leur nom comme des mots criés et estropiés dans le vent — Nous, les tchetniks, nous ne nous laissons pas marquer à volonté comme du bétail par les maîtres qui vont et qui viennent, nous n'avons pas de maîtres et nous mourrons tous plutôt que de voir un oustachi, un Allemand ou un Italien fouler le sol serbe, disait-elle.

Son frère Apis était à la tête d'un groupe plus ou moins débandé de tchetniks et avait rallié un grand nombre des Serbes qui vivaient entre la côte et les Alpes dinariques, d'où le neverin s'élance vers la mer. Ils se battaient contre tout le monde, contre l'envahisseur allemand et ses chiens oustachis, mais aussi contre nous, je veux dire nous les communistes, qui commencions à harceler l'occupant allemand, et ils flirtaient aussi un peu avec nous, je veux dire nous les Italiens, qui avions quand même mis pour deux nuits un roi à nous sur le trône de Zagreb comme sur un pot de chambre, mais comme nous avions nous aussi un roi nous pouvions plaire également à leur colonel Draza Mihajlovic, promu général pour aller devant notre peloton d'exécution. Quand je dis notre, je veux dire à nous, les communistes, parce que Tito était des nôtres, ou plutôt nous étions des siens, et moi aussi j'étais là pour travailler pour la révolution, autrement dit pour lui — ça fait drôle de se dire ça aujourd'hui, alors qu'entre-temps il m'a fait travailler pour lui à Goli Otok.

Les Allemands s'en prenaient à nous — mais oui, nous les Italiens, évidemment — quand nous faisions les yeux doux aux tchetniks au lieu de les massacrer avec eux. Ça ne les intéressait pas de savoir que les tchetniks se battaient bien plus contre nous qui étions communistes et défendions la Yougoslavie agressée, que contre ceux qui l'agressaient ; pour éliminer Tito et les communistes, disaient-ils, nous n'avons besoin de personne, même pas de nos alliés italiens. Et de fait, après le 8 septembre, ils se sont mis à massacrer aussi les soldats italiens, et du coup, pour un moment, nous étions vraiment nous, armée royale ex-armée royale et partisans naguère en uniforme royal ou pas ; oui, pendant une courte période, les choses semblaient plus claires, on savait clairement qui nous étions nous et qui ils étaient eux. Pour se tirer dessus ou se couper la gorge il faut au moins savoir sur qui tirer et qui éviter.

Vous allez me dire que ça, moi, je ne l'ai jamais appris, et que je me suis toujours tiré dessus quand je croyais descendre un ennemi. Peut-être. Ça arrive, quand on est tapi dans le noir, de prendre son ombre qui glisse sur le mur pour celle de quelqu'un d'autre.

Mais en attendant j'avais Mariza, âpre comme la Dame dans l'atrium du palais qui portait mon nom ou presque mon nom. La Dame venait de la mer, d'une mer ouverte et lointaine qui résonnait de batailles féroces, mais je la regardais à travers la porte sombre du palais, je voyais ce sein nu émerger de l'ombre de l'atrium obscur. Le sein acerbe de Mariza aussi disait que l'amour est une pause pendant la guerre, un fruit dans lequel on mord à la hâte, la bouche desséchée et haletante sous l'impitoyable talonnement de l'été. Cet Alvise-Alvižo, qu'il ait été ou non mon ancêtre, doit avoir su que les femmes te donnent du courage. Peut-être qu'il avait peur, malgré tous ces Obradovich Chrescovich Dobiscovich Vidobinovich Steffilovich Francinovich Nicolich Gozdinevich Ribobovich qu'il avait sur le pont, gens prêts à aller à l'abordage à tuer et à mourir pour lui, pour la croix mais plus encore pour le lion de saint Marc qui la tenait, la croix, entre ses pattes, comme un os déjà nettoyé et rongé. Mais avoir à côté de soi des hommes, ça ne suffit pas pour vaincre la peur ; il faut une femme. Et ne pouvant pas à bord en avoir une en chair et en os, il avait fait installer la Dame à la proue de sa galère pour se donner plus de courage au cas où il se trouverait face au terrible Ucciali...

Oui, la femme est notre grand bouclier, celui que nous avons interposé entre la vie et nous, pour prendre les coups. Mon grand bouclier, Maria Marie Mariza — tant que je l'avais au bras j'étais sauf, mais j'ai eu peur, je l'ai laissé tomber — je me suis enfui, en abandonnant à terre le bouclier, piétiné par les chevaux écrasé par les chars, et par contre j'ai sauvé ma peau qui ne valait pas celle du bélier écorché en Colchide. Chaque fois que la mort allait m'atteindre, j'ai laissé tomber l'amour, un morceau de mon cœur ; je l'ai jeté au troupeau famélique lancé à mes trousses, et j'ai fui plus léger.

50

Bref été de Traù, bref été de liberté et de gloire. Nous nous sommes bien battus, contre les Allemands et les chemises noires, prêts comme nous l'étions à mourir pour l'Internationale qui serait le genre humain. Qui a dit qu'il ne naît plus de héros ? L'armée yougoslave de libération a été héroïque, elle a enrayé la machine de guerre allemande à laquelle rien ne résistait et lui a fait mordre la poussière ; je suis fier de ces frères qui portent l'étoile rouge. — « Merito damnabis Eorum sententia qui affirmare solent effeotam esse naturam nec producere tales viros quales priscis temporibus extiterunt omnia mundo senescente degenerasse... » — D'où il sort, ce latinum, maintenant ? Mais qui croyez-vous impressionner ? Des livres et des mémoires illustres de famille. J'aimerais seulement savoir où vous l'avez déniché. Nous, les camarades, nous sommes la vraie noblesse, ancienne et future. Le voilà, mon nom. Coriolanus Cepio, Koriolan Cipiko, rossignol des temps passés, César et Tite-Live de la Dalmatie et de la Pannonie du Sud, comme il appelait la Bosnie, île émergée de l'ancienne mer pannonique. L'auteur de *Petri Mocenici imperatoris gesta*, connu aussi sous le titre de *De Bello asiatico*, début du livre premier. Mon père était fier de me le montrer. Il s'y connaissait en héros, Coriolanus Cepio, il savait qu'ils n'étaient pas morts dans les temps anciens, mais que la terre en produisait toujours davantage, comme son Pietro Mocenigo, dont il avait chanté les prouesses contre les Turcs, comme cet Alvise — ou Alvižo — Čipiko, son petit-fils ou arrière-petit-fils avec sa Dame en proue à Lépante, en face d'Ucciali, comme moi, arrière-petit-fils de son arrière-petit-fils sur cette même mer ensanglantée.

Ex hoc maxime apparet combien fausse est l'idée reçue selon laquelle il n'y aurait de héros que dans l'Antiquité, laïus sénile de Nestor sous les murs de Troie. Au contraire, plus le temps passe plus il naît de héros et c'est ça la malédiction de la terre, des catastrophes dans lesquelles les hommes, ne serait-ce que parce qu'ils doivent les affronter, sont des héros, et la lessive étendue dans la ruelle est une forêt de drapeaux déchirés qui pendent d'un ciel de sang et de bronze.

J'aurais dû comprendre, lorsque j'ai vu des partisans titoïstes tuer ces soldats de la Division Bergame qui s'étaient débandés et rendus. Mais mon souci, c'était d'organiser la division garibaldienne pour combattre les Allemands et les chemises noires qui s'acharnaient comme des bêtes féroces sur les Slaves, et ainsi je n'ai pas regardé en arrière vers ceux des nôtres qui avaient été tués, dans les premiers jours de liberté qui pour eux avaient été au contraire des jours de mort.

Ne rien faire qui puisse fissurer l'unité des partisans, tel était l'ordre du Parti. On avait si peu de temps pour réfléchir, durant ces dix-sept jours, car le 26 septembre sont arrivés les Allemands qui ont tout repris et se sont mis eux aussi à fusiller Slaves et Italiens ; au moins on avait la consolation, avec les Allemands, de savoir de quel côté on était.

Non, moi non plus je n'avais pas le temps de penser à tout, pendant ces dix-sept jours. Mais j'ai quand même dû penser à Mariza, à cause de son frère. Jusqu'à ce moment-là, les tchetniks avaient été un peu avec nous un peu contre nous, mais quand les Italiens se sont rendus, le 9 septembre, les partisans de Tito sont devenus maîtres de Traù, et ils ont décidé qu'il était temps d'en finir avec ces ennemis de la révolution et que la bande d'Apis, même si elle avait descendu beaucoup d'oustachis, devait disparaître.

Plus exactement ils m'ont dit qu'elle devait être désarmée et neutralisée. Alors moi, quand Mariza, s'abandonnant entre mes bras, m'a dit où se cachait son frère avec ses hommes, je ne pouvais pas penser, en le racontant peu après au camarade Vukmanović du VIIe Corps que... C'est arrivé comme ça, dans le vacarme et le chaos de ces journées il n'est pas étonnant que quelqu'un puisse s'embrouiller, on lui dit une chose on lui en demande une autre lui il répond. Quelques mots, distraits et innocents, comment pourrait-on penser qu'ils vont faire couler du sang ? Le sang monte, il monte comme les hautes eaux, il étouffe ; ce flot qui sort des lèvres, au début on dirait du vin.

Dans ces endroits-là, cher ami, il en coule beaucoup, de sang, oustachis tchetniks chemises noires S.S. *Drusi.* Le sang est contagieux, il suffit d'appuyer sur une touche — de cliquer avec la souris, merci, je sais que c'est comme ça qu'on dit —, et la petite flèche le fait jaillir quel que soit l'endroit où elle s'arrête. Dans ces sites dalmates, du reste... — Attendez, regardez la flèche, elle sait où aller et où frapper, que faire sortir de ce puits du passé caché derrière l'écran comme sous un couvercle... Sites enchanteurs, ces côtes... Voilà, si vous voulez je vous l'imprime. — « En ces lieux, depuis des siècles, les Uscoques, tels Martin Possedaria ou Giurissa Aiduch, s'habillaient avec la peau des écorchés et les femmes les incitaient avec des paroles ignominieuses à sortir en mer pour percer de flèches et ronger avec leurs dents les Turcs les Vénitiens les Ragusains, et quand sous la Morlacca ils avaient coupé la tête à Cristoforo Veniero ils avaient ensuite teint leur pain de son sang. » —

On coupe facilement les têtes, dans ces coins-là. Quatre balles pour un sou, têtes de partisans tranchées par les oustachis et mises au milieu de la rue, d'oustachis tranchées par les partisans, d'Allemands, d'Italiens — ça fait parfois bizarre de la sentir encore sur son cou, sa tête. Márja, la femme uscoque — c'est de l'histoire ancienne, je sais, mais qu'est-ce que ça veut dire, tout est présent, tout arrive aujourd'hui — avait eu onze maris, qu'elle avait épousés l'un après l'autre, chacun durant la veillée funèbre du précédent, en faisant un seul banquet pour les noces et pour l'enterrement, la mort et l'amour sont un grand lit. C'était une sorcière qui évoquait la bora sur le Kvarner, mais si elle donnait sa parole c'était sa parole, et même à une trahison elle n'aurait pas répondu par une trahison.

Sretan Božić, avait-elle dit le jour de Noël à Senj, où naît la bora, en tendant ses lèvres à un certain Santissimo venu d'Italie qui peu après, capturé par les Vénitiens qui avaient organisé une expédition pour se venger d'une razzia d'étoffes écarlates et violettes à l'embouchure de la Narenta, avait mouchardé ce que lui avait appris ingénument Márja. Bref il avait révélé que les Uscoques, conduits par son frère, allaient attaquer Pago et avaient caché, immergées dans la mer près du golfe de Mandre, les *brazzere* qui, avec des hommes se relayant pour ramer, pouvaient parcourir des milles et des milles en une nuit, et qu'ils se préparaient à les remettre à flot pour se jeter sur la galère vénitienne ancrée dans le port de Mandre. Santissimo avait indiqué l'endroit, et le soir même huit Uscoques étaient pendus aux créneaux du château de Purissa, et d'autres tués et jetés à la mer, parmi lesquels le frère de Márja, mais elle, elle ne voulut pas entendre parler de renier son époux, le douzième et qui l'avait trahie, et lorsque ses parents et amis lui demandèrent de jurer qu'elle teindrait le pain de son sang s'ils le prenaient, elle baissa la tête et répondit que c'était elle, alors que son frère surpris par les Vénitiens était sur le point de frapper Santissimo, lequel était venu avec eux pour leur montrer l'endroit, qui lui avait donné une bourrade, faisant ainsi tomber à terre son épée, et que c'était ainsi que les Vénitiens l'avaient frappé et quasiment mis en morceaux, puis jeté dans la mer. — « Alors Mate Aiduch s'avança vers elle en tirant son épée, mais ils eurent beau la poursuivre, lui et deux autres, leurs lames ne pouvaient pas trouver le chemin de sa poitrine qui dépassait, blanche, de son fichu, jusqu'à ce que finalement une estocade ne l'atteigne au ventre, tuant son bébé avant elle. » — Et ce fut peut-être là sa vengeance contre Santissimo, de conduire à la mort non pas lui, mais son fils, et elle tomba sur les genoux, portant encore des fendants dans tous les sens et récitant le Confiteor.

Qui sait si elle demandait pardon aussi pour les coups qu'elle était en train de donner, pour l'oreille, tranchée par son sabre, d'un qui s'était trop approché d'elle ; elle confessait à Dieu tout-puissant à la bienheureuse Marie toujours vierge à saint Michel archange et à tous les saints ses fautes et ses péchés, mais sans se frapper la poitrine, elle cherchait plutôt à frapper celle des autres, car la vie est péché et le sang qui coule, violent et sonore, dans les veines, demande de verser le sang d'autrui qui s'écoule d'autres veines. Le Confiteor qui sort de la bouche avec le dernier soupir est peut-être la seule chose à dire, parce qu'il ne prétend pas expliquer ni justifier quoi que ce soit, mais avoue seulement qu'on a fait le mal, bouche de l'homme qui se repent d'avoir mordu l'homme.

Pour Goli Otok non plus, il n'y avait rien d'autre à faire qu'à demander pardon, alors que tout le monde au contraire explique le comment et le pourquoi, la nécessité, l'histoire, la Troisième Internationale, la dialectique ; je ne sais pas comment Mariza est morte, je sais seulement que c'est elle qui m'a sauvé quand Apis, surpris par les nôtres, me mettait déjà en joue en me hurlant sa haine et son mépris ; c'est elle qui lui a arraché sa mitraillette, et comme ça c'est lui qui a été abattu et qui est tombé dans la mer, ensuite elle a pris la fuite avec trois ou quatre des siens, d'après ce que m'a dit Maurizio. On l'a retrouvée dans la forêt, un coup de pistolet dans le front, mea culpa, mea maxima culpa, même le dernier fendant de Márja, avant qu'elle tombe face contre terre, un coup qui avait failli transpercer celui qui la tuait, était un péché, mais moins grave que le mien. Il aurait mieux valu que Mariza ait sauvé son frère et m'ait laissé mourir moi ; pour elle et pour l'enfant qu'elle portait, ça serait revenu au même, ils auraient été tués par les titistes ou par les Allemands, un jour plus tôt un jour plus tard ça ne fait guère de différence quand on meurt, mais moi j'aurais eu un meilleur sort.

Le corps de Márja a été jeté sur la plage, aux corbeaux et aux mouettes. Un maître de Pola l'a vue sur le rivage, nue et terrible comme une couleuvre dont on ne sait pas si elle est morte ou si elle mord encore, et avec cette entaille au ventre, césarienne obscène pour tirer hors d'elle la vie qui ne voulait pas s'en aller. Quelque temps après, dans son atelier, le maître de Pola a fait une figure de proue rude et fière comme cette femme jetée aux mouettes, brune âpre dont le baiser te mange la bouche, et Alvise Cippico l'a mise à la proue de son bateau comme une lance aiguë avec laquelle transpercer Ucciali le Calabrais, puis, revenant chez lui après la grande victoire de Lépante — grande, mais quelques années plus tard c'était comme si elle n'avait pas eu lieu, comme toutes les victoires —, l'a installée dans l'atrium sombre et frais, où elle est restée pendant des années, des siècles — admirée, dévorée des yeux, avidement caressée.

J'ai lu qu'elle était encore dans l'atrium du palais après la confiscation de ce dernier par le régime socialiste. Un beau jour elle a tout simplement disparu et depuis lors on n'a plus entendu parler d'elle, en dehors des bavardages qui dans la ville colportent toutes les hypothèses possibles. Des voleurs professionnels, dit-on, auraient plutôt volé les objets précieux, en or et en argent, de la cathédrale voisine. Et, au fond d'eux-mêmes, presque tous les habitants sont convaincus qu'il s'agit bel et bien d'un enlèvement — comme si la figure de proue n'était pas une chose mais une créature animée, que l'on ne vole pas mais que l'on enlève. Quoi qu'il en soit, celle-là aussi, on me l'a enlevée.

51

Beau palais que mon palais Čipiko, d'où a disparu ma figure de proue. Il est mentionné par tous les guides touristiques. Propriété de l'État, sous la protection des Beaux-Arts, avec sa façade de style gothique flamboyant, ses fenêtres à triple baie, son portail Renaissance dû à Ivan Duknović. Monument historique. Moi, je me sens chez moi dans l'Histoire. C'est un devoir d'être présent pendant les journées historiques, même si elles deviennent de plus en plus nombreuses. Qu'est-ce qu'un homme, seul avec sa vie, sans nouvelles mémorables qui illuminent cette vie comme les feux d'artifice éclairent la foule massée dans le noir ? Il n'est qu'ombre, obscurité. Il faut être là où est le Destin, se mettre derrière lui comme sa garde d'honneur et défiler sous ses arcs de triomphe, tandis que des ténèbres qui s'ouvrent de part et d'autre s'élèvent des acclamations — ou même des insultes, peu importe.

Les journées historiques se multiplient. Par exemple quand le gouverneur fait mettre en rang les détenus sur le grand terre-plein à Hobart Town, devant la mer, c'est une journée historique. Plus modeste, c'est vrai, mais quand même historique, et si ensuite on pense que quelqu'un peut-être est arrivé là bien des années avant — quand il n'y avait rien, seulement cette mer — pour fonder la ville, ça aussi c'était une journée historique, comme celle où a été inauguré le pénitencier, dans lequel a fini ensuite ce fondateur, et comme est historique, chaque matin, docteur, vers dix heures, votre visite, quand vous passez avec le cortège de vos assistants entre nos lits. Et historique encore était la visite de Kardelij et Ranković à Goli Otok, parmi nos rangs et les cris de « Tito Partija ! ».

Dans l'Histoire c'est comme à la table de jeu, d'abord on gagne, puis on perd, on double la mise sur Austerlitz, mais la fois suivante c'est Waterloo qui sort. Bien sûr que j'étais à Waterloo, pourquoi en douter ? Allons, vous n'allez pas jouer les procureurs au Tribunal du Peuple, camarade docteur, vous n'allez pas vous mettre vous aussi à m'accuser de mentir. À Waterloo j'ai gagné moi aussi, puisque mon récit de témoin oculaire m'a valu le pardon, et épargné par conséquent la prison ou le gibet pour avoir par contre quitté l'Angleterre sans autorisation.

Je sais bien, moi, comment s'est passé ce jour-là. Oui, moi ; c'est mon nom, ça m'est bien égal que beaucoup d'autres gens s'appellent aussi comme ça.

Contrairement à tout ce qui a été dit et répété, le duc de Wellington n'était pas en train de perdre quand les Prussiens sont arrivés. Il a été attaqué par surprise, ça c'est vrai, j'étais là quand notre longue et mince ligne rouge qui était au-dessus de Hougoumont a été enfoncée par les cuirassiers français apparus tout à coup derrière la colline. C'était notre détachement le plus avancé, qui allait se disposer en carré, mais il a été assailli avant d'avoir eu le temps de le faire, quand il était encore une longue bande rouge, un serpent qui ondulait dans l'herbe, et soudain ces chevaux tous sur lui, les sabres qui s'élèvent et s'abaissent, blancs dans l'air pluvieux et couleur de suie, le serpent est coupé en morceaux, chaque spire se débat et est coupée en morceaux de plus en plus petits, ils tressautent et s'entortillent autour des épées arrachées à ceux qui les tenaient en main et qui tombent de cheval, enserrées par ces spires furieuses et moribondes. Caché dans cette ferme, parmi la paille et les poutres effondrées, moi je ne...

52

Une course haletante et précipitée, des chevaux qui éclatent, à Hougoumont, sous le choc des Français ; deux compagnies allemandes de Nassau, décimées, abandonnent leurs positions et battent en retraite de plus en plus hâtivement, l'humus explose tout autour comme autant de petits volcans. Trébucher, se relever, un sabot se pose sur une tête enfoncée face contre terre dans la boue, les barricades et les abris de bois disséminés sur la colline sont en flammes — traverser le feu et passer de l'autre côté, là on sera en sécurité, au-delà d'une grande muraille ardente infranchissable. Un cheval me dépasse en vacillant, le cavalier qui s'accroche à l'encolure de la bête ne tient pas bien en selle ; je l'attrape par la manche, un peu au hasard, et l'Allemand glisse à terre tout seul, sans que je l'aie tiré vers le bas exprès, il est encore en train de tomber quand une lance française le cloue au sol ; je suis en selle et je donne des éperons, j'entends éclater une grenade, et le cheval explose sous moi, quand il roule à terre ses boyaux s'entortillent autour de ses pattes.

J'ai juste eu le temps nécessaire pour ne pas finir sous le cheval, ou du moins pas complètement, une de mes jambes est restée sous le poids de l'animal, mais je n'essaie pas de la dégager ni de me relever, je reste là, le visage dans la boue, immobile à côté du cheval blessé et piaffant. Étendu comme je le suis, personne ne fait attention à moi, je ferme même les yeux. La boue sur mon visage est tiède, là-dessous la bataille n'arrive pas, les détonations et les grondements me parviennent émoussés, c'est comme en mer quand on met la tête sous l'eau ; je sens la boue sur la pointe de ma langue, le même goût que lorsque, enfant, je nettoyais mes genoux sales en les léchant...

Quand je me suis relevé et que je me suis aperçu que je n'avais rien de cassé, sur cette pente, à part les morts, il n'y avait plus personne. Arrivé à Gand, où se tenait la cour de Louis XVIII, j'avais retrouvé l'aplomb nécessaire pour raconter, avec force détails, la défaite de Wellington. Et j'avais retrouvé encore plus d'aplomb quand, quelques heures plus tard, tandis qu'arrivaient de Bruxelles des estafettes et des messages, j'ai soudain compris, à quelques phrases saisies au vol, que la situation était en train de se retourner ou s'était déjà retournée — je l'ai compris assez vite pour inverser mon récit et annoncer la victoire de Wellington, en veillant à ne pas contredire le récit de cette fuite initiale, et même à l'appuyer de ces petits détails indélébiles qui attestent l'autorité du narrateur et la crédibilité du témoin, mais en poursuivant ce récit jusqu'à le retourner, et surtout en déplaçant l'angle de vue et la mise à feu, de sorte que ce récit, qui au début constituait toute la bataille, se rapetisse et devient un épisode parmi tant d'autres qui composent l'événement dans sa totalité, la journée historique, la bataille de Waterloo gagnée par Wellington.

Comprendre en retard, du reste, n'est pas toujours un désavantage. Comment est-ce qu'il a dit, déjà, cet effronté de Français ? Ah oui, que le duc de Wellington avait eu de la chance d'avoir des réflexes un peu lents, du moins par rapport à Napoléon. S'il avait été aussi rapide que son adversaire, entre trois et quatre heures de l'après-midi il se serait aperçu qu'il était en train de perdre et il aurait fait retraite, en perdant définitivement, alors qu'ainsi, grâce au fait qu'il ne s'était pas aperçu instantanément de ce qui allait se produire, il s'était trouvé gagner, peut-être cette fois encore sans tout de suite s'en apercevoir.

53

Ce n'est pas vrai, cette description ne provient pas du récit que m'a fait le comte de Lobau qui commandait une position à Waterloo. Certes, j'ai parlé avec le comte ; nous avons voyagé ensemble jusqu'à Gand. La barque glissait sur un canal tranquille, elle coupait les images des peupliers qui se reflétaient dans l'eau et en frétillant comme un banc de poissons disparaissaient un instant, de vieux moulins se perdaient dans le soir. Le comte, qui se tenait debout sans perdre un pouce de sa taille, racontait, avec cette voix de stentor qui dans la bataille se faisait entendre même au milieu des coups de fusil et de canon, sa compagnie de Nassau attaquée alors qu'elle allait se disposer en carré, la mince bande rouge qui ondulait dans l'herbe comme un serpent, la cavalerie en fuite, lui sautant sur un cheval resté sans cavalier et le cheval qui aussitôt après explose sous lui, atteint par une grenade...

Bien sûr que j'y étais, à Hougoumont, au milieu de ce tumulte. Celui qui se demande où j'étais exactement moi et où était le comte ne doit jamais s'être trouvé au milieu d'une bataille. Sinon il saurait que dans un moment pareil, quand les grenades éclatent la boue jaillit les chevaux hennissent et les hommes hurlent, personne ne sait ce qui lui arrive, si la grenade a été tirée par les siens ou par les autres, à qui appartient ce sang qu'il voit autour de lui et peut-être même sur sa propre veste.

Lord Uxbridge a perdu une jambe à Waterloo et l'a fait enterrer en grande pompe, de véritables funérailles avec les soldats au garde-à-vous qui rendent les derniers honneurs. Cependant je ne jurerais pas qu'il s'agissait vraiment de sa jambe à lui, peut-être que les hommes de service de l'hôpital de campagne se sont trompés et ont ramassé celle d'un autre. Mais où est la différence ? Ça arrive aussi avec le corps entier, surtout après une telle boucherie ; les morts se ressemblent tous, et encore plus quand ce sont des soldats...

54

Je ne sais pas comment ils ont fait pour me prendre, les Allemands, sur le Monte Nevoso, à Leskova Dolina, où m'avait amené un camarade de la Brigade Tomsić après la bataille de Mašun, quand j'étais tombé et resté en arrière, légèrement blessé. J'étais Strijèla, à cette époque, le commandant Strijèla, à la tête d'un groupe d'ex-soldats italiens de la Division Bergame qu'après le 8 septembre j'avais aidé à s'organiser en une formation de partisans qui en Istrie, où nous nous étions déplacés, opéraient en liaison avec le Bataillon Budicin de Rovigno. Je ne m'appelais plus Nevèra, mais Strijèla — ça m'avait semblé juste, en ces jours de guerre fraternelle contre les nazis et les fascistes, de prendre un nom slave. Du reste il m'allait bien, je m'appelle plutôt Čipiko que Cippico. Trst je naš, écrivaient-ils sur les murs, Život damo Trst ne damo. Ce n'est pas Tito qui veut l'Istrie, c'est l'Istrie qui veut Tito. Des bêtises, disais-je aux camarades, ce n'est pas vrai mais ça n'a pas d'importance, si les prolétaires de tous les pays sont unis il n'y a plus de frontières et l'Istrie n'est ni italienne ni yougoslave mais internationale, l'Internationale sera le genre humain.

Certes il est étrange que les Allemands et les *domobranci* et ces chemises noires qui étaient avec eux — des argousins qui venaient d'Arbe, ce camp de concentration que le général Roatta avait installé près de la baie, où l'on a tué tant de Juifs et de Slaves, y compris des enfants — aient pu être au courant de cette cachette à Leskova Dolina, presque invisible dans la forêt. Il faut bien que quelqu'un le leur ait indiqué, cet endroit, mais je ne peux pas croire que c'était un camarade qui peut-être quelques jours auparavant avait hissé avec moi le drapeau rouge au-dessus de quelques villages slovènes tout juste libérés. Vous n'êtes jamais passé vous-même par un de ces villages ? Si vous avez l'occasion de retourner en Europe, du côté de chez nous, allez dans ces villages. Il n'y en a pas un seul sans la stèle avec l'étoile rouge et les noms de ceux qui ont été tués par les nazifascistes ; beaucoup de noms, des dizaines de noms dans un village de deux ou trois cents habitants, c'est comme si à Rome ils en avaient massacré des centaines de milliers.

55

Trahis, traîtres, tous à viser avec l'œil bandé, partout. Pourquoi me suis-je tellement étonné quand, à Fiume, on m'a accusé d'être un agent de l'impérialisme américain, comme tous les membres du Kominform ? L'histoire universelle n'est que calomnie et délation ; le ciel au-dessus de la Vallée de Josaphat est un plafond inébranlable avec une fissure au milieu, un grand vagin ouvert dans la nuit, d'où pleuvent sur la foule des condamnés des millions de dénonciations anonymes. Les juges les prennent toutes pour vraies, sans même les lire, ils n'en ont pas le temps — du reste, soyons honnête, ce serait impossible.

56

Le ciel, quand on regarde en haut, est d'un violet sombre, qui s'estompe graduellement jusqu'au bleu pâle de l'horizon. En haut, par rapport à où ? Ma foi, on ne peut pas exiger que ce Brarnsen ait été un scientifique, c'est déjà beaucoup qu'il ait bien su décrire les couleurs de son voyage en ballon. Mais à Berlin aussi la montgolfière, dans laquelle le prince Pückler-Muskau m'a fait la grâce de me faire monter, s'élève rapidement dans l'azur indigo, les gens et les tilleuls deviennent de plus en plus petits, la Spree bientôt est un étroit ruban et les bruits et les cris qui nous saluent s'amortissent en une rumeur qui est déjà le bruissement du vent.

Ce bleu aveuglant aspirait comme un tourbillon. Les nuages, au-dessus de nous — pendant un petit moment il y a encore un dessus et un dessous, mais ensuite... —, s'étaient presque refermés ; il ne restait qu'un pertuis par où faisait irruption une violente lumière, disque brillant qui au regard ébloui semblait noir — la bouche d'un canon, un œil bandé. Puis cet œil disparaissait, les nuages se déchiraient dans une mer agitée et couleur de rouille.

Le prince avait été bien aimable de m'inviter à ce

vol sur son ballon captif, en même temps que Monsieur Reichhard, l'illustre savant de Berlin. J'avais ainsi l'occasion de voir d'en haut la ville où après Waterloo je m'étais rendu pour recueillir des renseignements que le Foreign Office, toujours défiant et un peu obtus, n'a pas cru devoir utiliser. Le ballon traversait les nuages, plongeait de temps en temps dans une écume au milieu de l'air noir, des bancs de nacre s'effilochaient, des filaments verts disparaissaient dans l'air.

L'aurore boréale en Islande... blancheur de neige, sein impalpable et pâle de la nuit. Soudain il n'y avait plus ni brouillard ni nuages, rien qu'une légère flottaison laiteuse et puis le ciel vide — le ballon descendait dans cet azur aveuglant et pourpré, l'horizon s'élevait et reculait, les nuages au-dessous de nous fuyaient — dalles de glace, blanches pierres tombales, fugaces anges funéraires au-dessus d'un cimetière immense.

Avec ces bonds de la montgolfière le champagne débouché par le prince pétillait jusque par-dessus bord, un grésil de bulles dorées s'évaporait dans le poudroiement de l'air raréfié et glacial — lisez ici, docteur, comme le prince décrit bien la chose, c'était tout à fait ça, je peux le dire, moi qui étais là-haut, vous avez été bien aimable de me prêter ce vieux livre en beaux caractères gothiques qui semblent tout droit sortis d'une bibliothèque familiale à Trieste, peut-être parce que vous pensez qu'ainsi je vais finir par croire que je suis à Trieste, comme vous le voulez. En tout cas, ce champagne, nous l'avons plus répandu dans le vide que bu. Le fluide igné, expliquait pendant ce temps Monsieur Reichhard en effectuant ses mesures avec l'eudiomètre, s'oppose à l'attraction entre les particules ultimes de la matière et, quand il prévaut, les solides se volatilisent comme des bulles de savon, comme des gouttes de champagne, l'univers est un gaz hilarant. C'est la grande rigolade, ici en haut, les éléments s'amusent à se libérer de leurs liens réciproques, on se sépare et on divorce dans une allégresse imbécile ; l'espace cosmique est une fête où l'on sniffe.

Vous ne voulez pas croire que je suis allé là-haut ? Entre nous, nous savons bien comment les choses se sont passées, tout s'est réduit à tomber, à être précipités, ou peut-être même pas, seulement à rester à terre et à se fracasser quand même.

Avec la station *Mir*, ça ne pouvait pas finir plus mal que ça, ce naufrage pendant la descente... Plus bas que ça, ce n'est pas possible, même pas ici en bas dans la Baie... trois cents jours d'obscurité dans l'espace, avec toutes ces fusées et ces... comment ça s'appelle, déjà, ces lance-satellites, merci, qui mettent en orbite le vaisseau spatial... C'est très gentil à vous, docteur ou qui que vous soyez ou que tu sois, de prendre tellement soin de moi et de faire en sorte que je trouve tant de jolies choses, comme les cadeaux sur le lit le jour de la Saint-Nicolas. Charité un peu intéressée, toutefois ; tu enlèves le papier, tu ouvres la boîte et tu trouves le charbon pour les enfants qui n'ont pas été sages... Avec ce CD sur le fameux voyage du camarade Krikalev sur *Mir* dans l'espace, tu veux me faire comprendre combien la distance était courte entre l'Union soviétique et le néant ?

Après bien des jours, le vaisseau spatial atterrit sur le soleil de l'avenir en proie à un collapsus gravitationnel, le monde tombe dans un trou noir, mais moi, avant, je montais, je montais... — « Ce que l'air est pur. » — Le prince se tenait au câble avec une grâce nonchalante — « Et dire que là-bas en bas le grand cadavre pourrit depuis des millénaires, qu'il exhale des miasmes méphitiques... — Ce n'est pas pour rien que seul un cinquième de l'air est respirable, et encore je m'étonne qu'on arrive à cette proportion. —... et ici en haut on ne sent rien, aucune odeur désagréable... Nous serons bientôt à douze mille pieds, nous pourrions faire comme ce bon patriote jacobin qui, pour fêter la proclamation de la Constitution, est monté en ballon au-dessus des Champs-Élysées et là-haut s'est mis à réciter à haute voix la Déclaration des droits de l'homme, certain que l'Éternel était là à l'écouter, et ensuite, en descendant, a commencé à lancer des copies de la Constitution sur la tête des gens — Ceci me paraît déjà plus intéressant et Monsieur Reichhard pourrait calculer, étant donné le poids de chaque opuscule, l'accélération de son mouvement pendant sa chute et l'épaisseur de la boîte crânienne, à quelle hauteur il faut se trouver pour expédier dans l'autre monde les Citoyens qui reçoivent la Constitution sur la calebasse. » — Compris, camarade Sergueï ? Les camarades, soit dit au passage, sont passés de mode, bien plus que les princes...

Messieurs, vous croyez que vous avez gagné uniquement parce que nous, pour le moment, nous avons perdu ? La station *Mir* navigue dans l'espace vide moi je reste immobile vous vous avancez peut-être vous reculez je suis parti de la patrie des travailleurs le 18 mai 1991 drapeau rouge faucille et marteau *L'Internationale* par tous les haut-parleurs s'évanouissant bientôt dans le fracas du lancement... Je laisse derrière moi les constellations, *Argo* aussi avance de la sorte, lentement, dans le ciel où l'on fait monter les dieux. Sur la manche gauche de ma combinaison est cousu un petit drapeau rouge, un fragment de la Toison. Ces traits d'esprit de noblaillons parasites ne m'impressionnent pas. En dépit de tout, j'abaisse cette manette dans ma cabine de commandement du vaisseau spatial et je bombarde l'espace de tracts plus légers que l'air qui ne s'y trouve pas, bandelettes de la longueur d'une seule phrase, Prolétaires de tout l'univers unissez-vous.

Bien sûr que dans ce vide cosmique aussi il y a des prolétaires. Le Big Bang, l'entropie, le mouvement des astres et la lumière des étoiles sont une effroyable tyrannie, une puissance absolue qui écrase certainement quelqu'un, peu importe quel visage, quelle forme ou quelle nature ont les opprimés. Peut-être sont-ils broyés dans cette poussière cosmique jetée çà et là dans le néant. L'antimatière, la masse obscure de l'univers que l'on ne voit pas — Prolétaires de tout l'univers unissez-vous. Les bandelettes flottent dans le noir, serpentins de carnaval, le camarade Sergueï Krikalev vous salue, poing levé dans la nuit noire, je jette ces mots dans la nuit. Un poudroiement lumineux, des gouttes de la Voie lactée, des perles de champagne pétillent et s'évaporent, nuit de fête. *Mir*, paix, paix et gloire sur la terre comme au ciel aux camarades de bonne volonté, cette étoile rouge sur l'horizon cosmique montre le chemin et...

« Mais regardez, là, regardez ! » La montgolfière était redescendue, elle se trouvait un peu plus bas qu'une montagne de nuages ébouriffée et abrupte qui s'éboulait dans le vent. Le gigantesque ballon apparu soudain sur la cime flottait sur l'écume qui s'effrangeait lentement, les trois énormes silhouettes étaient entourées d'un arc-en-ciel. Je lève lentement un bras au poing fermé et quelqu'un de là-haut lève le sien, en serrant son poing jusqu'à toucher l'arc-en-ciel.

Mesurer les choses, les jeux et les effets de lumière,

étudier les lois de la réfraction, ne pas se laisser tromper par le sable qui, de loin, dans le désert, semble une oasis, ni par un visage qui cache le processus de sa désintégration. Le ciel est bleu, et ce bleu n'existe pas, puisque celui qui y tombe est entouré d'un vide incolore — Quelqu'un se démène et s'agite, comme cette silhouette là-haut, l'angle des rayons se déplace d'un demi-degré et il n'y a plus d'agitation, il n'y a plus personne, rien que le bâillement du ciel vide. Le ciel a sommeil, il est décrépit ; les vents et les pluies refont continuellement son maquillage, mais les nuages reviennent aussitôt marquer ses rides et ses poches et la nuit on voit aussi l'exanthème qui tache sa peau. J'ôte mon chapeau et je me salue, hommage au roi sur ce trône de nuages et de neige — Dieu peut bien rire en douce quand il entend dire que les cieux racontent sa gloire.

Pendant que j'étais, que je suis, que je serai, ici, en haut-en bas dans la station *Mir*, l'Union soviétique a cessé d'exister, le drapeau rouge ne flotte plus sur le Kremlin, il n'existe plus que sur la manche gauche de ma combinaison spatiale. *Mir* à présent est vraiment en orbite dans le vide — Prolétaires de tous les pays rompez les rangs. Depuis trois mois le Parti, mesure de toutes choses, et la patrie des travailleurs n'existent plus que dans *Mir*, ce vaisseau qui navigue dans les espaces infinis, et dans l'espace fini de ma tête, la tête de Sergueï Krikalev, dernier et unique citoyen de l'U.R.S.S. Je suis donc le Tout, le Parti, l'État enfoncés dans l'obscurité de ma bouillie cérébrale, soupe primordiale en fermentation, eaux fécondées par les génitoires de la Révolution qui là-haut s'est émasculée avec sa propre faucille. Je descends à grand-peine là-dessous, dans la mer sombre et dense, pourtant mes bras fendent l'enchevêtrement des algues, des bras encore forts et jeunes, ici le temps qui s'écoule est lent et épais comme ces algues grasses. *Mir* descend, revient sur terre, mais la terre n'est plus là, pendant que je tournais autour d'elle elle a disparu — là-haut on reste jeune, la révolution est encore l'aube de tous ces soleils de l'avenir aux alentours, tandis que sur terre qui sait quelles rides creusent les visages des camarades, des frères avec qui nous avons grandi...

Mais que vous, vous vieillissiez plus tôt ou plus tard que moi, docteur, ça ne m'intéresse guère. Je ne suis pas votre frère, moi. Ni à plus forte raison votre jumeau, cet opuscule est obsédé par les jumeaux, mais je ne comprends pas ce qu'ils viennent faire là et pourquoi l'un des deux vieillit plus vite que l'autre. Peut-être que rester à terre, vivre en somme, ça épuise davantage... qui sait, alors, les camarades... Je vais bientôt les revoir, je descends, j'arrive — Le soir aussi descend et le ballon encore plus rapidement, comme s'il voulait échapper à l'incendie qui éclate dans le ciel ; la descente devient trop rapide, il faut lâcher du lest et nous nous mettons à jeter hors de la nacelle tout ce qui nous tombe sous la main, même deux faisans rôtis et quelques bouteilles, peut-être même... non, moi je suis toujours là, me voici. Le ballon tombe dans le soir flamboyant, un globe de cristal s'embrase et tombe dans la salle des Chevaliers.

La terre est proche, déjà les branches des arbres agrippent comme des crochets le ballon qui reste pris dans les feuillages, coq de bruyère battant des ailes, Monsieur Reichhard s'affaire autour des suspentes et des soupapes, nous commençons à écarter les branches pour descendre, l'auberge Zum Einsiedler doit être dans les parages, mais je ne la vois pas, je ne la trouve pas, il n'y a plus rien — Où sont les drapeaux rouges, la faucille et le marteau, qui a volé la Toison d'or ? Un morceau de journal que le vent fait virevolter ici et là dit seulement que l'Union soviétique, celle de Stalingrad, a disparu le 31 décembre 1991, soufflée, le soleil de l'avenir s'est éteint comme une petite bougie sur un gâteau de nouvel an. Je fais quelques pas incertains dans la base spatiale abandonnée, cette combinaison avec le drapeau rouge sur le bras me rappelle le costume que je portais pour les représentations paroissiales, à Hobart Town, quand le père Callaghan nous faisait faire du théâtre. Sur le seuil d'un baraquement se montrent deux ou trois vieillards à la peau parcheminée, il me semble les reconnaître, il doit s'agir des employés de la rampe de lancement, mais maintenant on dirait des momies... — Je me sens fatigué, les os et les muscles endoloris juste d'avoir fait quelques pas sur cette aire déserte ; je suis en train de vieillir d'un seul coup moi aussi, c'est normal puisque je suis revenu ici en bas. Seul le sourire de Maria ne peut pas vieillir, marguerite dans l'aube. C'est sans doute parce qu'elle s'éloigne de plus en plus vite de ces ruines...

57

« J'ai été trop menacé. » — Ça, j'ai dû l'écrire... voilà, en 1817, le 25 juillet. Mais pourquoi ai-je ajouté ensuite : « Ne pas perdre de vue les détails. Ne pas jouer tout en une seule fois contre la banque » ? Quels détails ? maintenant tout est si confus — les années, le bateau, le mur qui s'écroule et moi sous ses décombres — mon corps est une frontière enfoncée, le Rideau de fer m'est tombé dessus, il m'a coupé en deux, un morceau de ce côté un morceau de l'autre, chacun se tortille pour son propre compte — ces années, de 1817 à 1820, disparues dans un tourbillon — « Période obscure », c'est ce que je lis, « si possible, l'effacer de mon existence. » Fortes et violentes fièvres, torpeurs léthargiques, se réveiller en décochant des coups de pied à la réalité, se recroqueviller dans le sommeil. La chambre que j'ai louée chez Sarah Stourbridge dans Warren Street, Fitzroy Square, après avoir été remis provisoirement en liberté dans l'attente de mon procès — grâce à l'intercession de Hooker — est un trou qui aspire dans le néant, soir après soir. L'épée rentre dans son fourreau.

Une foule énorme grouille dans les rues de Londres, de gros rats affamés et des chats galeux s'enfuient dans le noir, dans un carrosse une prostituée se fait foutre sans même se dévêtir. La ville est un champ de bataille ; les nuages ont un halo livide, des bataillons en loques marchent et disparaissent dans la nuit.

Oui, bien sûr, je me remue aussi, regardez ici mon curriculum en appendice, je publie sous un autre nom une brève biographie du capitaine Flinders et un essai sur Madagascar — écrit à Newgate, en prison — qui aurait pu être fort utile si on ne s'était pas entêté à le considérer a priori comme un faux. Tout est vrai, les buissons épineux qui griffent le ciel, ce baobab géant dans les branches duquel un lémure, ce jour-là, me regardait avec de grands yeux d'enfant affamé — il doit avoir vu la terre telle qu'elle était avant le Déluge, cet arbre, si la chronologie des botanistes et celle de la Bible sont exactes. Les indigènes vénèrent un dieu unique, Andriamanitra, celui qui déboise la forêt, l'insatiable, le pilier central de la terre, créateur de toutes choses — un autre de ses noms est « Jours », l'écoulement indéterminé du temps, dont lui seul ne frémit pas. Toutefois il ne se soucie guère de ce qui se passe là-bas en bas, ici en bas, et les maîtres du monde sont en réalité les razana, les ancêtres, qui après leur mort deviennent l'âme des choses. Pour les Malgaches la mort est une fête, parce qu'elle transforme l'individu en un chef, en un dieu. C'est pour cela qu'on le fête en sacrifiant des zébus ; une fois, pour rendre les honneurs funèbres à un chef de tribu, j'en ai vu abattre cinquante, le sang fumait et coulait, les bêtes tombaient en se tordant, de grands feux brûlaient de part et d'autre du défunt...

Peut-être qu'on devrait célébrer également la sortie de Newgate sur la charrette, pensais-je en écrivant dans ma cellule cette monographie sur Madagascar,

car le gibet aussi est un moyen pour devenir ancêtre. Je n'ai pas reçu un seul shilling pour ce livre, rien que l'habituelle accusation de faux. Mais il n'est pas vrai, bien qu'on m'en ait accusé, que toutes ces choses sur Madagascar, y compris l'histoire du roi Radam, fils d'Andrianampoinimerinandriantsimitovianimandriamoanjioka, je les ai apprises de Jacques Roulin, ce négrier français qui était en cellule avec moi.

J'y suis allé, dans cette grande île, quand je voyageais sur le *Lady Nelson*, qui avait été contraint par les tempêtes à s'écarter considérablement de sa route. Ce n'est pas ma faute si ce débarquement n'a pas été consigné sur les registres de l'Amirauté. Si j'ai confondu les noms de certaines baies, c'est seulement parce que après tant d'années et tant de traverses, la mémoire de temps en temps se fissure, comme la terre pendant un séisme, et laisse échapper les choses par ses gouffres ouverts. Mais ces choses, je les ai vues — la cérémonie de l'exhumation de la dépouille, par exemple, les gens qui la saluent et lui parlent comme s'il s'agissait d'un être vivant et les ossements promenés en triomphe à travers le village. C'est beau, cette fête dédiée aux morts, à la chair qui se défait sous terre et qui revient, comme en une anticipation de la résurrection — ces os desséchés, poudreux, admirés comme les joues d'une jeune fille... C'est si dur de les trimbaler toute une vie, ses os, sur terre et sur mer. Et ces fêtes, ces danses... il est dit dans les Écritures que les os humiliés exulteront...

Je sors seul, le soir, de cette chambre de Warren Street. J'erre sous la pluie de Londres, pendant des heures et des heures. Un rat se faufile dans une bouche d'égout. Qui sait comme il doit pleuvoir, à l'embouchure du Derwent, sur le fleuve-mer. La lune est émaciée, jaunâtre. Jusqu'à quand, Seigneur ? La dernière chose qui quitte ma poche est une montre de mon père, en même temps que le matelas, les draps et d'autres meubles de Sarah Stourbridge. Je suis soulagé quand cette femme, accompagnée du garde Henry Crocker, m'amène le 15 mai devant le magistrat R. Birmie de Bow Street, sous l'accusation de vol d'un lit, 40 shillings, un oreiller, 5 shillings, deux couvertures, 4 shillings, et un édredon, 2 shillings.

Au procès, le 4 décembre, le juge Newman et les douze jurés trouvent en face d'eux un homme qui se déclare coupable — et comment pourrait-il en être autrement, si quelqu'un a tort, ce doit être moi, comme tant de camarades, et non le Parti. Coupable, et pourtant aussi innocent — mais ceci n'intéresse pas Vos Seigneuries, et il est juste qu'il en soit ainsi. La voix du juge, « condamné à être pendu par le cou jusqu'à ce que mort s'ensuive, et puisse Dieu avoir pitié de votre âme », m'arrive de loin, elle concerne quelqu'un d'autre.

58

Au début, je me refuse à demander ma grâce. Mais ça, c'était avant — Oui, après le procès et le juge Newman, mais un siècle avant cette réunion à Trieste, via Madonnina, quand les camarades ont donné l'ordre de fermer sa gueule sur Goli Otok, d'où je venais juste de rentrer, de ne rien dire, parce que le Parti reconnaissait que la résolution du Kominform, imposée brutalement par Staline, était une erreur, même si l'heure n'était pas encore venue de le dire, et que Tito, c'est vrai, avait commis des fautes, et même graves, mais qu'il fallait ressouder l'unité ouvrière, et donc rester bouche cousue sur tout ce qui pouvait servir aux impérialistes pour la diffamer et l'affaiblir.

Je revois le regard voilé de Carlos, un regard de tigre avec sa proie entre ses griffes encore rentrées, et celui, bureaucratique et sévère, de la camarade Bernetich : de toute cette histoire on ne saura jamais rien. La grosse main mutilée du camarade Vidali — son pouce, le commandant Carlos l'avait laissé en Espagne, avec un gros éclat de grenade — bouchonne les feuilles de papier et les jette dans la corbeille. « Un bel article, camarade Cippico, que tu as écrit là, avec toutes ces histoires de Goli Otok, mais bon pour

La difesa adriatica ou quelque autre torchon fasciste — ou même trotskiste, en ce qui me concerne. Mais dans le *Lavoratore*, c'est un véritable sabotage, et si c'est moi qui le dis... » — le regard un peu embué dont l'acuité se dissimule derrière un voile de somnolence — le jaguar qui calcule son bond — se perdait un instant dans la mélancolie. Je savais combien il lui coûtait de dire ces choses, lui qui, c'était le bruit qui courait, par fidélité à cette résolution du Kominform, était allé jusqu'à essayer de fomenter une révolte d'officiers de la marine yougoslave, à Pola et à Split. De tout cela on ne saura jamais rien — Cette dure mélancolie aussi avait tout de suite disparu de sa large face de molosse.

J'ai cédé, j'ai retiré mon article, j'ai demandé ma grâce. J'ai admis que je m'étais trompé. Sur tout. Donc aussi en résistant à Goli Otok, au nom du Parti...

À Goli Otok, non, je ne l'ai pas demandée, ma grâce. Même soumis au bojkot je n'ai pas cédé ; je n'ai pas crié que Tito avait raison et le Parti tort. Mais c'était plus facile parce qu'à l'époque j'étais au Parti, du moins je croyais ; j'étais donc chez moi, arbre avec ses racines qui l'aident à supporter la furie du vent, drapeau rouge qui ne craint pas ce vent. Mais quand le Parti m'a réduit au silence, alors là oui la tête m'a tourné comme quand à Goli Otok on me l'enfonçait dans le trou du cabinet.

Le vent qui m'assaillait, ce n'était pas la bora, mais le gaz empoisonné qui sort du robinet défectueux et monte au cerveau, et alors j'ai dit oui, je retire, je me rétracte, je me tairai, il ne s'est rien passé, je demande ma grâce, je signe tout ce que vous voulez, comme ici dedans, j'en ai signé des papiers, depuis que j'y suis. Ils ont tous été contents et de nouveau cordiaux et gentils avec moi. À Bow Street aussi, quand j'ai présenté ma demande de grâce, ils m'ont félicité « d'avoir ainsi fait preuve de respect envers l'autorité ». Donc, peine commuée en travaux forcés à perpétuité à Port Arthur. Départ par le premier bateau prévu pour ma chaîne. Dans l'intervalle je retourne à Newgate, qui sait pour combien de temps. Il y a beaucoup de déportés en attente. Des réfugiés en liste d'attente pour l'Australie, à Trieste — en 49, en 50, en 51 —, il y en avait beaucoup aussi. Maintenant il va vraiment falloir que je fasse mes adieux, mais je ne sais pas à qui...

59

« Qu'est-ce que c'est, un morceau de bois ? Rien, une branche qui se casse, un tronc pourri qui n'est même plus bon à brûler et à donner un peu de chaleur, parce qu'il ne fait que de la fumée qui empeste l'air — comme votre haleine et l'odeur âcre de votre sueur, mes frères que la colère de Dieu a envoyés pourrir entre ces murs et qui bientôt partirez en morceaux, quand bien même les cloches de l'église du Saint-Sépulcre n'annonceraient pas que pour vous a sonné l'heure de la justice terrestre, l'heure de se balancer au bout d'une corde pour divertir un peu ces autres pécheurs, plus pécheurs que vous, qui vont sur la place publique jouir comme des païens de la mort des autres pour ne pas penser à leur propre mort éternelle ! Non, mes frères, aucun d'entre nous ne vaut plus qu'un morceau de bois rongé par l'eau, et moi-même, que la bonté de Dieu a appelé à annoncer sa parole sans regarder mes péchés, je ne suis rien d'autre que du bois tout juste bon pour le feu ! Il est inutile d'ouvrir de grands yeux ou de prendre cet air triste qui croit inspirer la pitié, vous auriez pu y penser avant, canailles, voleurs, adultères, fornicateurs, assassins, vous auriez pu avoir pitié de la veuve que vous avez volée ou des enfants que vous avez rendus orphelins — le jour de votre baptême on vous a donné une robe blanche comme la neige et si maintenant elle est sale comme le chiffon avec lequel on nettoie les latrines, ce n'est la faute ni du roi ni du Seigneur contre lequel vous blasphémez, mais seulement de votre souillure.

« Vous êtes un morceau de bois. Mais ce bois misérable contient en lui le mystère de la croix. Le monde est une mer immense, mais le bois du bateau, si c'est du bois bénit, la traverse et revient dans la patrie.

« Quatre doigts de bois seulement, au maximum sept, comme dit le poète antique — puisque même aux païens l'incommensurable sagesse divine a parfois accordé de pressentir la vérité —, quelques doigts de bois seulement sous vos pieds vous séparent du triste abîme de la mer amère et sans miséricorde, des noirs et profonds tourbillons où se nichent le Léviathan et les poissons cruels et obtus comme la haine, et il suffit d'un seul péché pour percer le fond du bateau et nous faire tous périr dans la perfidie des flots, mais si nous sommes fermes dans notre foi et forts dans la reconnaissance de notre faiblesse et de notre néant, le bateau traverse sûrement les tempêtes et arrive au port. N'ayez pas peur de la mer amère, lieu de tous les malheurs, puisque c'est l'amertume de votre cœur qui vous offre le poison de la mort, c'est votre cœur corrompu qui est le lieu de votre ruine, c'est lui qui est la mer où vous pouvez faire naufrage ! Mes frères... »

La voix du révérend Blunt était un gloussement gargouillant, même s'il valait mieux pour moi que j'évite de le lui dire, car il aurait pu refuser de me donner le shilling convenu pour chaque sermon que je lui écrivais. De toute façon, une fois sur deux le révérend me le reprenait, ce shilling, en jouant aux cartes avec moi, et le dépensait en buvant force bière dont il m'octroyait — il faut le dire — quelques bonnes gorgées à moi aussi, quand le gardien la lui apportait à la fin de la partie. Je n'en faisais pas une affaire, d'autant moins que le révérend Blunt, quand il prononçait les sermons que j'avais écrits pour lui, y mettait toujours aussi un peu du sien — en pire, naturellement, en forçant sur les répétitions, en laissant échapper quelques vulgarités et en massacrant les images et les citations de la Bible.

En attendant, grâce à ces sermons, j'avais obtenu une cellule rien que pour moi, une provision de papier et de chandelle, et même, pour finir, un commis aux écritures chargé de me procurer les livres nécessaires et parfois d'écrire sous ma dictée — « Non par paresse, mais pour m'assurer que le texte est bien adapté à une lecture à haute voix », avais-je expliqué au révérend afin qu'il appuie ma demande.

C'était autre chose que Goli Otok. Là-bas je ne tendais pas l'oreille au monde et à son fracas, pour en éprouver du soulagement. Peut-être parce que j'étais sourd, grâce aussi à ces geôliers qui m'avaient crevé le tympan. À Newgate, en revanche, si. Quand la porte extérieure de la prison s'ouvrait, au besoin pour envoyer l'un d'entre nous se faire pendre à Tyburn, j'essayais d'entendre les bruits de la rue, les cris des marchands ambulants et des ivrognes, le brouhaha indistinct de la vie. Et dans ma cellule, la nuit, j'écrivais aussi pour vaincre le silence. Il y en a pour tous les goûts dans ce que j'écris, j'exalte la liberté des mers et le protectionnisme rigide. Je me contredis ? Sur la mer, il y a place pour tous et pour tout, pour la vie et pour la mort, pour la liberté et pour les règles. En outre il est bon d'écrire, pour chaque livre, également sa réfutation et de ne publier que les réfutations, pour piéger les critiques qui sont de parti pris : ils éreintent ton autoparodie, alors tu sors ton vrai livre et ils ne peuvent plus l'attaquer. C'est comme ça que j'ai fait aussi pour les ouvrages sur l'état du christianisme dans l'île d'Otahiti et sur le christianisme comme religion naturelle...

60

Celui-là, je l'ai écrit en prison. Ça fait du bien, quand on est en cellule, d'écrire sur Dieu. Un grand mot qui sonne creux et qui remplit l'espace d'un tintamarre familier. Pourquoi au camp de concentration ne m'était-il pas venu à l'esprit ? Sans Dieu nous sommes des enfants égarés — c'est un bon début. Mais où a-t-il fini, ce livre ? Un ouvrage sur la religion, plus exactement sur *Le christianisme comme religion naturelle.* Un défi aux athées, à ceux qui ne croient pas. Il faut croire, pour être un camarade. Le monde ne peut pas être autosuffisant, une matière éternelle, on ne peut pas considérer que les générations sont précipitées l'une après l'autre dans la tombe comme des gouttes dans une mer toujours semblable, que des bateaux coulent et des équipages disparaissent mais qu'il ne se passe rien...

Toutefois ces autres aussi, les déistes, les théistes, les infirmiers, les infirmiers-majors, les médecins-chefs, sont du même acabit, car il ne suffit pas que Dieu ait créé le monde, comme ils l'admettent au besoin mais en prétendant qu'ensuite il doit le laisser aller à sa guise, sans plus intervenir. Le monde est grand, il est beau, îles de corail et fleurs dans le vent, mais il y a aussi la peur, et les sanglots qui montent à la gorge quand on se sent seul, et cette haine et cette rancœur qui couvent à l'intérieur et suffoquent l'âme... Mon Dieu, il ne suffit pas qu'il se tienne là-haut, comme s'il n'existait pas — il faut qu'il réponde au cri, qu'il ouvre les flots de la mer Rouge, qu'il fasse s'apaiser la tempête et conduise les bateaux au port, qu'il punisse aussi, s'il le veut, qu'il envoie le Déluge, mais qu'il se fasse entendre...

Pour envoyer des déluges, ça, il ne s'en prive pas. Réfuter point par point les orgueilleux théistes, libres-penseurs qui mettent l'homme sur un piédestal d'argile et le livrent à sa misère. Tout empire est vaine grandeur, Atlantide engloutie par la mer. Les livres, je me les fais donner par les Quakers qui visitent les détenus et qui s'entretiennent longuement avec moi, surtout Mrs Elizabeth Fry, avec ses dames de charité qui s'occupent aussi de recruter les femmes à envoyer dans la Nouvelle-Galles du Sud et dans la terre de Van Diemen, comme épouses pour ceux qui sont là-bas en bas.

Mrs Fry m'offre une Bible. La Bible, c'est la vraie science, et chaque pierre le confirme. La Terre montre les traces du Déluge, avec les coquillages et les poissons fossiles trouvés dans les montagnes, les squelettes d'animaux inconnus et les ossements de hyènes géantes. À Dachau aussi on trouverait beaucoup de traces de l'Apocalypse, squelettes humains, graffitis, empreintes sanglantes, mais personne n'a envie de fouiller, tout le monde fait semblant de rien. Pourtant c'est beau aussi de penser au Déluge, grande pluie qui tombe sans relâche sur les flots en furie et sur les fougères des îles, eaux du ciel qui se déversent sur la terre comme si elles voulaient, revenant aux origines, s'unir à nouveau à celles de la mer...

Le Déluge qui détruit fait aussi du bien. L'eau submerge, purifie. Dans l'hémisphère austral les eaux ne se sont pas totalement retirées, elles couvrent encore une grande partie du globe et le continent austral lui-même est peut-être de l'eau, de l'eau gelée. Selon sir Richard Phillips, l'éminent géologue, le point où je me trouve — oui, ce morceau d'Angleterre où l'on a construit la prison de Newgate — a été recouvert trois fois, dans des temps immémoriaux, par l'océan et trois fois il a réémergé. Peut-être que ce serait bien d'être là-bas en bas, sur le fond, sous la grande voûte des eaux plus haute que celle du ciel, là où rampe le serpent de mer — le serpent des premiers âges qui s'est réfugié là-dessous parce qu'on n'a plus besoin de lui, les hommes créés à l'image et à la ressemblance de Dieu sont déjà corrompus et acquis au mal. Les eaux sont noires ; ma cellule aussi, quand on éteint la chandelle, est noire, une eau sombre qui monte.

Quand je parviens à faire imprimer une affiche qui annonce la publication de mon livre, en demandant aux dames, aux messieurs et aux gentilshommes de souscrire à son acquisition pour une demi-guinée seulement, les bougonnements, qui circulent déjà dans la prison à cause des plats spéciaux qu'on me sert à table, explosent et la bande de Carlile, un groupe d'écrivaillons condamnés pour avoir publié des cochonneries blasphématoires et irrévérencieuses, donne de la voix et m'accuse d'avoir écrit, sous couvert de piété, un libelle plein de poisons subtils contre la religion. Toujours cette manie de s'en prendre aux livres, de les mettre à l'index, de les brûler. De lire tout, les livres, et même les lettres, comme d'infâmes messages codés à l'usage des ennemis du peuple. Écrivains et lecteurs de tous les pays, unissez-vous. Vous êtes, nous sommes les vrais prolétaires, les proscrits, toute parole venant de nous est un délit. Il faut apprendre à se taire. Oui, c'est vrai, c'est moi qui les ai écrites, ces pages, à Newgate, que l'un d'eux, un de la bande, m'a volées et a montrées à l'aumônier. Mais c'était l'un de mes textes écrits exprès pour être réfutés, qui devait faire ressortir par contraste, dans le livre que j'aurais écrit aussitôt après, si on m'en avait laissé le temps, la vérité de la foi.

61

« Mais la lune, mes frères, gloussait Blunt, qui décroît en se jetant dans l'obscurité de la nuit, est le symbole de l'homme, qui ne brille pas d'une lumière qui lui serait propre, car tout seul il serait englouti par les ténèbres, mais qui la reçoit de Dieu, comme la lune du soleil. L'homme doit mourir, comme la lune qui disparaît, pour renaître à l'éternelle aurore du soleil de Dieu. Jéricho a été détruite par sept sonneries de trompette ; et nous de même, quand Dieu nous dira, d'une voix plus retentissante que cette trompette, que l'heure est venue, nous serons détruits comme Jéricho. Bêtes comme la lune, sages comme la lune, ceux pour qui le glas va bientôt sonner ! car le Seigneur a rendu stupide la sagesse et sage la stupidité ! L'un d'entre vous sera bientôt dans la maison du Père — inutile de bougonner là-bas au fond, canailles, pensez plutôt que même le gibet ne vous dispense pas de quelques coups d'étrille sur le dos jusqu'à quelques heures avant —, l'un d'entre vous, disais-je, sera bientôt à la maison, que Dieu l'assiste dans sa dernière heure. D'autres devront naviguer encore longtemps, avant d'arriver au port. Le monde est une mer amère, qui ballotte le frêle esquif, et où que le regard se tourne, sur la surface noire des flots, il ne découvre que des images de mort.

« Malheur à qui a confiance dans sa force et dans son habileté de nocher, même s'il a navigué parmi les écueils et les tempêtes, même s'il a doublé le cap Horn dans la furie des vents. Avec le vent d'est tu brises, ô Seigneur, les vaisseaux de Tarsis. Terrible est la tempête de la mer du monde, plus que tous les ouragans sur les océans, mais si le mât du bateau est le bois de la croix, et si vous le serrez fort entre vos bras, aucun vent infernal surgissant des eaux sombres ne pourra vous entraîner dans l'abîme. N'ayez pas peur, tenez-vous fermement enlacés à ce mât et le bateau traversera la fureur des grandes eaux comme l'arche de Noé.

« Oui, vous ferez, nous ferons naufrage, mes frères. La vérité chrétienne n'est pas ce miel avec lequel les sirènes païennes étourdissent le navigateur et le font périr dans les gouffres profonds. La vérité chrétienne est un remède qui guérit, mais ce remède est amer comme la mort, comme la mer : il vous fait cracher votre âme noire jusqu'à la dernière goutte de bile, comme les grosses vagues vous font vomir par-dessus le bastingage, mais c'est seulement si vous avez vidé la cale de votre cœur de toute la pourriture et de tout le poison que vous arriverez au port. Oui, vous ferez naufrage ! Le port, c'est la mort — si vous ne faites pas naufrage dans la foi, comme dit l'apôtre, vous ne trouverez pas le salut et vous ferez un naufrage bien plus terrible, dans les eaux des ténèbres éternelles !

« Le vieil Adam doit mourir pour que naisse le nouveau, le marin doit tomber à la mer pour rejoindre le bienheureux rivage. Ne vous plaignez pas des flots, car seul le Seigneur peut leur faire des reproches ; réjouissez-vous, le sifflement du vent dans les voiles est l'annonce du combat final et de la proximité du port. Et si le monde ne garde pas mémoire de vous, car les bateaux ne laissent pas de traces derrière eux sur la mer, le Sauveur, le pilote qui vous conduit au port, Lui, ne vous oublie pas... »

Je déclamais moi aussi à voix haute, quand je dictais ces sermons que je réentendais le lendemain à l'église. Parfois Blunt arrivait trop tôt et s'asseyait, en attendant que je finisse d'écrire le prêche dont il avait besoin. Il était petit, haletant au-dessus de son ventre un peu proéminent, avec une bouche mince dans un visage gras et suant et des touffes de poils qui lui sortaient des oreilles. Il regardait par la fenêtre, l'air morne, en se passant la langue sur les lèvres ; de temps en temps il clignait de l'œil, on ne comprenait pas bien si c'était à cause d'un tic ou parce qu'il poursuivait un raisonnement tortueux, comme s'il se parlait à lui-même à voix basse. Une fois, en entrant dans la cuisine, je l'ai vu de dos, dans sa soutane noire, avec une main glissée sous la jupe d'une laveuse de vaisselle. Aucun des deux ne disait rien — ils étaient là, dans l'éternité de cet instant et de cet afflux sanguin qui rougissait les joues du pasteur. Le révérend n'a pas bougé. J'ai pris un pain et je suis sorti sans dire un mot, silencieux comme les deux autres. Une demi-heure après, en retirant le manuscrit, le révérend n'a manifesté aucun embarras. De profundis clamavi ad te, Domine. Le corps sue, se corrompt ; la chair qu'on trimballe avec soi se gâte comme celle qui se conserve mal dans la dépense de la prison. La main sous la jupe de Marie ? Tout est si dégoûtant et innocent.

Les sermons — aussi parce que le pasteur Blunt les fait traîner en longueur, et parfois mélange les feuilles — s'achèvent même en charivaris, avec un détenu qui ricane, un autre plus ému qui le prend à coups de poing pour le faire taire tandis que d'autres encore entonnent la chanson de la belle Mary et de son Tom, il faut qu'il ait la corde au cou, hou hou hou, pour que son vit, comme il se doit, soit beau, beau et raide à la fois.

La cloche du Saint-Sépulcre sonne souvent ; la feuille portant les noms des condamnés est affichée en général le mercredi et au bout d'un moment on s'habitue à la lire comme les résultats des courses ou de la loterie. Presque tous montent sur la charrette avec leurs propres jambes ; certains doivent y être poussés de force et même maintenus et puis allez, juste le temps d'une prière et tout est expédié en vitesse. Même le révérend Blunt a protesté en disant qu'il y en avait trop en une seule fois et qu'on ne leur laissait pas le temps de faire leur prière avec la solennité requise. Combien d'hommes, dans le monde entier, meurent à chaque minute ?

Jadis des flots noirs recouvraient le monde, tout n'était qu'une immensité liquide obscure dans la nuit. La terre était une île et d'un moment à l'autre pouvait être submergée. Merveilleux grand océan austral ; beaucoup de mer et peu de terre, comme aux origines, îles écloses comme des coraux et qui peuvent facilement disparaître à nouveau, grandes pluies qui voilent tout. Le Jugement dernier aura lieu sous l'eau. L'homme est un appât avec lequel le Seigneur prendra le dragon, le Léviathan originel, comme les marins prennent les poissons, en leur jetant dans la bouche des morceaux de viande avec l'hameçon qui se plante dans leur gorge.

62

Mais en attendant, avec ces accusations de kominformisme, je veux dire d'athéisme, je suis dans le pétrin. Il n'y a pas de dénonciation plus infamante que celle de ne pas croire. Tu dois croire. À Dieu, au Parti, au Drapeau. Il n'y a pas de place pour celui qui ne croit pas, et il vaut mieux l'enlever du milieu. Comment puis-je expliquer la vérité, faire comprendre que moi je suis un croyant, quelqu'un qui a toujours cru à tout ? Je sais que c'est difficile ; devant le Tribunal du Peuple il est rare de voir des témoins à décharge, ils se retrouveraient collés au mur avant l'accusé.

Qui peut m'aider ? Peut être que Lord Castlereagh se souvient de mes mérites et pourrait me tirer de là ; il en aurait le devoir, ne serait-ce que pour mettre en paix sa conscience, lui qui a fait bombarder ma chère Copenhague ; ce serait une sorte de dédommagement. Mais sur Lord Castlereagh sont en train de descendre les ténèbres ; il voit partout haine et conspiration autour de lui, il passe son temps dans ses appartements à divaguer sur des plans et des complots. Sa ruse, grâce à laquelle il a tenu en respect les ministres et les têtes couronnées d'une moitié de l'Europe, ne lui sert plus à la fin qu'à tromper son médecin et à retrouver son rasoir que celui-ci avait caché. Puis il agite la sonnette — dernier geste d'un homme de pouvoir, comme s'il avait voulu commander encore au-delà de sa mort — et quand le docteur Bankhead arrive en courant, il trouve une tête presque entièrement coupée par l'entaille à la gorge et ne parvient pas à comprendre ses dernières paroles étouffées par le sang.

La protestation contre mon livre athée arrive sur la table de Robert Peel, Home Secretary, lequel ne veut pas avoir d'ennuis pour des histoires de religion qui ne l'intéressent pas ; il ordonne que la sentence soit exécutée immédiatement et que je sois expédié aux travaux forcés par le premier bateau en partance pour l'Australie.

Je pars, mais sans regret. Je prie seulement Hooker de faire en sorte que Marie me croie mort, disparu en mer. L'autre lettre, je l'écris à mon frère Urban, à Copenhague. Je la rédige dans la voiture, pendant qu'on me transfère à Woolwich. Le gouverneur de Newgate m'a placé sous bonne escorte, de peur que je m'enfuie, mais ça ne me déplaît pas, j'ai l'impression que je suis en Islande et que ces hommes à cheval, que je vois par la portière, sont ma garde d'honneur. Quand j'écris à mon frère que je pars pour une mission importante à Madagascar, je ne suis pas loin d'y croire. La voiture passe près de la Spread Eagle Inn, de la cathédrale Saint Paul, sur le Pont de Londres, mais je n'éprouve aucune mélancolie à revoir ces lieux et à m'en aller. Après un mois sur le navire-prison *Iustitia*, où le chat à neuf queues siffle beaucoup plus souvent qu'à Newgate — même si je suis l'un des rares à ne pas le sentir sur mon dos —, je suis embarqué, avec un groupe de cent cinquante forçats, sur le *Woodman*, 419 tonneaux, cap. Daniel O'Leary, qui prend le large à l'embouchure de la Medway le 6 décembre 1825. Le *Nelly*, en revanche, a levé l'ancre le 15 août 51.

63

Un voyage de luxe, une vraie croisière. Ils me font rire, ceux qui se plaignent de la vétusté de ces bateaux, du remugle des cabines, de la chaleur, de la saleté et de la nourriture insipide. Pour quelqu'un qui venait des camps de concentration, un traitement princier. Ces bateaux de Lazare, comme on les a appelés, nous emmenaient en Australie, nous les émigrants de Trieste, d'Istrie et de Dalmatie — et ils étaient bien nommés, car c'étaient les bateaux du retour des royaumes de la mort. Lazare, sors de Dachau, remonte de cette cale du *Punat* ; la pierre du sépulcre roule, le diploïde émerge de l'écoutille, un enfant sort des eaux de la grotte obscure, le ressuscité remonte des enfers.

Ce bateau aussi se dirige vers la Baie, là-bas en bas, vers l'enfer de Port Arthur. Des enfers, il y en a beaucoup, et partout. J'ai reconnu le capitaine, c'est toujours le vieux Charon sous le nom de Daniel O'Leary ; le grimage est très réussi, un lifting le fait paraître beaucoup plus jeune, mais on voit ses rides, même si elles sont bien masquées, et le poil blanc sous la teinture. C'est facile de le rouler, le vieux, après tant de siècles il commence à avoir les idées moins claires. Pour commencer, depuis que nous sommes partis de Sheerness, à l'embouchure de la Medway, le 6 décembre 1825, je n'ai pas passé une seule nuit avec les fers aux pieds et au milieu de mes excréments et de ceux de mon voisin, comme les cent cinquante autres forçats, cent-quarante-neuf pour être exact.

Quand Robert Burk, condamné à la pendaison commuée en travaux forcés à perpétuité pour avoir tué, en état d'ivresse, un tavernier en lui fracassant la tête avec un tabouret, a commencé à vomir partout des matières liquides et rougeâtres — nous venions à peine de voir s'évanouir les falaises de Douvres, blancheur qui se perd dans un lointain laiteux —, j'ai tout de suite compris que le chirurgien Rodmell ne savait pas de quel bois faire flèche, et je lui ai suggéré ces révulsifs appliqués sur la nuque et ces pilules diaphorétiques, si efficaces pour activer la transpiration et faire tomber la fièvre, comme je l'avais appris du second assistant médecin du *Lady Nelson*, un brave garçon qui par la suite était parti avec la femme d'un capitaine et avait perdu un œil en se battant en duel avec lui. Rodmell y tient, à la peau des forçats, depuis que le gouvernement a décidé de donner au chirurgien de bord une demi-guinée pour chaque bagnard qui arrive en bonne santé — vu que les bateaux, entre les fièvres, la dysenterie, les infections et les commandants qui s'enrichissaient en rognant sur la nourriture des prisonniers jusqu'à les faire crever, arrivaient à destination avec une moitié seulement de leur cargaison humaine, et encore en mauvais état à cause du scorbut et de la malnutrition, et très peu apte à des travaux forcés dignes de ce nom. Et c'est ainsi qu'après avoir sorti, d'un air solennel, la *Chirurgie* de Wiseman, qui se trouve dans la bibliothèque des infirmeries depuis un demi-siècle, et l'avoir remise aussitôt à sa place, il me nomme avec condescendance aide-chirurgien, ce qui m'autorise à manger à la table des sous-officiers.

Un voyage, ou pour mieux dire un retour. Je rentre chez moi, dans la ville que j'ai fondée il y a bien longtemps. Avec la Toison ? Manteau royal, drapeau rouge enroulé pudiquement autour des reins et qui finit sous les serviettes de toilette étalées sur le lit. « Chacun s'élança avec le désir de la toucher et de la prendre dans ses mains ; mais Jason les écartait, et il jeta sur elle un manteau. Le navire forçait l'allure sous les rames. » — Combien serons-nous quand nous arriverons là-bas en bas ? la traversée est longue — avec ces bateaux délabrés, qui n'ont même pas de taille-mer pour fendre les vagues, et ballottés comme des morceaux de liège, 127 jours sans escale, 146, à ce qu'on dit, si on fait halte au Cap et 156 si on s'arrête à Rio, comme le font les commandants les plus avides à cause des possibilités de trafics et de contrebande offertes par la capitale du Brésil.

Si peu de jours ? Moi je suis en voyage depuis des années ; l'arrivée au port est incertaine. Les funérailles en mer sont mélancoliques et rapides ; passé les premières fois le capitaine se lasse et fait dire l'office funèbre par le maître d'équipage, qui le marmonne à la hâte, Amen, plouf, un tourbillon qui s'apaise, un sillage qui s'efface, un trait sur le registre. Le passager clandestin trouvé dans le réservoir d'eau potable du *Liberty*, qui emmenait cent quatre-vingt-deux émigrants de Bremerhaven jusqu'en Australie, on l'a découvert — dans un état de putréfaction avancée, m'a dit l'un de ces émigrants, un réfugié de Rovigno que j'avais connu au Silos de Trieste — alors que le bateau était en vue de Port Philip Bay, dans le

Victoria. La mer est grande, pour ceux qui meurent il y aura de la place encore pendant des millénaires.

Dans tout le reste du monde il n'y avait pas d'autre endroit, pour moi, après Goli Otok, où reposer ma tête. Le camarade Blasich, quand j'étais apparu devant lui, quelques semaines plus tôt, via Madonnina, comme un chien se faufile par une porte, m'avait regardé un instant, un long instant — il y avait, dans la salle du secrétariat, un miroir auquel il tournait le dos, debout en face de moi, et je voyais nos deux visages, le mien dans le miroir et le sien en face de moi. C'est peut-être seulement à ce moment-là que j'ai vu sur mon visage l'abrasion... non, pas celle des années, les années ne peuvent pas grand-chose, souvent elles ne dévastent pas mais enrichissent un visage, elles le modèlent en le rendant plus vivant et plus fort, comme la mer qui non seulement ronge le rivage mais lui apporte des coquillages et des tessons de bouteille lumineux comme des émeraudes, des cailloux plus blancs que des perles. Sur mon visage je lisais les confiances perdues, les cicatrices du désenchantement et de la trahison, la mienne et celle des autres, et je comprenais que lui aussi, le camarade professeur Blasich, voyait dans mon visage le sien, comme moi je le voyais dans le miroir, et qu'il y lisait le lent écoulement d'heures et d'années de dissimulation, de mensonge et d'omission.

Pendant un instant ses yeux se sont écarquillés ; il y avait un cri, de l'effroi dans ces yeux qui pour la première fois sur mon visage découvraient leur vérité, et la bouche mince s'entrouvrait elle aussi dans l'imminence d'un cri de confession, de peur ou d'appel au secours, mais tout de suite les paupières se sont serrées, fente de la trappe qui ne laisse pas échapper la proie, et il m'a dit qu'il était sur le point de sortir, pour une rencontre avec des ouvriers de Muggia qui étaient en grève et qu'il devait convaincre d'évacuer l'usine qu'ils occupaient, je n'avais qu'à passer dans l'autre pièce, chez le camarade Vidali et la camarade Bernetich qui m'attendaient et à qui, me glissa-t-il en me pressant légèrement la main, il avait dit de ne pas trop faire attention à mon article sur Goli Otok, que j'avais écrit dans un état d'exaltation bien compréhensible et qui évidemment ne devait pas être publié, ça allait de soi, et moi-même d'ailleurs je ne l'aurais pas souhaité, il en était certain, mais qu'il fallait comprendre et resituer dans le contexte global d'une situation douloureuse, c'était ce qu'il leur avait dit. Et même, pour le Parti, c'est-à-dire pour ses dirigeants — il était déjà sorti, et se dirigeait vers l'escalier —, il constituait un très utile matériau de réflexion.

Non, je ne lui garde pas rancune, entre autres parce que, quand je l'ai vu sortir, le dos imperceptiblement courbé, j'ai compris que ce dos était brisé et que j'étais revenu comme un homme fini mais pour l'achever lui, comme il l'avait vaguement deviné cette autre fois, dans cette même pièce, quand il m'avait envoyé avec ceux de Monfalcone. Il a été brutalement démis de ses fonctions peu de temps après, histoire de trouver quelqu'un à qui attribuer une culpabilité particulière dans le désastre de la rupture avec Tito, comme ça les autres, le Parti, en auraient un peu moins, de culpabilité. En outre cet entretien, appelons-le ainsi, m'a servi à me préparer à ce qui m'attendait dans l'autre pièce. Au mur, il y avait le portrait du Chef, « fils du soleil qui éclaire les mortels, Aiétès au terrible regard ». Le camarade Djilas, avant de nous destiner au bojkot et au kroz stroj, nous qui étions fidèles au Chef, n'avait-il pas écrit que sans le Chef même le soleil n'aurait pas pu briller comme il brillait ? « Aiétès, tel le Soleil, brillait de tout l'éclat de son manteau d'or. »

Le camarade Vidali, le commandant Carlos, le jaguar du Mexique, m'a tendu sa virile et puissante patte sans pouce, de sorte que ma main a glissé jusqu'à son coude, chose qui en général l'irritait au plus haut point, mais ça n'a pas été le cas cette fois-là. Je n'ai pas été étonné de ce qu'il m'a dit de mon article, ni quand la camarade Bernetich a ajouté que de cette histoire on ne saurait jamais rien — alors qu'aujourd'hui il y a beaucoup et même trop de gens qui la connaissent. Ça aussi, je m'y attendais, par contre je ne m'attendais pas à ce qu'ils me disent que pour le moment le Parti ne pouvait pas me trouver un point de chute, même pas dans l'appareil, les temps étaient difficiles et de l'argent, il n'y en avait pas beaucoup, malheureusement l'or de Moscou était une invention des partis de droite, dommage que ça ne soit pas une réalité, bref à Trieste et dans la région il n'y avait pas de place pour moi. D'ailleurs — a-t-il ajouté *en passant*, presque à la hâte — je ne pouvais pas me plaindre, puisque, alors que j'avais été chargé par le Parti, quand Blasich m'avait envoyé en Yougoslavie avec ceux de Monfalcone, de fournir des comptes rendus et des renseignements, avec la discrétion qui s'imposait, sur l'attitude, les tendances et les initiatives des camarades partis avec moi, je n'avais rien fait, absolument rien, jamais un rapport secret, comme on me l'avait demandé, pas une seule ligne. D'accord, cette tragique rupture entre la Yougoslavie et le Kominform avait fini par tout brouiller, mais avant, jusqu'à ce moment-là j'aurais pu, ou plutôt j'aurais dû m'employer, faire quelque chose. Par conséquent... Malgré tout, à Rome, le Parti me trouverait sûrement quelque chose, peut-être dans le Sud.

Du coup je ne lui ai même pas dit qu'au Silos, dans le camp de réfugiés, dans cet ancien entrepôt à grains plein de malheureux qui avaient abandonné Fiume et l'Istrie en perdant tout (parce que pour les Yougoslaves, à l'époque, quand on était italien on était fasciste), j'avais trouvé moi aussi une place, un grabat dans l'obscurité, loin de la verrière — pardieu, j'y avais droit, j'étais moi aussi un Italien qui arrivait de l'autre côté de la frontière, et les partisans de Tito, j'avais eu à en souffrir encore plus qu'eux. J'ai retrouvé là, aussi, cette cousine de Fiume qui m'avait accueilli chez elle via Angheben, quand je venais de rentrer d'Australie avec l'*Ausonia* — ça c'était avant, bien avant, c'était peut-être même avant que je jette l'ancre dans l'embouchure du Derwent, à une époque encore plus ancienne. Elle restait là, muette, la seule chose qu'elle savait dire de quelqu'un c'était qu'il était mort. Comme Madame Perich-Perini, la maîtresse d'école, par exemple. Comme... eh bien, beaucoup d'autres, ça n'a plus d'importance. Mais ces autres exilés, errants comme moi chassés comme moi, ne me laissaient pas en paix depuis que quelqu'un avait mouchardé que j'étais un communiste, un traître, un qui avait fait cadeau de l'Istrie à Tito, un complice de leur malheur, qui après tout était aussi le mien, et pas seulement parce que ma maison avait été donnée, quand j'étais parti à Fiume, à l'un d'eux et à sa famille, un qui avait tout perdu comme moi. Maintenant j'avais tout perdu, moi aussi, même ma maison ; je ne dis pas que c'était la faute de celui-là, c'était la faute des fascistes qui avaient voulu la guerre et de ces Italiens qui croyaient pouvoir continuer toujours à prendre les Slaves à coups de pied au cul. Nous sommes tous victimes du Duce, ai-je dit, mais ils me sont tombés dessus à bras raccourcis, moi aussi grâce à Dieu j'ai distribué quelques bons coups de poing, je leur aurais cassé la gueule à ces imbéciles, mais c'est à moi aussi que je l'aurais cassée, car être un de ces poulets avec la tête en bas qui s'entre-déchirent avant même qu'on leur torde le cou est une crétinerie qui mérite d'être punie.

En tout cas ils étaient trois ou quatre et moi j'étais tout seul, mais je suis habitué à ces rapports de force, le Parti à cet égard a été une grande école. Je n'ai même pas été étonné quand la police, que quelqu'un avait appelée pendant la bagarre, a donné quelques coups de matraque, non pas aux autres, mais à moi qui étais à terre. Ils m'ont même emmené au commissariat et interrogé, et ils m'ont encore gratifié de quelques gifles, mais il faut dire que je les avais cherchées en faisant de l'esprit et en les appelant camarades ; en tout cas ils m'ont fait comprendre que mes papiers, entre Italie Yougoslavie citoyenneté nationalité résidence domicile etc. n'étaient pas du tout en règle et qu'ils auraient pu me faire de sérieux ennuis et qu'en tout cas par les temps qui couraient ce n'était même pas la peine de penser trouver un travail, et qu'en somme je ferais bien de débarrasser le plancher le plus vite possible, si tant d'Italiens méritants et infortunés partaient en Australie je pourrais remercier le ciel d'y aller moi aussi — si toutefois on m'acceptait, vu que l'A.S.I.O., l'Australian Security Intelligence Organisation, ne voulait en aucun cas infester et infecter son pays de communistes.

Heureusement qu'ensuite, en revanche, au C.I.M.E. — oui, le Comité intergouvernemental pour les migrations européennes, qui avait un bureau minuscule sur la Promenade Sant'Andrea —, je suis tombé sur un dirigeant dont le frère était mort à Dachau, à l'hôpital, peu après la libération du camp, et il se trouvait que je l'avais moi-même assisté et aidé. Il m'avait même donné une lettre que j'avais rapportée à sa famille, chez lui, et du coup ce type du C.I.M.E. s'est ému et m'a aidé à faire les formalités pour l'Australie, et me voici, je suis arrivé. En bas dans la Baie, comme on disait depuis l'époque des premières colonies pénitentiaires ; à Miholašćica aussi, avec Maria, nous disions « En bas dans la baie », quand nous descendions à la mer, toute pour nous. L'Australie a toujours été la carte qu'on garde en réserve pour le moment où la corde vous serrera le cou, l'alternative infernale d'ici en bas à l'enfer de là-haut. Dans la cale du *Woodman*...

64

La cale, c'est une façon de parler. En effet Rodmell, comme je l'ai dit, m'a tout de suite nommé aide-chirurgien — les malades, en fait, il n'y avait que moi qui m'occupais d'eux, calomel, décoctions, cataplasmes —, ce qui me permettait de manger à la table des sous-officiers. Cette demi-guinée pour chaque bagnard qui arrive vivant et en bonne santé est une ingénieuse trouvaille humanitaire, la seule façon de protéger un peu les forçats ; c'est toujours mieux que les inspections de quelques représentants de la Chambre des Communes à qui, quand ils demandent aux prisonniers s'ils ont des récriminations à faire à propos de mauvais traitements qu'ils auraient subis, ces derniers répondent toujours non parce que autrement ils reçoivent des coups de fouet pendant tout le voyage dès que la commission a quitté le bateau. C'est comme à Dachau et à Goli Otok, quand ceux de la Croix-Rouge ou de la délégation des camarades français arrivaient, tous les détenus étaient unanimes pour faire l'éloge du gîte et du couvert, en pensant à ce qui arriverait quand ces messieurs bien intentionnés seraient rentrés chez eux.

Le premier jour, quand je suis encore en bas, on

me vole presque tout le peu que j'ai emporté avec moi. J'ai même vu qui c'était, mais je ne dis rien. Que les petits poissons dans la bouche de la baleine s'entre-dévorent, c'est moche et c'est bête. Quelques objets ne valent ni les cicatrices sur le dos du voleur ni une rixe à mort dans la cale. Lorsque, grâce à Rodmell, je monte sur le pont, je persuade le capitaine et les officiers de ne pas écouter les dénonciations. De toute façon nous savons tous qu'elle constituent le moyen le plus rapide pour bénéficier d'un meilleur traitement. Ne serait-ce qu'un peu de tabac ou de sucre clandestin, un morceau de pain volé dans la cambuse, un grommellement contre les officiers sont une marchandise précieuse pour ceux qui vont les rapporter en haut lieu et s'en trouvent récompensés, même si c'est aussi risqué, car dans le noir on a vite fait de recevoir un objet en fer sur la tête et de passer par-dessus le bastingage.

C'est compréhensible, c'est humain, quand tu es dans un enfer, de trahir, de mentir ; ne serait-ce que pour avoir un instant de soulagement. Pas de sermons ; il faut y avoir été, dans ces ténèbres, pour pouvoir faire la morale. Et si tu y as été, tu sais que tu ferais n'importe quoi pour ne pas finir dans la chambre de dépressurisation ou même seulement en bojkot ; tu serais prêt à manger ton frère vivant, qui se débattrait sous tes dents, comme les crabes dans les restaurants japonais, bien sûr qu'il en a en Australie, il y en a partout.

Mais c'est justement pour ça, parce que notre épine dorsale est tellement faible et qu'il est tellement facile de la ployer et de la briser — et ces charognes font tout ce qu'ils peuvent pour nous la briser et pour nous faire devenir des charognes comme eux —, c'est justement pour ça que nous ne devons pas le leur permettre. Il vaut mieux être battu à mort comme Umberto Gioco, matricule 53694 à Dachau, ou Mario Moranduzzi, matricule 54081, évadés de Kottern et repris, que de les frapper à mort comme Massimo Gregorini, trois fois Kapo, chien des Allemands, ex-homme s'il en a jamais été un. Non, plutôt finir dans la gueule de ces bêtes que devenir une hyène qui se nourrit du camarade moribond ; de toute façon avec toi elle va tomber sur un os, la hyène, et tu lui resteras en travers du gosier, tu deviendras l'épée ou le feu que le prestidigitateur croit avaler et qui en fait lui brûle et lui déchire les viscères, la taupe qui perce la terre, la révolution qui un jour ressurgira des culs de basse-fosse comme un soleil qui se lève.

Il ne me déplaît pas de me sentir au contraire comme un soleil qui disparaît sous l'horizon. Le rhum, qui au carré ne manque pas, est bon. Je prie même, comme il sied quand on se confie à l'immensité de la mer.

Boire et prier, devant l'étendue de cette mer déserte. Écrire à ceux qu'on a laissés, ce serait peinturlurer ce grand vide, un cri qui balafre le silence. Hooker m'a fait savoir que Marie est à Édimbourg ; elle me croit parti pour toujours en Amérique du Sud, peut-être naufragé, elle a compris qu'elle ne me reverrait plus jamais. Quelle paix dans le cœur. Une ancre rouillée dérape, ce pré au fond de la mer refleurira, tendre et pur. L'air en haute mer est frais, il y a longtemps que nous avons laissé derrière nous les falaises de Douvres.

65

Traverser la nuit, traverser la mer. Pas comme un albatros aux ailes déployées. Comme un serpent des abysses. Le train file dans la nuit, avec ses fenêtres allumées dans le noir, écailles qui frétillent et perforent les eaux des ténèbres. Son ventre est rempli de naufragés, mais le monstre est longiligne et rapide comme l'éclair, silure qui frappe sans rémission. Trieste Rome Francfort Hanovre Bremerhaven ; le voyage est long, des jours et des nuits mais surtout des nuits. Je regarde par le hublot, c'est difficile de dormir entassés si nombreux dans un compartiment. Trains, cales, wagon plombé...

Errants, coupables et sans domicile comme des bagnards. Eaux noires de la nuit. Le hublot éclaire un instant des bouquets d'arbres, des poteaux électriques, des buissons subaquatiques fluorescents, des maisons éteintes, des carcasses englouties ; un énorme poissonlune disparaît derrière une écume plus compacte dans le ciel noir.

Le cœur se serre, pendant qu'on t'emporte au loin, et alors chacun se met à parler, à raconter. Une poignée d'histoires en miettes, une poignée de sable qui se disperse dans la mer. Quand l'eau te prend à la gorge ça fait du bien de parler, même si ce gargouillis n'est guère compréhensible et si les mots sont des sanglots, des bulles d'air qui sortent de la bouche de celui qu'on maintient de force sous l'eau montent à la surface et éclatent — à la mer l'usage était de *tociar le mule*, enfoncer sous l'eau la tête des filles. Il n'y avait qu'au Pedocin, avec cette séparation entre hommes et femmes, qu'on ne pouvait pas le faire.

Paroles dans les ténèbres, petits poissons qui ont glissé entre les mailles du filet et sont aspirés par les tourbillons — tu peux tout confesser, serré contre les autres dans ce compartiment mort de fatigue et incapable de dormir, toutes les infamies véritables ou inventées. C'est un plaisir étrange, dans cette obscurité, de se sentir misérables, des immondices qu'on a déchargées du bateau. Défense de jeter des déchets par la fenêtre, de se jeter dans le noir. Interdiction de franchir les confins des Enfers, de profaner la divine Samothrace, les mystères terribles des dieux indicibles aux mortels. « Les rites secrets qu'il ne nous est pas permis de chanter. » Mais dans le noir, durant le voyage qui nous emporte qui sait où, c'est un sombre soulagement que de profaner ces mystères indicibles — on ne se voit pas en face, le sacrilège n'a pas de visage, et alors tu racontes tout ce que tu as vu et que tu n'aurais pas dû voir, si ceux qui gouvernent le monde étaient les dieux lumineux de l'Olympe et non les très anciennes divinités de la Nuit et de l'Érèbe. *Erebus* et *Terror*, les deux derniers bateaux que j'ai vus partir de Hobart Town pour la nuit antarctique avec le commodore Ross. Chacun raconte comment il est devenu un homme, les horribles initiations à la violence à l'infamie et à la mort — les Argonautes à Samothrace écoutent le hurlement de la Grande Mère, quand le serpent la viole et la féconde, le gémissement du dieu nouveau-né et mis en pièces, le grondement des eaux qui se ruent dans le tunnel obscur et lavent le sang.

Mystère sale et banal qui ne peut pas se dire — l'initiation sacrée qui fait de toi un homme quand tu touches du doigt les répugnantes ténèbres qui t'environnent, exhalaison méphitique des marais du Styx, quand tu t'aperçois de l'infamie et qu'aussitôt tu la commets, quand la boue avec laquelle enfant tu faisais des châteaux sur la plage se solidifie et devient ton cœur sec et inerte. Dans la célébration des ineffables mystères de Samothrace, dit-on, Zagrée, le veau sacré nouveau-né — peut-être était-ce un agneau —, est mis en pièces par les Dactyles, ces petits démons déchaînés dévoués à la Déesse Mère, la Déesse triple. « L'un d'eux trancha sa tête, et chacun des autres coupa une patte, et pendant que la musique faisait rage autour d'eux ils mirent en pièces le dieu enfant et aspergèrent de son sang les Argonautes, pour les exalter. » Voilà ce qu'on raconte. Et ceux-ci, en proie à l'extase, déchiquetèrent la carcasse mutilée, mangeant la viande avec avidité...

66

« Coupez ! Les paniers repas sont arrivés ? » — De la viande, il n'y en avait pas beaucoup, dans ces paniers qu'on nous apportait pour la pause déjeuner pendant les prises de vues, sur les gradins du Colisée, où certains d'entre nous, en ces jours qui séparaient l'arrivée en train de Trieste et le départ de Rome pour Bremerhaven, gagnaient deux lires en faisant de la figuration dans un péplum minable avec Néron, chrétiens, gladiateurs et bêtes féroces dans le cirque. Il était temps que l'autre, là-haut, avec son mégaphone, donne le signal d'arrêt de prise de vues. C'est que nous avions faim et ces sandwiches étiques pour lesquels la production rognait jusque sur les croûtes de fromage, c'était mieux que rien — à force de servir de bifteck pour les lions, dans l'amphithéâtre, tu as encore plus envie de manger toi aussi un bon bifteck. Et ma foi, le soir, un jour sur deux, pendant cette semaine de prises de vues, en épargnant sur ces deux lires, tu arrivais quand même à le manger, ce bifteck, avant de rentrer du Colisée au camp de réfugiés, où on nous avait provisoirement mis à part, avec le scénario en main — ah, le voici, mais comment avez-vous fait pour le trouver ? — pour répéter, enfin, répéter, c'est beaucoup dire, je n'avais pas un seul mot à prononcer, disons pour revoir le rôle pour le lendemain. « *Gradins du Colisée — Extérieur jour. Stimulés par les gardiens amusés et ricanants, les chrétiens, choisis parmi les plus jeunes et les plus vigoureux...* », jeune, non, mais vigoureux, ça oui, je l'étais, sinon qui sait depuis combien de temps j'aurais déjà lâché la rampe, avec tout ce que j'ai enduré, « ... *mais réduits, à cause de ce qu'ils ont subi, à un piètre état* », là, je suis d'accord, « *ils sont habillés en gladiateurs* ».

Un rôle fait sur mesure pour moi, même si je n'étais pas un de ces grands acteurs pour lesquels on écrit les films. Les autres, dans ce compartiment du wagon qui filait dans le noir, n'en savaient rien, ils étaient arrivés quelques semaines plus tard, dans ce camp près de Rome, d'où nous étions ensuite tous repartis pour Bremerhaven, dans ce train qui nous emportait à travers la nuit ; ils étaient arrivés quand les prises de vues étaient finies. On tournait un film sur les chrétiens les gladiateurs les catacombes à Cinecittà, et on avait engagé certains d'entre nous comme figurants. Des chrétiens donnés en pâture aux fauves, un rôle parfait.

Le hurlement de la foule — ceux qui hurlent là-haut reçoivent eux aussi deux lires et un panier repas, combien est-ce qu'ils touchaient pour chaque hurlement, les gardiens, à Dachau ? — « Gardez les gladiateurs en stand by ! » — « *L'amphithéâtre est déjà bondé d'un public vociférant. Néron, entouré de vestales et de courtisans, prend place. Il a un air ennuyé, mais semble excité et avide d'émotions.* » Des scénarios comme celui-là, un de mes amis de Pola qui avait eu la chance de se faufiler dans les milieux de Cinecittà, en fabriquait je ne sais combien, ensuite c'était quelqu'un d'autre qui les signait, un poisson plus gros ou en tout cas moins petit, mais en attendant ça lui permettait de vivre.

« *Rumeurs dans la foule. Il paraît qu'on va faire se battre les chrétiens entre eux. Aujourd'hui on va s'amuser* » — « Camera ready ! » — « *Premiers plans sur les chrétiens au visage doux et souffrant ; affublés de flamboyantes armures de gladiateurs, contraints à tenir en main des dagues et des glaives. Beaucoup prient à mi-voix. Bourdonnement des prières.* » — « Action ! » hurle le mégaphone. — « *Travelling sur les fentes des casques qui laissent filtrer les regards des chrétiens.* » Mon regard. Le monde à travers une fente. Une arène. Une dague qui scintille, une cuirasse qui renvoie la lumière, lame aveuglante qui blesse les yeux. La fente est étroite, on ne voit qu'une mince tranche du monde, le fil de cette dague, pas celui qui l'empoigne, ami ou ennemi on ne sait. Donc, à qui le tour, avant qu'il soit trop tard et que cette dague, brandie par une main fraternelle inconnue, te transperce le ventre. « *Projecteurs braqués sur l'arène.* » Dans cette lumière aveuglante on ne voit rien, comme de nuit. « *Le public, qui s'est tu, attend que la bataille commence.* »

Tous les regards sont tournés vers l'arène. Oui, tous jouissent à voir les autres s'étriper, à nous voir nous étriper. Ce film dure depuis toujours, c'est mon rôle. J'en aurais bien changé, mais personne ne voulait de moi pour d'autres rôles, alors, pour deux lires... Amie ou ennemie, la main qui tient la dague, pour te protéger sur un côté ou pour faire couler ton sang ? Je ne le sais pas, camarade, je ne sais pas. Donc, obéir. « Action ! », la voix résonne dans le mégaphone. À qui le tour...

« Aucun d'eux ne songea à s'aviser qu'ils se trouvaient dans la même île et la nuit empêcha les Dolions de reconnaître qu'en réalité c'étaient les héros qui revenaient, sans doute crurent-ils que l'Arès Pélasge des Macriens avait abordé ; aussi, revêtus de leurs armes, engagèrent-ils le combat contre eux. Ils entrechoquèrent leurs lances et leurs boucliers, pareils à un rapide ouragan de flammes... Le tumulte de la bataille, dans sa terrible tempête, fondit sur le peuple dolion. » Je ne voyais pas qui était en train de me frapper, en bas dans la cale du *Punat* où l'on nous avait jetés par l'écoutille, j'avais encore les yeux éblouis par les phares. Les projecteurs qu'on nous avait braqués sur le visage, à notre descente de camion, dans le bateau, sur le plateau — ailleurs peut-être, je ne sais pas... En tout cas toujours aveuglés et éblouis ; sans distinguer le camarade de l'ennemi. Et moi, même là, sur le plateau, pendant que les autres, immobiles, attendaient le signal convenu, je me suis mis à porter des fendants avec ma dague en carton, un grand moulinet, à qui le tour — « Coupez ! Qu'est-ce qui se passe ? Qu'est-ce qu'il fout, ce taré ? » hurlait le mégaphone. Je voyais les visages surpris, qui ne s'écartaient même pas de ces coups de carton. — « Dehors ! » — « À l'aube, on reconnut des deux côtés l'erreur funeste et irréparable... » — trop tard, ce rouge de l'aurore c'est le soleil couchant, le sang, le drapeau tombé à terre.

« Qu'est-ce qui te prend, disait l'assistant de l'assistant du metteur en scène en me jetant hors du cirque et en m'ôtant dans le même mouvement mon bouclier et ma cuirasse, on ne vous l'a pas dit et répété, votre rôle, les chrétiens, ça vous dit quelque chose, là on vous demande juste de faire semblant pendant cinq minutes. Tu n'as pas lu le script, trois lignes, pas plus, entendons-nous bien, on ne t'a pas demandé de jouer Ursus ou Néron — nous foutre en l'air une scène, mais tu sais ce que ça nous coûte, ce genre de connerie ? » Pendant ce temps, derrière moi, dans l'arène, « Action ! » a hurlé de nouveau le mégaphone, et il se produit — comme il est écrit, c'est vrai, il a raison ce malotru qui me traîne hors du plateau — « *Un fait imprévu : les chrétiens, d'abord un, puis un deuxième, puis tous, jettent leurs armes et leurs boucliers à terre, s'embrassent puis font le signe de la croix* », comme l'indique le script. Laissez-moi revenir en arrière, moi aussi, si seulement j'avais su, moi aussi je veux vous embrasser, camarades, je me suis trompé, il y a eu un malentendu, beaucoup de malentendus, quand nous sommes entre-déchirés... « *Le public s'insurge, proteste avec fureur.* » « Lâches, c'est une honte, c'est une insulte à l'empereur, jetons-les en pâture aux lions ! » Je le sais, je connais le rôle qu'on veut toujours nous faire jouer, épée contre épée et bouclier contre bouclier et plus nous nous trucidons entre nous plus ils applaudissent, ils augmentent même de temps en temps notre indemnité journalière si nous faisons les braves et si nous nous fracassons la tête.

Une autre bourrade, et me voilà hors du Colisée ; je réussis encore à voir, en me retournant, les chrétiens qui s'agenouillent au centre de l'arène. À ce moment-là — bien sûr que je l'ai lu, le scénario, je le sais par cœur, ça fait une vie que je répète le même rôle, tout à l'heure je me suis juste embrouillé quelques minutes —, à ce moment-là arrivent les lions, comme dit le script, qui s'élancent dans l'arène — la scène sera tournée au cirque Zavatta, et au montage on l'insérera au bon endroit, ça va de soi, en mettant ensemble les fauves et leurs proies, mais seulement sur l'écran, alors que moi, alors que nous, avec ces autres bêtes féroces du camp de concentration, moins pelés que ces pauvres lions du cirque... — Je regrette de n'avoir pas pu le voir, ce navet — « *Les lions s'élancent dans l'arène et se jettent sur les chrétiens étendus à terre* » en roulant entre leurs pattes pendant un instant un paquet de chiffons ou un mannequin, bien éparpillés parmi le sable et la sciure. Ce qui reste de nous, la carcasse mutilée. Comme je vous disais, dépecée. Et si ce n'est qu'un simulacre, comme dans ce mauvais film, c'est encore pire, nous n'avons même plus ça ; même plus de la chair à déchiqueter comme le veau — ou l'agneau, ou le bélier, je ne sais pas — que nous avons mis en pièces là-bas, à Samothrace, comme l'exige le scénario des indicibles mystères sacrés, autre nanar.

67

Ainsi, en mangeant la chair du dieu, ils devinrent comme des dieux. C'est ça le secret, une saloperie banale, commise dans l'excitation. Oui, nous avons mis en pièces le dieu, tué le dieu enfant qui habitait dans notre cœur, et ce dieu encore plus enfant, dont le cœur battait sous celui de Maria, c'est moi qui l'ai conduit, poussé de ma propre main devant ces prêtres qui n'avaient même pas un couteau pour le sacrifice, rien que des bottes pour donner des coups de pied dans le ventre de sa mère. Chacun de nous, dans la nuit de ce long voyage vers une nuit encore plus noire, raconte, bercé par le roulis, à l'inconnu à côté de lui, l'obscurité qui lui est entrée dans le cœur. Des chairs martyrisées et mal digérées lui remontent dans la bouche ; la mauvaise haleine se mêle à la respiration et aux paroles, encens fétide répandu dans l'air pour célébrer ces mystères indicibles de notre honte, du mal fait et subi. Et chacun de le raconter, ce mal, de le dévoiler, de révéler quand et comment il est devenu victime et bourreau et complice, enfant de chœur qui agite l'encensoir et empeste l'air tandis que les grands prêtres disent que sur toute cette infamie il faut se taire, que c'est un indicible mystère divin. Et nous au contraire de nous débonder, de tout déballer, de murmurer dans le noir nos saloperies ; de toute façon personne ne voit nos visages pendant que nous parlons.

Si un éclair ou un fanal déchire un instant les ténèbres, ce qu'on découvre, à cet instant, c'est le reflet de son propre visage sur la vitre de la fenêtre, alors on parle, nous parlons ; les forçats et les réfugiés sont bavards, ils ont tant de choses à raconter. La Toison, c'est la peau de ce tendre nouveau-né mis en pièces par les dieux bestiaux, par nous. Ce qui m'est resté dans la main c'est un chiffon, tout juste bon à faire briller les souliers. On dit pourtant qu'autrefois de valeureux soldats, pour ne pas livrer leur drapeau à l'ennemi, l'ont découpé en petits morceaux en en prenant un chacun avec l'intention de se retrouver et de les recoudre ensemble. Nous aussi, un lambeau de drapeau rouge par tête de pipe — mais quand nous aurions dû nous retrouver pour reconstituer le drapeau et le hisser sur le mât, il n'y avait personne. C'est comme ça qu'il m'est resté dans la main, ce chiffon.

J'ai aussi parlé de Maria, cette nuit-là, je ne sais plus à qui. — « Il lui sembla qu'avait bondi dans son aimable sein un astre brillant venu par les routes de l'air. » — Ah, c'est encore toi, avec tes sempiternels bavardages sur les grandes amours tragiques de l'Antiquité... Eh oui, l'amour te brise s'il te tombe dessus, c'est pour ça que Jason s'en débarrasse et la laisse toute seule le porter et sombrer sous son poids.

C'est moi qui l'ai envoyée au fond. Maria, réapparue dans ces ténèbres, repoussée par moi dans les ténèbres où je parle à tort et à travers à des compagnons inconnus et la voix est un mégot de cigarette dans le noir. Dans la cale du *Punat*, le matin où ceux de l'U.D.B.A. m'ont balancé au fond, elle n'a pas pu venir avec moi. Ils l'ont écartée brutalement ; je te tirerai de là, m'a-t-elle crié, tandis que le *Punat* se détachait du rivage. J'ai entendu sa voix dans le tumulte des moteurs et des eaux, claire, limpide et forte, et à cet instant, là au fond, je suis sauvé, me suis-je dit, s'il y a Maria rien ne peut m'arriver.

Durant ces mois à Fiume nous nous étions retrouvés ; moi aux chantiers elle à la *Voce del Popolo*, à s'échiner au travail, pour l'Internationale qui demain sera le genre humain, mais oubliant ensemble le travail et le lendemain quand nous allions faire l'amour dans notre chère Miholašćica et ensuite nous jeter dans la mer, la baie et la vague étaient son flanc et sa respiration — durant ces jours, durant ces mois, j'ai été immortel. Mes camarades aussi, qui sacrifiaient leur vie pour construire un monde différent, libres taureaux sauvages qui s'étaient librement attelés à la charrue pour labourer la terre et la rendre digne de l'homme, étaient des dieux, prêts à créer un monde. Comment aurais-je pu les espionner, envoyer des rapports secrets sur eux, sur leur façon de penser et de voir, au camarade Blasich, qui m'avait envoyé là-bas dans ce but ? Ça aussi, on me l'a fait payer, quand je suis rentré. J'ai payé, mais pas encore assez par rapport à ce que j'ai fait à Maria — c'est plus facile de parler de ces choses dans le noir, sans voir vos visages, comme maintenant, sans que vous, vous puissiez voir le mien.

68

« Les princes, sans se lasser, appliquaient leurs bras et leur attention à ramer ; l'onde infinie se fendait sous la quille, tandis que s'enflait l'écume des deux côtés. » Eux, mais pas moi. J'ai esquivé le coup et je suis monté sur le pont, pour distribuer le calomel et profiter de la cambuse. Cent cinquante Argonautes qui rentrent chez eux, l'antique Moire les courbe sur la rame, errants sur la mer.

Tous dans la gueule d'Argos qui garde la Toison, comme Jason avant que Médée ne l'en tire ; dans le ventre du serpent de mer qui traverse les océans et réapparaît à la fin du voyage. Le train entre dans la gare obscurcie de fumée et de suie, le navire jette l'ancre dans la sombre baie, dans un repli caché de la mer Inhospitalière, eaux obscures de l'antre extrême qui engloutit les navigateurs. Enfant, je plongeais dans la Plava Grotta, au-dessous de Lubenice, et je ressortais dans la mer resplendissante, mais de ces eaux australes on ne revient pas.

Non, je ne suis pas revenu, je suis enseveli ici en bas, et non sous cette avalanche de livres qui me serait tombée dessus comme l'a inventé ce menteur de William Buelow Gould — quoi d'étonnant, un bagnard, une belle intelligence certes, mais un gibier de potence comme moi, on ne va quand même pas croire ce qu'il raconte. J'ai été enseveli comme tout le monde. Le tumulus sur le rivage s'est tassé, la terre a gagné sur la mer et maintenant les jardins publics de Hobart Town sont ma tombe. C'est là que je suis resté. Inutile de chercher à m'embrouiller, docteur, je vois bien que le château de Miramare et la cathédrale de Pirano, de l'autre côté, et Punta Salvore qui s'avance dans la mer sont un trucage, un diorama en carton-pâte ou un écran sur lequel votre compère projette des images lumineuses.

Personne ne revient. Dans la cabine du second je feuillette les registres, j'efface les noms de ceux que la fièvre cérébrale, passé le tropique du Cancer, expédie dans les gouffres profonds, heureusement il n'y en a pas beaucoup, ça ne fera pas beaucoup de shillings en moins à l'arrivée. Je conserve les fiches de tous, vivants et morts. On ne sait jamais, peut-être pour la Vallée de Josaphat.

69

Tous aspirés dans la bonde. Le hublot s'éclaire un peu, mes amis, c'est étrange de voir émerger nos visages ; les naufragés sortent la tête de l'eau, regardent autour d'eux dans l'étendue déserte, le train s'éloigne, nous sommes seuls dans la plaine, une mer uniforme, plate. Le *Nelly* part bientôt de Bremerhaven. Ce n'est plus le moment de parler ; nous restons muets maintenant, étrangers les uns aux autres, avec nos baluchons et nos valises. Les paroles des nuits dans le wagon se sont évanouies, buée qui au matin s'évapore.

Je n'ai pas honte de ce que j'ai dit, de ce que j'ai entendu. Personne ne lit sur nos visages les histoires que nous nous sommes racontées. L'Hadès est un puits noir gargouillant de paroles qui restent en bas au fond ; c'est comme si on ne les avait pas dites, comme si on ne les avait pas entendues. Le voyage dans les ténèbres est seulement incommode, des heures et des heures entassés dans le wagon entre les valises rafistolées avec les autres réfugiés, chacun avec son histoire exagérée. Chacun avec sa faute, elle aussi exagérée — se sentir coupable fait du bien, croyez-moi, cela confère un destin, explique et justifie les raclées et les catastrophes. Le complexe de culpabilité est une formidable invention, ça aide à vivre, à baisser la tête que de toute façon et dans tous les cas on t'oblige à baisser.

Aucun de ces camarades qui monteront comme moi sur le bateau pour aller là-bas, displaced persons, gens sans nom — l'I.R.O., l'International Refugee Organisation, pendant le voyage nous confisque même notre carte d'identité —, ne se souviendra de cette histoire de Maria, pas plus que moi je ne me souviendrai des leurs. Quand nous nous rencontrions par hasard, des années après, à Perth à Hobart ou qui sait où, nous ne parlions jamais de ce puits noir qui nous avait évacués ici en bas. Nous nous demandions comment ça va, la paie, le travail, pour quelques-uns la femme et les enfants, le Club Fiumano e Giuliano de Perth, la Famiglia Istriana de Melbourne.

Personne ne se souvenait ici en bas de l'histoire entendue cette nuit-là dans le train. C'est Maria qui est restée au fond du puits. Elle a glissé, elle est restée en arrière — peut-être que c'est moi qui l'ai poussée ; quand tu te noies et que quelqu'un s'accroche à toi, tu te débarrasses de lui, tu le laisses tomber et couler, c'est humain, quand on est en mer, la nuit, par gros temps. En fait c'est le contraire, c'est moi qui me suis agrippé à elle, à ma figure de proue, quand la grosse vague m'est arrivée dessus. Depuis que j'avais fini à Goli Otok, elle, elle était allée s'installer à Arbe, chez son frère, qui était lieutenant de la Marine militaire yougoslave et qui surveillait, avec son canot, les côtes de ces deux îles maudites d'où l'on ne revient pas. « Nul mortel n'est jamais entré par cette route, qu'il soit indigène ou étranger, en franchissant le seuil, car, de tout côté, l'arrête la déesse, la terrible Meneuse qui insuffle la rage à ses chiens aux prunelles de feu. »

Je savais que Maria était là, de l'autre côté de ce bras de mer inviolable. Grâce à Absinthe, son frère — ce n'était pas son vrai prénom, on l'appelait comme ça parce qu'il vidait pas mal de verres et de bouteilles —, elle m'a fait passer un colis. Du pain, du fromage de Pago et ce billet que, sans être au courant, il m'a mis en main dans le papier huilé. Elle a bien préparé la fuite, ce soir-là. Elle avait persuadé son frère de l'emmener avec lui sur son canot, avec un seul marin, pour la rapide tournée habituelle d'inspection autour de l'îlot et ils devaient se baigner, au retour, à Samarić, la baie de l'île d'Arbe tournée vers Sveti Grgur. C'est juste, les deux enfers qui se regardent — tous deux créés par les miens, en quelque sorte. Par mes compagnons d'armes à Arbe, par mes camarades à Sveti Grgur. Nous, à Goli Otok, nous étions encore dans l'eau, à ramasser des cailloux. Il lui a été facile, quand son frère et le marin se sont endormis, assommés par le Luminal qu'elle avait mis dans leur vin, de prendre le canot, qu'elle savait conduire, de s'approcher de l'anfractuosité de l'île Chauve où je m'étais caché et de m'emmener à Krušćica, puis, une fois traversée la dorsale de Cherso, avec une autre barque en Istrie, sur une plage entre Brestova et Albona.

Le marin qui nous a amenés en Istrie avec sa barque était un homme de Vidali, il appartenait au réseau que ce dernier avait organisé pour son complot manqué contre Tito. Le frère de Maria, quand il s'est réveillé, doit avoir craint, terrifié, qu'on le prenne pour l'un de ces conjurés ou pour un de leurs complices, alors on raconte qu'il a perdu la tête... Moi, j'étais déjà en sûreté de l'autre côté, en Italie. Le jaguar du Mexique n'a pas réussi dans son projet grandiose et fou de renverser Tito avec la mutinerie des marins à Pola et à Split, mais ça aussi ce n'était peut-être qu'une rumeur sans fondement, ce qui est sûr c'est que ces petits travaux au coup par coup, faire passer la frontière à quelqu'un qui avait réussi à s'enfuir de l'île, comme moi, il les a bien organisés et c'est ainsi que deux nuits après un *passeur* expert en sentiers cachés m'a conduit de l'autre côté, en traversant les alentours de Pesek, et depuis, docteur, je n'ai plus jamais mis les pieds dans un pays socialiste, je me suis éloigné de plus en plus de la Terre promise — on m'a dit qu'elle n'existe plus, qu'elle a disparu. Atlantide engloutie par un raz-de-marée. La roulette a projeté la boule hors de son orbite ; il n'y a que sur la Lune, il me semble que j'ai lu ça quelque part, que flotte encore le drapeau rouge, lancé là-haut par un engin spatial soviétique — flotte, c'est une façon de parler, là-haut il n'y a pas un filet d'air, la Toison suspendue au chêne noueux pend, immobile.

Il faudra bien pourtant que nous allions reprendre cette Toison, ce drapeau rouge tout flasque. À reculons s'il le faut, en marche arrière, comme *Argo* lancé dans la mer et aussi dans le ciel, la poupe en avant. Naviguer là-haut, parmi les constellations, pour reprendre ce qui nous appartient et qui est banni de la terre.

70

Moi aussi j'utilise le calomel, mais Rodmell, lui, il ne connaît rien d'autre. Lorsque, passé le tropique du Cancer, éclate parmi les forçats une épidémie de fièvre cérébrale, il ne sait rien faire d'autre que doubler les doses, dix, vingt, trente pilules. Quatre meurent quand même, et peu avant de mourir ont aussi le temps de devenir fous ; l'un d'eux saisit une lampe, il veut l'allumer et se jeter dans les eaux sombres qu'il voit faire irruption de toutes parts, il crie qu'il veut voir les ténèbres qui vont l'engloutir. Rodmell, en revanche, a la chance de tomber raide mort presque soudainement un matin de bonne heure ; il bascule de sa chaise, reste un peu sur le sol à haleter et meurt. Je me souviens des décoctions et des cataplasmes du docteur Rox, le médecin de la prison à Newgate, et au bout de quelques jours l'épidémie cesse sans faire de nouvelles victimes. Je passe de la table des sous-officiers à celle des officiers.

71

Cette bonne vieille, à Kruščica, me voyant tremblant et transi, m'a donné une couverture jaunâtre, une vieille peau de brebis que nous avons tirée jusque sur notre tête, Maria et moi, pour dormir quelques heures. Maria m'avait arraché de la gueule du serpent où il m'avait jeté lui, le chef, Aiétès qui tel le soleil brillait de tout l'éclat de son manteau d'or et qui nous regardait, de ses portraits, avec des yeux terribles, de petits yeux impérieux et cruels auxquels on ne pouvait échapper. « Vous n'avez donc nul égard ni nulle crainte devant mon royal pouvoir, ni devant l'armée des Colques qui assiste mon sceptre ? » demandait-il d'une voix terrible. Et nous d'obéir, d'aller là-bas, d'édifier son règne et ensuite de nous sacrifier en son nom et de finir, pour lui et en lui obéissant à lui, dans l'île Nue, Chauve et infernale. C'était l'autre qui avait pris sa place, le traître et le rebelle, le Maréchal enhardi ; c'était lui maintenant le soleil qui brillait de tout l'éclat de son manteau d'or, en nous regardant, de ses portraits accrochés partout comme des enseignes d'auberge, avec des yeux apparemment débonnaires et jouisseurs, mais dans le fond glaciaux et impitoyables, du moins tant qu'il n'entendait pas notre chœur de damnés, Tito Partija, Tito Partija !

Ce soir-là à Kruščica, dans les bras de Maria, sous cette peau de brebis déteinte. Je dormais dans le creux entre sa tête et son épaule, dans cette anse, finalement en bas dans la baie. En haut, dans le ciel nocturne, *Argo* naviguait dans une mer de sargasses phosphorescente ; des astres fleurissaient, luisantes méduses de pourpre vénéneuse.

La première de nos nouvelles nuits, pensais-je. La dernière, au contraire, de subterfuge et de tromperie. Le *passeur*, cette nuit-là aux alentours de Pesek, devait nous emmener de l'autre côté l'un après l'autre, on nous l'avait fait savoir ; à deux ensemble, c'était trop risqué, Maria passerait trois jours après, c'était plus sûr. Il valait mieux une semaine, c'est encore plus sûr, me dit ensuite à Trieste quelqu'un que je n'avais jamais vu auparavant et qui avait déjà organisé d'autres fuites, plus compliquées que la mienne. Oui, que la vôtre, d'accord, avait-il ajouté bien vite quand j'avais protesté qu'il s'agissait de nous deux. J'aurais dû le savoir, que quand le destin — ou le Parti, le Comité central du destin — décidait que pour quelqu'un le passage était trop étroit...

On ne franchit pas toujours les Symplégades, quand on remonte de l'Hadès et qu'on revient de la mer des morts. « Il n'existe nul moyen d'échapper à leur œuvre de malheur : entraînées par les rapides rafales des vents, elles se heurtent en se précipitant à la rencontre l'une de l'autre ; leur fracas emplit l'immensité du large et du ciel... L'oiseau vole, angoissé ; porté par ses ailes, il tournoie à l'intérieur des roches avec la divine ambroisie dans le bec », mais les roches se ferment comme des lames acérées et coupent les ailes, l'oiseau plonge dans le gouffre, la mort fond sur lui, le navire se brise sur les écueils.

La colombe est tombée, l'aile brisée. Maria, m'a dit Blasich de la part de Carlos — lui, le commandant, il était pressé et il est sorti presque en courant, tout massif et claudicant qu'il était, sur son visage tourné de l'autre côté il y avait une tache lie-de-vin, la honte peut-être, j'aimerais le croire —, Maria était citoyenne yougoslave et inscrite au parti communiste yougoslave pas encore redevenu un parti frère, et bientôt, peut-être, encore que, même si et quoi qu'il en soit — ce n'était pas le moment, maintenant que le douloureux fratricide semblait disposé à — non, pas encore à se terminer, hélas, ah, si seulement — mais ce n'était pas le moment de raviver la plaie saignante par des ingérences indues — et donner asile à Maria, accusée par le procureur de Rijeka — c'était la première fois qu'il ne disait pas Fiume — plus tard oui, sans doute, de toute façon le Parti suivrait l'affaire et ferait toutes les démarches, avec l'énergie qui s'imposait, pas tout de suite, bien sûr, et — Maria donc d'un côté et moi de l'autre, frontière qui coupe l'amour comme une pomme, une moitié tombe dans la boue et bientôt elle aussi devient pourriture.

Je lui ai dit oui, à Blasich ? Non, je n'ai rien dit. Qui ne dit mot consent ? Peut-être. J'étais là, dans cette pièce, une fatigue séculaire m'était tombée sur le dos — « Le diploïde s'était soudain souvenu de son âge, plus que centenaire complètement gaga... » — Je savais que je devais dire quelque chose, dire non à quelque chose d'horrible, mais en un instant tout m'était sorti de l'esprit, je ne comprenais pas de quoi Blasich était en train de parler, quel rapport avec cet officier noyé et à demi fracassé sur les écueils trouvé au milieu de la mer près de l'îlot de Trstenik, les vagues l'avaient apporté jusque-là depuis la baie de Samarić, c'est là qu'il était tombé ou s'était jeté sur les rochers. Il flottait comme un tronc d'arbre, un îlot errant ; c'est ainsi que naissent les îles, du sang, les Absyrtides aussi, ma chère Miholašćica, sont nées du corps d'Absyrte, coupé en morceaux et jeté à la mer, la fleur naît de la mort, des raz-de-marée et des volcans subaquatiques font émerger de la mer des archipels merveilleux.

Mais qui est-ce, celui-là, pourquoi est-ce qu'il s'est jeté dans la mer ; qu'est-ce que j'ai à voir là-dedans, moi, je ne savais même pas que Maria l'avait laissé là, endormi. C'est mieux ainsi, entendais-je dire à Blasich — sa voix me parvenait de loin, à travers des siècles —, sinon il aurait été immédiatement traduit en justice pour complicité dans ton évasion ou négligence, ou peut-être même pas traduit en justice mais certainement fusillé. À cause de ça aussi il valait mieux pour le moment ne pas s'encombrer de Maria, même pour elle ; si on venait à savoir qu'elle avait notre appui ce serait encore pire pour elle, on la ferait passer pour une espionne ou un agent à notre service et qui sait comment elle finirait. En revanche, comme ça, une condamnation, oui, bien sûr, c'était inévitable, mais ensuite elle s'en tirerait, on trouverait un moyen approprié, discret — et alors —, il me poussait ahuri et consentant vers la porte, comme vous maintenant, docteur, je vais me coucher, je suis fatigué, oui, oui, j'ai pris tous mes cachets et même quelques-uns en plus, comme ça, par gourmandise, j'aime les bonbons et je suis vraiment fatigué.

Dire quelque chose, me révolter, c'est une infamie, non, Maria, non, plutôt moi de nouveau à Goli Otok, mais je suis hébété, abasourdi, je ne comprends pas ce que vous êtes en train de me dire, camarade

Blasich, les paquets de mer déferlent sur le pont, s'écroulent sur moi — quel vacarme, choc des vagues contre les flancs du navire, battements d'un cœur énorme, monstrueux qui halète là-dehors — une fois, devant l'embouchure du Derwent, les marins avaient pris, hissé à bord et dépecé un requin, en lui arrachant le cœur et en le laissant sur le pont se débattre tumultueusement pendant une bonne demi-heure, éponge sanguinolente qui se desséchait et mourait au soleil. Le cœur du monde bat si fort qu'il étouffe les battements du mien, le monde est une grande baleine et moi je suis dans son ventre, entouré d'un tas de choses visqueuses, sous le grand cœur qui palpite et se contracte au-dessus de moi et qui finira par éclater une bonne fois pour toutes, alors cet éclatement défoncera la poitrine de la bête et expulsera tout au-dehors, moi compris, parcelle d'immondice qui flottera sur l'eau et sera rejetée sur la plage.

72

« Frappée de démence par les dieux, elle se lance dans la mer, la malheureuse, pour tuer ses enfants, meurtre impie... ayant bondi du haut du promontoire marin, elle partage la mort avec ses deux fils... Ô union conjugale, si féconde en épreuves, que de maux déjà tu as causés aux humains ! Qu'ai-je vu... »

— Lâche, montre-toi, ne te cache pas...

Non, je n'ai rien vu, j'ai seulement entendu dire quelque chose. Je savais et je ne savais pas qu'elle était enceinte ; c'est difficile, pour un homme — tu es attendri, embarrassé, tu ne sais pas bien ce que c'est, s'il y est ou s'il n'y est pas, si c'est déjà un enfant ou bien — quelque chose, quelque chose qui — c'est peut-être pour ça qu'elle, fière comme elle l'était, elle ne voulait pas en parler — maintenant je le sais, mon fils, notre fils, le soleil de l'avenir dans le ventre — on ne le voit pas, quand il est encore là-dedans, sous l'horizon, dans le noir, mais il y est, petit grand soleil en chemin, pour faire du jour dans le cœur — et au lieu de ça... On dit que c'est une surveillante, une herzégovinienne qui l'a prise à coups de pied dans le ventre, pendant l'interrogatoire, mais qu'elle, elle l'avait provoquée, mise au défi de les donner, ces coups de pied homicides ; elle lui avait mis le couteau dans la main, jusqu'à ce que — Que d'avorteuses pour un seul poupon. Les héros apprennent des dieux à dévorer leurs propres enfants — moi en sûreté de ce côté-ci, et Maria, et eux deux, là-bas de l'autre —, comment aurais-je seulement pu demander ce qu'elle devenait, après que — sur l'île des Morts, devant Port Arthur, il n'y a que de mauvaises herbes qu'il faut curer.

73

La vie est un voyage, tous les prêcheurs le disent et le répètent. Chez Blunt ça tournait même à l'idée fixe et pour moi, à Newgate, c'était une aubaine, il suffisait que je ressorte le pèlerin de Bunyan, l'âme en chemin de la Cité de la Perdition à la Cité Céleste, en modifiant juste un peu quelques détails, en ajoutant ou en accentuant quelques images, et lui il avait son sermon et moi mon demi-shilling.

Displaced persons, bagnards, bloody newaustralians, convicts, dagos, wogs, allons, vite, montez, en route pour la Cité de la Perdition, Terra Australis incognita. L'océan est le fleuve qui entoure la terre, un immense Achéron qui va se jeter dans les enfers. La vie est un voyage, croisière et déportation.

Là-bas, au terminus, disent ceux dans le genre du père Callaghan, ce n'est pas la fin mais le début de la vraie vie, d'une vie meilleure, vous ne mourrez pas mais vous serez transformés — pour ça oui, ça vous transforme, et comment, l'exil et le camp. Ô mort, où est ton aiguillon ? Le roi est mort, vive le roi, le diploïde est assis sur le trône. Le bateau part, chargé de diploïdes, pour le continent austral inconnu ; c'est là que renaîtra l'Internationale qui sera le genre humain des clones, des bagnards clonés et immortels, dans les fers pour toujours. Mais au fond du corridor obscur du palais de Christiansborg, derrière ces lourdes tentures, il y a la fenêtre qui donne sur la grande lumière de la mer — le train aussi sortira du tunnel dans la lumière, la baleine remontera à la surface en soufflant et en lançant son jet dans l'air lumineux. Peut-être que là-bas, au port d'arrivée, le ventre du navire qui nous porte dans son obscurité, comme autant de fœtus aveugles serrés les uns contre les autres, éclatera. Le ventre plein se délivre, les rats quittent le navire.

Si à la fin du voyage commence la vraie vie, sur le bateau nous sommes encore dans le ventre fécondé depuis peu. Qui sait qui nous a mis là-dedans et là-dessous, collés contre les parois visqueuses de la cale sombre ; sans doute un cétacé énorme, un gros membre obscène et excité qui pénètre violemment dans la cale, se frotte contre ses cavités moussues, répand un liquide gluant et hop nous voici, tous frères, presque jumeaux, tous les mêmes en tout cas, les déportés se ressemblent tous. Bientôt cette vie qui est mort prendra fin ; nous débarquerons, alors commencera la mort qui est la vraie vie, la vie éternelle du pénitencier.

Le bateau s'ébroue, il est ballotté, de temps en temps il finit sur un haut-fond ou contre un écueil, il fait eau. Il suffirait de se déplacer de quelques mètres, d'atteindre le coin où la vague n'arrive pas, mais comment on fait — comment ils font, moi je suis sur le pont — avec ces fers à la cheville droite, quatorze livres et même plus, si l'on n'a pas pu payer au garde-chiourme la taxe pour les alléger ; les enfants, qui ne peuvent pas payer, portent des chaînes doubles. Le ressac des lames qui refluent dans l'océan renverse les seaux remplis d'urine et de couvertures plongées dans l'urine pour les désinfecter des poux ; l'eau de mer qui arrive dans la bouche du bagnard immobilisé par les fers lui restitue aussi sa pisse de la veille. La bora qui descend du Kvarner fouette le *Punat*, et nous qui sommes là au fond attachés et menottés nous roulons à travers la cale. Un de l'U.D.B.A. est tombé sur Darko, un camarade d'Ika, et celui-ci, pieds et poings liés, s'étant trouvé à un moment tout près de lui, son visage collé contre le sien, lui a presque arraché une oreille en le mordant, et ensuite ils l'ont roué de coups, il était costaud mais je crois qu'il est mort. Il paraît que John Wooley aussi, sur le *Ganymède* qui l'emmenait au pénitencier, en bas dans la baie, a arraché en le mordant le doigt que le quartier-maître Gosling lui avait mis dans la bouche pour lui enlever une chique de tabac.

Si au moins le voyage prenait fin, pour toujours — si le *Punat*, le *Woodman*, le *Nelly* disparaissaient engloutis sans retour dans un tourbillon, avec nous tous, finalement disparus, n'ayant jamais existé. Combien de fois ai-je espéré, en voyant que les poutres de mon bateau — mes poutres, mes vies — se brisaient sous la furie des flots, que le bateau cède une fois pour toutes. Et au contraire ce maudit charpentier remettait chaque fois la carcasse en état, il remplaçait un morceau de poutre, beaucoup de morceaux, beaucoup de poutres, mais la carcasse, le bateau, l'âme du bateau ne changeaient pas, immortels dans la répétition de la douleur et du naufrage.

Le bateau traverse océans et typhons, il se dirige résolument vers le port de l'infortune. La Cour juge et ordonne que vous soyez déporté outre-mer, dans le lieu auquel Sa Majesté, sur recommandation du

Conseil Privé, estimera opportun de vous destiner, pour le reste de votre vie — un reste sans fin.

Je ne peux pas me plaindre, la traversée, je la fais sur le pont et en cabine, au lieu d'être dans la cale. Et quand le *Woodman*, en suivant la route des Quarantièmes Rugissants, arrive à destination, la *Hobart Town Gazette* écrit, dans son édition du 6 mai — la voici —, que parmi les forçats débarqués sous la surveillance des soldats en armes il y a aussi « un Danois du nom de Jorgen Jorgensen, naguère employé à l'infirmerie de Newgate, bien connu de la plupart des prisonniers, un homme très intelligent qui parle plusieurs langues et qui a déjà séjourné ici à l'époque de la toute première fondation de la Colonie, en tant que second du *Lady Nelson* commandé par le lieutenant Simmons ».

On dirait l'annonce d'une fête dans une chronique mondaine. Je descends du *Woodman* presque avec satisfaction, en regardant d'un œil critique les changements intervenus dans la ville et en faisant quelques commentaires sévères sur l'implantation des nouveaux édifices et sur le désordre des entrepôts sur les quais. Il est naturel que je sois affecté, en tant qu'agent comptable, au Bureau des impôts et de la douane, dont le directeur, Mr Rolla O'Ferrall, tout juste arrivé d'Angleterre, ne sait même pas compter. Six pence par jour avec logement au Bureau de la marine. Les autres forçats, presque tous, iront s'exténuer à transporter des cailloux et moisir dans des cellules.

74

Dans les fers, vraiment dans les fers, il y en a six mille, mais des forçats, docteur, il y en a beaucoup plus que ça. Graciés, confiés à des colons ou affectés à tel ou tel bureau, comme moi. En tout nous sommes treize mille — et en 1804, messieurs, sur l'ensemble de la terre de Van Diemen il y avait quatre cent trente-trois habitants. Aujourd'hui rien qu'à Hobart Town vivent plus de cinq cents personnes. Des rues propres, beaucoup de maisons en pierre et en brique, deux beaux ponts, les flèches de l'église Saint-David, la résidence du gouverneur, la prison, les casernes des soldats, les baraquements des bagnards qui ont eu la chance de ne pas finir à Port Arthur, l'hôpital, les magasins et les entrepôts, les enclos pour le bétail, les môles, les tavernes. Mieux qu'à Bonegilla, le premier camp de transit pour les émigrants en Australie, après la Seconde Guerre mondiale, avec ces cagibis sans lumière, cette saleté — douze enfants étaient morts l'année d'avant notre arrivée, je l'ai entendu dire, je crois.

Ah oui, les tavernes, disais-je, The Lamb, Jolly Sailor, The Seven Stars, Help me thro the world et, à partir du moment où je me suis mis avec Norah, la

Waterloo Inn ; il n'y en avait pas une autre où ça lui plaisait autant de rouler sous la table. Les marins aiment les escales, descendre à terre et aller dans une taverne. On en prend l'habitude au point que, quand la mer de la vie se fait tempétueuse, on descend à terre, autrement dit dans la taverne, même si on n'est plus sur le bateau. J'aime boire, même si ici dedans vous ne me servez que des sirops et du thé, rester assis à boire, et surtout à écouter les voix ; le brouhaha qui de temps en temps monte de quelques tons et parfois culmine en un hurlement, comme le ressac augmente dans le fracas d'une vague plus grosse qui se brise sur les rochers. J'aime voir les visages, les gestes. Le monde est divers, il tient compagnie. Ce n'est pas la peine d'avoir des amis ; la multitude suffit, les gens, les conversations de comptoir, un visage en feu qui dit quelque chose et disparaît pour toujours dans la foule grise, ça n'a pas d'importance, il y a aussitôt quelqu'un d'autre qui se présente et commande une bière.

Un qui aime aussi la bière, c'est le révérend Knopwood, je le vois encore, après tant d'années, bien nourri et le teint frais ; il l'écluse en exhortant les autres à ne pas l'imiter. Au Jolly Sailor, un soir, il y a une femme en vente pour cinq livres sterling. Épanouie et déjà un peu défraîchie, comme la grande rose qu'elle porte à son corsage ; un maître d'école l'emmène chez lui — pour une femme, d'habitude, on paie cinquante brebis ou douze bouteilles de rhum. Ça aussi, c'est un signe du bien-être de la ville ; les gens s'enrichissent avec la viande de porc, le bois, l'huile de baleine, le feutre de kangourou et les peaux de phoques, alors il est logique que les mœurs se relâchent un peu. Le gouverneur en place quelques années auparavant fêtait l'anniversaire du roi, à ce qu'on raconte, en distribuant, complètement ivre, des grogs dans la rue et en permettant aux forçats de lui serrer la main et de s'entendre avec les Noirs pour faire des razzias et des rapines, et se déchaîner ensuite contre ces mêmes Noirs et contre leurs femmes.

Mais maintenant, depuis que le colonel William Sorell a créé, pour les plus récalcitrants, l'enfer de Macquarie Harbour, un pénitencier digne de ce nom, et depuis que sir George Arthur, l'actuel lieutenant-gouverneur, a institué le Conseil exécutif, le Conseil législatif et un Tribunal avec juridiction pleine et autonome sur tous les délits commis dans la terre de Van Diemen, il y a plus de discipline. Cinq jours à peine après mon arrivée, je dois assister — comme tout le monde, ordre de sir George — à la pendaison de Matthew Bready et de quatre autres desperados, qui ont mis sens dessus dessous Hobart Town avec leurs rapines, puis ont pris le maquis.

Une pendaison, c'est toujours un spectacle. Ici aux antipodes, dans les colonies, c'est tout autre chose qu'à Tyburn ; il n'y a pas cette gaieté de taverne et de combats de coqs, avec des hurlements, des beuveries, des mains qui se posent sur les seins des femmes, des marchands ambulants qui proposent en braillant des galettes et du rhum. Ici c'est solennel, c'est un rite initiatique de la civilisation dans la Terra incognita, le sang de la Nature qui entre dans l'Histoire. Les églises catholique, anglicane et méthodiste donnent leur bénédiction solennelle, le révérend entonne le cantique The hour of my departure comes, I hear the voice that calls me home ; les forçats eux-mêmes, en rang, ainsi que la foule des habitants regroupés sur invitation et ordre de sir Arthur, s'unissent au chœur In the midst of life we are in death. Les corps tressautent dans le vide et se raidissent ; la mort est une rafale qui tend les voiles et les haubans. L'oiseau aussi se dresse, dur et inutile, le bateau glisse dans l'éternité, debout comme un drapeau ; au-delà de ce passage le vent tombe, un chiffon pend, flasque, entre les jambes. Pour dire la vérité j'ai craché par terre, quand j'ai vu ces malheureux se balancer dans le vent ; un joli glaviot, qui a failli atterrir sur les souliers du gouverneur, et c'est la seule fois que j'ai tâté du chat à neuf queues. Ça m'apprendra à faire attention.

J'en ai vu beaucoup, de pendaisons, à Hobart Town ; cent cinq. Pour sir George Arthur, ces exécutions publiques sont du même ordre que le nettoiement des rues boueuses, un progrès pour la communauté. Je profite de ces heures pour recueillir, comme je l'ai vu faire à Londres, les dernières paroles des condamnés et les publier — en les retouchant un peu, bien entendu. Entre autres parce qu'à Hobart Town le marché est limité, alors il faut seconder le désir du gouverneur, qui aime que sur le gibet ces délinquants qui, par leurs exploits, ont terrorisé les colons, se montrent repentis et épouvantés par la mort, de sorte que la population apprenne que même ces diables sont en réalité des lâches, et qu'ainsi ils ne lui fassent plus peur.

Je laisse donc tomber le courage avec lequel Matthew Bready monte au gibet, acclamé par la foule qui voit en lui un justicier, la chanson paillarde coupée net dans la gorge par la corde tandis que Bryant chante « Vas-y, chéri, enfonce, enfonce » et les obscénités de Jeffries à propos de Sa Majesté ; je ne parle pas non plus de William Tafferton qui, la veille de son exécution, essayait de vendre, séparément, une de ses jambes et son cœur à deux chirurgiens, en leur délivrant — afin que d'autres ne puissent pas mettre la main dessus — des reçus en bonne et due forme pour les sommes touchées, aussitôt dépensées en rhum pour fêter sa sortie de scène, la veille de ses noces avec sa jolie fiancée. En revanche je note la pâleur de Perry tandis qu'il prie et, à la vue du bourreau, se met à vomir et à chier dans son froc, tellement que le bourreau, dégoûté, le prend à coups de gifles et lui, il essaie de se jeter à genoux, risquant ainsi de s'étrangler quelques instants plus tôt que prévu.

Quand les forces de Coriolis t'entraînent ici en bas et te font tourbillonner autour du trou du cabinet du monde, il faut bien que tu te débrouilles. Je me démène auprès de mes vieilles connaissances, le révérend Knopwood ou Adolarius Humphrey, l'éminent géologue. Après tout nous sommes arrivés ici ensemble sur le premier bateau ; nous avons en tout cas créé ensemble ce monde — et ça doit quand même leur faire quelque chose de me voir parmi les bagnards. En effet ils se comportent bien et écrivent à Son Excellence, le Gouverneur, pour lui demander ma grâce.

Humphrey, à présent, est haut fonctionnaire dans la police et ne s'occupe plus guère de roches ni de l'âge de la terre — est-ce que ça compte, quelques milliers d'années ou de siècles en plus ou en moins, regardez, moi par exemple, je ne sais plus très bien si j'en ai deux cent dix-sept, quatre-vingt-sept ou... Vous ne le savez pas vous non plus, vous photographiez avec vos machines la bouillie du cerveau, mais la vie, l'histoire, le visage d'un homme, c'est autre chose, vieillesse et jeunesse se reflètent sur le visage comme la lumière du soleil sur la terre, elles s'évanouissent et reparaissent. Humphrey représente aussi au gouverneur combien sont précieux certains de mes renseignements — recueillis en arrachant ici et là quelques confidences — sur les comptes du Trésor falsifiés pour semer la panique et ruiner le système de crédit de la colonie. Sir George hésite, de Londres on lui a fait savoir que je suis un élément dangereux — très juste, mais uniquement pour moi.

La Compagnie envisage l'acquisition et l'exploitation des territoires du nord-ouest de l'île, dont on connaît certaines baies et embouchures de fleuves, mais dont l'intérieur est inexploré. Trois mille six cents milles carrés de terre, limités au nord par cent milles de côtes sur le détroit de Bass entre Port Sorell et le cap Grim, et à l'ouest par quatre-vingts milles de côtes sur l'océan, du cap Grim à l'embouchure du Pieman.

Il est naturel que ce soit moi qui organise l'expédition — en tant que forçat je ne coûte pas cher, six pence par jour plus la nourriture, et s'il devait m'arriver un accident ce ne serait un problème pour personne, ça ne l'a jamais été. Cinquante milles par semaine, sous les pluies, en enfonçant dans la terre, sur les monts trempés de neige boueuse, soixante-dix livres de chargement par personne, et pour moi en plus les huit livres d'une épée. Mes deux compagnons — Mark Logan, un forçat lui aussi, et Black Andy, un Noir — ne comprennent pas pourquoi je la traîne avec moi mais moi j'aime bien, quand je marche dans la forêt, mettre de temps en temps la main sur la garde. Les derniers avant-postes des Blancs, l'auberge de Brighton et les bergeries du capitaine Wood, la terre sur laquelle le téméraire banqueroutier Kemp s'est construit un empire, le royaume de Dunn, le bushranger qui terrorise les rares colons de la brousse ; des pluies torrentielles pendant des jours et des jours, au bout d'un moment on ne s'aperçoit même plus qu'on est trempé, un phoque sous l'eau lui non plus ne se sent pas mouillé.

Des cartes dessinées sous la pluie qui les efface ; les fleuves débordent mais se profilent, nets et sinueux, sur ces cartes mouillées, ils nous mettent dans l'eau jusqu'à la ceinture, nous empêchant d'avancer, mais sur la carte ils sont déjà les routes bien aménagées de demain — l'Ouse et le Shannon se jettent dans le Derwent, le Tamar remonte jusqu'à Launceston. Faire l'histoire — et aussi la révolution — ça veut dire surtout mettre de l'ordre dans la jungle, tracer des sentiers et des routes dans le marécage indistinct.

Je pense à un livre de géographie, le premier qui serait consacré à la terre de Van Diemen ; ça pourrait même rapporter une jolie somme et on appellerait mont Jorgensen cette montagne devant nous dans laquelle depuis plusieurs jours nous cherchons vainement une passe, mais en attendant la crue augmente, je tombe à l'eau, mon épée et la charge que j'ai sur le dos me tirent vers le fond ; je coule, l'eau m'entre dans la bouche et en ressort, je suis moi-même le fleuve qui mugit et en crachant inonde tout, je suis la bouche d'un squale, l'obscurité du gouffre dans ma tête, un éclatement noir soudain déchiré par une lumière insupportable. Tout est presque fini, mais un bras m'agrippe et me remonte à la surface et sur la rive — Black Andy, nu, sa main noire dans ma bouche et dans ma gorge, l'eau sort de moi comme d'une source, ma tête résonne encore, antre bouillonnant de grosses vagues, Andy m'écarte les lèvres, il souffle et respire dans ma bouche ; au bout d'un moment les eaux dans ma tête se calment, elles coulent, légères, légères, une brise les caresse, j'ouvre les yeux, le monde se recompose, les morceaux se réassemblent, arbres rives inondées la cabane le visage noir d'Andy ses dents.

Ce mont continue obstinément à nous barrer la route, jusqu'à ce qu'un kangourou qui se sauve nous fasse découvrir un passage. Nous nous lançons à sa poursuite, les chiens le rattrapent et le tuent — avancer, me dis-je en mangeant sa chair rôtie sur un feu allumé à grand-peine parmi les fougères dégoulinantes, ça ressemble à tuer, les sabres et les hachettes abattent des arbres et des buissons pour nous ouvrir un chemin. Dans un vallon, des restes rongés par le temps ont encore une odeur qui fait grogner les chiens. Des crocs et des rostres d'animaux ont décharné ces os — oui, se souvient quelqu'un, il doit s'agir de Dickson, Rever et Stean, les trois évadés qui sont arrivés ici et s'y sont arrêtés pour toujours, servant de pâture aux bêtes. Et peut-être pas seulement aux bêtes ; ces entailles dans les os ont été faites par des couteaux, ces trois-là doivent s'être entre-déchirés, entre-dévorés, d'abord à deux contre un, puis l'un contre l'autre, un homme, même amaigri, c'est une belle portion, et ensuite les chiens sauvages, les vautours et les fourmis ont fait le reste.

Au cap Sandy, nous rencontrons des indigènes, guidés par une femme et arrivés sur la côte avec des catamarans qui glissent, légers, sur les vagues. Les femmes sont nues, les guerriers déposent leurs lances en signe de paix.

À la ferme de Ross, par contre, les Noirs se sont révoltés après avoir été volés, et ils ont tué un homme, un Écossais, mais ensuite les Blancs, aidés aussi par Dunn qui pourtant d'habitude les pille, en ont étendu raides morts quelques-uns, je ne sais pas combien. Vivre, tuer. Pourquoi Andy m'a-t-il tiré hors du fleuve ? Je le regarde longuement dans les yeux. Je crois qu'il comprend son erreur, la dette qu'il a envers moi. Le moment venu, je m'en souviendrai, je la lui rappellerai.

75

« Celui qui se révolte est perdu. » — C'est à moi que tu viens dire ça, toi, avec tes pseudonymes ridicules, cette fois-ci Étoilerouge ? Bien sûr, perdu. Et pourtant... Sur l'*Hellenic Prince*, où j'avais été transféré du *Nelly*, nous étions entassés comme du bétail, neuf cent cinquante-quatre émigrants de toute l'Europe dans un bateau fait pour en contenir la moitié ; hommes et femmes séparés, comme au Pedocin, au point qu'il n'était même pas possible d'échanger un mot avec son épouse durant tout le voyage ; la tambouille était infecte, dans les ports nous ne pouvions pas quitter le bateau et nous achetions ce que nous pouvions en faisant descendre les sous avec des cordes et en remontant des choses ignobles. Réfugiés, déportés que la Seconde Guerre mondiale avait jetés ici ou là en leur enlevant tout, et qui maintenant se remettaient en marche, autre fuite, autre mer, autre exil. À bord on pouvait faire quelques travaux, comme ça les marins et les sous-officiers se reposaient et ils nous payaient en kunes croates qui n'avaient plus cours et ne circulaient qu'entre nous, les émigrants ; on nous avait même obligés à changer tout notre argent contre ces kunes, et nous en avions des valises pleines.

Si quelqu'un sur l'*Hellenic Prince*, même un enfant, était malade, le médecin de bord ne daignait pas se manifester ; nous imprimions même un journal, le *Kangourou*, pour dénoncer ces abus et l'I.R.O. qui spéculait et faisait des profits sur la nourriture avariée et le mal au ventre et la fièvre des enfants. Tout est là, relaté dans cette étude historique exhaustive et solidement documentée. Non, mon nom n'y figure pas, j'aurais moi le premier prié de ne pas le mettre, mais ce spécialiste averti a compris de lui-même que s'il citait mon nom, avec tout ce que j'avais déjà subi, il me mettrait en difficulté. Et du coup, il a remplacé mon nom par celui de... peu importe. De toute façon il est facile de deviner lequel, parmi ces cinq. Oui, car à Perth, arrivés au port, nous avons perdu patience ; nous avons protesté, et comment, avec force délégations et comités ; nous étions cinq délégués, en somme une véritable mutinerie ou presque — je ne sais pas pourquoi je dis presque. L'officier glacial et poli, qui nous avait tranquillisés par des paroles rassurantes quand nous étions montés sur le pont, a, une fois descendu à terre, décrit aux autorités portuaires notre protestation comme « Mutiny ». Se mutiner, en mer, semble aussi inévitable que naviguer.

Une mini-révolution, on nous a même arrosés avec la lance à incendie ; bien sûr à Dachau ce n'était pas de pompes à eau qu'ils se servaient. Arrivés à Bonegilla, au camp d'accueil, c'était pire que sur l'*Hellenic Prince*, sept mille sept cents personnes dans des baraquements, mille six cents sous des tentes, douze enfants morts à cause des mauvaises conditions sanitaires et hygiéniques — Comment voulez-vous que nous ne nous soyons pas insurgés, que nous n'ayons pas protesté, ça n'a pas servi à grand-chose mais ça a servi quand même. Quelquefois il faut vraiment dire non, même si...

76

Ah, voilà, on reprend la séance thérapeutique — thérapeutique, je ne sais pas, mais séance à coup sûr puisque nous sommes assis sur ces bancs à bavarder tranquillement... Ça me plaît, cette habitude de nous raconter les uns aux autres vie mort et miracles, ce que nous avons fait et pourquoi et comment... Thérapie de groupe, la fine équipe comme à la taverne, tout reste comme avant, bien sûr, et pourtant — Quand je suis revenu à Hobart Town, en descendant le Tamar, on m'a délivré le *ticket of leave*, qui permet aussi, avec une autorisation révocable à tout moment par le gouverneur, de chercher un travail. Et en effet j'en ai trouvé un, et même plusieurs, j'ai fait à peu près tous les travaux possibles, à part les travaux forcés. Les romans que j'avais écrits en Angleterre, je n'étais pas parvenu à les faire publier à cause de la mauvaise volonté des critiques littéraires, mais la réputation de ma plume était arrivée jusqu'ici en bas, et c'est ainsi que je participe avec un certain succès à des polémiques entre divers journaux de la colonie, que j'écris une histoire des origines et de l'expansion de la Compagnie — sans la signer de mon nom, par prudence — et quelques biographies et autobiographies de forçats — comme celle de John Savery, très semblable à la mienne, d'ailleurs, peut-être copiée sur la mienne, qui sait, ou de bushrangers comme Howe, seigneur de la forêt et terreur de la région bordant le Derwent, qui, après avoir maintes fois échappé aux soldats et aux chasseurs de primes, est finalement tombé près du Shannon. Sa tête coupée a fini sur la place de Hobart Town. À propos, messieurs, si par hasard la mienne vous intéressait, je vous en prie, je vous donne dès à présent l'autorisation. C'est toujours mieux que ces crânes de Noirs dont je me demande qui ils peuvent intéresser, à part des maniaques déguisés en savants...

Nous sommes en train de fonder un pays — ces pierres énormes que les forçats sortent de la mer sont ses fondations — et donc, bien évidemment, aussi sa littérature. Je publie — non, ce n'est pas un faux, j'ai juste fait quelques retouches, c'est inévitable — les lettres, les proclamations et ces étranges cauchemars de Howe, écrits avec son sang dans un carnet relié en peau de kangourou. Dans ses commencements, la littérature est encore imprégnée de terre et de sang ; elle en porte encore l'odeur sur elle, chronique de Romulus qui raconte le meurtre de Remus. Ensuite le papier passe de main en main, comme l'argent, et à force d'être frotté il perd cette odeur, devient sale mais moralement présentable. Les bandits deviennent tout de suite légende, et la légende tout de suite une entreprise commerciale prospère, qui rapporte de l'argent tôt ou tard pillé par d'autres bandits ou peut-être par les mêmes.

Mais les bandits, le seul qui les comprenne vraiment c'est le policier, comme les seuls à connaître les baleines sont les baleiniers qui les harponnent. Et c'est ainsi que, le 21 mai 1828, j'ai ici l'attestation, je deviens constable à Oatlands, dans une zone particulièrement infestée de brigands. Lorsque, à Richmond, j'arrête personnellement Sheldon, que personne n'ose toucher, il est tellement surpris que quelqu'un ait le courage de lui mettre la main au collet qu'il n'oppose pratiquement aucune résistance. Je donne la chasse à ces bandits l'un après l'autre, dans ces forêts et parmi ces montagnes, murailles grisâtres, fougères zébrant le ciel sombre. Je sais chasser, vu que depuis toujours on me donne la chasse : je sais où conduit l'instinct désespéré de la fuite, où se réfugie la bête traquée et je la précède, je suis déjà là à l'attendre devant le trou où elle vient se terrer. Moi, geôlier à Dachau, gardien à Goli Otok ?

J'en ramène soixante, de ces fugitifs, à Hobart Town, chien à la chaîne qui garde des loups enchaînés. Nos pas et nos couteaux se fraient un chemin dans la forêt ; coins sombres de forêt, torrents, espaces herbeux sortent de l'obscurité immémoriale, acquièrent un nom. Nous essayons d'apprivoiser l'inconnu avec les noms du salut : Jericho, Jordan River, Lake Tiberias. Mais la nouvelle petite histoire sanglante qui commence est elle aussi un font baptismal, qui donne des noms au monde sorti des ténèbres pour entrer dans d'autres ténèbres : Murderer's Plain, Killman's Point, Foursquare Gallows. C'est pendant cette chasse, à Campbell Town, sur l'Elizabeth River, l'un des endroits les plus mal famés du territoire, que je rencontre... non, pas Maria, Norah. Je ne sais pas si vous vous rendez compte...

77

Voilà pourquoi les *Argonautiques*, je l'ai compris plus tard. Sa thèse de doctorat à l'École normale de Pise, avec félicitations et imprimatur pour celui qui n'était pas encore (ou était peut-être déjà ?) et qui maintenant n'est plus le camarade Blasich. Mais il avait fait aussi une thèse complémentaire sur un mythographe plus tardif et mineur, une petite thèse perverse comme la version de cet érudit tardif, qui en effet lui plaisait beaucoup. Médée, me disait-il en clignant de l'œil, après avoir tué ses enfants, revoit Jason chargé d'ans et d'infirmités, elle lui pardonne, le rajeunit grâce à son art de magicienne et le reprend avec elle, c'est de nouveau un homme attirant et à qui on ne peut pas se fier. Tu comprends ? C'est ainsi que vont les choses. La trahison, la fuite, le meurtre de son frère, l'humiliation à Corinthe de l'étrangère, méprisée de tous et en premier lieu de son époux Jason, à qui elle a tout sacrifié — les tourments homicides et suicidaires infligés à ses propres enfants, l'extrême négation de soi de la mère, tout est oublié, non, c'est devenu un souvenir parmi d'autres, et tout recommence à nouveau. Même le lit — plus comme avant, les années passent pour tout le monde, mais par quelques artifices plus ou moins magiques on remédie au délabrement d'un visage, à une poitrine qui s'affaisse ou se dessèche, à un oiseau qui n'a plus tellement envie mais qui quand même, à l'occasion, fait ce qu'il doit, ce qui plaît à tous les deux. De nouveau là-dedans, de temps à autre, dans cette caverne obscure et humide, un peu blanchie et rabougrie mais encore ruisselante ; là-dedans, où a commencé le mal, le délire, la tromperie, la descente dans l'Averne, et maintenant, comme si de rien n'était, on recommence... Maria ressortie du bourbier stygien où je l'avais enfoncée. Trois ans dans les prisons titoïstes, puis le Silos à Trieste, en compagnie des derniers réfugiés restés dans le camp, peu de temps avant qu'il soit fermé. Et enfin, pour elle aussi, displaced person, la Terra Australis incognita, l'émigration ici en bas.

D'autres camps de réfugiés, des enfers blêmes — elle avait trouvé un poste d'employée à l'E.P.T., Electric Power Transmission Pty Ltd, où l'on ne parlait presque que triestin, tellement il y avait de gens de chez nous qui y travaillaient, et ensuite dans une entreprise d'expédition à Hobart. Quand je l'ai vue devant moi, dans cette auberge avec ce visage moins ferme, comme affaissé, son ineffaçable noblesse sous une fatigue plus vulgaire... elle se fait appeler Norah. Beaucoup de ceux qui arrivent ici en bas changent de nom et de prénom ; même moi, je ne sais pas pourquoi, ça me semblerait bizarre de l'appeler Maria, et pourtant —

78

Norah Corbett, ma femme devant Dieu et devant les hommes. Surtout devant ces ivrognes de la Waterloo Inn et des autres tavernes, où elle boit plus qu'eux. C'est dans l'une d'elles que je l'ai rencontrée. Irlandaise, fille de paysans, condamnée à la déportation à vie pour vol. Au bagne de femmes de Hobart Town, fouettée à plusieurs reprises pour avoir répliqué et par deux fois pris à coups de gifles les gardiens qui promenaient leurs mains sur elle, fouettée de nouveau parce que sous les coups du chat à neuf queues elle riait effrontément et se tapait sur les fesses. Toute petite elle a été renvoyée de l'école, c'est pour ça qu'elle est analphabète, et elle s'en vante. Sa bouche est large, charnue dans un visage un peu bouffi ; dans ses très beaux yeux bruns et obliques — ils devaient être plus sombres autrefois — on devine une lumière maintenant voilée par l'alcool, sa poitrine aussi, qui s'est affaissée, devait être très belle. Il me semble que mes mains s'en souviennent, là-bas, une autre fois, au bord d'une autre mer, il y a très longtemps, oui, je dis très longtemps par rapport à maintenant, docteur —

Tu es arrivée ici en bas pour moi, pour me suivre

fidèlement dans le mauvais sort. Médée suit Jason revenu dans la ville dont il est le prince. Moi je le suis encore plus, puisque je l'ai fondée. C'est moi qui t'ai attirée ici en bas — ce n'est pas de ma faute, Jason aussi a été dénigré pour la façon dont il t'a traitée à Corinthe, mais il faut comprendre.

Qu'est-ce que j'y pouvais, moi, si une sauvage qui arrive du bout du monde se trouve exilée et étrangère sur la terre de son époux et si celui-ci n'a pas trop envie de la montrer... Ce qui est arrivé est arrivé, même si de temps en temps ça perce le cœur. Ta silhouette dans l'ombre, parmi les buissons, ce soir-là à Pesek tandis que je passais de l'autre côté ; dans l'ombre mais bien nette, les yeux qui brillent dans l'obscurité, le ventre qu'il me semble maintenant voir déjà à cette époque légèrement gonflé, non, ce n'est pas possible, à cette époque toi-même tu ne le savais pas — Et pourtant... Je restais longtemps en toi, après avoir fait l'amour, ça nous plaisait de rester comme ça, moi en toi, comme dans la mer. Quelquefois je m'endormais, en toi, dans la grotte marine ; dans la Plava Grota, au-dessous de Lubenice, au début on ne voit rien puis l'œil s'habitue et tout est d'un bleu azuré et luisant, le sourire de Maria dans cette obscurité lumineuse. Je reste longtemps en toi, nous nous sentons encore fortement, de moins en moins mais toujours fortement ; puis il arrive que je te fasse rire, ça te plaît, tu me le demandes, tu ris fort, sans retenue, j'adore la vulgarité de ce rire, ça te contracte les muscles et moi je suis expulsé de la caverne marine, réfugié en exil, maigrelet et flasque, displaced person, chassé de l'Éden et encore devant la porte qui se referme.

Norah ne se préoccupe pas de mettre sous elle un mouchoir ou un chiffon, sur cette vieille couverture jaunâtre on ne voit de toute façon plus rien, une tache comme les autres. La Toison est pleine de taches, des siècles de sang de sueur de sécrétions ; elle est sous nous, sous sa chair en sueur, c'est le bon endroit, où elle ne fait de mal à personne. Elle dégage une forte odeur animale, excitante. Sur le drapeau de la révolution aussi on peut se coucher pour faire l'amour. Norah, tout de suite après, s'envoie une bonne rasade de rhum. Avant aussi, pour tout dire, même l'amour ça ne la fait pas boire moins, bien qu'elle me promette de ne pas dépasser deux verres de bière par jour ; comment serait-ce possible, le rhum et la bière sont ses herbes magiques, qu'elle a toujours avec elle, les potions et les philtres avec lesquels elle endort les dragons et toute peur des dragons dans le cœur.

Et de fait, quand on lui promet un bock de bière blonde pour chaque réponse, elle témoigne contre quatre bandits que j'ai arrêtés, sans se soucier d'aucune menace. Certes, quand je viens la chercher pour l'emmener au tribunal confirmer son témoignage — je l'avais installée à la Waterloo Inn, c'est là qu'elle me semblait le plus en sécurité —, je la trouve en train de picoler avec des types à la mine patibulaire, je la prends par le bras pour l'entraîner dehors, mais elle se rebiffe, elle est ivre, elle me casse une chaise sur la tête moi je lui flanque des gifles les autres interviennent. Il y a une bagarre générale à la suite de laquelle je me retrouve au violon, suspendu de ma charge de policier, pendant qu'elle est peut-être encore à l'auberge en train de se saouler, de vomir, de dormir sous la table jusqu'à ce qu'on ferme et qu'on la jette dehors, en la laissant par terre. Elle a l'habitude ; avec tout ce rhum et aussi avec quelques rondeurs qu'elle s'est fabriquées grâce au rhum et aux plats que son amie Bessie lui fait passer en douce de la cuisine du gouverneur, elle ne sent pas le froid.

J'aime cette chair épanouie, entre ses deux seins opulents on se repose bien, j'écrase mon visage sur sa peau en sueur et je me sens à l'abri. Il y avait un phoque étendu sur un écueil près d'une grotte entre Traù et Sebenico, plus près de Sebenico, qu'on voyait de la *battana* de Tihomir, quand nous sortions en mer en longeant les côtes. De loin on aurait dit une femme toute ronde comme Stani, qui servait les clients à la poissonnerie et dont on disait que, même abîmée et brisée par la vie plus que par les années, elle avait toujours le plus beau cul qu'on puisse trouver entre Zara et Split. Pourtant quand la barque approchait, le phoque plongeait et disparaissait. On le voyait descendre vers le fond, bleu foncé et bien en chair, comme Stani. Ce devait être merveilleux de pouvoir s'enfoncer doucement dans ce blanc bleuté qui devient bleu puis noir ; là-dessous on ne sent rien, si quelqu'un te jette une pierre elle arrive si doucement qu'elle ne te fait pas mal.

Tihomir se souvenait de la légende du phoque, une femelle qui, quand elle était là-dessous dans une grotte, dans une eau lumineuse et transparente comme le clair de lune, enlevait sa peau et était une magnifique jeune fille, mince, sans toute cette graisse mais quand même bien en chair et avec deux nénés ronds et durs ; elle dansait toute seule et faisait avec ses pieds naître de petites vagues qui venaient se briser doucement contre les parois de la grotte en une écume azurée. On pouvait aussi la voir sous l'eau si transparente en arrivant discrètement avec une périssoire, mais c'était dangereux ; c'était peut-être une vila, une sirène, même si elle n'avait pas les doigts palmés comme un canard, et les vilas, il ne faut pas les mettre en colère, elles sont bienveillantes et font même l'amour avec les hommes, mais seulement par compassion, et elles ne donnent naissance qu'à des filles, gare si un homme avec elles fait l'orgueilleux et veut commander.

Si on s'imagine qu'avec Norah je pouvais me mettre à commander ! Elle savait embrasser et se faire embrasser, mais quand elle avait bu — et elle avait presque toujours bu —, elle prenait un balai un bâton ou une chaise et elle ne voyait plus rien. Peut-être qu'elle aussi elle n'avait qu'un œil de bon et qu'elle fermait celui-là plutôt que l'autre. Stani, en revanche, avait les yeux bien ouverts quand elle fixait la mer d'un regard fatigué, elle était fanée mais on voyait encore combien elle avait dû être belle. Janez, son mari, était toujours ivre et la battait ; peut-être qu'il l'avait surprise jadis dans la grotte sans sa peau et qu'il la lui avait emportée et cachée, par dépit, comme ceux qui mettent en cage un grillon et le rendent aveugle pour le faire chanter et ensuite ne restent même pas à l'écouter.

J'aurais voulu entrer comme un voleur dans la maison de Janez, fracturer des tiroirs ou des coffres, trouver la peau de phoque et la donner à Stani, qui se la serait mise et aurait ensuite disparu, heureuse, dans la mer. Bien sûr ça aurait chagriné ses deux jeunes enfants, Anka et Jure, mais elle leur aurait apporté quantité de coquillages et de perles du fond de la mer et des coraux de Zlarin, l'île voisine riche de cet or rouge caché sous l'eau, et elle serait venue jouer avec eux parmi les vagues, en leur lançant un ballon et en le faisant tourner sur son nez.

Norah quelquefois voulait être prise comme une bête et je me souvenais de ce que les marins font avec les femelles des phoques, mais souvent ensuite ils les tuent, la chair appelle le sang, je ne sais pas pourquoi mais c'est comme ça, moi au contraire après avoir fait l'amour comme Norah voulait, je lui embrassais tendrement le dos et les pieds et je lui tenais la main. Alors j'étais un peu moins seul et elle aussi peut-être, comme moi au bord du grand gouffre noir, elle était un peu moins seule.

Unis devant je ne sais quoi — le néant, la Terra Australis incognita, le continent de glace qui, dit-on, s'étend, immense, au sud, et où iront bientôt l'*Erebus* et le *Terror* sous les ordres du commodore Ross. Quand je la sentais près de moi, je savais ce que signifiait le fait que, quoi qu'il advienne, elle était ma femme. Si j'avais compris ça plus tôt, à Fiume... Elle avait signé en faisant une belle croix, sous le regard satisfait du révérend Robinson — un brave homme, il m'a même défendu contre les accusations calomnieuses d'athéisme —, le registre des mariages de l'église St. Matthew à New Norfolk, voilà, le 25 janvier 1831, je m'en souviens, c'est écrit ici.

Mena coyeten nena, je t'aime. J'avais appris ces mots-là en me battant contre les Noirs dans le bush et en les repoussant vers la réserve de Bruny Island — on m'avait fait sortir de la prison où j'étais allé finir à cause de Norah pour m'enrôler dans cette expédition et même pour me mettre quasiment à sa tête. Je les ai combattus, ces sauvages, je ne pouvais pas faire autrement, mais j'ai aussi étudié leur langue, leurs coutumes, leur vie. J'ai même commencé à écrire un dictionnaire, ou presque. Je les voyais mourir ; il n'y avait rien à faire, nous étions arrivés là pour les détruire, indépendamment de notre volonté et de notre méchanceté. C'était le destin qui nous avait expédiés ici en bas, tous tant que nous étions, forçats enchaînés à ses ordres ; même le gouverneur, même

Sa Majesté au-delà des mers, de simples outils de destruction, et il était juste d'obéir, c'est le grand ordre du monde et du bateau.

En somme il était juste — c'est-à-dire inévitable — d'emmener tous ces Noirs, de gré ou de force, ce qui revient à dire de force, à Bruny Island. Après tout en quelques années plus de vingt Blancs sont morts, de la main des Noirs, et il est inutile de s'imaginer qu'on va les convaincre par la persuasion et la douceur. Non, quand il le faut il le faut, le Parti non plus n'est pas fait pour les âmes délicates mais pour les nécessités d'airain de l'Histoire, et la pitié du médecin envenime la plaie du malade, je ne dis pas ça pour vous, docteur. La Guerre Noire proclamée par sir George est une charognerie, mais elle est inévitable et je ne me défile pas — du reste l'ordre est d'éviter de faire couler le sang, de les capturer et de les déporter vivants, pour chaque Noir capturé il y a une prime de cinq livres sterling. Il est probable que dans ces landes désertes où nous le déchargeons il crèvera, comme ceux que nous avons retrouvés moribonds à Great Island ; ils mouraient de faim et de soif, ouvrant et fermant spasmodiquement la bouche comme des poissons restés sur les rochers quand la mer s'est retirée. Nous sommes tous destinés à mourir, individus peuples et empires, et si leur tour est arrivé, ce n'est pas de ma faute.

Mais qu'il en reste au moins le souvenir ; personne ne doit disparaître comme s'il n'avait jamais existé, c'est pour ça aussi que j'écris les épitaphes des forçats enterrés sur l'île des Morts, et pas seulement pour les deux shillings qu'on me donne pour chaque inscription funéraire. Je recueille les mots de ces fantômes noirs de la jungle, comme l'a fait aussi le révérend Bedford ; j'essaie de reconstruire des verbes, des conjonctions, les chaînes de sons qui disent la course précipitée du temps, son évanouissement, ses traces qui se dissipent comme de la fumée dans l'air. Ils en ont beaucoup, de mots, beaucoup de langues différentes. Kangourou se dit íla, wula, riéna, lena, line, rárina, tömnana ; cygne, robigana, rowendana, pübli, kalangúna. Le ciel se couvre de nuages, nuage se dit wa'rantina, obscurité du ciel. Mensonge se dit manintayana, même si les Noirs ne mentent pas et si l'un d'eux, Montilangana, va au-devant de gros ennuis parce qu'il raconte avec candeur qu'il a tué des Blancs. Oui, ces Noirs ont vraiment du mal à mentir. Il y a la réalité et c'est tout. S'il neige, il neige. Comment faire pour dire qu'il ne neige pas, et quel sens cela aurait-il ? Ils aiment bien ce passage de l'Écriture que le révérend leur fait répéter : Nar-a-pa, oui, Poo-by-er, non. Que votre oui soit oui et que votre non soit non. Souvent le révérend, un peu gris, se contente de dire et de répéter avec eux, comme une litanie : Nar-a-pa, Poo-by-er. — « Excellente mémoire pour les choses qu'il invente, plus que pour celles qui lui sont peut-être arrivées. Fiche nosol... » — Clic, et hop, effacé, qu'est-ce que vous en savez, vous autres, de ce qui est arrivé ou pas arrivé...

Mena coyeten nena, j'aime bien dire à Norah je t'aime — je me souviens vaguement de quelque chose, d'autres bras bruns au bord de la mer, mais nous sommes tous les deux un peu éméchés et je m'embrouille, elle, elle boit et elle se met en colère si je ne me saoule pas moi aussi, je ne sais plus combien de fois nous avons fini au violon pour avoir tout cassé dans une taverne quand nous étions fin saouls. N'empêche qu'elle aime bien ces mots que je recueille et qu'elle ne comprend pas ; elle a même appris une chanson de Noirs qui venaient à l'auberge mendier un peu d'alcool et qui se saoulaient avec elle, Taby-ba-tea, Mocha, my boey-wa, Taby-ba-tea, Mocha, my boey-wa. Il lui est venu le caprice de ne pas aller au lit avant de finir la chanson, et si j'avance impatiemment mes mains pour lui ôter son corsage elle me repousse d'un coup de genou tout en continuant à chanter, Loma-ta-roch-a-ba-long-a Ra, Loma-ta-roch-a-ba-long-a Ra.

Quelle importance, d'ailleurs, de comprendre ou pas cette cantilène ? Jason lui non plus ne comprend pas Médée quand elle murmure ses sortilèges et invoque ses dieux de la nuit, et peut-être que Médée elle-même ne comprend pas les formules magiques qu'elle est en train de murmurer, tout comme les gens à l'église ne comprennent pas les prières qu'ils marmonnent, et comme moi non plus je ne comprenais pas, à Fiume, quand je devais dire, en jouant dans cette cour, cassezigonaiedè siraicrumpira ziela-hisciaseplema... Norah me demande aussi comment les femmes noires font l'amour et si je dis que je ne le sais pas elle se met en colère et me jette à la tête le premier objet qui lui tombe sous la main — Elle ne me croit pas, vu que ces femmes tyrannisées par leurs sauvages de maris vont si volontiers avec les Blancs ; et elles font très bien, la femme est faite pour commander l'homme et le monter, elle aussi elle aime se mettre à califourchon sur moi jusqu'à me réduire à l'état de chiffe, elle me fourre encore une bouteille dans la bouche pendant qu'elle est sur moi, elle me fait boire pour me requinquer et recommencer, une fois j'ai failli m'étouffer à cause de ce rhum que j'avais avalé de travers. Les femmes pélasgiques, dit Blasich dans sa thèse complémentaire faite d'emprunts glanés ici et là, chevauchent leurs hommes et les rejettent quand ils sont épuisés ; Jason lui-même, lorsque Médée vieillie le reprend vieilli lui aussi, doit payer cher toutes les avanies infligées par le gigolo de jadis.

Norah se saoule même quand j'obtiens le *conditional pardon*, qui m'autoriserait à me rendre partout sauf en Angleterre, si je n'étais pas arrêté le soir même pour avoir avec elle tout cassé dans une auberge — en réalité j'essayais de la freiner, elle m'a brisé une bouteille sur la tête parce que je l'avais appelée Maria, pour me défendre je me suis fait un bouclier de la table en cassant des bouteilles, des verres et une fenêtre, je te jure que je ne le dirai plus jamais, je la supplie, pardonne-moi, plus jamais... Loma-ta-roch-a-ba-long-a Ra, elle continue à chantonner d'une voix aiguë dans la cellule ; c'est moi qui lui ai appris cette chanson, en écrivant mon dictionnaire pour sauver ces mots des Noirs pendant que nous sommes en train de les trucider, mais j'ai oublié ce qu'ils veulent dire, ça doit être le rhum et toute cette agitation, je ne sais pas, je ne comprends pas ce que Médée est en train de bafouiller devant le dragon déjà presque endormi. Ce n'est pas grave, les aborigènes eux-mêmes, si peu nombreux pourtant, ne se comprennent pas entre eux, les deux cents que le révérend Robert Clark a trouvés à Flinders Island parlaient huit ou dix langues différentes. Que du moins survivent les mots, plus pérennes que cette race ancienne, la plus ancienne des mers du Sud.

79

Vous voyez comme je m'en tire bien, avec ces femmes en bois que vous me donnez à modeler, comme ça je me distrais et il ne me vient pas en tête de vilaines idées. À propos j'ai entendu parler de quelqu'un qui avait coupé la tête de la figure de proue de son bateau ; une vengeance d'amour, sans doute, mais moi des choses comme ça je ne les comprends pas — si on se quitte, ça veut dire qu'on devait se quitter, non ? Avec les femmes, les hommes, les figures de proue, les révolutions, quand c'est fini, c'est fini. Même avec Maria — non, avec Maria ça ne finira jamais, c'est bien ça le désastre — C'est sûr qu'avec les figures de proue, si on en croit les histoires qu'on lit dans ce calendrier — oui, je sais, catalogue, bref dans ce livre, je vous ai déjà dit que ces illustrations et ces photos de femmes aux tétons à moitié nus me rappellent les calendriers des barbiers d'autrefois —, avec ces femmes en bois, disais-je, il faut y aller prudemment, regardez ce que dit la légende de celle-ci, Atalante, elle s'appelle, elle est à La Spezia, et pour elle pas moins de deux hommes se sont tués, le gardien qui passait des heures à la caresser et à l'embrasser, et qui s'est ensuite fracassé en se jetant en bas dans le bassin de carénage, et un officier allemand, un certain Kurtz, qui l'a carrément emmenée dans sa chambre avant de se brûler la cervelle. Je vous demande un peu, ils ont quand même plus de jugeote, les marins qui en profitent juste pour se soulager un peu, c'est humain, avec tous ces mois en mer, le voyage jusqu'ici en bas est long, alors on peut comprendre, mais au moins pas de tragédie, c'est déjà tellement... Et au contraire ces mauvaises voudraient ta perdition, ton malheur... figures maudites, sorcières, que l'on met parfois à brûler avec les sorcières vivantes, comme cette femme flamande qui servait de modèle, tandis que le sculpteur s'en est tiré avec les deux mains coupées.

À moi, vous ne me les couperez pas, hein ? On ne sait jamais, j'en ai tellement vu, dans des endroits plus ou moins comme celui-ci... Je me conduis bien, je ne fais pas de bêtises, je suis respectueux. Et comment pourrait-on ne pas l'être devant ces figures si belles ? Regardez cette bouche enchanteresse, ce sourire indéchiffrable, le même qu'elle avait quand elle a coulé ce jour-là avec son bateau, le *Falkland*, près des îles Scilly, c'est ce que dit le livre. Voilà, descendre dans les abysses en souriant comme ça — Non que ce soit facile à modeler, ce sourire en bois... Et ces Eurydices qui retournent dans les ténèbres...

80

Des neuf groupes de Roving Parties organisés par le comité pour la protection des colons, avec une proclamation solennelle de sir George Arthur pendant la Guerre Noire, j'en commande trois, qui opèrent à l'ouest de la route principale de l'île, vers la Clyde et le Shannon. Une escouade, conduite par Batman, en capture seize, sans coup férir ; Batman se charge d'en tuer deux, déjà prisonniers. Sir George ordonne immédiatement une enquête et c'est plus que juste. Nous leur apportons la civilisation et nous devons le leur faire comprendre. La révolution et le progrès ne peuvent pas toujours être délicats. C'est pour leur bien qu'il faut les forcer ; tout philanthrope ne peut que désirer que les sauvages deviennent civilisés et le leur imposer. Du reste, ils finiraient par s'éteindre d'eux-mêmes dans leurs forêts inhospitalières. Bien sûr que si c'était vrai, ce que disait ce quaker de Kelvedon, que certains colons leur donnaient du pain et du beurre avec de l'arsenic...

De toute façon ces Noirs sont insaisissables ; ils s'évanouissent comme des animaux dans la forêt, sans coucher un seul brin d'herbe. Traînement de pieds et bruit confus de pas dans le vent, une chanson qui se perd parmi les braises d'un feu ; feuilles mortes partout, dit le chant, feuilles mortes éparses et chants perdus dans le vent, feuilles émiettées qui ne sont plus des feuilles — le chant était jadis la borne miliaire, l'enceinte sacrée qui entourait la terre et assignait son espace à l'un et à l'autre ; à présent les pierres tombent, renversées par notre avancée, le chant s'évanouit et l'espace disparaît, il n'y a plus aucun endroit où vivre.

Je recrute quand même quelques forçats et quelques anciens forçats avec déjà leur *ticket of leave* en poche, experts en forêts, capables de se déplacer dans le bush aussi discrètement que les Noirs et de leur tomber dessus comme des ombres ; je suggère d'encercler les fuyards en nous rapprochant des Blue Hills. Mungo, notre guide aborigène, nous emmène au début sur les bonnes pistes, mais ensuite, au fur et à mesure qu'il pénètre avec nous dans la sylve ancestrale, il commence à avoir peur ; parfois il claque des dents, il entend les voix des aïeux, il commence à revenir sur ses pas, à faire des détours énormes et inutiles qui nous éloignent des fuyards, et je finis par le mettre aux fers.

Les aborigènes — en particulier ceux des tribus féroces et aguerries qui vivent au bord de la Big River ou à Oyster Bay — savent se cacher et aussi se battre. Ils nous échappent comme des poissons sous l'eau vous glissent entre les mains. La forêt pour eux est une mer, les Blancs au bout d'un moment sentent que le souffle leur manque comme s'ils étaient au fond d'un fleuve. L'humidité s'exhale de la végétation et étourdit, le pied se pose sur des pierres nues et brûlantes, le soleil à travers les branches est une méduse gélatineuse. Les Noirs ont appris la guérilla des forçats évadés et des bushrangers, ils déclenchent de fausses alertes en poussant des troupeaux de kangourous qui font accourir les escouades les plus proches, et pendant ce temps ils s'évanouissent. Ils confondent leurs traces avec celles des wallabies ; la pluie et la boue sont leurs alliés, le monde est un marécage.

Les escouades avancent inexorablement ; après la levée en masse proclamée par sir George elles sont fortes de trois mille deux cents hommes, deux mille forçats (dont deux sur cinq armés), mille colons et deux cents policiers — forçats contre aborigènes, chiens attachés à la chaîne contre dingos exténués. Viva la muerte — Vous dites, docteur ? Comment ça, vous n'avez rien dit ? Vous ne voulez quand même pas insinuer que c'est moi, qu'est-ce que j'ai à voir là-dedans — Oui, forçats contre Noirs, damnés contre damnés, nous contre vous — Mais qu'est-ce que j'ai à y voir, moi, maintenant, non, avant, bien longtemps avant, et à présent si longtemps après, un demi-siècle qui fait plus d'un siècle et demi, terre de Van Diemen, Catalogne, Barcelone... nous leur avons donné la chasse, à ces Noirs, et aussi à ces anarchistes et aux fascistes et les fascistes à nous, et nous — Arrêtez de m'embrouiller avec toutes ces histoires qui n'ont rien à voir et qui me cassent les oreilles, ce n'est pas la peine que vous fassiez semblant de vous tenir tranquille et silencieux, bouche fermée. Vous êtes un ventriloque, cher ami, je connais le truc. Une de ces personnes qui savent parler sans remuer les lèvres, comme ça on dirait que les paroles arrivent de qui sait où, pourquoi pas des miennes — Mais maintenant, si ça vous intéresse toujours, la Guerre Noire, laissez-moi reprendre le fil —

Neuf Roving Parties et une seule ligne, chaque escouade en contact avec une autre entre Lake Echo et Waterloo Point au nord et la mer à l'est. La ligne avance, se ferme, le cercle se resserre, la ligne se raccourcit, s'étrangle, après deux semaines elle s'est réduite à un arc de trente milles ; mais quand le cercle se ferme complètement et se contracte sur son centre et que les escouades arrivent, à la fin d'octobre 1830, à East Bay Neck, où devraient se trouver tous les Noirs traqués et poussés en tas, il n'y en a que deux.

81

Pour s'évaporer, les aborigènes sont de première force. Lorsque Togerlongeter, chef de tribu de l'Oyster Bay, connu aussi sous les noms de Tupelanta ou de Roi Guillaume, est pris dans le piège placé dans la forêt, ses compagnons lui arrachent de force la main, qui reste dans les mâchoires, morceau de viande pendu à un croc de la boucherie, et lui il s'en va avec son moignon déchiqueté, le sang coule et se fige comme de la résine. Ils laissent aussi de fausses traces, qui poussent certains d'entre nous dans de fausses directions et dans des zones dangereuses où, entre les éboulements, les coulées de boue dues à la pluie, les inondations et une lance par-ci par- là quelques-uns laissent la peau. En compensation, quelques Noirs, comme Mosquito, finissent pendus. Les mains d'un forçat déjà condamné au gibet serrent le nœud coulant autour du cou d'un Noir, on ne sait pas toujours très bien de qui, dans l'obscurité de la forêt et avec ces visages tous peints comme des masques.

Comment est-ce que tu fais pour reconnaître quelqu'un dans la nuit, même ton frère ou ton propre visage reflété dans l'eau brune ? « Nous étions repartis avec *Argo* de l'île de l'Ours après avoir échangé avec les Dolions des présents et des gages de paix. Mais, à la tombée de la nuit, des bourrasques contraires nous ramenèrent en arrière et aucun de nous ne songea à s'aviser que nous étions revenus sur la même île, nous pensions être chez des ennemis, aussi, revêtus de nos armes, nous engageâmes le combat les uns contre les autres. » Nous aurions dû arriver ici en bas avec une grande flotte mutinée, drapeau rouge au vent, *Argo* en tête, pour vous avertir, frères noirs, nous aurions dû débarquer et te réveiller, Abel noir, t'apprendre à résister à te révolter à vivre. Mais c'est en fratricides et en bourreaux que nous sommes venus.

La Toison est restée dans la gueule du dragon et la bête la mâche et la suce en bavant. Médée s'est trompée ; elle s'est peut-être embrouillée dans ses sortilèges, elle les a intervertis et elle a endormi Jason et elle-même au lieu du dragon qui ne dort jamais, qui frappe d'abord et ensuite offre la paix à ses proies sans connaissance. Peu à peu la Guerre Noire se calme. Limeblunna, un chef, est capturé ; Umarrah, avec ses deux frères, sa femme, les trois frères de sa femme et deux de ses sœurs, agite trois fois les bras au-dessus de sa tête en signe de paix inviolable et se rend. La Paix : pour les vaincus, une violence pire que la guerre. À Swan Island dix-huit femmes violées par les chasseurs de phoques ; à Great Island des indigènes chassés dans la partie la plus inhospitalière, et retrouvés quelques semaines plus tard presque morts de faim et de soif, carcasses sur les rochers.

Est-ce donc pour cela que j'ai fondé Hobart Town — pour le progrès, pour la colonie pénitentiaire, pour mes chaînes et celles de tous ? Jason apporte en Colchide le malheur et la mort, *Argo* amène dans les grandes eaux infernales. Se révolter, résister, se mutiner. Une grande mutinerie, mais pas en haute mer, là c'est déjà trop tard ; il faut bloquer le bateau avant son départ. Ah, Pistorius avait raison, les Anciens avaient compris que prendre la mer est une impiété, une violation des limites sacrées et de l'ordre de l'univers.

Vivre, c'est naviguer ? Justement, docteur, ou qui que tu sois, collègue caché quelque part. Pourquoi prendre la mer, abandonner l'anse sûre pour se jeter au large parmi les vagues ? La mer, c'est la vie, la prétention arrogante de vivre, d'occuper plus d'espace, de conquérir — donc c'est la mort, l'incursion qui pille et détruit, le naufrage. Les bateaux partent joyeusement, pavillons déployés ; les flottes arrivent sur des îles et des continents lointains, elles saccagent, dévastent, détruisent, Nelson bombarde Copenhague, Jason vole la Toison et tue Absyrte, et nous, nous arrivons sur la Terra Australis incognita ; quelques-uns de ces Noirs sont encore vivants, mais pas pour longtemps, nous avons traversé la mer pour les massacrer tous.

Nous aurions dû rester chez nous et les laisser en paix. En fait, la révolution, le grand changement rédempteur du monde, ce serait la force de faire respecter ces interdictions et ces limites établies par les dieux ; rester chez soi, sur le rivage, à jouer avec les galets et l'eau basse dans les flaques laissées par la marée qui se retire. La révolution aussi part souvent en hissant le grand pavois, drapeaux rouges innombrables dans le vent, et à la fin on s'aperçoit qu'en réalité il s'agit de pendus.

Même à Jason ça ne réussit pas tellement mais c'est juste, ça lui apprendra à mettre à l'eau le premier bateau, à séduire les gens avec le mirage de la conquête et de la mer, jolie pacotille. Médée paie l'addition.

Ma Norah m'enchaîne à ce grabat crasseux ; je descends avec elle une pente, je me suis habitué à cette indignité, ce doit être l'effet d'une de ces herbes qu'elle a emportées de Colchide. Je finis moi aussi sous la table avec elle jusqu'au moment où se pointent les gardes qui nous flanquent en prison. Ça arrive de plus en plus souvent ; heureusement chaque fois mes bons et loyaux services dans le massacre des Noirs me valent d'en sortir assez vite. Un peu plus éteint, plus sale aussi car, comme Norah, peu à peu j'ai presque complètement cessé de me laver. Mon odeur ne me dérange pas. Celle de Norah non plus et elle le sait, quand elle me jette sur le lit et me le prend dans sa main — moi j'ai de moins en moins envie, avec tout ce rhum qu'elle me fait ingurgiter en devenant furieuse si je me dérobe, alors je préfère avaler encore quelques gorgées plutôt que de me faire griffer le visage. Quelquefois elle me griffe même plus bas, quand elle voit que je suis trop inerte ; elle me caresse me branle me presse férocement et souvent en vain, mais ses doigts sont tendres aussi, et j'en éprouve quand même un peu de plaisir — moins qu'autrefois, mais qu'est-ce que ça veut dire ?

Elle aime aussi me mettre cette couverture pelucheuse sur la figure, presque jusqu'à m'étouffer ; elle rit et dit que comme ça il deviendra peut-être un peu plus dur, mais moi, le souffle me manque et cette laine de brebis dans la bouche me fait faire des efforts pour vomir à vide. La Toison étouffe, elle apporte la mort à quiconque la touche. *Argo* traverse la mer pour la voler, c'est-à-dire pour tuer et mourir. Il faut la rendre tout de suite, avant qu'il ne soit trop tard et qu'elle fasse de nouveau couler du sang, mais la rendre à qui ? Chaque possesseur précédent, dérobé par le suivant, est lui-même un usurpateur qui s'en est emparé criminellement. La restituer à la bête, tuée et écorchée en hommage aux dieux toujours assoiffés de sang ; c'est seulement sur ce dos de brebis que la Toison était à sa place.

Mais la bête est écorchée et la Toison se couvre de la suie des siècles. Quelquefois, si je la regarde — si je regarde par exemple ce tapis dans le bureau de la Direction de la Santé —, elle me semble avoir noirci, peau dont on a dépouillé un aborigène capturé par nous dans cette brousse et sacrifié à nos dieux — je ne sais pas bien lesquels, mais nôtres assurément.

J'ai découvert, cher ami, qu'il n'y a que nous — oui, enfin, nous de là-haut arrivés ici en bas et dans toutes les parties du monde pour être les maîtres, nous du vieux monde qui du reste est plus fort et donc plus jeune que les autres, que ces civilisations décrépites auxquelles nous sommes allés donner le coup de grâce —, il n'y a que nous, disais-je, qui avons des dieux. Ils habitent dans notre tête comme dans un sanctuaire, tyrans qui nous ordonnent ce que nous devons faire, et même si cela fait couler le sang ils nous apprennent à ne pas nous laisser impressionner, c'est un service divin. Les autres, ces Noirs que nous débusquons de leurs forêts — et tous les autres, plus ou moins semblables à eux dans toutes les landes du globe où tôt ou tard arrivent, ou plutôt sont déjà arrivés, presque partout, des gens comme nous pour leur donner la chasse et la mort —, eux, disais-je, n'ont pas de dieux. Ils ont des statues, des totems, des arbres peints, des voix qui parlent dans le vent, dans les eaux ou dans le tonnerre, des ancêtres et des animaux honorés avec respect, mais tout cela ce ne sont pas des dieux, c'est le murmure et le flux de la vie qu'on écoute passer avec vénération et comme par jeu — une poignée de feuilles dans l'air, un pantin de bois ou de sable fabriqué et peint par des enfants ou orné de coquillages, mais par jeu, avec tout le sérieux et la gravité du jeu. Même les faces torves de certains de leurs simulacres ne sont pas vraiment torves ; elles sont comme les masques de carnaval des enfants chez nous, qui semblent monstrueux et ricanants, mais tout ça c'est pour rire et en effet les enfants s'amusent à se les mettre et à se les enlever, exactement comme ces sauvages que nous sommes en train de faire disparaître, avec leurs visages peints et barbouillés de graisse et de couleurs, qui voudraient ressembler à des démons et qui ensuite, quand ils rient, et un rien les fait rire, sont candides comme des enfants.

Nous par contre, nous sommes des gens sérieux. Nos dieux, docteur, nous ont interdit de jouer. Les dieux ne plaisantent pas et c'est pour ça que nous, obéissant à ce signe, nous avons soumis le monde, dans lequel plus personne ne joue. À l'église on ne joue pas, on ne plaisante pas. Pourtant le père Callaghan disait que si on ne sait pas être et jouer comme les petits enfants on ne peut pas entrer dans le royaume des cieux ; du moins il me semble qu'il disait ça, je ne m'en souviens plus très bien. Ici dedans non plus, mon ami, on ne joue pas, on ne plaisante pas ; votre personnel en blouse blanche est une vraie caste de prêtres et de sorciers. Ici dedans c'est plein de dieux — ces boîtes qui s'allument, ces images phosphorescentes et laiteuses, regardez avec quel respect ils les traitent, vos prêtres vêtus de blanc. Ces dieux-là doivent aimer le sang, c'est pour ça qu'on nous en prélève si souvent. On voit tout de suite qu'ici on leur obéit sans discuter.

Pour Norah, c'est peut-être ça, peut-être qu'elle n'en a plus aucun, de dieu. La vie a fait disparaître de son visage l'image de Dieu qui autrefois, sur le rivage d'une autre mer, sculptait ses traits — comme il était enchanteur, ce visage pur, passionné, sculpté par la grâce. À présent cette image de Dieu n'est plus là, elle s'est perdue en route, elle a été raclée, éliminée. Mais à la différence de beaucoup d'autres, de presque tout le monde, elle ne l'a pas remplacée par des simulacres d'autres dieux, de faux dieux. À présent elle ne sert aucun dieu. Peut-être parce que les dieux aiment l'encens, les drapeaux, les canons, l'argent, et qu'elle elle aime le rhum, elle en a même le goût et l'odeur. Et quand je suis en elle, les rares fois où ça arrive encore, moi non plus je ne suis plus l'esclave des dieux.

Elle me fait répéter Mena coyeten nena, obscène, les cuisses ouvertes, sur cette couche imprégnée de sueur. Elle dit que ça l'excite, c'est le gémissement d'une bête en chaleur. Mais ensuite elle se serre contre moi ; elle sait aussi être tendre, à sa façon, et ce corps à la forte odeur de sauvagine, c'est aussi ma chair, faible corruptible corrompue, la sienne et la mienne, une seule chair, ma fiancée du Liban noircie par la fumée des ans, défigurée par les plis amers et impudiques dont la vie a marqué ta bouche, ô mon épouse. Pas devant Dieu, je ne sais pas bien ce que c'est, ni devant les hommes, ces canailles qui se moquent de toi quand tu es saoule à la taverne et se rient de moi humilié par ton indécence, mais devant ce vide immense du fleuve-mer, unis jusqu'à la mort — pour peu de temps encore, pour toujours — devant toutes choses, toutes les choses périssables et sacrées comme nous.

Ensemble pour toujours, et partout — surtout en prison, où m'entraînent ses violences d'après-boire. Mariage veut dire destin partagé pour le meilleur et pour le pire, c'est écrit, donc aussi pour la honte. Si Maria... Elle aime de temps en temps se peindre et se souiller le visage et le corps, comme les femmes aborigènes et elle se promène toute noire dans les rues de Hobart Town, sans se soucier des ricanements des gens. Médée a la peau sombre, comme la Colchide d'où elle vient. Au lit — enfin, sur ces chiffons à même le sol dans notre taudis — elle m'ordonne de temps en temps de l'appeler Walloa, du nom de cette femme, féroce chef de tribu de Sorell, qui a tué de sa main le capitaine Thomas et Mister Parker, et elle menace de me tuer, elle me serre sauvagement, comme si elle voulait faire jailllir ma semence de plus en plus rare. Mais quand elle s'endort en ronflant et en tenant toujours mon bout de chair molle dans sa paume humide et en sueur, cette main est bienveillante, c'est la valve d'un coquillage qui protège le mollusque de la furie des flots.

82

L'indemnité attribuée à tous ceux qui ont participé à la Guerre Noire est de cent cinquante livres sterling ; à tous sauf à moi, moi j'en touche vingt-cinq. Je mets sur pied une petite ferme, sur une parcelle aride qui ne produit rien et me mange même les quelques sous qui me restent. Notre taudis est de plus en plus délabré, nos dernières pièces de monnaie sortent de nos poches presque uniquement pour le rhum. Bonegilla, en comparaison, c'était le luxe. Porridge, même si parfois il était rance, haricots, pommes de terre sautées et parfois même viande froide.

Oui, à Bonegilla nous nous sommes révoltés, mutinés — plus tard, me semble-t-il, bien plus tard —, mais là j'étais encore un homme, malgré le camp de concentration qui me travaillait l'intérieur le sang le cerveau ; c'est une chose qui te ronge et te consume entièrement, à la fin il suffit d'un rhume pour t'envoyer dans l'autre monde, et en effet je suis ici, docteur Ulcigrai. Ça doit être ça, l'autre monde ; différent de ce qu'on imagine, mais l'autre monde quand même. Quand quelqu'un y arrive, peu importe qu'il soit déguisé en médecin ou en patient, il est foutu. Pourtant à Bonegilla cette chose à l'intérieur n'avait pas encore accompli totalement son travail, quelque chose en moi résistait encore, alors que plus tard —

Mais je ne me suis pas avoué vaincu, un homme doit toujours pourvoir à sa subsistance et à celle de sa famille. Free-lance au *Colonial Times,* je fais la recension des ouvrages d'Adam Smith et de Malthus, cet impie — il s'oppose aux desseins du Créateur, lequel veut que le plus possible de créatures participent de la félicité éternelle. Les enfants sont une bénédiction. Moi, nous... Si Marie, si Maria, si moi — Qu'est-ce que c'est que ça ? — *Observations on the Funded System* — ah oui, mon pamphlet sur la dette publique de l'Angleterre, le premier texte d'économie politique écrit sur le continent austral, une proposition ingénieuse pour solder cet énorme déficit.

Deux cents exemplaires, tous invendus. Le travail à la ferme de Rowland Wolphe Loane marche encore plus mal ; j'en suis toujours à étudier le *Farm and Garden Calendar* dans l'Almanach de Ross, pour apprendre quelque chose sur le jardinage dont je devrais m'occuper, quand on me renvoie, sans même me donner les shillings nécessaires pour payer les amendes de Norah pour rixe et état d'ébriété. Je me débrouille en écrivant un sermon de Noël pour les familles en décembre 1832, et quelques articles pour le *Colonist,* mais quand je réclame ma rémunération pour ces derniers, le tribunal déclare que « l'individu bien connu comme ex-roi d'Islande, Jorgen Jorgensen » n'écrit que les adresses sur les enveloppes. Je m'engage sur une barque de douaniers qui contrôle le trafic entre Hobart Town et Launceston et j'enquête sur la contrebande, découvrant que les magistrats sont de connivence avec les voleurs, mais je suis condamné pour diffamation. Quand Norah écope de trois mois de prison pour ivresse, je perds un emploi que j'avais péniblement obtenu à Oatlands dans une ferme.

Et si c'était le Parti, comme m'en avait à mots couverts menacé le commandant Carlos, qui me mettait partout des bâtons dans les roues pour que je ferme ma gueule sur Goli Otok ? Mais à qui pourrait venir l'idée d'en parler ? Moi je ne veux chercher querelle à personne, nous, on est venus ici pour travailler ; et avec ça les autorités australiennes hurlaient à l'invasion asiatique et nous traitaient comme une race inférieure — Prolétaires de tous les pays, unissez-vous, tant que nous ne serons pas unis il y aura toujours les patrons, qui nous traiteront comme des bêtes — eh oui, le monde entier, pour eux, est peuplé de bêtes qu'ils veulent traiter comme des bêtes. C'est sans doute parce que, quand ils se regardent dans une glace, et qu'ils voient leur vilain museau dans lequel tout s'est éteint à part l'avidité et la peur, ils croient que c'est le visage de quelqu'un d'autre.

Ils croient que tous les autres sont comme ça et des gens qui ont cette tête-là, c'est normal qu'ils veuillent les tenir hors de chez eux, au froid et au vent, ou dedans, mais en prison, en camp de concentration. Le camp de Bonegilla, en 1952, c'était un vrai camp de concentration — travailleurs italiens floués, abandonnés, mis en esclavage, écrivait notre *Risveglio* ; agitateurs communistes, tonnaient les policiers et les diplomates australiens, cinquièmes colonnes de Staline, et nos gouvernants, ambassadeurs et consuls de dire que oui que mais que non, que nos émigrants n'étaient pas communistes et que le gouvernement italien était le premier qui n'aurait jamais, que certains peut-être, mais en général non, de braves gens, que cependant on pouvait concevoir que le gouvernement australien, mais que ces difficultés bien compréhensibles devaient être surmontées et que l'Italie était certaine que dans un avenir proche et qu'en attendant.

Nous étions des milliers, forçats, émigrants, displaced persons. Bien sûr que j'y étais moi aussi, même si c'était sous un autre nom — et il n'est pas nécessaire d'expliquer pourquoi. La troupe est intervenue, quatre tanks sont même entrés dans le camp de Bonegilla ; c'est vrai qu'à la différence de la protestation pacifique qui avait eu lieu deux semaines plus tôt, au début de juillet, cette fois-là on avait mis le feu à quelques baraquements et à l'église. Les agitateurs communistes du *Risveglio* — et pour être exact aussi les gars de la *Fiamma*, des fascistes de première mais quand même eux aussi des émigrants, des damnés de la terre — en ont dit de toutes les couleurs sur cette répression et sur les gouvernements qui fermaient un œil, comme le révérend Knopwood sur ces aborigènes étendus raides morts. Ensuite les choses se sont calmées, et plus tard j'ai trouvé une place à la Tasmanian Hydro Electric Commission. C'est là, à Hobart, que j'ai rencontré Maria. Non, elle, elle était restée là-haut, derrière la porte à tambour du café Lloyd.

83

Bon, d'accord, pour le *Colonist* j'écrivais aussi les adresses sur les enveloppes, je n'écrivais que les adresses sur les enveloppes, ici en bas chacun se débrouille comme il peut. Par chance le docteur Ross s'est aperçu que j'étais là, et il m'a chargé d'écrire mon autobiographie pour le *Hobart Town Almanack*, de façon à corriger cette biographie de moi apocryphe publiée dans l'édition frauduleuse de la *Religion of Christ*, qui m'a valu tant d'ennuis et fait accuser d'impiété, et à rétablir ainsi la vérité. Je me suis mis à l'œuvre tout de suite. On est si bien la plume à la main, même sans écrire. La Waterloo Inn est mal éclairée, juste ce qu'il faut pour voir le papier et lire les mots. Tout autour le monde devient flou, Norah boit et lance des plaisanteries salées, elle entre et sort, des autres tables arrivent des mots grossiers qui se perdent dans la puanteur ambiante, moi aussi je bois, je bois et j'écris, je ne sais plus très bien qui est saoul et qui ne l'est pas, si Norah est en train de revenir de sa énième détention ou sur le point de retourner en taule ; une fois elle est absente pendant deux mois me semble-t-il, c'est agréable d'ignorer les choses, de les laisser glisser comme des gouttes de pluie sur sa veste. Et tout ça grâce à une plume et à quelques feuilles de papier sur lesquelles la vie se réorganise. Je vous suis reconnaissant de me donner ici dedans aussi du papier et une plume. L'écran ne me suffit pas. J'ai appris à m'en servir un peu, parce que vous insistiez, mais — Je préfère le magnétophone, ça, ça marche tout seul, je ne m'aperçois même pas de sa présence ou de son absence. Mais le papier, c'est mieux que tout.

Tant de choses à dire, tant de choses à omettre, ne serait-ce que parce que le nombre de pages dont je dispose est limité. J'énumère beaucoup d'erreurs — comme le vice du jeu — car mon but est d'exposer les grandes erreurs de ma vie de sorte qu'on puisse en tirer une leçon morale. Afin que cette leçon soit claire, il faut mettre un peu d'ordre dans le fouillis des événements... C'est pour cela que je déplace les données et les dates de certains faits, pour qu'ils paraissent plus cohérents ; je dis même que j'ai quitté l'Islande volontairement et que j'ai été parmi ceux qui ont traversé pour la première fois le détroit de Bass, avec le *Lady Nelson*. Je pardonne à tous ceux qui m'ont dénigré, trahi, dénoncé. Je pardonne au Parti c'est-à- dire à moi-même et je rapporte la phrase que j'ai entendue quelque part — la vie de cet homme constituerait un roman parfait, si elle était écrite avec la plus attentive fidélité à la vérité. On m'a défini comme un joueur, un voleur, un espion, un misérable, un bagnard et, pis encore, un pirate. Rien de grave.

La plume à la main, je ne suis plus seulement moi-même, je suis l'Histoire, le Parti ; je ne peux pas me plaindre de mes malheurs et jouer les victimes, mais je dois prendre loyalement parti pour la réalité, que sans plume et sans papier, par contre, je ne réussis pas à voir. Il me semble juste et même nécessaire de célébrer les mérites de sir George Arthur, qui quitte la colonie à la fin de son mandat, et de défendre l'établissement pénitentiaire qui porte son nom des calomnies écrites en Angleterre et des livres tendancieux et mal informés des philanthropes. Les cellules, les douzaines de coups de chat à neuf queues, l'électrochoc — De toute cette affaire, camarade, on ne saura jamais rien. Norah entre, saoule, elle se moque de moi en m'appelant Sa Majesté sous les risées des autres ivrognes, je me lève, elle m'arrache les feuilles, je les lui reprends et je me sauve, elle me poursuit en brandissant un morceau de bois. Mon autobiographie est publiée en 1838, mais quelques feuilles se sont perdues en route et ont fini qui sait où, pendant qu'elle me courait après, furieuse...

84

Celle-là, c'est Galatée. Elle a été trouvée sur une plage africaine après le naufrage, et adorée par les indigènes comme une déesse ; d'autres ont fini comme ornement pour des auberges et des tavernes, comme ça les marins se sentaient un peu chez eux même quand ils descendaient à terre.

Voyez-vous, les figures de proue on les a expulsées de la mer, et elles se débrouillent comme elles peuvent, j'en ai découvert plus d'une sous un modèle exposé en vitrine chez un coiffeur ou sous une robe dans un magasin d'habillement — bien déguisée, un mannequin tout à fait normal, mais moi ça ne m'a pas échappé. Bien sûr j'ai fait semblant de rien, chacun se débrouille comme il peut. Il y en a une, lisez, c'est écrit là, celle du *Rebecca*, une baleinière de New Bedford, que nous avons enterrée sous les galets au bord de la mer ; sous les os de l'onde, comme on dit en Islande. Nous avons bu la bière en son honneur, sa bière funèbre ; même les femmes doivent en avoir, c'est juste, nous nous sommes saoulés et nous avons chanté sur sa tombe de sable et de cailloux l'office des morts. Et aussi des obscénités, comme il convient ; la mort est obscène et la douleur est obscène. Je voudrais pisser sur ma tombe, sur une tombe il faut arroser les fleurs, non ? Je le fais d'ailleurs, quand personne ne me voit, dans le parc Saint-David.

Sur celle du *Rebecca* nous avons seulement versé de la bière mais sans le faire exprès, parce que nous étions un peu saouls ; d'ailleurs les vagues l'ont tout de suite lavée, cette odeur rance s'est dissipée dans la salinité ambiante et maintenant il n'y a plus rien, même plus de tombe, la marée l'a grattée et entraînée au loin, peut-être qu'aujourd'hui elle flotte en haute mer, rongée par l'eau, morceau de bois qui ne se distingue plus de n'importe quel autre débris d'un naufrage. Un visage de chair aussi s'abîme vite, les poissons le dévorent et il est presque tout de suite impossible à reconnaître, simple immondice de la mer. Maria, c'est moi qui l'ai poussée, vers la haute mer et sous la mer ; je l'ai jetée en pâture aux requins et comme ça ils m'ont épargné, moi. Des griffes féroces l'ont arrachée de mes bras — non, c'est moi qui l'ai laissée partir, qui l'ai placée entre leurs griffes encore plus avides, parce que son cœur saignait et que l'odeur du sang excite encore plus les bêtes, que les argousins fouettent plus allègrement quand ils voient le rouge couler sur les dos.

C'est comme ça qu'elle a disparu dans cette mer obscure, dans cette ombre. Mais j'ai lu que quelquefois les figures de proue naufragées reviennent. Maria a disparu en haute mer, le bateau s'est évanoui à l'horizon, et quand j'ai entendu dire qu'il allait rentrer au port j'ai aussi entendu dire qu'il rentrait sans elle — elle, elle n'y était plus, on avait dû la jeter par-dessus bord par traîtrise, bien sûr, comment aurais-je pu penser qu'une petite poussée...

J'ai lu, dans le catalogue, l'histoire d'un sculpteur qui avait choisi sa très belle épouse comme modèle pour la figure de proue du bateau sur lequel elle devait partir pour un long voyage — pour elle, peu après, le plus long de tous, elle est morte. Et lui chaque jour, inconsolé, il regardait la mer, sans arriver à croire qu'elle était morte, et quand le bateau est rentré au port il a vu, debout à la proue, la figure identique à elle — il s'est jeté à l'eau pour aller à sa rencontre, avec une folle envie de l'embrasser, mais il a coulé. Gonflé, étourdi, avec de l'eau dans le nez la bouche les oreilles, impossible de voir passer le bateau, de savoir si elle y était ou pas. Elle n'y était pas, Eurydice disparaît ; regardez comme elle est belle, cette Eurydice qui essuie ses larmes avec un pan du manteau qui l'enveloppe. Elle aussi elle est à La Spezia, c'est écrit en dessous ; voyons si je vais arriver à bien la refaire, ce manteau c'est l'eau sombre, la nuit, le fond de la mer, je le tirerai sur ma tête et nous resterons là-dessous, l'un contre l'autre, enlacés...

85

Si ça me plaît de me promener dans cette île ? Bien sûr, et je suis même reconnaissant de cette liberté dont je jouis. Tout le monde, ici, n'a pas ce privilège. Dans cette salle, par exemple, au bout du couloir de l'autre service, une fois j'ai ouvert la porte et jeté un coup d'œil, puis tout de suite quelqu'un est arrivé — ces lits avec des bretelles, je comprends, ce sont des gens qui ne vont pas bien, c'est normal qu'on ne les laisse pas se balader dans l'île, il y a des buissons, des cailloux, on peut tomber et se blesser. Bien sûr que je me suis aperçu que nous sommes sur une île. Rassurez-vous, je ne le dirai pas aux autres pour ne pas créer d'agitation, j'ai compris qu'on le leur cache pour ne pas les impressionner — ça les impressionne toujours d'être sur une île, ils se sentent coupés du monde, même si le bras de mer est très étroit. Moi, au contraire, je suis content d'être de ce côté-ci, de l'autre côté de la mer, c'est comme à l'école quand on nous emmenait en colonie de vacances. Ici, au moins, je peux jouer à ma guise, avec mes vieux papiers, comme s'ils n'étaient pas périmés ; le vieux décor n'a pas encore été démonté et au moins on ne me plaint pas comme un vieillard nostalgique, on me prend au sérieux. De l'autre côté, par contre, là-bas dehors, maintenant ils s'en foutent...

Je l'ai tout de suite reconnue, mon île des Morts, même après tant d'années. Vous avez un peu changé l'intérieur des baraquements et aussi l'église, et vous avez effacé les inscriptions sur les stèles, pour ne pas attrister vos hôtes ; ces pierres, je les reconnais, vous les avez déterrées et entassées là-bas au fond, pourtant je me souviens de l'époque où elles se dressaient, modestes mais austères, sur les tombes. C'est moi qui les avais fait mettre, pour la plupart ; je dictais aussi les inscriptions et les épitaphes pour ces compagnons d'infortune plus infortunés que moi, eux là-dessous et moi me promenant au-dessus d'eux, même si c'était en méditant sur leur destin et sur les mots avec lesquels rappeler brièvement et dignement leur mémoire. Je prenais aussi deux shillings pour chaque stèle, et des forçats, à Port Arthur, il en mourait de plus en plus, vu qu'il en arrivait de plus en plus.

Quand je suis venu pour la première fois dans cette île des Morts, il y avait déjà des tombes mais pas encore de pierres tombales, pour les forçats. Le révérend John Allen Manton avait enseveli le premier bagnard, John Hanck, et d'autres après lui, sous un simple tumulus de terre.

Certes le temps qui passe et les intempéries effacent les traces des hommes, mais il faut quand même un peu de décorum. Même un forçat a droit à une pierre tombale — de toute façon elle ne durera guère elle non plus, mais les convenances doivent être respectées, y compris avec les morts. Ici dedans aussi, docteur, les convenances sont respectées, il faut le reconnaître. À tous nos reclus, à nous autres en somme, on a la délicatesse de ne jamais dire en face la vérité, à savoir que nous sommes morts ; mieux encore, on fait en sorte que nous ne nous apercevions même pas que nous sommes déjà au cimetière, que nous nous promenons — quand on nous autorise à nous promener — sur nos propres tombes. Exactement comme quand, en sortant de chez ce bouquiniste où j'avais acheté mon autobiographie et deux de mes biographies, je suis allé faire quelques pas sur ma tombe au parc public de Saint-David, non loin du fleuve-mer. Oui, elle est quelque part là-dessous, là où autrefois il y avait le vieux cimetière de la ville. Du moins je crois... ce qui s'est passé ensuite, où on m'a retrouvé, comment ils ont fait avec ce diploïde, avec ce noyau, avec tous ces chromosomes, quarante-cinq, il me semble, non, quarante-six, je ne sais pas, mais — Une belle tombe, le parc public. Des enfants qui jouent, des vieux sur un banc. La terre, immense cimetière. Ils devraient nous laisser en paix, un peu de respect pour les morts, et au lieu de ça...

Je m'assois sur le banc, je regarde le fleuve-mer ; peut-être que je suis ici dessous, ou un peu plus loin, ça n'a pas d'importance, je me mets à lire mon autobiographie. J'ai écrit une épitaphe aussi pour moi — un peu plus longue mais ça peut se comprendre, un minimum d'amour-propre est inévitable. J'avais également établi — en accord avec le révérend Manton et avec la coopérative de tailleurs de pierre que j'avais mise sur pied, tous des forçats en semi-liberté comme moi — que les tombes et les stèles ne seraient pas disposées en rang, bien alignées, mais plutôt en ordre dispersé, par bouquets, comme un bois. Ceux qui sont là-dessous ont déjà trop marché en rang de leur vivant. Jack Mulligan, il a vécu dans les ténèbres sur la terre, et mort il entrera dans la gloire des cieux. Timothy Bones, j'ai péché beaucoup plus que ne le sait même le juge de Sa Majesté qui m'a envoyé ici dans la baie, mais dans ma vie tout n'a pas été bas, je sais qu'un autre juge le verra. † 18 juin 1838. Sarah Eliza Smith, morte à quatre ans, tendre bourgeon qui deviendra fleur dans le ciel.

Au dos de la pierre tombale on pourrait écrire, avec concision mais en disant tout l'essentiel, l'histoire du défunt. Les stèles sont des romans concentrés. Ou plutôt les romans sont des stèles dilatées ; un verbe — il navigua — qui devient chronique minutieuse de tempêtes, d'accalmies, d'abordages, de mutineries. Mon autobiographie est l'une de ces stèles dilatées. C'est pourquoi on l'excusera si elle contient quelques exagérations indulgentes de mes entreprises et si elle tait quelques faiblesses. De mortuis nihil nisi bene. Même chose pour les condamnés à vie.

Ou à la vie ? Mais cette condamnation-là a été promulguée bien avant et il est inutile de contester les tribunaux de Sa Majesté, comme font les philanthropes, parce que là ce n'est plus du domaine de leur juridiction. On pourrait, en théorie, cesser de prononcer des condamnations à mort — je ne sais pas si ce serait un bien, avec tant de canailles dans la nature — mais on ne peut pas suspendre les condamnations à la vie. Moi, par exemple, qui m'a tiré de là-dessous, qui a volé ce noyau, qui m'a fait revenir dans cette île australe inconnue qu'est le monde, dans ce camp de concentration ?

Pendant quelque temps je n'y ai plus pensé, je l'avais oublié. J'exerçais tranquillement le petit emploi que j'avais à la Tasmanian Hydro Electric Commission, parfois il me semblait sentir sur moi le regard de Maria, mais comme celui de la sorcière sur Hänsel et Gretel quand elle les engraisse pour son horrible repas et alors, avec un pincement de cœur, je me souvenais un instant de Fiume, de l'époque où Maria était au contraire Gretel, qui me donnait sa main et moi, en tenant cette main, je n'avais plus peur d'aucune sorcière, mais c'était juste un instant, après ça me passait. Et je baissais la tête, je travaillais, je buvais un peu plus que de raison, j'attendais qu'arrive l'heure de dormir. Vous ne m'auriez jamais mis la main dessus et amené ici dedans s'il n'y avait pas eu la venue de Luttmann...

86

Il était venu rendre visite aux émigrés pour le compte du Parti, Luttmann, et je ne sais pas ce qui m'a pris de sortir de mes gonds, et de cette façon-là, juste à cause des mots qu'il avait prononcés à Battery Point. Qu'est-ce que c'est, finalement, quelques mots, vrais ou faux, tout de suite perdus parmi les millions de mots qui sortent des bouches et s'envolent comme des bulles ? Pourquoi, par conséquent, s'échauffer à ce point ? Un instant, c'est moi qui vous le demande à vous, docteur, vu que vous savez tout de moi, que vous avez lu, ou peut-être même écrit, mon histoire nosologique, mon roman...

Non, je ne me souviens pas qu'il soit rien arrivé d'important à Barcelone — le camarade Luttmann, le commandant Falco del Jarama, regardait la mer, et non celle qui lui avait posé cette question, une jeune fille de Gradisca, venue presque enfant ici en bas avec sa mère et ses deux frères, le père était tombé dans les derniers jours de la guerre d'Espagne. Non, Luttmann ne l'a pas regardée en face ; il regardait la mer sans la voir, lui aussi il regardait là où on ne pouvait rien voir. Moi non plus il ne m'a pas regardé vraiment dans les yeux, quand peu après je me suis mis à crier

— il ne voyait rien, rien que l'eau noire, et quand on ne voit rien on peut même se mettre à tirer, comme ça, par jeu, comme on lance des cailloux dans un gouffre sombre, s'il n'y a personne on ne fait de mal à personne, et même qu'il y a quelqu'un mais qu'on ne le voit pas, c'est comme s'il n'y avait personne, la pierre fracasse une tête mais le gouffre est trop profond pour qu'il puisse en sortir un cri. Nelson ne voyait mourir personne en regardant dans sa longue-vue avec son œil bandé, il n'entendait pas non plus le hurlement de ceux qui tombaient sous ses coups de canon. À Goli Otok le cri de ceux qui étaient en kroz stroj se perdait dans la mer, les camarades tombent mais le Parti ne le sait pas.

Ça fait des siècles que le vieux canon de Battery Point ne tire plus — Luttmann non plus ne tirait sur personne, ça fait longtemps que le Parti n'a plus de canons, il a même pris leur recul en pleine figure et il en est resté assommé. Mais lui aussi il avait tiré, à Barcelone, maintenant il ne savait plus sur qui — rien d'important, ce feu ces nuits ces camarades tombés sur les barricades et devenus barricade, No pasarán, en fait ils sont passés, ils passent tous, le canon a tonné et a éventré le mur, une brèche énorme. Cette brèche c'est moi, c'est mon corps, mon cœur mis en morceaux — rien d'important ?

J'étais allé l'écouter, avec les autres ; je ne sais plus comment, mais je me suis mis à crier, lui il regardait ailleurs, je lui ai même sauté dessus, enfin presque, on m'a arrêté avant, je ne voyais que des bras des jambes et quelques visages bouleversés, des bouches hurlantes, je frappais où je pouvais. C'est cette fois-là que nous avons fait connaissance, docteur, ils m'ont traîné ici, chez vous — ou chez quelqu'un dans votre genre, je ne me souviens plus, en tout cas quelqu'un qui portait une longue chemise blanche, comme la vôtre. Eh oui, ici il n'y a que des gardes blancs, ce sont eux qui ont gagné — Vous ou un autre, je ne sais pas, en tout cas il a été gentil, mais moi aussi désormais j'étais calme et docile, j'étais surtout épuisé.

87

Et comment pourrait-on ne pas être épuisé ? Pas à cause des mots de Luttmann, que vous êtes d'ailleurs le seul à connaître, docteur, c'est vous qui me les avez rapportés, vous ne les auriez quand même pas inventés, comme ça, par provocation ?

Comment pourrait-on ne pas perdre la tête en passant en barque au-dessous de Puer Point, de l'autre côté d'Opossum Bay ? Les rochers rougeâtres et striés se dressent au-dessus d'une mer agitée ; ils semblent friables, espoir que le mal et ses forteresses pourraient s'effriter d'un moment à l'autre. Mais non, ils ne céderont pas, rouges d'un sang coagulé pour l'éternité. Là-haut il y a les forçats enfants et adolescents ; parmi des coups de fouet et des violences innommables ils apprennent à bêcher, à faire le pain et à réciter par cœur quelques versets de la Bible, mais surtout à être torturés et à torturer — l'Histoire est un viol de l'enfance.

Les rochers sont hauts, quand ils n'en peuvent plus les jeunes détenus se jettent en bas et se fracassent sur les pierres avant de finir dans la mer. Comment voulez-vous qu'on ne hurle pas, qu'on ne se jette pas soi-même la tête la première contre ces rochers, poussière rougeâtre sang sale de mon visage écorché — vous vous souvenez de mon visage en sang, quand on m'a amené ici ? J'aurais voulu moi aussi fracasser ma tête, non, la tête du monde, toute ronde et bouffie de ses belles couleurs — tenez, il y en a une aussi sur ce meuble, une mappemonde, quel bien ça ferait de la casser, de réduire en bouillie cette pulpe répugnante.

Ces enfants, leurs corps qui se sont écrasés là-dessous. Leurs yeux, quand je les voyais obéir aux surveillants, étaient plus insoutenables que leurs corps fracassés ; des yeux enfantins vides, vieux, usés. Et vous voudriez qu'on ne perde pas son calme, qu'on ne se mette pas un bandeau sur les deux yeux et qu'on ne tire pas au hasard, ça tombe sur qui ça tombe, au besoin sur Dieu ?

Bien sûr que j'étais en miettes quand on m'a amené ici dans cet état de fureur ; j'avais même perdu quelques-unes de ces miettes, jetées du haut de ces rochers d'où se jettent ces enfants. Mais ces rochers eux-mêmes un jour s'écrouleront, ils disparaîtront dans la mer en un bouillonnement obscène, et tout le monde ira au fond. Ah, s'il n'y avait que la mer, la mer sans la moindre île où un pied puisse laisser une empreinte de douleur.

88

Quand je peux, je m'échappe — j'échappe aussi à Norah — dans la cuisine de la résidence officielle du gouverneur. L'autorité, dans la cuisine, est représentée par Bessie. Bessie Baldwin, pour être précis ; cuisinière et aide-pâtissière, réputée pour ses plats délicieux. Là je suis toujours le bienvenu.

Bessie est arrivée ici en bas pour avoir écrasé une tarte sur la figure du patron de la pâtisserie Edenwall à Westminster, où à vingt et un ans elle travaillait comme apprentie, après que celui-ci, mis en colère par sa demande d'augmentation d'un penny par semaine, lui eut répondu par de mauvaises paroles et eut levé la main sur elle. Sept ans de travaux forcés. Sur le *Gilbert Henderson,* qui la transportait aux antipodes avec cent quatre-vingt-deux autres femmes et vingt-quatre enfants destinés comme elle à la colonie pénitentiaire, quand le chirurgien de bord, John Hamett, a essayé de l'obliger à coucher avec lui, comme il avait l'habitude de le faire avec les bagnardes qu'il tenait en son pouvoir, épuisées par la brutalité des mauvais traitements, Bessie l'a mis en fuite en lui cassant sur la tête une grosse chandelle. Au débarquement, punie ultérieurement pour cette autre incartade et fourrée dans la maison de correction spéciale pour femmes, elle a convaincu les autres détenues de lutter pour leur dignité et de protester contre les abus, et quand sir John Franklin, accompagné de son épouse, lady Jane, et du révérend Knopwood, toujours plein de componction et un peu pompette, est arrivé en visite officielle, Bessie a organisé une protestation bruyante des trois cents détenues, toutes avec leurs jupes relevées montrant leur cul aux autorités et le frappant bruyamment sans se soucier des douzaines de coups de fouet qui à cause de ça allaient pleuvoir bientôt sur ces mêmes derrières.

Le gouverneur lui-même a dû apprécier le courage de ce geste insolent, puisqu'il l'a prise dans sa cuisine. Depuis Bessie y travaille, elle invente des recettes et des plats succulents, un vrai génie culinaire. Je m'assois en face d'elle, je mange mais surtout je la regarde — ces mains qui n'ont pas besoin de se défendre et peuvent faire en paix la pâte, la pétrir, l'étaler et la feuilleter, répandre le sel, hacher, mélanger, doser, verser dans le plat. Oui, c'est peut-être ça, la révolution, libérer les mains de la nécessité de frapper et les rendre à la tendresse... Si Médée, au bon moment, avait pris Jason par le collet, peut-être que plus tard...

Merci, docteur, je connais ce petit livre, c'est même moi qui l'ai apporté ici. Drôlement bien fournie, cette vieille librairie de Salamanca Place. Ce sont des recettes de Bessie, notées par une gouvernante de sir John. Des recettes simples et compliquées. Soupes de poissons de tous les types et de queue de bœuf, bouillabaisses, viande de kangourou cuite à la vapeur, sauces aux huîtres, tartes confectionnées avec les éléments les plus disparates, plats pour dîners de gala ou pour courtes pauses durant les tournées d'inspection dans le bush sauvage. Mesure et quantité des différents ingrédients, temps de cuisson, récipients les mieux adaptés. Dans ces recettes il y a, autant et plus que dans certains recueils de poèmes, une vie. Quand je m'en vais, elle me donne presque toujours, même si c'est à contrecœur, une demi-bouteille de rhum pour Norah. Enfin, surtout pour elle. Est-ce que je la viderais si j'étais seul, je ne sais pas... Comme si on pouvait ne pas être seul...

89

Mon autobiographie paraît en 1838, comme on peut le lire ici. Je dépose ma plume comme on largue une voile, ma main désormais ne lève plus qu'un verre. L'autobiographie sait où et quand mettre le point final.

Il se passe bien encore quelque chose de temps en temps, mais rien d'important. Un peu d'argent qui arrive et disparaît, un petit commerce qui va mal, deux ou trois requêtes restées sans réponse pour obtenir un morceau de terre, la nouvelle de la mort de ma mère — quelle différence ça fait, vivante ou morte, qu'est-ce que ça veut dire vivante, là-haut à Copenhague, des années et des années sans rien savoir d'elle, ou morte, là-haut à Copenhague sous terre quelque part. À quelle heure, du reste, a-t-elle expiré, avant que la lune se lève ou bien après, est-ce qu'elle a encore eu le temps ou pas de la voir ce jour-là ? Je regarde la lune, enveloppée comme dans un halo par tous les regards qui se sont posés sur elle ; je me demande s'il y a aussi le sien, celui de ce dernier jour. Comment fait-on pour savoir qui est vivant et qui est mort ?

Le soir je vais sur les môles de Hobart Town, regarder les baleiniers qui rentrent avec leur chargement et grappiller un peu d'argent pour aller à la taverne. J'accueille les bateaux avec une dignité nonchalante, comme si je leur donnais, d'un vague geste de la main, l'autorisation tacite d'accoster. Tout le monde me connaît, je suis l'homme qui a harponné la première baleine à l'embouchure du Derwent, le cartographe du détroit de Bass, le soldat de Waterloo ; aux forçats je parle des bas-fonds de Londres et des turpitudes de Newgate, aux missionnaires de mes études de théologie et des conversions que j'ai obtenues à Otahiti ; je suggère des cures aux malades, je joue et je perds avec les marins, je demande des nouvelles des royalties, que je ne vois jamais venir, de mes livres, du Bureau, qui n'a jamais ouvert, pour le Commerce danois dans les mers du Sud, de mes écrits, si méconnus de tous, sur la dette publique et sur les aborigènes.

Sur les môles, la nuit, je parle, je parle avec n'importe qui, avec personne — pour ne pas rentrer à la maison, pour au moins rentrer plus tard. Certains jours, quand je me lève du grabat de chiffons où nous sommes réduits à dormir, je ne me lave même pas la figure, je ne me débarrasse pas de cette odeur de la nuit dont je ne sais pas si c'est la mienne ou celle de Norah.

Je me débarbouille quand on me demande de faire partie des orateurs du meeting organisé pour protester contre la proposition lancée par le gouvernement, de réformer le système pénitentiaire et le traitement des colons. Les organisateurs sont les gros bonnets de la ville — Charles Swanston, directeur de la Derwent Bank, d'autres banquiers et de grands propriétaires terriens, l'avocat Thomas Horne et l'inusable révérend Knopwood. Ils se souviennent de cette épave qui peut être utile, en tant qu'ancien forçat, pour contester le projet gouvernemental de mettre fin aux déportations de bagnards dans le continent austral et surtout à leur assignation aux colons, privant l'agriculture d'une précieuse et nécessaire main-d'œuvre.

Et me voilà seul à la tribune ; je parle, le vent me passe sur le visage et sur le cou, traverse ma chemise crasseuse. Je parle avec lucidité, avec facilité et éloquence. Je défends le système pénal et les déportations, j'en exalte la valeur rééducatrice à l'encontre des propos naïfs et falsificateurs des philanthropes qui pérorent à vingt mille kilomètres de là, je revendique la nécessité du travail des forçats pour la terre et pour le bien moral que ce travail fait aux bagnards eux-mêmes. La foule m'applaudit, émue par un homme qui a tant souffert sans perdre courage et sans nourrir de rancœur. Les applaudissements durent longtemps, c'est une vague qui me berce, une lame douce et puissante qui se brise sur les rochers. Ma vie, dans le fond, a été belle. Je ne m'aperçois même pas qu'on me fait descendre, moitié me soutenant et moitié me poussant, jusqu'à ce que je me retrouve dans la foule, englouti par une mer obscure, visages indifférents qui regardent le nouvel orateur sur l'estrade, et il ne me reste plus qu'à rentrer à la maison.

J'ai peur de rentrer à la maison, j'ai peur de Norah. Elle s'enfonce de plus en plus dans la boisson ; l'alcool lui sort des pores avec la sueur, elle vit dans une hébétude continuelle et ne se réveille que pour quelque rixe qui la conduit en prison. Elle m'entraîne vers le bas, vers cette pourriture dans laquelle elle fait naufrage avec une fierté royale. Oui, j'ai peur même d'aller la voir quand elle est en prison pour quelques jours ou quelques semaines. Je supplie les autorités de l'obliger à se désintoxiquer, de la garder enfermée un peu plus longtemps, j'en arrive à souhaiter qu'on la mette à nouveau au pénitencier. Une femme c'est bien, tant qu'elle te soutient, mais quand c'est toi qui dois la tenir debout, tu te débarrasses d'elle. Je ne suis pas le premier, et je ne serai pas le dernier. Dans le fond, cette fois-là aussi, à Pesek, comment aurais-je pu, comme ça, soudain...

Peur ou pas, je me retrouve à la maison, dans la bicoque glacée par ce gel qui monte de l'Antarctique avec les pluies d'automne. Norah est comme une bête, Médée avec l'art magique de Circé mais tourné contre elle-même. Une truie se vautre dans la Toison d'or, mais l'antique enchantement opère toujours, puisque c'est moi le porc qui pousse son groin dans l'auge de sa propre vie, c'est moi la bête, pas elle, royale dans l'impavide courage avec lequel elle sombre dans la souillure. Longs mois d'engourdissement et d'oubli pendant lesquels on ne se souvient plus que l'amour existe, brèves heures d'une sourde lubricité qui me soumet à tous les rôles d'esclave, accès de fureur ; les Furies me serrent la gorge, me déchirent sans pitié, et pourtant que d'éclats de tendresse, d'ancien amour brisé et méprisé, dans ce corps devenu informe et resté impérieux, tandis que moi — moi, aride et vide, ridicule mari humilié et battu, peut-être aussi cocu, c'est peut-être arrivé une fois ou l'autre, sous une table de l'auberge entre deux cuites, je ne sais pas, je n'ai plus rien dans le cœur, la Furie me l'a arraché de la poitrine avec ses morsures, mais c'étaient des baisers, elle voulait m'ouvrir le cœur pour y verser le sien —

En morceaux mon cœur, mais aussi en paix entre tes seins affaissés, une seule chair même si elle est rancie, ô ma fiancée du Liban abîmée par les ans et par la peine — ce soir ils riront, comme d'habitude, quand tu suivras et battras en chemin ton homme avili et humilié, le roi d'Islande sous le bâton de son épouse acariâtre, le forçat à qui tu fais goûter du chat à neuf queues, mais peu après dans notre taudis et sur cette peau de brebis sale et jaunie, dans la solitude glaciale du cœur je me serrerai contre toi, entre tes bras, unis jusqu'à ce que la mort nous sépare. C'est-à-dire jusqu'au 17 juillet 1840, du fait de la dose mais aussi de la mauvaise qualité d'une liqueur. Le coroner, Robert Steward, écrit sur le registre « Dieu l'a visitée ». Les portes du café virevoltent, elles projettent sur moi ton corps splendide devenu rigide. Norah, Maria, mortes en terre étrangère. Et moi je suis Charon, c'est moi qui leur ai fait traverser les eaux de la mort.

90

« Il n'y a que les morts qui ne reviennent pas. » — Même les morts reviennent. En effet, me voici. Tu es vite revenu parmi nous. Ça veut dire que je m'y étais trouvé bien, quand on m'avait amené ici dans un bien triste état, après cette fameuse fois de Battery Point. Oui, c'est vrai, je donnais des coups de pied et je cassais tout ce qui me tombait entre les mains, mais après j'ai dû m'y trouver bien. Et du coup, à peine l'*Erebus* et le *Terror* avaient-ils jeté l'ancre à Sullivans Cove, que vous m'avez revu.

D'accord, ce n'était peut-être pas vous, mais un autre, un de vos collègues, peut-être que vous n'étiez pas de service ou alors en congé, de toute façon les médecins se ressemblent tous. Les endroits aussi, les lits disponibles. C'est pour ça que vous voulez me faire croire — du moins vous vouliez au début, ensuite vous devez avoir compris qu'avec moi ça ne prend pas — que je suis là-haut plutôt qu'ici en bas. Et on a en effet l'impression d'être là-haut, avec cet horizon de carton-pâte, le golfe de Trieste et la côte de l'Istrie jusqu'à Salvore — c'est bien imité, il n'y a pas à dire, mais avec moi ça ne prend pas. Je suis sur le pont de l'*Erebus*, ou du *Terror*, voilà où je suis, beaux noms pour un voyage dans les mers antarctiques des ténèbres et du gel, où le commodore James Clark Ross, un vieil ami de notre gouverneur sir John Franklin, veut étudier les variations magnétiques. Beaux noms aussi pour moi, pour les mers antarctiques de ma mort.

Le commodore Ross est accueilli par de grandes fêtes, il y a de la musique avec des valses de Strauss, jouées par la fanfare militaire du 51e Régiment, des *parties*, des banquets. À bord se trouvent aussi Joseph Dalton Hooker, le fils de sir William. Je l'ai rencontré à la Waterloo Inn, il a eu l'amabilité de daigner venir me voir dans cette taverne, où comme d'habitude je me faisais payer un verre de rhum ou une tranche de porc salé en écrivant des pétitions, des lettres et des suppliques pour ces ivrognes analphabètes — un bon avocat d'auberge, ça aussi, j'en suis un.

Hooker jr est botaniste, comme son père ; le continent austral encore inconnu attire les savants, avides moins de découvrir que de nommer et de classifier le monde. Hooker junior, Hooker senior, la mère de l'un et épouse de l'autre s'appelle Marie, ma Marie à moi n'a jamais été ni épouse ni mère — non, surtout mère, elle ne l'a pas été —, le temps se coagule, s'allonge, gros lézard qui perd sans cesse sa queue, des morceaux de moi-même s'enfoncent dans des eaux obscures. Je me touche les bras, le visage, la poitrine pour vérifier si je suis toujours entier ; l'eau a envahi la cale et presque tout emporté. Je vois que le jeune Hooker lit dans mes yeux mes larmes et alors je me mets à parler en faisant de grands gestes, à raconter mes aventures, l'Islande, l'exploration du Grand Lac, la capture de Sheldon. Je le regarde dans son bel uniforme, dans l'assurance que lui donnent la jeunesse, la santé, le prestige social. Les larmes me montent de nouveau aux yeux et je comprends que lui il voit en elles un signe de vieillesse ou d'ébriété, la faiblesse indécente d'un homme fini. J'ai aimé votre père, lui dis-je, et vous aussi peut-être... seulement mes folies... et pourtant je peux expliquer, tout peut toujours s'expliquer...

Rien, en fait, ne peut s'expliquer. En particulier ma fureur soudaine, ce hurlement, cette crise. *Erebus, Terror*, je voyais les noms sur les flancs des bateaux qui oscillaient dans la baie, une mer s'ouvrait sous la mer et les engloutissait, m'engloutissait, j'étais précipité dans le tourbillon, j'étais le hurlement écumeux du tourbillon et je m'aspirais me mixais me centrifugeais. Le jeune Dalton parle de moi et de son père ; l'Islande, la Spread Eagle Inn, les yeux de verre de l'aigle, les touffes de cette herbe blanche comme neige — des morceaux de moi flottent éparpillés sur les eaux furibondes, remontent comme une régurgitation, s'en vont chacun de son côté, aspirés par les forces de Coriolis ils disparaissent dans le trou noir du gouffre — Ante Rastegorac m'enfonce la tête dans le trou du cabinet, je disparais, non, ces déchets sont miens, sont moi, vous n'avez pas le droit, je me jette à l'eau pour les prendre, pour les sauver, je les recollerai ensemble et je serai de nouveau moi. Laissez-moi, ne me bloquez pas comme ça, ce n'est pas moi qui ai commencé à donner des coups, ce sont tous ces gens qui me sont tombés dessus ; ils voulaient m'immobiliser, m'attacher, m'empêcher d'aller à la recherche de mes morceaux qui coulaient et disparaissaient ; ces gens, cette foule, cette cohue, ces flots qui me submergeaient — il fallait que je résiste, que je fende les lames à la brasse, que je me fraie un passage à travers cette tourbe.

C'est cette vitrine qui m'a fait monter le sang à la tête. Une idée de Spiridion Pavlidis, un commerçant grec entreprenant et intrigant qui avait mis sur pied, parmi beaucoup d'autres affaires, ce magasin de téléviseurs sur Sandy Bay Road. Des téléviseurs de tous formats, qu'il laissait presque toujours allumés, pour attirer l'attention et donner envie d'acheter. De temps en temps je m'arrêtais pour regarder ces boîtes, ces visages, ces paysages, ces couleurs et ces gestes qui apparaissaient et disparaissaient, la lanterne magique de l'oncle Bepi quand j'étais enfant.

Mais ce soir de décembre, je ne sais pas pourquoi, Pavlidis avait réglé tous ses téléviseurs sur la même chaîne et l'homme avec la tache de vin sur le front, le dernier roi de Colchide, parlait et parlait, parlait depuis tous les rectangles lumineux — d'innombrables visages d'innombrables taches de vin sur le front et à un certain moment j'ai vu la place Rouge d'innombrables places Rouges et le drapeau rouge qu'on abaissait tous mes drapeaux qu'on abaissait et la voix de quelqu'un qu'on ne voyait pas et qui n'était pas l'homme avec la tache de vin sur le front disait quelque chose sur les drapeaux rouges qui finissaient dans la poussière et sur le soleil de l'avenir qui s'éteignait. D'innombrables voix, la même voix, sortaient de ces boîtes lumineuses et alors quelque chose a éclaté dans ma tête et dans mon cœur — ces drapeaux rouges qu'on abaissait sont sortis des boîtes, se sont déroulés jusqu'à voiler le ciel et ensuite sont descendus, sont tombés par terre, un immense baisser de drapeau du monde, un soleil ensanglanté qui descend s'écrase explose et disparaît.

La fin de tout, ma fin. La Toison est une peau écorchée et rouge de sang suspendue au ciel, elle descend et entraîne le ciel dans sa chute. D'innombrables hommes avec la tache de vin sur le front parlent ; d'autres voix, la même voix, un écho sans fin parle de la fin. Le drapeau descend, il me tombe dessus, m'enveloppe m'étouffe ; j'essaie de me dégager, de m'en débarrasser, je donne des coups de pied et de poing, je hurle ; on m'en ceint la tête et les bras. Toison d'or, camisole de force. C'est comme ça que vous m'avez immobilisé et ensuite réexpédié chez moi, selon vous, enfin chez le camarade Miletti-Miletich, qui après avoir partagé avec moi quelques cellules de prison a partagé pendant quelque temps aussi son trou de la via Mulino a Vapore, pour ne pas me laisser à la rue, jusqu'à ce qu'on vienne, je ne sais pas pourquoi, m'arracher aussi à cet endroit, je me rappelle seulement que j'ai un peu fait des histoires, beaucoup même, mais ça n'a servi à rien. Il n'y a pas de quoi faire un drame — me disaient-ils, me disiez-vous, disions-nous —, plus personne n'en fait aujourd'hui, de la même façon qu'on ne fait plus de sonnets, pourquoi tu ne t'es pas plutôt amusé avec ce video game. Rassure-toi, dans le video game aussi les méchants, les nazis, perdent et même s'ils gagnent, c'est la même chose. Profite du zapping, du paysage, de cette mer que tu aimes...

Ainsi, vous voulez me faire croire que je suis revenu devant mon golfe. La Terra Australis incognita accueille les émigrants mais n'a pas de place pour les fous, elle les réexpédie chez eux, voilà ce qu'on m'a dit, mais je n'y crois pas. Pour les morts, si, elle en a, de la place, depuis toujours, une immense île des morts, et donc je suis ici, ici en bas, je suis resté avec vous, tous ces drapeaux rouges abaissés m'ont enseveli sous une couverture plus épaisse que celle qui me recouvre dans le parc public de Saint-David — les drapeaux flottent, ondulent, se confondent ; un seul drapeau immense, un rideau qui tombe, qui obscurcit le monde et tant pis pour qui se trouve en dessous et le reçoit sur la tête. Le Rideau de fer s'abat comme le couperet d'une guillotine et partage en deux le cœur, mon cœur.

91

« SALU T LA ? » — Toujours ces niaiseries. Maintenant vous comprenez pourquoi je préfère le magnétophone. Mais quand même, cette fenêtre qui s'ouvre me plaît bien, meilleurs vœux, bonne année. Voilà le compte-rendu sur ces travaux avec le bois, presque terminés. J'espère qu'on voit que ça, c'est la figure de proue de Ljubo, le Dalmate. Il avait navigué toute sa vie avec elle, dit le livre, jusqu'à ce que, devenu vieux, on le débarque et on lui donne une place de gardien de phare. Il avait la nostalgie d'elle, mais il n'était pas triste, parce qu'il la voyait arriver et partir, passer au pied du phare debout à la proue de son ancien bateau. Mais un jour il l'a vue pleurer, parce que le bateau avait été vendu à un armateur qui le destinait à d'autres rivages, de sorte qu'ils ne se reverraient jamais plus. Or au cours de son dernier voyage sur son ancienne route le bateau a fait naufrage, et elle, les vagues l'ont ramenée sur les rochers de son îlot ; alors il l'a prise et l'a amenée chez lui, dans sa chambre au sommet du phare. Et quand, quelques années plus tard, on a décidé que ce vieux phare devait être éteint et le vieux Ljubo mis à l'hospice — ce ne serait pas par hasard une maison de repos, ici dedans, un hospice de vieillards ? Ça ne m'était jamais venu à l'esprit, mais —, en tout cas ils devaient de nouveau se séparer, mais elle, elle l'a pris par la main et entraîné dans un royaume enchanté au fond de la mer, ici en bas. Moi j'ai fait sombrer Maria dans les eaux noires de la mort, je lui ai même attaché une pierre aux pieds, et elle au contraire elle m'a pris par la main et emmené dans un pays heureux, où nous sommes enfin réunis. Regardez comme je l'ai bien réussie, comme elle est contente elle aussi — vous avez eu vraiment une bonne idée de me faire faire ce travail, Arbeit macht frei.

Mais est-ce que c'est vrai, qu'on n'en fabrique plus, des figures de proue, comme dit ce petit livre ? Alors je suis peut-être le dernier. Mais est-ce que ça existe, un dernier, dans n'importe quel domaine ? Ici ils écrivent qu'en 1907, quand la Marine américaine a décidé d'enlever des bateaux les figures de proue, un officier a composé un poème dans lequel il regrettait l'époque où elles naviguaient de la Terre de Feu à la baie de Baffin et déplorait qu'elles aient disparu pour toujours. Les aèdes, c'est bien connu, aiment les adieux et les lamentations funèbres ; la Muse prend congé des héros défunts du temps jadis.

On veut trouver le dernier créateur de figures de proue, plus glorieux que le premier, parce que la fin est plus majestueuse que le début et fait davantage battre le cœur. Mais quelques pages plus loin voici un autre dernier, un certain William Rumney, qui prenait pour modèle sa fille et qui est mort en 1927, à un moment où son art était désormais « presque oublié ». Mais on tourne la page et paf, en voilà un encore plus dernier, Bruce Rogers, 1935. Et à la page 63 voilà qu'un autre surgit, Jack Whitehead, île de Wight, 1972.

Ne vous fâchez pas contre moi, ce n'est pas moi qui

écris ces choses ; c'est votre livre, avec toutes ces belles figures et ces noms, qui crée la confusion. Ça m'attriste, cette course pour le maillot noir, cette rage d'être le glorieux dernier d'une lignée. Les derniers, ça n'existe plus ; rien ne disparaît et sur personne ne se réverbère le rouge du soir, la gloire de ce qui s'éteint.

Il n'y a pas de dernier, le grand théâtre vide les tombes et remet tout le monde debout ; les morts se lèvent et les *pinze* de la grand-mère, ces fougasses qu'elle était la seule à savoir faire, à Pâques sont de nouveau sur la table, confectionnées par la fameuse Boulangerie-Pâtisserie Bonne-Maman. Clonage universel, il n'y aura plus de mort ; on verra toujours les mêmes têtes, aucune histoire d'amour ne sera plus perdue dans le passé, chacune sera répétée telle quelle, ô mort où est ton aiguillon ? Et pourtant parfois on en aurait besoin, on voudrait pouvoir disparaître et ne plus exister, avoir été et non plus être...

Luxes d'antan, aujourd'hui la vie éternelle est obligatoire. Pas étonnant qu'en 1972 le jeune Bernd Alm, je le lis ici, étant allé donner un coup d'œil à l'exposition de Whitehead et Gaches, se soit dit que lui aussi pourrait gagner sa vie en restaurant ou en fabriquant ces figures fatales, ou mieux encore en faisant des copies de celles qui étaient perdues. D'autres ont aussitôt suivi son exemple. Et la nostalgie des figures de proue d'autrefois a aussitôt appelé à l'œuvre les faussaires, qui se sont mis à refaire, en les copiant à partir d'illustrations, les plus célèbres en les faisant passer pour vraies puis, bientôt, en les vendant comme des faux mais des faux d'auteur, qui justement en tant que tels intéressent l'âme kitsch de l'humanité. Juste destin, du reste, pour une figure sortie des eaux, royaume du mensonge et de la perfidie.

Celles que je suis en train de faire ici — il y en a déjà une jolie quantité, j'ai presque rempli le magasin — sont elles aussi une série de faux, mais ce sont des faux authentiques. D'auteur, s'il m'est permis de le dire sans offenser la modestie. Elles sont toutes là, claires et reconnaissables comme elles ne l'ont jamais été : celle-ci c'est Maria, celle-là c'est Marie, cette autre Mariza, et voici Márja et Norah et Mangawana ; il y a aussi la Révolution, avec son bonnet phrygien et son drapeau rouge. Toutes retrouvées, elles ne s'échappent plus, parfaitement correctes, rigides, pleines de dignité, et moi je ne les perds plus ; je monte la garde auprès d'elles, je les soigne, je les époussette, je les nettoie, enfin en paix avec moi-même, innocent. Non que j'aie la prétention de me croire le vrai dernier, quand même pas, le prochain faussaire est peut-être déjà sur le seuil, personne n'est jamais le dernier dans le cœur d'une femme —

92

Je m'étais levé de bonne humeur, ce matin-là. Le 20 janvier, autrefois vous auriez pu lire clairement la date sur le marbre ; je veux croire qu'on m'a fait une stèle comme il se doit, après tout le soin que j'avais apporté à celles des autres. Je me sentais frais et dispos, les jambes solides, pleines de vigueur. Laissez tomber mon autobiographie, il est logique que tout ça n'y figure pas, et moins encore dans les biographies. Il n'y a que moi, par la force des choses, qui puisse savoir la vérité sur le Dernier Jour — enfin, dernier, façon de parler, puisque nous sommes encore ici — ce qui est arrivé, et comment. Vous m'entendez, de là-haut, assis sur ce banc ? Moi je vous entends mal, je dois avoir quelque chose dans les oreilles : peut-être de la terre, ou de la poussière, ou les boules que je mets pour dormir.

Ce jour-là, le 20 janvier, j'avais envie de mer, d'une grande mer ouverte. Une voiture partait pour Port Arthur, parce qu'on avait envoyé dire qu'il y avait besoin d'un médecin — pas pour les forçats, bien entendu, pour ce bétail destiné à la boucherie on ne dérange pas un médecin, mais pour Evans, l'un des surveillants-chefs —, et c'est ainsi que ce matin-là le docteur Bentley s'était décidé à y aller. Ils m'ont fait monter sans difficulté quand j'ai demandé si je pouvais faire un bout de route avec eux. Je n'avais pas envie d'aller jusqu'à Port Arthur, de voir les fosses de punition dans l'eau glacée, le rocher des enfants. Je voulais descendre un peu, juste un peu vers le sud ; regarder la mer immense et ouverte, de l'autre côté de laquelle il n'y a rien.

Ils m'ont laissé à l'endroit où commence la partie la plus étroite de la Maingon Bay, en me disant qu'ils me reprendraient au même endroit au retour. Je suis descendu vers la baie, vers la mer ouverte. En bas dans la baie, une fois encore. Je marchais d'un pas sûr et rapide dans la grande lumière blanche qui m'obligeait à plisser les yeux et j'essayais de fixer mon regard sur le vert d'un bois d'eucalyptus, à l'endroit où la plage était basse et où l'on pouvait arriver jusqu'au bord de l'eau. Lumière claire, si forte et si claire que devant les yeux l'obscurité se fait et on ne voit presque plus rien ; c'est comme maintenant, je sais que vous êtes ici, devant moi, au-dessus de moi, mais je ne vous vois pas, cette obscurité, là-dessous, éblouit. La lumière de Dieu si longtemps promise, peut-être trop forte pour nous — nous qui sommes passés à une vie meilleure, nous sommes dans l'obscurité, la nuée lumineuse trop resplendissante du Thabor aveugle, nous ne voyons rien, comme dans une nuit noire.

La côte, au-delà de cette plage, remontait d'un seul coup, une haute et noirâtre paroi de basalte surplombait l'eau, muraille inaccessible défendue par des saillies acérées. Le fracas des lames arrivait du large, monotone, incessant ; de grosses vagues se brisaient contre les rochers sombres, un oiseau parfois disparaissait dans le poudroiement de l'écume, englouti par le gouffre noir. Au-dessus du promontoire, qu'on entrevoyait désormais clairement, s'accumulaient des nuages qui montaient de la mer, sombres tours qui s'élevaient vers le ciel, se défaisaient et s'écroulaient dans le vent. Le soleil les fendait et s'introduisait par la brèche, le flanc en feu de l'*Admiral Juhl*, touché par les bordées anglaises, se désagrégeait dans la mer. Les tours, là-haut, s'effondraient, on croyait entendre le fracas de leur chute dans le grondement des vagues furieuses qui battaient les rochers.

Je suis descendu à un endroit où la côte s'abaissait doucement pour former une petite plage ; le vacarme des vagues contre les parois de basalte ne m'arrivait plus qu'atténué. Le bateau reposait sur les galets, dans une anse tranquille protégée par une barrière de récifs qui brisait la furie de la mer. Par la poupe éventrée, léchée par les flots, l'eau sortait et rentrait avec des sanglots étouffés. La brèche était large, morsure d'un énorme requin ; plus loin, sur la barrière de récifs, on pouvait voir le gros rocher pointu sur lequel le bateau avait été précipité par la mer.

Sur les flancs noircis le bois par endroits se fendait comme une écorce rugueuse ; il y avait une bonne odeur de bois et de goudron. J'ai enlevé la peau de brebis que j'avais sur les épaules et je l'ai étendue par terre. Parmi les galets cette toison jaunâtre semblait être l'une de ces taches de sable doré qui émaillaient çà et là la plage. J'étais fatigué, après ma descente à travers un terrain accidenté ; je sentais de temps à autre une petite douleur à l'estomac et j'avais un goût acide dans la bouche. Je caressais le bois, rude et amical au contact de la main. À Nyhavn aussi, enfant, j'aimais toucher le bois des bateaux, respirer son odeur, le sentir sous mes pieds nus. C'était ça, ma terre, mes racines. Toute la terre, du reste, y compris celle dont je suis recouvert, est un bateau qui flotte sur l'abîme des eaux ; c'est du moins ce que m'avait dit à Copenhague, alors que je sortais à peine de l'enfance, Pistorius. Il avait, pour être plus précis, raconté que c'était ce que croyaient certains peuples de l'Antiquité, mais il semblait que pour lui non plus cela n'enlevait rien à la vérité de cette image. D'autres, avait encore dit Pistorius, croyaient au contraire que la terre était plate et soutenue par quatre colonnes posées sur quatre éléphants qui prenaient appui sur les carapaces de quatre tortues gigantesques qui nageaient dans un immense océan. Quoi qu'il en soit, j'aime bien cette idée que l'assise originelle sur laquelle repose le monde, et aussi ma fosse, c'est l'élément liquide et que tous les hommes, qu'ils le sachent ou pas, sont des marins.

J'avais vu d'autres fois ce petit bateau échoué sur cette plage, et chaque fois j'avais trouvé bizarre que sa figure de proue regarde vers l'intérieur de la baie et non vers la haute mer. Les yeux stupéfaits et dilatés des figures de proue sont tournés vers la mer et son horizon uniforme, vers les catastrophes qui arriveront bientôt de cet horizon et que les hommes ne peuvent pas voir. Celle-là aussi regardait en haut et au loin, le visage calme et les lèvres entrouvertes ; de sa main qui portait une rose elle essayait de fermer sur sa poitrine sa robe flottante sculptée dans un bois maintenant rongé, et qui semblait, soulevée par un tourbillon de vent, prolonger l'ondulation des vagues dans celle de ses plis, découvrant deux seins majestueux.

Elle avait le regard de quelqu'un qui fixe quelque chose d'inéluctable. D'habitude cette vision insoutenable provenait de la mer, mais peut-être n'était-ce pas une erreur que la figure de proue soit tournée, comme tout le bateau échoué sur la plage, de ce côté-là. Dans cette direction il y avait Port Arthur et aucun désastre marin ne pouvait rivaliser avec Port Arthur et les autres horreurs qui n'existent que sur terre. C'est sur terre que se trouvent les enfers. Heureux ceux qui meurent en mer.

Un peu plus loin, sur la plage, il y avait une mouette renversée sur les galets, qui de temps en temps battait des ailes en essayant de se redresser. Quand je me suis approché, elle a voulu s'enfuir, mais elle s'est aussitôt affalée, épuisée. Elle avait perdu beaucoup de plumes ; l'une de ses ailes, tordue, pendait sur le côté. De ce morceau de vie, qui tressautait inutilement, s'exhalait déjà l'odeur de la corruption. Vous, en ce moment, est-ce que vous la sentez, est-ce qu'elle vous arrive d'ici dessous, là où vous êtes assis ? Moi, oui, je la sens un peu, malgré mes narines bouchées. À Newgate aussi il y avait cette odeur, quand j'écrivais mon livre sur la religion chrétienne — la vraie religion de la nature, la vérité du cœur et de la création entière, même s'il était difficile de le penser en regardant autour de soi en bas dans la baie, en voyant les rochers noirs, striés et cannelés comme les dos des forçats qui non loin de là étaient labourés de coups de fouet. Il y avait un sous-officier, Barclay, qui les fouettait parce qu'il voulait que leurs dos, avec ces cicatrices, ressemblent à ceux des tigres. Le sang coule de ces sillons creusés dans les dos, il stagne un peu, se rassemble en un fleuve limoneux et s'en va teinter de rouge l'océan qui entoure le monde, cette mer toujours en furie, dans les profondeurs de laquelle tout n'est qu'entredéchirement, agonie et mort, un immense ossuaire.

Oui, à Newgate aussi ou sur le pont inférieur du *Woodman* — et même ici, je ne sais pas bien où —, on sent la puanteur de la putréfaction, de la sueur des plaies du vomi d'hommes avec des fers aux chevilles, qui dorment à trois ou quatre sur le même grabat, en attendant que le marin vienne jeter un seau d'eau sur le sol pour enlever au moins les excréments. Une puanteur dont on ne se débarrasse plus, une fois qu'on l'a sentie — l'odeur fétide des déchets de nourriture qui attirent les rats ; celle de son propre corps qui là-dedans, enchaîné, se corrompt plus rapidement, comme les rations de viande insuffisamment salées entassées dans la cambuse chaude et étouffante. Il doit bien y avoir aussi un reste de quelque chose qui a fini ici dessous, près de moi, je ne peux pas me défaire de son odeur.

L'âme aussi se corrompt et se gâte, pour le plus grand divertissement et l'édification de la populace qui se régale du spectacle quand la charrette emporte la carcasse du condamné — et avec elle l'âme, souffle vital qui s'exhale des pores de cette carcasse, haleine qui monte de l'estomac retourné par la peur — que l'on va pendre sur la place de Hobart ou à Tyburn, pendant que les gens se battent pour avoir les meilleures places sur les bancs de la tribune. Un peu plus tard, sur la table du chirurgien qui dissèque le cadavre, ces morceaux de chair ne sont pas tellement différents des morceaux de viande qu'on jette aux chiens ou aux condamnés eux-mêmes la veille de leur exécution, pour leur dernier repas. Peut-être même que ces os qui ont fini ici dessous autour de moi et sur moi, qui m'empêchent de bouger, ce sont eux qui les ont recrachés.

Il n'y a même pas lieu de protester, puisque l'homme et le peuple et le genre humain sont chair et que tout ce qui est chair est destiné à mourir. L'herbe sèche et finit dans les immondices, qu'à la fin de la journée les bagnards emportent pour les brûler dans une grande fosse. L'odeur des déchets est douceâtre, la chair humaine aussi, quand elle brûle, a cette odeur douceâtre ; je l'ai sentie déjà à Copenhague, pendant l'incendie du palais royal, et plus encore dans la forêt, quand nous avons trouvé les restes de ces trois évadés. Toute chair se corrompt, comme il devait bientôt advenir de celle de la mouette mourante.

Le christianisme est la vraie religion de la nature, parce qu'il montre sans voiles la mort et la putréfaction de toutes choses, y compris de l'âme immortelle. Heureusement qu'à Newgate je ne m'en étais pas encore aperçu ou que du moins je n'en avais pas parlé dans mon livre, sinon le révérend Blunt m'aurait fait tâter du fouet pour m'ôter de la tête ces fantaisies impies, plutôt que de me passer quelques morceaux de la viande qu'il se faisait apporter par le gardien, quand la faim le prenait — le quartier de Newgate est célèbre pour son excellente viande de mouton.

Oui, j'ai vraiment eu de la chance qu'elles ne me soient pas venues alors, ces mauvaises pensées, comme par contre elles ont dû me venir plus tard, beaucoup plus tard — peut-être une autre plage, une autre mer, mais toujours trop de soleil et trop de gel, des pierres à sortir de l'eau, ma tête résonne, kroz stroj, un mot qui ne veut rien dire rebondit ici dedans, ici dessous, kroz stroj kroz stroj. Chair martyrisée, triturée dans le grand hachoir.

J'ai pris dans mes bras la mouette, qui se débattait faiblement, et je suis allé vers l'eau. Dans mes mains le corps de l'oiseau tremblait, mou et fragile. Il est facile de dire, comme les brillants écrivains athées que j'ai si brillamment réfutés, qu'il n'y a rien de corruptible dans l'univers, que rien ne meurt ni n'est détruit, que tout ne fait que se décomposer en ses propres atomes qui se recomposent en de nouvelles formes. La goutte tombe dans l'océan, se désagrège, coule à nouveau, se perd, s'oublie, continue à s'enfuir.

Sur cette plage aussi tout n'était que flot montant et descendant de la marée. À Newgate les gardiens jetaient un seau d'eau dans la cellule pour la nettoyer, l'eau emportait les ordures et les rats, et tout disparaissait en tournoyant dans l'égout qui aboutissait dans la Tamise et de là dans la mer où le liquide brunâtre devenait limpide et se teintait d'un bleu-vert délicat... un autre flot jaillissait du seau, les prisonniers aussi étaient des immondices qui entraient dans les cellules et en ressortaient ; la marée monte et descend, la cellule se vide et se remplit, une vague après l'autre, une charrette y déverse quelques misérables pris la main dans le sac et une charrette les en sort pour les emmener au gibet à Tyburn ou dans le ventre des navires pénitentiaires en partance pour les antipodes et laisser ainsi la place à d'autres.

Pourquoi cette mouette tremblait-elle, était-ce seulement parce qu'elle ne savait pas qu'elle aussi, comme tous les autres, ne pouvait pas mourir ? Et ceux qui à Tyburn ou sur la place de Hobart, avec la corde déjà autour du cou, faisaient les fiers-à-bras et chantaient d'une voix assurée des chansons paillardes, peut-être au contraire étaient-ils contents d'être oubliés et de s'oublier, de se perdre quelque part où personne, y compris eux-mêmes, ne saurait plus rien d'eux, marins qui débarquent dans un port inconnu, signent le registre, empochent leur paie et disparaissent pour toujours des registres de toutes les Amirautés. L'aide-bourreau retire la chaise sous les pieds du condamné et la met de côté pour la prochaine fois, en indiquant au public le jour et l'heure.

Le gardien de nuit annonce la tombée du jour. Camarades de tous les pays, unissez-vous. Le soleil de l'avenir est tombé dans un puits noir et profond, mais si nous attrapons tous ensemble la chaîne de la poulie et que nous tirons fort, le seau montera, comme montait, du fond de la mer glaciale à Goli Otok, la pelle chargée de sable que nous autres pijeskari devions charger sur des civières. Le seau remontera, avec nos drapeaux rouges nous laverons ce soleil incrusté de fange jusqu'à ce qu'il soit libéré de toutes les taches de boue et de sang et que, libre et léger comme un ballon rouge qui s'échappe de la main d'un enfant, il monte, monte dans le ciel.

Le puits est profond, le seau est lourd, de temps en temps il glisse en arrière, redescend, et si on se penche pour le retenir on peut tomber avec lui. Maria, Marie, Márja, Mariza, Norah, là-dessous dans la décharge putride du cœur, à mourir à pourrir. Noires divinités de l'abîme, rites obscurs d'Hécate auxquels se plaît Médée, magicienne de la Nuit. Non, noir est mon cœur, qui a arraché Médée à la nuit pour elle tendre et amie, et l'a projetée dans la lumière d'un jour impitoyable, d'un soleil étranger qui l'a brûlée. Je regarde dans le puits noir, cette fange est le reflet de mon visage. Je suis là-dessous, je prospère dans cette pourriture ; l'homme est un insecte autophage et coprophage, il prend plaisir à se dévorer.

Le fond du puits, cloaque mou du mystère. Tous toujours enclins à les adorer, les mystères, à révérer l'obscurité d'une pièce vide, les tentures sombres que l'on tire pour cacher le rien, pour empêcher qu'on s'aperçoive que le dieu des ténèbres est un trucage comme dans le tunnel du train fantôme à la fête foraine. Les rites sacrés de Samothrace, les terribles mystères des dieux, indicibles pour les mortels, qu'il ne nous est pas permis de chanter. Chanter quoi, d'ailleurs ? De mystiques orgies sacrées, des rites initiatiques ? Une ménade qui s'accouple avec un serpent, le culte de Rhéa, la grande déesse triple, quelque équipée dans une maison de rendez-vous, des *partouzes* démodées, deux ou trois prestations sexuelles spéciales... Les Dactyles, les petits démons nus, déchiquettent Zagrée, le dieu enfant qui a l'apparence d'un veau — peut-être d'un bélier ou d'un agneau, c'est la même chose. Il y en a qui bandent mieux s'ils voient tressaillir une bête égorgée.

À Éleusis, l'initié contemplait à la fin le mystère suprême, l'épi de blé. À Samothrace, on fait mais on ne dit pas — des parties de débauche collective, orgies de marins qui tirent une bordée pendant une escale au cours d'une longue traversée, ensuite les Argonautes reprennent leur voyage, sans même payer la maquerelle, mais ce ne sont pas là des choses dont on parle. Jason ne dit rien de ses propres mystères, parce qu'il serait obligé de raconter la saloperie qu'il a faite à Médée. Dans le trou noir du cabinet, la tête en bas dans le kroz stroj, je vomissais mais au moins je voyais, caché au fond de cette abjection, le soleil de l'avenir. Ici, en bas dans la baie, dans la Terra Australis incognita, de nouveau la tête en bas, j'ai juste un peu le vertige, mais je ne vois plus rien...

Je ne me rappelle plus quand — tout de suite, après des heures, des semaines ? — je suis entré dans l'eau, elle m'arrivait aux genoux. Elle était froide, mais ce froid, sur la peau nue des mollets, était une sensation agréable. J'ai déposé délicatement la mouette dans la mer, et elle a pris immédiatement la position normale d'une mouette qui flotte sur les vagues. Même son cou s'était redressé et sa tête regardait droit devant elle vers le large, tandis que le courant l'éloignait du rivage. Après quelques minutes elle était déjà loin, et on ne pouvait plus la distinguer des autres mouettes qui se berçaient sur l'eau. Au-delà de la barrière de récifs, on voyait les crêtes blanches des vagues. La mer était une grande passe déserte. Je regardais cette passe. Ça n'avait pas d'importance que le voyage de l'oiseau doive bientôt finir. C'était bien de n'avoir besoin d'aucun Charon pour être transporté sur l'autre rive, de pouvoir y aller seul.

Je suis sorti de l'eau. Je me sentais encore plus fatigué. La lumière m'éblouissait et, après avoir déplacé la peau de brebis en l'étalant de nouveau sur les galets, je suis allé m'allonger sous la proue du bateau, dans la zone d'ombre qu'avec sa figure elle projetait sur la plage. La toison était douce et épaisse, elle permettait de ne pas sentir les aspérités du terrain. Couché sur le dos, je voyais au-dessus de moi, à travers mes paupières mi-closes, la figure de proue. Le bruit de la mer était toujours le même et au bout de quelques minutes je n'en avais plus conscience ; dans le mugissement monotone du ressac on ne distinguait aucun son. En levant la tête, je regardais de l'autre côté de la baie. Les rochers de basalte étaient une grande forteresse sombre ; dans l'éloignement, qui émoussait les différences et corrigeait les irrégularités, les murs montraient des créneaux et des meurtrières. En les fixant longtemps, le regard se brouillait ; les images devenaient floues dans l'air qui tremblait et sur les créneaux il y avait de temps en temps une lueur, une fumée, le flottement d'un drapeau sur une tour. Le soleil s'était déplacé ; ses rayons tombaient sur la peau de mouton, illuminant d'or son jaune sale, mais dans la somnolence qui s'était emparée de moi, je ne me déplaçais même pas de ce peu qui m'aurait permis de me mettre à nouveau dans la zone d'ombre. J'étais là, immobile, le soleil dans les yeux.

Je ne saurais pas dire combien de temps s'est écoulé. Mon père savait toujours quelle heure il était. Derrière les paupières de mes yeux fermés, qui se serraient puis se relâchaient, dansaient de petits globes multicolores, des rouges des noirs des jaunes, sur un fond qui changeait sans cesse de couleur, tantôt jaune flamme tantôt bleu nuit ; les disques s'entrecroisaient et se superposaient, soleils bariolés de l'avenir dans un ciel sombre ou teinté de rose, rosi par le sang. De temps en temps je rouvrais les yeux pour les refermer aussitôt et je pressais mes paupières avec mes doigts ; des figures colorées se désagrégeaient et se recomposaient en un kaléidoscope, une lumière de feu enveloppait le château noir et incendiait ses tours, des géants noirs s'écroulaient avec des grondements effrayants — Christiansborg brûle, cela fait trois jours et trois nuits que le palais royal brûle, le plafond de l'imposante salle des Chevaliers s'effondre avec fracas, les langues de feu rampent vers les grands portraits des gentilshommes et des rois de Danemark, elles les enveloppent dans leurs spires, s'entortillent autour des cuirasses de fer et des manteaux d'hermine, les tableaux se détachent du mur avec un crépitement, les personnages se tordent et se racornissent dans les flammes. Des guerriers portant de lourdes armures et d'anciens seigneurs de la mer montent sur le bûcher après avoir perdu la bataille. L'or, les étoffes précieuses et les trophées brûlent sans trêve. Le ciel entier a la couleur du feu, c'est une tache rouge sous mes paupières.

Mais il est tard ; je ne sais pas pourquoi ni par rapport à quoi, mais il est tard. Qui sait quelle heure il est, les horloges de mon père elles aussi ont été détruites. Sous ma paupière qui se détend le feu recule et laisse voir une tache blanche — c'est la grande pendule de la salle des Chevaliers.

J'aime ce vide, je voudrais le faire aussi autour de moi et derrière moi ; tout le monde essaie de sauver quelque chose, moi au contraire j'aime aider le feu, jeter les choses dans les flammes, les voir disparaître dans la fumée — si toute cette terre que j'ai au-dessus de moi pouvait elle aussi se volatiliser, se disperser comme de la fumée, me laisser respirer.

Le feu est juste, il a détruit Sodome et Gomorrhe et un jour il détruira les nouvelles cités infernales. Faire place nette, un beau feu de joie, dehors et dedans, dans le cœur et dans la tête toujours encombrés, envahis de trop de choses. Alors il y aurait de la place aussi pour Maria — un horizon ouvert, une mer que seul le vent parcourt, pas cette cale toujours remplie d'une cargaison trop lourde, grouillante de chair humaine —, comment aurais-je pu l'emmener avec moi, l'emprisonner et l'étouffer dans cette cohue...

Je presse de nouveau mes yeux. Sous mes paupières les petits points, les disques et les globes se multiplient et tournent vertigineusement, ils changent de couleur et de forme ; la boule tourne dans un sens, dans l'autre, de plus en plus vite, elle ne s'arrête sur aucun numéro, cela vaut mieux, ce ne serait sûrement pas le bon. Trop de numéros, trop d'étincelles, trop de choses. La vie est un bubon toujours sur le point de percer. Je rouvre les yeux ; la brume se dissipe, sur les murs de basalte réapparaît ce disque clair, ce n'est pas une pendule, c'est une boule de neige — enfin de nouveau le blanc, l'Islande, le calme des lacs gelés, désert blanc dans lequel il n'y a rien — quelle paix, quel soulagement, le seau plein d'eau n'est plus lourd parce que ce n'était pas un vrai seau, maintenant je le vois, c'était un tamis et l'eau s'est écoulée par les trous, maintenant je me sens vide, léger, libre. Ce n'est pas de la neige, c'est un drapeau blanc ; maintenant, grâce à Dieu, on peut enfin le hisser.

La guerre va finir, les flammes lèchent la ville désormais sans défense — Copenhague sous la canonnade de la flotte anglaise hisse le signal de la reddition, Nelson va ordonner de cesser le feu et la paix commencera. Les hommes pourront soigner leurs blessures, les navires bombardés pourront rester tranquillement dans le bassin pour qu'on répare leur coque éventrée.

Je me suis allongé de nouveau et mis sur le dos, comme maintenant, la position qui convient pour se déclarer vaincu et trouver la pitié. Le soleil, là-haut, est un disque blanc qui aveugle. Maintenant on va entendre l'ordre de cesser le feu. Mais soudain ce disque devient noir, un œil noir braqué sur moi — Nelson braque sa longue-vue mais la met devant son œil bandé, il ne peut pas voir le drapeau blanc et ne fait pas cesser le feu. C'est ainsi qu'arrivent les catastrophes, un défaut de vision, un malentendu, le timonier qui ne voit pas l'écueil parce qu'il regarde ailleurs ; la mort est un vieux pirate borgne, elle ne voit pas devant elle et crie ses ordres à l'aveugle.

Cet œil me fixe du fond de la longue-vue, il devient de plus en plus proche et de plus en plus grand — une éclipse de soleil, de la terre, le monde n'existe plus, il a disparu derrière le cercle noir, dans la bouche noire du canon. Le coup part et le noir se dilate, des étincelles multicolores brillent sur ses bords, fragments d'astres qui ont explosé et sont précipités dans l'espace obscur où ils s'engloutissent et s'éteignent.

Non, je ne crois pas avoir entendu le craquement de la figure de proue qui se détachait du bateau, et il semble qu'elle me soit tombée dessus. Ce qui est sûr, c'est que je n'ai pas esquivé ; peut-être que je dormais, sur cette toison qui l'instant d'après a dû être une nouvelle fois mouillée de sang. Je ne m'en souviens plus, à cet endroit le disque dur de la mémoire est de toute évidence détérioré. Le bois véreux et rongé de la vieille figure de proue doit avoir cédé aux années, aux intempéries, à l'abrasion du vent, de la pluie et de l'air salin. La mer, ça use. Mais c'est quand même bizarre, car *Argo*, depuis que je l'avais consacré à Poséidon et laissé sur le rivage de la mer, pourrissait, c'est vrai, et partait en morceaux, mais les fidèles qui venaient le vénérer les changeaient continuellement, ces morceaux, remplaçaient tantôt l'un et tantôt l'autre, en sorte que le navire est toujours resté là, ancien et nouveau, intact et immortel, un autre et le même, comme moi, comme les dieux. En effet il est monté au ciel, parmi les constellations éternelles — il est monté là-haut en glissant en arrière, en reculant vers la queue et les pattes du Grand Chien. Mais il est vide, sans équipage, sans Argonautes — sans figure de proue non plus, peut-être qu'elle a été larguée pendant que la nef allait rejoindre les dieux, pour lâcher du lest, autrement il n'aurait pas pu monter. On dit qu'il est là-haut, constellation presque sans étoiles. Sur la plage en tout cas il n'y a plus de navire.

Du moins je ne le vois pas, d'ici. On ne voit presque rien ; même si je gratte pour écarter cet humus boueux, tout reste opaque, embué — mais y a-t-il, d'ailleurs, quelqu'un qui regarde ? —, ce chiffon jaunâtre, pelucheux et bouchonné a l'aspect d'un ballon dégonflé, l'eau vient le lécher, la marée bientôt l'emportera. Une balle en chiffon, une sphère déformée — la sphère, le modèle de l'univers, a été inventée semble-t-il par Nausicaa, laquelle l'avait secrètement apprise des Argonautes, à qui l'avait enseignée le centaure Chiron. Newton lui-même le mentionne, donc... Ensuite, avec cette sphère, Nausicaa est allée jouer à la balle sur le rivage, et un coup de pied de qui sait qui l'a fait disparaître parmi les vagues, dans les embruns de la bora qui offusquent la mer comme du grésil. J'aimerais savoir où cette balle en chiffon va aller finir, mais tout est noir, là au fond, et l'on ne voit rien, même en frottant énergiquement le verre embué.

Frotter, ne rien voir, frotter encore et toujours en vain, dans la cale obscure. Frotter, ramer, cliquer, éteindre, rallumer, faire marcher en avant et en arrière ce magnétophone, parler et répéter et redire, appuyer, enregistrer, effacer, réenregistrer, rewind fast forward rewind, réécouter. Surtout réécouter, contrôler qu'il n'y ait pas de surprises. Il ne faudrait pas que de temps en temps, au lieu d'effacer mes questions mes explications mes commentaires, pour ne garder que son texte à lui, sans scories ni interruption, j'aie au contraire effacé sans m'en apercevoir ses réponses — mais où il est, celui-là, quand est-ce qu'il parle, que c'est lui qui parle... Retournons en arrière... Non, ce n'est pas lui, et pourtant tout à l'heure, il y a quelques instants, pendant que je vérifiais justement ce passage et que j'écoutais ce qu'il disait je ne m'étais pas aperçu que la voix n'était pas la sienne mais qui sait, peut-être la mienne, même si — c'est difficile de reconnaître sa propre voix, on ne sait pas comment on l'entend du dehors, comment l'entendent les autres, c'est une autre voix — ce message sur l'écran, par contre, doit vraiment venir de lui, c'est lui, cet effronté — quand vous aviez un moment de distraction, docteur, j'appuyais sur la touche et je m'effaçais, je disparaissais, libre, toujours poursuivi mais jamais vraiment pris, enfin libre, cher docteur Ulcigrai. Et le Parti Communiste, *pardon*, le Personal Computer vous aidera encore moins. Un joli petit virus, ce programme apparemment inoffensif qui ouvrait une fenêtre avec des vœux, s'est chargé de détruire les données. Tabula rasa. Adieu. Vous pouvez quand même continuer à écouter la cassette, si vous aimez vous écouter parler. Mais où est-ce que — maintenant, oui, je me reconnais, c'est ma voix — essayons de revenir en arrière, c'est encore moi... en avant, en arrière — rien à faire, même ici —

Eh non, cherchez, cherchez, docteur. — Mais où est-il ? Même la chambre est vide, le lit intact. Comment est-ce arrivé, comment a-t-il pu faire ? Tout avait été si bien organisé, les cellules étaient au frais, en sûreté ; s'évader, mourir, c'était techniquement impossible. Si seulement on savait comment... Ce qui compte ce n'est pas que quelqu'un y parvienne sous notre nez, en déjouant tous les systèmes de sécurité, ce qui compte c'est de savoir comment ça a pu arriver. Car la science carcérale, concentrationnaire, pénitentiaire, ségrégationnaire est précisément une science, avant même d'être une pratique. C'est la théorie qui nous intéresse ; si quelqu'un devait mourir et qu'il ne meurt pas, ou vice versa, patience, mais on bave d'envie de savoir comment il a fait, avec quelle méthode, à partir de quels principes — que l'assassin entre sans forcer les portes dans la chambre hermétiquement close et tue sa victime ou que le détenu s'évade de cette cellule hermétiquement close, soit, on peut passer sur l'homicide ou l'évasion, mais qu'il dise comment il a fait, quel était le maillon faible de l'Institution, comment on s'y prend pour échapper au camp de concentration, au clonage qui te remet en ligne même après ta mort, à la reproduction sérielle sans fin, à la Toile sans mailles.

Et pourtant il doit bien y avoir un indice, une trace, quelque chose... Voyons, cherchons... le navire en train de pourrir, la figure de proue... Tu gèles, comme on disait dans ce jeu d'enfants, quand on cherchait un objet caché et qu'on se trompait d'endroit ou de direction... Ah, c'est encore toi, ça t'amuse, on dirait ? Mais voyons... Ce palais toujours en flammes... Tu chauffes, tu brûles, nous sommes sur la bonne voie... Tu brûles... bien sûr, j'y suis ! Mieux vaut monter aux cieux parmi les dieux comme le plus grand des Argonautes, Héraclès, brûlé sur le bûcher du mont Œta, porté sur l'Olympe par le brasier et par le vent brûlant généré par ce brasier. Ce n'est pas mal de laisser croire que celui qu'on recherche a fini écrasé par cette figure de proue, qu'il est enterré quelque part, par exemple dans le parc sous le banc — les biographes eux-mêmes s'en sont convaincus et ont diffusé cette version avec l'autorité que donne la bonne foi —, conservé par le permafrost et prêt à être rappelé pour le service. Excellent stratagème, il faut bien l'admettre. Ne serait-ce que parce qu'il n'était pas habituel, pour les forçats, d'être incinérés ; en effet ils étaient ensevelis sur l'île des Morts.

Alors que... qui aurait pu penser à ça. Andy Black, sans doute. Il a tenu sa promesse, payé sa dette. Restituer à l'eau la proie que cette fois-là, dans le fleuve, il lui avait arrachée, mais la restituer méconnaissable pour tous, même pour l'eau. Il savait s'y prendre, Andy, avec le feu ; il en avait tellement allumé, dans la forêt, dès son enfance. Il n'a pas dû lui être difficile de brûler le corps, et moins encore de disperser les cendres dans le Derwent, comme prévu, là où le courant du fleuve-mer s'en va vers les glaces antarctiques.

Désormais inoffensives, pas de permafrost — le feu détruit tout — même les puces, les cartes de mémoire au silicium, ma mémoire, celle des autres, de tout le monde, que sais-je encore. Détruites en tout cas elles aussi, comme ça, par sécurité. Il n'y a plus rien que ces eaux gelées et ces blocs de glace puissent conserver à la disposition de nouveaux commandants des camps de concentration de demain qui voudraient rappeler les morts pour les mettre aux travaux forcés à vie. Le Cybernaute a fait naufrage, il a fini dans la bouche des poissons, mastiqué digéré évacué, il n'en reste absolument rien. Comité central décentralisé, dissous, déconnecté. Eritis sicut Deus, e(r)go sum partout et nulle part, le certificat de décès présumé porte tous les cachets réglementaires et fera jubiler tous ceux qui ont l'ardent désir de le prendre pour bon.

Ô Toile, où sont tes mailles, ô clonage, où est ton aiguillon ? Un bobard pour dépister tout le monde, se dépister soi-même, se libérer d'un poids. Ça n'a pas été une mauvaise idée de se débarrasser même d'*Argo*, en l'expédiant là-haut, et finalement de monter, non, de descendre jusqu'aux dieux, dans une tombe que personne ne pourra violer — la mer est un suaire mais dessous il n'y a, il n'y aura plus jamais personne, ces grains de poussière, ces souffles de cendre qui ont été chair ne sont plus, personne ne pourra plus jamais mettre la main sur eux, évadés pour toujours, crachats d'un poudroiement d'écume insaisissable, *ticket of leave* perpétuel, la révolution a vaincu, la Loi n'existe plus, les codes aussi ont été réduits en cendres, les codes du roi des tribuns du peuple les codes qui condamnent les forçats. Même le code génétique, brûlé, volatilisé, abrogé.

Évasion parfaite, peut-être avec la complicité de

quelqu'un ici dedans, dans le service, quelqu'un qui a introduit un virus dans l'ordinateur et trafiqué les bandes magnétiques, quelqu'un qui imite bien nos voix à tous. Bien sûr, c'est un peu embarrassant ; même le dossier a disparu du fichier des patients, il a peut-être été utilisé comme papier pour allumer le feu du bûcher de la crémation... Il faudra bien que quelqu'un rende des comptes pour celui qui manque à l'appel, qui est sorti sans signer de décharge, qui s'est évadé. Lorsque Cogoi s'en apercevra, après tout c'est quand même lui le médecin-chef... on croit déjà l'entendre, tranquille et courtois cependant..., dire, en ôtant ses lunettes et en entrant, sans rien savoir encore, dans ma chambre vide, Alors, mon cher Ulcigrai, comment allons-nous ?

DOMAINE ITALIEN
OUVRAGES DÉJÀ PARUS

BOMPIANI, Ginevra	*L'étourdi*
	Ciel ancien, terre nouvelle
BONAVIRI, Giuseppe	*Dolcissimo*
	La dormeveille
BONTEMPELLI, Massimo	*L'échiquier devant le miroir*
	La vie intense
	Dans la fournaise du temps
BORGESE, Giuseppe Antonio	*Vie de Filippo Rubè*
BRIGNETTI, Raffaello	*La mouette bleue*
CAMPO, Cristina	*Les impardonnables*
CITATI, Pietro	*Kafka*
	Alexandre le Grand
	Goethe
	La lumière de la nuit
	Portraits de femmes
	La pensée chatoyante (Ulysse et L'Odyssée*)*
DEL BUONO, Oreste	*Rien que la vie*
DELFINI, Antonio	*Le dernier jour de la jeunesse*
DE MARCHI, Cesare	*La maladie du commissaire*
DOSSI, Carlo	*Amours* suivi de *Autodiagnostic quotidien*
ELKANN, Alain	*Le père français*
FENOGLIO, Beppe	*La paie du samedi*
	L'embuscade
	La louve et le partisan
FRANCO, Ernesto	*Vies sans fin*
LAVAGETTO, Mario	*La cicatrice de Montaigne (Le mensonge dans la littérature)*
LONGO, Giuseppe O.	*L'acrobate*
MAGRIS, Claudio	*Danube*
	Le mythe et l'Empire dans la littérature autrichienne moderne
	Une autre mer
	Microcosmes
	Utopie et désenchantement
	L'exposition
MANGANELLI, Giorgio	*La littérature comme mensonge*
	A et B
MARIOTTI, Giovanni	*Musique dans la maison d'à côté*
	Crésus
MONICELLI, Furio	*Larmes impures (Le jésuite parfait)*
MUSSAPI, Roberto	*Le voyage de midi* suivi de *Voix du fond de la nuit*
ORELLI, Giovanni	*Le rêve de Walacek*

PARISE, Goffredo	*Abécédaire*
	Guerres politiques
	Odeur d'Amérique
	L'enfant mort et les comètes
PRAZ, Mario	*La maison de la vie*
ROMANO, Lalla	*Le silence partagé*
	Maria
SLATAPER, Scipio	*Années de jeunesse qui vous ouvrez tremblantes...*
VERGA, Giovanni	*Les Malavoglia*
	Mastro-Don Gesualdo